消费时代的
文学三观

申霞艳 著

上海文艺出版社

目 录

小引 001

绪论 006

上编　外部分析

第一章　20世纪90年代以来的中国社会及文学语境 047

　　第一节　中国社会的多极分化　050

　　第二节　文学语境的个人化和欲望化　063

　　第三节　金钱、情欲和暴力在生长　073

第二章　消费社会的叙事面貌 087

　　第一节　速度焦虑与自我复制　092

　　第二节　写作的职业化及文学的文字化　097

　　第三节　日常生活至上　104

　　第四节　媒介神话与写作难度的消失　114

第三章　文学生产模式的变革　119

第一节　篇幅背后的市场权力　122

第二节　写作的物质变化　137

第三节　经验已经贫乏　142

第四节　拼贴与重复：创造精神的衰竭　148

第四章　编辑口述中消费社会的文学生产　153

第一节　《心灵史》诞生始末　157

第二节　"时代三部曲"诞生始末　168

下编　文本研究

第五章　欲望叙事及其生长方式　189

第一节　乡土叙事的现代境遇　193

第二节　《废都》：欲望叙事的先声　209

第六章　欲望叙事与消费文化的合流　235

第一节　作为消费符号的卫慧　238

第二节　欲望修辞：关于享乐的想象　251

第七章　消费流通中的文学书写　265

第一节　凝视欲望深渊，重述"家人父子"　268

第二节　卖血：文学商品化的隐喻　288

第三节　文学消费的符号盛宴　302

第八章　消费社会女性的主体性建构　315

第一节　爱情、消费物与精神的贬损　318

第二节　都市对乡村的优越　333

第三节　创业女性的认同变迁　346

结语　361

小引

在现代性的叙事中，城市成了必然的选择。城市有多种际遇，所以也就有多样的叙述方式。其中，意大利小说家卡尔维诺用精简的语言为我们叙述了关于现代城市的寓言——《看不见的城市》，这部于1972年发表的实验性很强的文本"所援引的忽必烈大帝与马可·波罗之间的历史性相遇，可以说是全球化起源方面最不寻常的事件。"[1]尽管忽必烈时期的全球化完全是在一种不自觉的状态下进行的，但无论如何，他和马可·波罗关于"地图和疆域"之间的关系的想象和思考是具有开创意义的，"《马可·波罗游记》这一13世纪晚期的文献，为后来的所谓'地理大发现'时期的殖民地游记写作提供了一个范本，而且它还以发生在异邦世界的奇迹，极大地丰富了西方人的文化想象。"[2]据载，哥伦布航海时就带着

---

[1] [美]加布理尔·施瓦布：《理论的旅行和全球化的力量》，国荣译，《文学评论》2000年第2期。
[2] 同上。

《马可·波罗游记》,并且在上面留下不少手记。以新大陆的发现为标志的海洋时代拉开了人类现代史的帷幕。从此,"洋气"和"土气"[1]展开了一场漫长的搏斗,最终,全球化的到来宣告了"洋气"的全面胜利,而"土气"随着乡土的萎缩被迫接受改造。

《看不见的城市》这部堪称当代文学的经典之作,在将我们请进全球化起源史的同时,为我们打开了城市全球化的前景。

在大帝忽必烈和旅行家马可·波罗天马行空的对话中,关于城市奇异诡谲、逼真而荒诞的现代画面一一展开,这些画面蕴藏着现代城市命运的机锋:人口的拥挤、城市的复制、生态的破坏、瞬时的遗忘……

现在,我展开其中的一卷:

连绵的城市 之一[2]

莱奥尼亚每天都在更新自己:清晨,人们在新鲜的床单被单中醒来,用刚从包装盒里拿出的香皂洗脸,换上崭新的浴衣,从新型的冰箱里拿出未开启的罐头,打开最新式样的收音机,听听最新的歌谣。

在马路边的人行道上,昨天的莱奥尼亚的废弃物包在塑料袋子里,等待着垃圾车。除了挤过的牙膏皮、憋坏了的灯泡、报纸、容器、包装纸,还有热水器、百科全书、钢琴、瓷器餐具。莱奥尼亚的富足,与其以每日生产销售购买量来衡量,不

---

[1] 参见费孝通:《乡土本色》,《乡土中国 生育制度》,北京,北京大学出版社,1998年。
[2] [意]伊塔洛·卡尔维诺:《命运交叉的城堡》,张宓译,南京,译林出版社,2001年,第228页。

如观察她每天为给新东西让位而丢弃的物资数量。你甚至会琢磨，莱奥尼亚人所真正热衷的究竟是享受不同的新鲜事物，还是排泄、丢弃和清除那些不断出现的污物。当然，清洁工们像天使一样宽容大度，他们的任务是将昨日的遗物搬走，充满敬意地、默默地、以一种近乎宗教仪式的虔诚工作着，也许是因为人们一旦丢弃这些东西，就不愿意再想它们。

至于清洁工每天把这些东西搬运到何处去，从未有人问过：肯定是运到城外；但是，城市在逐年扩大，清洁工就得越走越远；垃圾越堆越多，越堆越高，所占面积的半径也越来越大。另外，莱奥尼亚新材料的制造工艺越来越高，垃圾的质量也随之越来越提高，经久耐腐，不发酵，不可燃。于是，莱奥尼亚周围的垃圾变成坚不可摧的堡垒，像一座座山岭耸立在城市周围。

结果是：莱奥尼亚丢弃得越多，就积攒得越多；她过去的鳞片已经焊成一副无法脱卸的胸甲；城市一面在每日更新，另一面在把一切都保存于唯一一种形态中：昨日的废物堆积在前天以及更久远的过去的废物之上。

莱奥尼亚的垃圾也许将一点一点侵占整个世界，不过，这漫无边际的垃圾堆最外围的斜坡那面，也还有其他城市在排泄那些堆积如山的垃圾。也许，莱奥尼亚之外的整个世界都已布满了垃圾的火山口，各自环绕着一座不断喷发垃圾的城市。这些彼此陌生并敌对的城市之间的边界，就是一座座污染的碉堡，各个城市的废物互相支撑，互相重叠，混杂在一起。

垃圾堆积得越高，倒塌的危险越大：只要一个罐头盒、一个废轮胎，或一只大肚酒瓶滚向莱奥尼亚，就会引起破鞋、陈年的旧历、枯花的大雪崩，整个城市就将被淹没在她始终力图摆脱的过去中，与邻近城市的周边混合在一起，终于彻底干净了。一场大灾变，把肮脏的群山夷为平地，每日更换新衣的城市被抹掉了一切痕迹。而附近那些已经准备好压路机的城市，则等待着平整这块土地，拓展自己的领地，扩大自己的疆域，让自己的清洁工再走向更远的地方。

他们的对话扫描了 55 个城市，如细小的城市和隐蔽的城市等。莱奥尼亚仅仅是连绵的城市之一。

莱奥尼亚人的生活方式正是我们今天这个消费社会热衷追逐的生活方式。我们不仅拥有对新奇怪异的事物无法比拟的激情，也有着永不倦怠的对于新鲜叙事的热情。我们喜新厌旧，我们永远追逐光鲜新奇，我们渴望变化，渴望端坐在新鲜叙事的中央。"今天大众媒介的作用不是使事件像传统的方式那样成为'可以记忆'的，而是在事件令人眼花缭乱地从四面八方向我们袭来时，消灭这些时间，帮助人忘记它们。"[1]

早在三十年前，卡尔维洛就已经预感到随着全球化的深入，我们今天的城市必然会面对的困境，而他对这一困境的描述和演绎竟然是从我们最不经意处入手的。我们从四面八方汇集到大城市，每天制造无数垃圾，随手一扔，然后出现在城市各个角落的垃圾又被汇集在一起运到城市以外。垃圾，城市人制造的垃圾最终成就城市的边界，城市不是被乡村包围而是被垃圾包围。我们多么厌恶垃圾，我们用一次性塑料袋把垃圾收集起来扔到楼梯口，定时会有清

---

[1] [美] 詹明信：《德国批评传统》，见《晚期资本主义的文化逻辑》，陈清侨等译，北京，生活·读书·新知三联书店，1997 年，第 318 页。另詹明信多翻译为詹姆逊，或杰姆逊。

洁工人上门来为我们清除垃圾的痕迹。越来越多的一次性用品帮助城市人不必亲自处理垃圾，然而，这些一次性的物品本身恰恰是垃圾的源泉。在人造物堆砌的世界中疲于奔命，我们害怕垃圾的提醒，害怕与垃圾相遇，所以把垃圾越送越远，我们多么希望垃圾会知趣地自行消解，而"经久耐腐，不发酵，不可燃"的垃圾顽强地与时间搏斗，垃圾现在而且永远是所有人造物必然的最终的归宿。

只有垃圾是不朽的，真正不朽之物！"昨日的废物堆积在前天以及更久远的过去的废物之上。"这种城市的境遇与关于城市叙事的境遇有着某种难以言表的秘密关系——垃圾的意象将城市的境遇与城市叙事的境遇牢牢地联系在一起。

现代性的叙事与莱奥尼亚这座连绵的城市有着同样的命运：

昨日的叙事堆积在前天以及更久远的过去的叙事之上！

绪论

一、关于消费与叙事阐释

消费一词有一个漫长的意义变迁过程,雷蒙·威廉斯在《关键词》中对其进行了梳理:"在几乎所有早期的英文用法里,consume 这个词具有负面的意涵,指的是摧毁、耗尽、浪费、用尽。"[1] 从 18 世纪中叶开始,消费一词的色彩发生变化,成为与生产相对应的中性词汇。从这种意义上讲,消费属于经济学和社会学研究的范畴。不过,作为当今社会的风尚,消费正在全方位地渗透进我们的日常生活。消费一词也从经济领域扩展开去,成为一个跨学科研究的课题。随着波德里亚的《消费社会》一书的翻译出版,消费更频繁地在学术领域内出现。本书试图将文化消费与我国 20 世纪 90 年代以来的文学叙事结合起来研究,以期观察叙述面貌的缝合与嬗变。

---

[1] [英]雷蒙·威联斯:《关键词》,刘建基译,北京,生活·读书·新知三联书店,2005 年,第 85—87 页。

波德里亚在马克思提出的历史变化的三个阶段的基础上，指出第四个社会阶段的到来，那就是消费社会。按照他的理解，消费社会不仅是高度商品化的，而且是商品从量变到质变的过程，即商品不仅仅是被动地满足人的需要，而且是主动地制造人类的种种需要。也就是说，商品生产以引起欲望为动机。正如马克·C·泰勒和埃萨里宁对此作出的概括："欲望并不欲求满足。恰恰相反，欲望欲求欲望。"[1] 消费领域面对的就是广阔的欲望领域，这也符合波德里亚的"商品—记号"的理论阐述以及对"洗衣机"的解释："被当作工具来使用并被当作舒适和优越等要素来耍弄，而后面这个领域正是消费领域。"[2]

"舒适和优越等要素"凸显的正是心理体验和心理欲望，在某种意义上说是对欲望的刺激推进了人类的文明史。"事实上，任何一种文明都需要奢侈的食品和一系列带刺激性的'兴奋剂'。12世纪和13世纪迷上香料和胡椒；16世纪出现烧酒；然后是茶、咖啡，还不算烟草。"[3] 或许毒品堪称最极端的刺激品，它真的让人"娱乐至死"。显然，布罗代尔所列举的这些"奢侈的食品和刺激性兴奋剂"并不是为了满足实用功能或生存的需求，然而正是赋予这些曾经稀缺的香料、咖啡、茶叶等物品的神秘想象使之成为海外贸易的贵重物品，成为海外殖民的重要动力。甚至遥远的东方情调被想象为这些昂贵稀有的刺激物，吸引着欧洲沿海国家的船只成群结队地漂洋

---

[1] 转引自［英］齐格蒙特·鲍曼：《全球化——人类的后果》，郭国良、徐建华译，北京，商务印书馆，2001年，第80页。
[2] 参见［法］波德里亚：《消费社会》前言，刘成富、全志钢译，南京，南京大学出版社，2001年，第1页。
[3] ［法］费尔南·布罗代尔：《15至18世纪的物质文明、经济和资本主义》第一卷，顾良、施康强译，北京，生活·读书·新知三联书店，2002年，第306页。

过海、前赴后继,地球是圆形的假设及发现像一曲激动人心的前奏,激发人类努力摆脱中世纪的黑暗。

如今,烟、酒、咖啡、茶叶虽然已经作为普通食物"飞入寻常百姓家",然而,它们中的极品依然高不可攀,像稀世的珍品一样被精致地包装、艺术地陈列,价格昂贵得让普通消费者望而却步,这种叫人惊诧的高价又为这些商品镀上了一层清高的色泽,让人流连。消费社会的品牌这场没有硝烟的战争之严酷,一点也不逊色于当年血腥的海外掠夺,理想的消费者善于倾听欲望和消费的呼唤,他们害怕的不是比较和选择所带来的烦恼,而是欲望的枯寂。选择已然成为划分消费者社会身份的有效手段,正如约翰·费斯克所指出的那样,消费者"在许多商品中选择特定的一种,对消费者来说,选择的是意义、快感和社会身份。"[1]有用、使用价值这些似乎不再在考虑范围之列。同时,消费者对"意义、快感和社会身份"的集体选择也催生了品牌和时尚,"时尚是社会形式之一,它以特殊的比例结合了独树一帜、变化之魅力同追随相似、一致的魅力。每一种时尚在本质上都是社会阶层的时尚,也就是说时尚通常象征着某个社会阶层的特征,以统一的外表表现其内在的统一性和对外区别于其他阶层的特性。一旦社会地位低的阶层试图跟从较高阶层的时尚模仿他们时,后者就会扔掉旧时尚,创造一种新时尚。只要存在时尚的地方,它们无一例外地被用于展现社会的区别。……如果说当今流行的时尚不如前几个世纪的时尚那么奢侈放纵、豪华昂贵,但持续时间也短得多,部分原因应归咎于现代时尚必须覆盖更广阔的范围,必须更容易被社会底层的人模仿,而另一部分原因则是现代

---

[1] [英]约翰·费斯克:《大众经济》,见陆扬、王毅选编《大众文化研究》,上海,上海三联书店,2001年,第134页。

时尚真正地发端于富有的中产阶级。所以,时尚的扩展就广度和速度来说似乎都是一场独立的运动,一种客观自主的力量,不受个人的约束走着自己的路。"[1] 时尚的快速淘汰和更替形象地将时代节奏传递给消费者,个体貌似与时尚的橱窗互不相干,可是,时尚会通过各种途径劫持消费欲望,打折就是行之有效的经济手段,它在使时尚被下一层级的广大消费者模仿的同时,让上一层级的消费者主动抛弃,包围上一层级的新时尚随之应运而生。时尚以自身的规律加速度地更替,时尚与美之间的假想关系断裂了,时尚与快感的关系得到了巩固。

事物的价值在这种速度面前不再重要,重要的是对它曾经拥有。

我们并不能因为消费社会的到来和时尚的高密度的更迭,而将消费当成新生事物,自发的消费很早就开始了。当一个物品满足实用功能之余的部分产生之时起,比如我们的祖先在布匹上染上花纹,在陶瓷模式上刻下图案,在身上佩带装饰品的那一刻起,也即在最早的美的构成领域,无意识的消费就已经萌芽了。难怪布罗代尔在详细地考察了 18 世纪初小城镇的变化之后得出结论"从相对意义上讲,难道这不是说,消费社会已经诞生了吗?"[2] 但波德里亚并不将消费社会推及到 18 世纪那么遥远,而是将它定义为 20 世纪的神话,"消费神话在 20 世纪的历史性浮现,与经济科学或思考中可以上溯到更加久远时代的技术概念的浮现,是完全不同的。这种对日常管理的术语系统化改变了历史本身:它是一种新社会现实的标志。

---

[1] [德] 西美尔:《货币哲学》,陈戎女译,北京,华夏出版社,2002 年,第 462 页。
[2] [法] 费尔南·布罗代尔:《15 至 18 世纪的物质文明、经济和资本主义》第一卷,顾良、施康强译,北京,生活·读书·新知三联书店,2002 年,第 40 页。

确切地说，消费是直到这个词'成为了习惯'以后才有的。"[1]当消费"成为了习惯"，习惯的屏风将目的很自然地隐匿了，优美舒适的消费环境带来美好的体验，这成为消费一个重要的诱因。就像物品齐全的城市购物广场或超市完全不同于传统乡村的集市一样，今天的逛街也与传统农业社会节日般的赶集截然不同了，逛街本身成了目的，成为我们日常生活的一部分，因为逛街在刺激消费欲望的同时带来视觉感受。免费品尝及体验催化真实的消费活动。

消费社会所带来的生产速度的提高和物质极度丰盛、资本主义的现代化、大众传媒尤其是电子媒体的高速发展、全球化的浪潮以及当代社会纷繁复杂扑朔迷离的享乐欲望紧密相连。"作为新的部落神话，消费已成为当今社会的风尚。它正在摧毁人类的基础，即自古希腊以来欧洲思想在神话之源与逻各斯世界之间所维系的平衡。波德里亚意识到了我们所面临的危险。让我们再一次用他的话来说吧："正如中世纪社会通过上帝和魔鬼来建立平衡一样，我们的社会是通过消费及对其揭示来建立平衡的。"[2]对消费的揭示在很大程度上依赖叙事，同时，叙事文本又参与到新一轮的消费过程之中。也就是说，对消费进行揭示的叙事本身也沦陷为消费品，被纳入消费的范畴。

叙事是一种非常古老的行为，与人类历史同在。从人类学说话那天起，广义的叙事就开始了。叙事从诞生起就广泛地参与生活，哪怕是在最枯燥最简单的说话中也可能蕴涵着最简短的叙事。叙事

---

[1] [法]波德里亚:《消费社会》，刘成富、全志钢译，第228页。
[2] 同上，第2页。

是人类创造意义最主要的一种方式，是人类抵抗必然到来的死亡的手段，是我们对短暂人生的挽留。叙事让生活进入历史，叙事让历史潜入记忆，叙事让记忆得以流传。让-弗郎索尔·利奥塔尔认为叙事处于后现代主义的核心地位，他将"后现代"看作是"对元叙事的怀疑"[1]。

作为一门科学的叙事学则非常年轻，以1969年茨维坦·托多洛夫第一次提出"叙事学"（Narratology）之时算起，至今也还不到60年。叙事理论则是自1983年里蒙·凯南的专著《叙事虚构作品：当代诗学》[2]出版之后一直方兴未艾的课题，如华莱士·马丁的《当代叙事学》开篇即宣告"在过去十五年间，叙事理论已经取代小说理论成为文学研究主要关心的论题"[3]。叙事理论借鉴了女性主义、巴赫金对话理论、解构主义、读者—反应批评、精神分析学、历史主义、修辞学、电影理论、计算机科学、语篇分析以及（心理）语言学等众多方法论和视角，[4]分化成侧重不同的分析模式。关于叙事学，比较有代表性的观点有以下两种：一是以托多洛夫为代表，认为叙事学是关于文学作品结构的科学研究；二是以热奈特的《叙事话语　新叙事话语》为代表，他认为叙事学研究的主要对象是反映在故事与叙事文本关系上的叙事话语。[5]而且，由于热奈特对《追忆

---

[1]［法］让-弗郎索尔·利奥塔尔：《后现代状态——关于知识的报告》引言部分，车槿山译，北京，生活·读书·新知三联书店，1997年，第2页。
[2]［以色列］里蒙-凯南：《叙事虚构作品：当代诗学》，姚锦清、黄虹伟、傅浩、于振邦译，北京，生活·读书·新知三联书店，1989年。
[3]［美］华莱士·马丁：《当代叙事学·导论》，伍晓明译，北京，北京大学出版社，1990年，第1页（原著1986年出版）。
[4] 参见［美］戴卫·赫尔曼：《新叙事学》引言部分，马海良译，北京，北京大学出版社，2002年，第1页。
[5] 罗钢：《叙事学导论》引言部分，昆明，云南人民出版社，1994年，第3页。

逝水年华》进行了深入细致的研究并提出了一套可行的分析模式，推进了叙事学向纵深发展，所以，热奈特的叙事话语研究影响广泛。

根据学者林岗的研究，我国在 1986 年到 1992 年期间活跃地翻译推介西方叙事理论。叙事学的迅速流行与 1985 年至 1992 年间先锋文学的兴盛有着某种对应关系。新时期初，文学承载着许多具体的社会历史重负，现实诉求被简化为抽象的道德是非。面对主流的宏大叙事，社会-历史批评盛极一时。先锋小说将叙述形式作为一个首要问题呈现出来，与之相应的是叙事理论使"学术关注从相关的、社会的、历史的方面转向独立的、结构的本文的方面"，但叙事理论前提——"本文是一个独立自主体"——的缺陷使其所强调的"形式分析却难以和审美批评结合起来"[1]。所以，在叙事形式革命的热情冷却的时候，叙事理论的冷遇也在所难免。

先锋小说一度推崇叙事形式以反叛固有的宏大叙事，但先锋小说在当时的文学语境里，过度推崇语言的自我生成和自我指涉的功能，在强调语言和形式的自足性的同时，也切断了作家和现实世界进行对话的更广大的途径。为此，20 世纪 90 年代后，先锋小说家不约而同地采取了改弦更张的策略，试图以"后撤"[2]的方式重新与时代建立起一种深层的对话关系。令他们感到意外的是，当他们转过身来面对社会生活时，与之相遇的却是关于消费的神话。

鉴于叙事理论只是笔者展开研究的工具，所以在此我不准备对叙事理论进行详细梳理。在本书中，叙事是指对故事的叙述，具体来说就是指文学叙事作品，尤偏重于长篇小说。

---

[1] 林岗：《建立小说的形式批评框架——西方叙事理论研究述评》，《文学评论》1997 年第 3 期。
[2] 参见何向阳：《后撤：后新时期文学整体策略》，《当代文坛》1994 年第 6 期。

本书试图研究消费对于 20 世纪 90 年代以来的叙事特征及其生产、流通领域的影响。这种影响首先来源于笔者作为文学编辑的阅读经验——如果说编辑这一身份在 80 年代意味着文学性的守门人的话，那么，到 90 年代以后，编辑的身份变成了市场性的守门人，因为，"知识为了出售而被生产"。根据利奥塔尔的考察："以前那种知识的获取与精神甚至与个人本身的形成（'教育'）密不可分的原则已经过时，而且将更加过时。知识的供应者和使用者与知识的这种关系，越来越具有商品的生产者和消费者与商品的关系所具有的形式，即价值形式。不论现在还是将来，知识为了出售而被生产，为了在新的生产中增殖而被消费：它在这两种情形中都是为了交换。它不再以自身为目的，它失去了自己的'使用价值'。"[1] 叙事的生产和消费状况囊括在利奥塔尔的"知识"范畴内。当传统的商品生产中的具体使用价值失去之后，以市场价格为标志的交换价值便君临天下。交换价值与"使用价值"之间的对应关系发生断裂也是文学全面市场化、商品化的必然结果。费瑟斯通看到商品世界及其结构化原则的重要地位后，使用"消费文化"一词来强调经济的文化维度和文化产品的经济效用，"首先，就经济的文化维度而言，符号化过程与物质产品的使用，体现的不仅是实用价值，而且还扮演着'沟通者'的角色；其次，在文化产品的经济方面，文化产品与商品的供给、需求、资本积累、竞争及垄断等市场原则一起，运作于生活方式领域之中。"[2] 正是"沟通者"的角色使带体验性质的消费

---

[1] [法] 让-弗郎索尔·利奥塔尔：《后现代状态——关于知识的报告》，车槿山译，北京，生活·读书·新知三联书店，1997 年，第 3 页。
[2] [英] 迈克·费瑟斯通：《消费文化与后现代主义》，刘精明译，南京，译林出版社，2000 年，第 123 页。

具有符号价值，波德里亚的"商品—记号"理论已经融入关于消费社会的生活方式的想象之中。

我国现代民族—国家的历史非常短暂，城市化、现代化的道路和西方有非常大的差异，短暂的改革开放史虽然极大地发展了生产力，改变了城市的模样，然而中国的城市形态本身有别于西方的城市，并且与乡村仍然保持着千丝万缕的血肉联系。目前的中国社会非常复杂，既有生产社会的特征，又有消费社会的特征，直接挪用波德里亚的"消费社会"的帽子来戴在它头上似乎是简单化了。不过，对于集中在大城市进行的文化生产和消费领域，消费社会的种种症候确实已经来临。文学的产品形式，如书、报、刊、电子图物等等作为消费品存在已经是个有目共睹的事实。

如果将1999年出版的《上海宝贝》和1979年发表的《爱，是不能忘记的》两部小说放在一起阅读，我们会发现两个文本在叙述人、叙述姿态、叙述面貌等方面的巨大差异——我们不能不感叹时代变化之急遽；进一步对二者的生产、流通和消费以及来自主流意识形态的某些压力进行考察，那么，研究消费对叙事的影响似乎是件顺理成章的事情。

消费对叙事的影响不仅表现在对作者的写作动机上，也表现在出版商对市场的预期上，还表现在读者（包括批评家）对文本的选择和阅读上。社会分工的高度细化使生产者和消费者之间矗立着越来越多的中间环节。市场这一纽带既可能通过生产者所提供的文化产品控制消费者，同时，消费者也可以通过货币的流向指导市场。畅销文本有效地传达了这二者的平衡和协调。与"纯文学"相比，畅销书的特点是它那孤注一掷的本质。畅销的依据是订数顺序，后来，这种报导改为"销售最好的书籍"，至于书本身如何经受时间的考验则被忽略了[1]。在订数的面纱下，畅销书有效地割裂了使用价值和交换价值的对应关系。

20世纪八九十年代之交红极一时的王朔现象就是很典型的例子。王朔以反精英姿态颠覆了20世纪一直延续下来的忧国忧民的整体氛围，他以调侃的姿态为文学的市场化投石问路，受到市场的青睐。王朔的市场成功影响了许多写作者，张抗抗认为王朔最大的贡献"在于他把'文字'的价格炒了上去。'买''卖'双方商讨稿价"。[2]而邱华栋则在《手上的星光》中说："我终于决定，也许我会像王朔一样靠写作发财和挣得爱情。"[3]写作的神圣感被消解了，文学被置于与发财享乐同等的地位。叙述者在这篇小说中罗列了一系列真实的光影交错的消费场所："那一座座大厦、购物中心、超级商场、大饭店，到处都有人们在交换梦想、买卖机会、实现欲望。这是一座欲望之都，尤其是当你几乎每天都惊叹于这座城市崛起的楼厦的时候。"在此，建筑曾经被视为诗意的栖居地也沦为欲望的战场，都市成了欲望之都。曾是写作和阅读最具魅力最值得期待的部分——灵魂的秘景就像雪花遇见太阳一样消散得无迹可寻。

王朔现象一石激起千层浪，不少严肃的批评家高调对王朔进行笔伐，同时老作家王蒙发表《躲避崇高》[4]表示了异议。对王朔、贾平凹等受到市场追捧的文学家的批评声音延伸到人文精神大讨论的整个过程中。

在1993年这个具有标志性意义的年份，一向以书写农村生活见

---

[1] 参见[英]约翰·苏特兰：《畅销书》，何文安译，上海，上海文化出版社，1988年，第2—5页。
[2] 张抗抗：《玩的不是文学》，《文学自由谈》1993年第2期。
[3] 邱华栋：《手上的星光》，见《太阳帝国》，百花文艺出版社，1999年，第7页。
[4] 王蒙：《躲避崇高》，《读书》1993年第1期。

长的贾平凹在京城抛出了都市欲望文本《废都》,这部直接叙述知识分子的颓废欲望真相之作,敞开了都市欲望的宣泄通道。《废都》的情欲叙事及其传播流通过程中所引起的关注具有某种示范作用,从此,情欲叙述飞流直下,一泻千里。情欲一旦被敞开便面临失控的危险,性场景描写、性暗示、性联想日益成为都市情爱叙事的核心内容。情欲的神秘性被揭开之后,情欲叙事的魅力也丧失了。情欲的革命性意义被泡沫般的性话语淹没了。如果以此来考察20世纪90年代以来消费社会的叙事面貌的变化,我们会发现,潜藏在叙事下面的是欲望边界的不断拓展。在情欲世界渐次打开的过程中,许多叙事者不由自主地流露出对性叙事的把玩欣赏之态,性叙事变成了叙事者暗中对读者窥私欲望满足的假想。单纯的情欲泛滥反而对纯粹而热烈的爱情本身造成了致命的威胁。爱情的贫乏也是消费社会叙事困境的一部分。

消费社会的到来改变了文学的处境。作为大众文化的一部分,文学叙事的价值和使用价值受到了挑战。马克思主张文艺的使用价值蕴涵在审美快感的生产中。诗人瓦雷里也曾在谈论诗的价值时指出,价值"在精神世界如同在经济世界中一样扮演着头等重要的角色,但精神价值要比经济价值微妙得多……那是因为稀有、不可模仿以及其它一些特性使《伊利亚特》和金子有别于其他东西,使它们成为享有特殊地位的事物,成为价值的标准"。[1]金子因其"稀有、不可模仿"而在众多物品中脱颖而出成为交换的等价物。然而,从货币取代金子成为一般等价物的那一天起,货币就完全成了抽象物,这个交换价值的使者在带来流通便捷的同时,意味着有别于其

---

[1] [法]瓦雷里:《文艺杂谈》,段映虹译,天津,百花文艺出版社,2002年,第310页。

他事物的品性的消失，拥有货币就意味拥有了交换物的品性，"《伊利亚特》和金子"等"稀有、不可模仿"的有别于众的事物本身也就与其他普通的事物一道，接受货币一视同仁的检阅。在这种貌似公正的货币目光中，事物的特性被忽略不计，所有的价值均被夷平为交换价值，而交换价值最终表现为一定数目的价格。在数字笼罩一切的时候，我们必定会与那些曾经珍视的特别的生活意义失之交臂，这将危及我们对微妙的幸福的感受，"由于货币经济的原因，这些对象的品质不再受到心理上的重视，货币经济始终要求人们依据货币价值对这些对象进行估价，最终让货币价值作为唯一有效的价值出现，人们越来越迅速地同事物中那些经济上无法表达的特别意义擦肩而过。对此的报应似乎就是产生了那些沉闷的、十分现代的感受：生活的核心和意义总是一再从我们手边滑落；我们越来越少获得确定无疑的满足，所有的操劳最终毫无价值可言。"[1] 0，1两个数字的排列引领我们进入了电子时代，各种各样的数字标识着这个时代。我们以前所未有的热情关心货币，所有的无形的荣耀、价值最终得接受货币无情的考验。

  诺贝尔文学奖得主帕慕克的著作《我的名字叫红》的第十九节的标题是《我是一枚金币》，这一节是金币的口述史，这枚假金币以第一人称叙事不无炫耀地讲述了自己的见多识广和神通广大。开篇是这样的，"看呀！我是一枚22K的奥斯曼苏丹金币，身上有着世界的保护神苏丹陛下的玺印。"[2] 请注意，金钱的身体上是权力的记

---

[1] [德] 西美尔：《金钱、性别、现代生活风格》，顾仁明译，上海，学林出版社，2000年，第8页。
[2] [土耳其] 奥尔罕·帕慕克：《我的名字叫红》，沈志兴译，上海，上海人民出版社，2006年，第122—127页。

号，金钱与权力的关系是自生产的那一刻起就铸就好了的。金钱不仅是交换的等价物，而且是权力的象征。接着这枚金币叙述自己何其受欢迎以及它所能交换的商品，并暗中透露自己是一枚假币。具有讽刺意味的是，正因为是假币，结果流通得比真币更快，"在这最近的七年中，我在伊斯坦布尔被转手了五百六十次，没有一个家庭、商店、市场、清真寺、教堂或犹太会堂没有进去过。当我四处流浪时，听过各种与我有关的谣言、传说、谎话，数量之多远超过了我的想象。人们不停地往我身上安各种名分：我是最有价值的东西；我是无情的；我是盲目的；甚至我自己都爱上了钱；很遗憾，这个世界是建立在我之上的；我可以买所有的一切；我是肮脏的、低俗的、下贱的。"[1]然后，这枚假金币得意扬扬地叙述人们对它的喜爱之情，最后自豪地宣布："如果我不存在的话，便没有人能够区别好画家与烂画家，这将造成细密画家间的彼此互相残杀。"[2]假金币的自述见证了历史的变迁，也见证了自身所向披靡的威力，这种威力与人类对财富的占有欲成正比。而这枚金币本身是假的尤具颠覆效果，对价值的"不可模仿"性进行了最严重的亵渎。

当纸币取代了金币，当信用卡取代了现金，商品的交换通过这多重的象征变得便捷，商品流通的速度得到了空前的提高，消费信息被即时传递和接收。货币正以前所未有的广度、深度、密度参与到我们的消费生活之中，瞬息万变的股市恰如消费社会的面孔。在这种崭新的消费方式面前，速度、时间都成了我们不得不面对的问题。这些问题同样严重地困扰着消费社会的叙事及其生产。

都市欲望的勃兴既培育了何顿、邱华栋、朱文等一批书写都市

---

[1] [土耳其] 奥尔罕·帕慕克：《我的名字叫红》，沈志兴译，第125页。
[2] 同上，第127页。

欲望的作家，同时，这些作家的叙事又构成了都市欲望的想象，加速了情欲的膨胀及循环，这些，后来又随着媒体的渲染而变成都市公共经验。金钱携带着欲望赤裸裸地进入文学场域与巴尔扎克这位"时代的书记员"的努力分不开，"在巴尔扎克的时代以前，小说几乎专用一个题材——爱情；然而巴尔扎克同时代人的上帝是金钱；因此在他的小说里，运转社会的枢纽是金钱，或毋宁说是缺乏金钱、渴望金钱。……总之，把金钱作为头等大事加以处理，这完全是一个新发展。"[1]葛朗台的吝啬集中体现了巴尔扎克对金钱入木三分的认识。"九十年代的中国却原画复现式地充满着巴尔扎克时代酷烈而赤裸的欲望场景。"[2]与现代国家-民族的想象与建构紧密相连的宏大叙事逐渐衰落，个人欲望扬眉吐气，身体欲望、享乐欲望和物质欲望谱写成消费社会的大合唱。

当"个人化叙事"沉湎于窗帘内的私密欲望，个人曾经与社会紧密联系的道德脐带被毫不留情地斩断了；当内心生活被肉欲的障蔽所阻隔，曾经被设想为历史组成部分的生活也就失去了叙事动力。身体，长期被禁闭在长袍包裹下的身体，被骤然推到了叙事的聚光灯下尽情演绎消费神话。道德伦理与灵魂成为过期的道具，情欲的羞耻感被遗落在后台。残余的宏大叙事被改造为社会躯壳与个人欲望的组装，并纳入消费滚轴。原先由权力造成的社会等级区分，如今被金钱格式化了，消费假时尚之手重新对消费者进行排序。无论是以"三驾马车"（谈歌、关仁山、何申）为代表的"现实主义冲击

---

[1] [丹麦]勃兰兑斯：《19世纪文学主流》第五分册，张道真译，北京，人民文学出版社，1997年，第203页。
[2] 戴锦华：《隐形书写——九十年代中国文化研究》，南京，江苏人民出版社，1999年，第11页。

波",还是以张平、王跃文、周梅森、陆天明等为代表的"官场小说",都是以社会性的面纱遮盖着个人的隐蔽欲望,"反腐败"这个苍白的幌子下面是无可奈何的官场潜规则的横行。叙事运转逻辑是权力资本与金钱资本的互相勾结及其转化,这种逻辑与历史小说、宫廷电视剧一样,对消费者产生了极大的诱导作用,这也是这批文本得以畅销的秘密。金钱这一俗世之神大放异彩,曾经遭到鄙弃的特权阶层的奢侈消费和纸醉金迷的生活方式成为消费者的价值参照,饱受批判的灯红酒绿的小资情调在传媒话语和通俗叙事的渲染下,也正在成为大众的生活梦想。

个人,这一曾经被集体压抑的对象在消费社会重新被消费所奴役。集体曾经假道德的名义对个人进行统治,宏大叙事以崇高的名义,驱使个人为集体、社会、民族、国家奉献,个人被抽空为社会关系;而消费则反其道而行之,让个人完全无视道德要求,倾心享受欲望的欢悦,接受欲望发出的邀请去尽情"耗尽、浪费",所以,欲望叙事中消费场景目不暇接,流光溢彩,个人则沦为欲望的奴隶。

当消费所依赖的叙事陷入消费的逻辑怪圈之后,对消费进行揭示的叙事和评论同样不可幸免。消费社会正是通过这二者来建立平衡的。

二、 研究综述

叙事理论具有较强的学术实践意义,以叙事理论对 20 世纪 90 年代以来的长篇小说进行研究成为最常见的方法之一。本书试图从一个新的视角——消费——重新考察 90 年代以来的叙事面貌及叙事生产。对此,已有不少学者、批评家取得了不菲的成果,略述如下:

陈晓明的《表意的焦虑——历史祛魅与当代文学变革》[1]深化了《移动的边界——多元文化与欲望表达》[2]的思考，前者是在后者结语所提出的五个观点上深入拓展，是在对欲望表达的关注之上的一次重心位移。在《表意的焦虑》序言部分，作者确定了表意与历史意愿的关系，现代性叙事服从历史总体性的目标。然后论著沿着"历史祛魅"的思路展开，最后一个部分《暧昧的后现代性：消费社会中的文学叙事》是与当下最切近的部分，也可以看作一篇独立的论文，从后现代性的暧昧出发梳理消费社会与文学叙事的相互关系，此章分为"引言：消费社会的后现代特性/想象的快乐：消费社会对文学的影响/模仿与颠覆：文学对消费社会的改写/挪用与重建：消费社会与文学的审美互动/历史语境及其超越的可能性"，五个小论题清晰地展示了研究对象，在这一章里，作者提出"文学依然有可能创建新的美学原则"，且将"坏女人"作为一个超级符号提出，认为"'坏女人'如同一个不尽的宝藏，当代文学叙事不断地从中获得最新奇、最具观赏性的资源"。[3]笔者认为，这种消费社会的现实在一定程度上迎合了男权视角，首先以道德优势将女人定性为"坏"，然后再以男性的目光来看"坏女人"的身体魅力以挑逗情欲，《上海宝贝》这类美女作家的作品深谙此理，干脆对男权道德观进行主动挑衅，率先占据"坏"的地理位置，然后反戈一击，试图将男性同样当成欲望对象来打量，当然这种挑衅并不彻底。无论是主动将自己置身"坏女人"的位置，还是

---

[1] 陈晓明：《表意的焦虑——历史祛魅与当代文学变革》，北京，中央编译出版社，2002年。
[2] 陈晓明：《移动的边界——多元文化与欲望表达》，武汉，湖北教育出版社，2000年。
[3] 陈晓明：《表意的焦虑——历史祛魅与当代文学变革》，第434页。

以此为幌子来展示女人的身体魅力，最终都是消费社会的一种叙述策略，暗中睥睨着消费市场。

涂尔干时代，"女性总是被当作审美生活的中心。"[1]当今，女性总是被当作消费生活的中心，女性既是消费的主体，她们对奢侈的生活方式无止境的追求被桑巴特认为是资本主义发展起来的一个原因[2]；同时女性也是消费的对象，漫天飞舞的广告中十有八九是性感女郎的形象，她们的形象让人联想时尚、现代，这是男权文化对女性长期物化的结果。同样，女性也活色生香地居住在文学叙事中，关于她们的叙述成为欲望的符号、消费的象征。城市的发展和文明的开化为女性开辟了生活的无限可能性，女性在反抗男性强权，从依附走向独立，努力建构自身主体性地位的同时，女性书写也从揭示、控诉传统宗族伦理强加于女性的精神桎梏，转而叙述女性在琳琅满目的都市消费浪潮中的挣扎与沉沦，对爱情迷梦奋不顾身的追寻和自身独立人格的自觉建构。从边缘到"宠儿"，从被动迎合到主动建构，不仅体现了女性惊人的都市适应性，更突显出女性在消费社会的自我认同和精神独立，从而使其成为现代消费叙事中一个不容忽视的存在。田皓的《论消费文化时代的"身体写作"及对女性文学创作的思考》（《中国文学研究》2007年第2期），徐杨、王确的《生活、身体以及文学消费——"新世纪文学"的婚恋叙事》（《文艺争鸣》2010年第19期），王凤玲的《都市·消费·身体三位一体的狂舞——中国当代女性身体写作的文化学分析》（《小说评论》

---

[1] [法]涂尔干：《乱伦禁忌及其起源》，汲喆、付德根、渠东译，上海，上海人民出版社，2006年，第59页。
[2] [德]桑巴特：《奢侈与资本主义》，王燕平、侯小河译，上海，上海人民出版社，2000年。

2014年第5期）等论文都从不同视角对女性书写进行了深入细致的分析，而孙桂荣《消费时代的女性小说与"后女权主义"》和程箐《20世纪90年代女性都市小说与消费主义文化研究》的博士文论则分别从女权主义和文化研究这一更为宏大的背景探讨了消费时代文学叙事中的女性书写，应该说无论是女性写作，还是对女性的研究都进入了一个新的阶段。

针对消费社会叙事向故事回归的现实以及叙事中欲望跋扈之状，谢有顺的《消费社会的叙事处境》（《花城》2004年第1期）对此进行了批判，虽然也在结尾处提出了希望，但整体分析时感到悲观；刘方喜的《"文学死亡"事件中的消费主义神话》（《文学评论》2005年第5期）主要从理论上分析"生产主义"范式向"消费主义"范式位移必然产生的对生产生活的压抑以及"生产性享受"的丧失。蒋述卓的《消费时代文学的意义》（《文学评论》2005年第6期）则相对乐观，论文首先接受消费现实肯定其意义，然后分析消费时代文学可能产生的变化。赵学勇的《消费时代的"文学经典"》（《文学评论》2006年第5期）分析了文学经典在消费时代必然遭遇解构的命运。江正云的《论文学空间及其消费形态》（《文学评论》2007年第4期）分析了消费社会文本文学空间、影视文学空间和物象文学空间之间的内在关联，这三种文学空间与消费形态并存的合理性及其意义。

与消费紧密相联的是市场经济以及大众文化的繁盛。谈论20世纪90年代以来的文学，市场化、商品化就成了一个无法回避的存在，事实上，"市场化"已经成为我们耳熟能详的关键词之一。第一部以市场经济作为文学的总体背景来深入研究其对文学的影响的专著,当推祁述裕的《市场经济下的中国文学艺术》[1],论文比较细致地梳理了20世纪80年代末90年代前半期经济转型期的文艺变化,归纳出若干文艺在创作主体的自觉倾向和市场经济以及意识形态的压力的合力作用下呈现的特点。论文上编分析"市场经济下的文化语境",下编分析"转型期的文艺形态",提出不少独到的创见。祁述裕的研究成果对本书具有重要的参考价值,本书力图揭示消费社会中文化消费的巨大力量,它影响着文学生产,也影响着写作主体的自觉。在这个过程中,印数表征的稿酬这一魔咒起了至关重要的作用。媒体批评、专家推荐、选刊选本转载、年度排行榜、获奖等等与区分作家有关的一切行为均为印数所用,也就是说文学生产领域对文本符号价值的种种假想通过印数传达给市场,在这个过程中,消费者成了被动的信息接受者,因为消费者看不到编辑们为封面设计和封面精简的提示语绞尽脑汁,也不可能通过十几秒的广告或者在作者签名活动的瞬间交流中看到隐藏在背后的精细策划。鲁湘元的博士论文《稿酬怎样搅动当代文坛——市场经济与中国近现代文学》虽然研究领域是中国近现代文学,但其研究方法及以稿酬作为切入点来考察市场经济与文学的关系,无疑对本书的研究是有借鉴作用的。邵燕君的《倾斜的文学场——当代文学生产机制的市场化转型》中涉及的大量关于消费社会文学生产机制的资料、小说的销售数据及其分析也对本书提供了有益的启示。

陶东风的系列论文如《欲望与沉沦——大众文化批判》(《文艺争鸣》1993年第6期)、《从社会学理论视角看文学的自主性——兼

---

[1] 祁述裕:《市场经济条件下的中国文学艺术》,北京,北京大学出版社,1998年。

谈"纯文学"问题》(《花城》2002年第1期)、《大众消费文化研究的三种范式及其西方资源——兼答鲁枢元先生》(《文艺争鸣》2004年第5期)主要谈论大众文化与文学生产之间的相互影响和渗透；黄发有的《准个体时代的写作——20世纪九十年代的中国小说研究》(上海三联书店，2002年)，吴义勤的《新生代长篇小说论》(《文学评论》2004年第5期)，陈霖的《文学空间的裂变与转型——大众传播与二十世纪九十年代中国大陆文学》(安徽大学出版社，2004年)，南帆的《符号的角逐》(《天涯》2004年第4期)，李建军的《时代及其文学的敌人》(中国工人出版社，2004年)，王爱松的《当代作家的文化立场与叙事艺术》(南京大学出版社，2004年)，王光明的《市场时代的文学》(安徽教育出版社，2008年)，蔡毅的《价值之变：消费时代文学现象观察》(中国书籍出版社，2012年)，王贵禄的《前瞻性批评：消费时代的文学与影像》(中国社会科学出版社，2012年)等论文和专著从不同的研究角度切入我国向市场经济转型后的文学状况，研究视点有意识地从作家作品转向文学传播和消费领域。高建平的《文学在市场中的生存之道》(《文学评论》2014年第6期)调动古代艺术家的案例证明文学与市场的关系源远流长，以马克思的观点区分文艺家的劳动和围绕作品产生的生产性劳动，强调精神劳动的特殊性，捍卫主体的精神独立。

　　教育的大众化转型对文学消费的影响也值得讨论。上个世纪末，高等教育的大众化转向和高校扩招，这一方面大大提高了全社会的大学生占比数，"80后"作家中受过高等教育的占比很重，另一方面使文学研究领域从业者激增。2009年后，创意写作成为中文专业一个新的增长点，写作技巧会得到更深入的研究。作家由自由成才到专业培养将对整个文学生态产生作用。文学市场化、消费化对文学叙事范式和传播媒介的影响与变革也成为许多身处其中的青年学者的博士论文选题,如杨紫玮的《融入日常生活的文学消费——新时期以来文学消费的演化逻辑》以文学消费热潮的形成过程和演化逻辑为研究对象,通过分析文学消费在世纪之交突破社会文化边缘地位的过程,揭示了制约文学消费变迁的内在逻辑。管晓莉的《"经典化写作"向"市场化写作"的"历史蜕变"——2000—2010:长篇小说的"新十年调适"》以市场经济大潮中媒介的变化为切入点,探析了 21 世纪最初 10 年文学的存在方式、生产方式、传播消费方式等的转变态势,对其文学现象进行了相对客观的评判。焦雨虹的《消费文化与 20 世纪 90 年代以来的都市小说》以文化和文学的双重对照,从都市意象与空间、都市生活方式、都市人、都市书写策略、都市文学生产等几个方面剖析了消费文化与都市小说互相阐释、互相建构的互动关系。蒋荣昌的《消费社会的文学文本——文学文本形态的转折》,管宁的《消费文化语境中的文学叙事》,郑崇选的《镜中之舞——当代消费文化语境中的文学叙事》,钟琛的《消费文化语境中的"媒介文学事件"研究》等论文都为整个研究的推进做出了有益的探索。

　　传播方式的变化,网络尤其移动互联网的到来也成为我们讨论文学非常重要的因素。媒介预言家麦克卢汉曾以蛛网来形容思想和信息的高速公路,随着社会的进步、科技的飞速发展,人们迎来了信息时代,移动互联网的介入使得通讯、生产与消费之间的边界被瓦解和吞噬,全球一体化的想象瞬间变为了现实,自媒体时代的数字革命的冲击和宰制要远远超过以蒸汽机为标志的工业革命,它不仅使人们的日常生活产生了翻天覆地的变化,而且也改变了文学的生产与传播方式,网络文学藉此迅猛发展,而 2006 年由白烨一篇评论20世纪80年代后文学的博客文章所引起的"韩白之争",则更为鲜明地显现了电子媒介对现代人文学观念和文学创作模式的影响与改变,这一现象引起了越来越多学者和批评家的关注。王燕子《自媒体时代下消费体验的文学观》从身份定位、创作形式、阐释方式三个方面探讨了自媒体时代的文学观念。王传领在《论互联网时代当代文学消费范式的转向》一文中指出"当代文学在利用媒介,尤其是互联网媒介时才能够将这种契合人性的媒介的优势发挥至妙到毫巅,并进而演变出新的文学消费方式和消费特点。其中,媒介霸权对于文学消费的引导乃至绝对控制以及由移动支付所带来的冲动消费所形成的反理性化趋势已然降临"。[1]孟繁华在《媒体霸权与文学消费主义》中表达了自己的媒体发展的忧思以及对于文学时尚化批判的两难境地。赵小雷的《数字消费时代作为艺术的文学作品》(《文学评论》2010年第4期),葛娟的《网络时代的文学生产与消费》(《中国出版》2010年第18期),胡友峰的《消费社会与电子媒介时代文学的生长背景》(《小说评论》2014年第6期)等论文都敏锐地感受到移动互联网给文学的生产与消费带来的新变化。

与本书密切相关的事件及话题。

1993年,《上海文学》《读书》《作家报》等报刊上持续两年之久的人文精神大讨论;1998年发表在《北京文学》第10期上的朱文、韩东发起的"断裂"问卷调查;与代际划分相关的资料:吴俊《九十年代诞生的新一代作家——关于六十年代中后期出生的作家现象

---

[1] 王传领:《论互联网时代当代文学消费范式的转向》,《中国文化研究》2019年第2期。

分析》[1]，汪政《新生代，我们知道多少》[2]；1996年第3期《小说界》开设了"七十年代以后"的栏目和1998年第7期《作家》杂志隆重推出的"七十年代出生的女作家小说专号"，使"70后"及"美女作家"之称谓深入人心；2001年《上海文学》展开"纯文学"的讨论；2003年《文艺争鸣》等杂志展开"日常生活审美化"的讨论。现在回过头来看这些当时引起关注的文学现象，就会发现尽管解构横行，然而文化的精英立场始终是个在场之物。"人文精神大讨论"和关于"纯文学"的清理和讨论在某种程度上可以看成是对文化精英立场的一种捍卫，"断裂"问卷貌似要扼杀精英立场，然而又重新将自身陷入了精英立场。代际划分虽然是为了批评的方便，然而也暗示了一种年龄上的秩序符号。"日常生活审美化"以大众立场强调消费之欢乐同时将生产的欢乐仍然留给了精英话语。而消费社会则试图以消费来改造精英话语，使之能被纳入大众话语的喧嚣之中。

傅小平、邓晓芒、徐友渔、沃尔夫冈·顾彬、汪涌豪、梁鸿、李浩、余泽民等人的邮件往来与电话对话《消费时代与文学反思》围绕消费时代文学如何成为可能等问题进行了激烈而深入的对话和交流。2015年9月18日至21日，在西南大学和重庆大学举办了由中国社会科学院文学研究所、西南大学研究生院、西南大学文学院、美国纽约提洛斯研究院联合主办，重庆大学人文社会科学高等研究院协办，来自中国、美国、印度、奥地利、韩国等国内外高校的三十多名专家学者参会的"消费社会与文学的生产与传播"国际学术研讨会，主要围绕消费社会的审美批判、文学在消费社会语境

---

[1] 林建法、徐连源主编《中国当代作家面面观：灵魂与灵魂的对话》，杭州，浙江文艺出版社，2004年。
[2] 同上。

中的精神引导作用、消费社会文学生产和传播的转型、消费的文化政治学意味等议题，集中研讨了核心概念辨识与现实问题关照、消费社会语境中文学的生存与发展、媒介化生存与美学批评、文艺生产与案例分析、消费的文化政治学考察等相关问题。此次研讨会涉及文学、政治学、传播学等多个学科，跨学科交流，以不同的学术视野来观照当前文学的生存现状和时代变革给文学带来的诸多挑战。

贾平凹论。在中国当代，贾平凹是最为高产的作家之一，同样对他的评论也是当代文学的热点之一。据中国期刊网数据库显示，截至2023年5月，有2104篇评论。其中《当代作家评论》就曾于1993年第6期、1999年第2期、2006年第3期、2006年第4期4次发表贾平凹研究专辑，包括论文23篇。西安的《小说评论》一直跟踪贾平凹的创作。《废都》的出版曾经掀起一个评论热潮，一时出版十多本评论集[1]。如果说对《废都》的评价还是毁誉参半的话，2005年乡村叙事文本《秦腔》出版并获得茅盾文学奖，评论界对其评价到了一个新的高度。贾平凹以其均匀而高速的创作、序、跋、创作谈构筑了完整的诗学。对贾平凹研究有代表性的资料有：邓晓芒的《废弃的灵都》[2]；陈晓明的《文化废墟上的欲望之舞》[3]；孙见喜的《贾平凹前传》[4]；贾平凹、谢有顺的《贾平凹谢有顺对

---

[1] 参见李星、孙见喜：《贾平凹评传》，郑州，郑州大学出版社，2005年，第141页。
[2] 邓晓芒：《废弃的灵都》，《灵魂之旅——九十年代文学的生存境界》，武汉，湖北人民出版社，1998年。
[3] 陈晓明：《文化废墟上的欲望之舞》，《移动的边界——多元文化与欲望表达》，武汉，湖北教育出版社，2000年。
[4] 孙见喜：《贾平凹前传》，广州，花城出版社，2001年。

话录》[1]；丹萌《贾平凹透视》[2]；李星、孙见喜的《贾平凹评传》[3]；洪治纲的《困顿中的挣扎——贾平凹论》[4]；孙见喜的《危崖上的贾平凹》[5]；王新民的《一部奇书的命运　贾平凹〈废都〉沉浮》[6]；栾梅健的《与天为徒——论贾平凹的文学观》[7]；李遇春的《贾平凹：走向"微写实主义"》[8]；程光炜的《贾平凹序跋、文谈中的商州》[9]；谢有顺的《在传统与现代中往返博弈的贾平凹》[10]；栾梅健的《一样的商州　不一样的叙事——论贾平凹近十余年的文学创作》[11]；陈晓明的《"土"与"狠"的美学——论贾平凹叙述历史的方法》[12]；费秉勋的《贾平凹论》[13]等等。

余华论。作为先锋文学的代表，余华的创作不论是冷峻的暴力叙事，还是20世纪90年代《活着》和本世纪初《兄弟》的创作转向，都是中国当代文坛备受瞩目的文学焦点，而学界对其转型之路的评价可谓众说纷纭，尤其长篇小说《兄弟》的面世则更是掀起了不小的风浪，遭遇了诸多评论家的批评。2006年11月30日召开了

---

[1] 贾平凹、谢有顺：《贾平凹谢有顺对话录》，苏州，苏州大学出版社，2003年。
[2] 丹萌：《贾平凹透视》，天津，百花文艺出版社，2004年。
[3] 李星、孙见喜：《贾平凹评传》，郑州，郑州大学出版社，2005年。
[4] 洪治纲：《困顿中的挣扎——贾平凹论》，《钟山》2006年第4期。
[5] 孙见喜：《危崖上的贾平凹》，广州，花城出版社，2008年。
[6] 王新民：《一部奇书的命运　贾平凹〈废都〉沉浮》，石家庄，花山文艺出版社，2011年。
[7] 栾梅健：《与天为徒——论贾平凹的文学观》，《当代作家评论》2012年第6期。
[8] 李遇春：《贾平凹：走向"微写实主义"》，《当代作家评论》2016年第6期。
[9] 程光炜：《贾平凹序跋、文谈中的商州》，《文艺研究》2016年第10期。
[10] 谢有顺：《在传统与现代中往返博弈的贾平凹》，《小说评论》2017年第2期。
[11] 栾梅健：《一样的商州　不一样的叙事——论贾平凹近十余年的文学创作》，《文艺争鸣》2017年第6期。
[12] 陈晓明：《"土"与"狠"的美学——论贾平凹叙述历史的方法》，《文学评论》2018年第6期。
[13] 费秉勋：《贾平凹论》，西安，陕西人民出版社，2018年。

由复旦大学中文系中国当代文学写作与研究中心和《文艺争鸣》杂志联合主办的"'李光头是一个民间英雄'——余华《兄弟》"座谈会。《当代作家评论》2006年第4期发表了关于余华《兄弟》的评论3篇；陈思和的《我对〈兄弟〉的解读》[1]，张清华的《〈兄弟〉及余华小说中的叙事诗学问题》[2]，邵燕君《"先锋余华"的顺势之作——由〈兄弟〉反思"纯文学"的"先天不足"》[3]，杜士玮和许明芳的《给余华拔牙 盘点余华的"兄弟店"》[4]，张丽军的《"消费时代的儿子"——对余华〈兄弟〉"上海复旦声音"的批评》[5]等都对余华的《兄弟》进行了阐释与评论。除对《兄弟》的单篇论述外，对余华及其创作的研究主要有：《当代作家评论》1997年第2期发表张柠的《长篇小说叙事中的声音问题——兼谈〈许三观卖血记〉中的叙事风格》和张宏的《〈许三观卖血记〉的叙事问题》；《文艺争鸣》2000年第1期发表了陈思和等的《余华：由"先锋"写作转向民间之后》和吴义勤的《告别"虚伪"的形式——〈许三观卖血记〉之于余华的意义》；《当代作家评论》2000年第4期发表余华评论小辑：包括倪伟的《鲜血梅花：余华小说中的暴力叙述》，张炼红的《苦难与重复相依为命》和刘旭的《吃饱之后怎样——评余华的小说创作》；邢建昌、鲁文忠的《先锋浪潮中的余

---

[1] 陈思和：《我对〈兄弟〉的解读》，《文艺争鸣》2007年第2期。
[2] 张清华：《〈兄弟〉及余华小说中的叙事诗学问题》，《文艺争鸣》2010年第23期。
[3] 邵燕君：《"先锋余华"的顺势之作——由〈兄弟〉反思"纯文学"的"先天不足"》，《当代文坛》2007年第1期。
[4] 杜士玮、许明芳：《给余华拔牙 盘点余华的"兄弟店"》，北京，同心出版社，2006年。
[5] 张丽军：《"消费时代的儿子"——对余华〈兄弟〉"上海复旦声音"的批评》，《文艺争鸣》2008年第2期。

华》[1]；赵思运的《以短篇手法写长篇的成功尝试——读余华〈许三观卖血记〉》[2]；谢有顺的《余华：活着及其待解的问题》[3]；张清华的《文学的减法——论余华》[4]；《当代作家评论》2003年第5期发表庞守英的《寻找先锋与传统的结合部——余华长篇小说的叙事学价值》和罗绮卫的《浅论余华小说叙事视角的变化》；洪治纲的《余华评传》[5]；洪治纲的《悲悯的力量——论余华的三部长篇小说及其精神走向》[6]；吴义勤、王金胜和胡健玲的《余华研究资料》[7]；洪治纲的《余华研究资料》[8]；何家欢和孟繁华的《论余华的小说创作》[9]；叶立文的《形式的权力——论余华长篇小说叙事结构的历史演变》[10]；程光炜《论余华的三部曲——〈在细雨中呼喊〉〈活着〉〈许三观卖血记〉》[11]；刘旭的《余华论》[12]；郜元宝《先锋作家的童年记忆——重读余华〈在细雨中呼喊〉》[13]；李

---

[1] 邢建昌、鲁文忠：《先锋浪潮中的余华》，北京，华夏出版社，2000年。
[2] 赵思运：《以短篇手法写长篇的成功尝试——读余华〈许三观卖血记〉》，《小说评论》2000年第4期。
[3] 谢有顺：《话语的德性》，海口，海南出版社，2002年。
[4] 张清华：《文学的减法——论余华》，《南方文坛》2002年第4期。
[5] 洪治纲：《余华评传》，郑州，郑州大学出版社，2004年。
[6] 洪治纲：《悲悯的力量——论余华的三部长篇小说及其精神走向》，《当代作家评论》2004年第6期。
[7] 吴义勤、王金胜、胡健玲：《余华研究资料》，济南，山东文艺出版社，2006年。
[8] 洪治纲：《余华研究资料》，天津，天津人民出版社，2007年。
[9] 何家欢、孟繁华：《论余华的小说创作》，《小说评论》2014年第4期。
[10] 叶立文：《形式的权力——论余华长篇小说叙事结构的历史演变》，《文学评论》2015年第1期。
[11] 程光炜：《论余华的三部曲——〈在细雨中呼喊〉〈活着〉〈许三观卖血记〉》，《中国现代文学研究丛刊》2018年7期。
[12] 刘旭：《余华论》，北京，作家出版社，2018年。
[13] 郜元宝：《先锋作家的童年记忆——重读余华〈在细雨中呼喊〉》，《当代文坛》2019年4期。

建周《余华与八十年代"文化热"》[1]等等,这些著作和论文的标题显示,以叙事和暴力切入余华的叙述世界几成共识。本书则试图从消费这一新的角度谈论先锋作家余华的叙事转型。

三、理论资源

由于本书研究的是一个跨学科的课题,所以本书的理论资源十分复杂,总的说是来自西方马克思主义和弗洛伊德主义。事实上,二者确立了对于资本主义文化的研究和揭示的边界,波德里亚认为,"今天,所有观念学者都在政治经济学中找到了自己的母语。所有社会学家、人文科学家等都转向了马克思主义,以此作为参照话语"[2]。波德里亚以弗洛伊德主义尤其是无意识的结构分析拓展了马克思主义的政治经济学内容,指出是符号价值而不是使用价值决定了商品的交换价值。对符号价值的思考和揭示可以看作波德里亚的一大贡献,将交换价值的来源公诸于众对于我们研究20世纪90年代以来的大众文化的生产,以及文化时尚的流通和消费具有特别重要的意义。交换价值与使用价值的脱钩有效地掐断了消费者沉湎已久的白日梦,这个梦的诱因正是马克思在政治经济学批判中建立的关于商品的价值理论。

揭开交换价值的面纱,祛除使用价值的魅惑,一直是西方马克思主义研究的重要基点之一,因为这也是切入社会最有力的一柄解剖刀。霍克海默和阿道尔诺的《启蒙辩证法》以此奠立了社会批判理论的基础,"在文化商品中,所谓的使用价值已经为交换价值所替

---

[1] 李建周:《余华与八十年代"文化热"》,《文艺争鸣》2020年第4期。
[2] [法]让·波德里亚:《象征交换与死亡》,车槿山译,南京,译林出版社,2006年,第49页。

代；在人们欣赏艺术作品的地方，到处充满着走马观花和确凿可靠的知识：沽名钓誉者取代了鉴赏家。消费变成了快乐工业的意识形态，而后者的生产机制却是他永远摆脱不掉的。"[1]他们对当时社会的诊断具有预见性，尤其是对于大工业生产的副作用的批判理论今天仍然没有过时，其对文化工业的警惕和批评也是本书的基本立场，而"永远摆脱不掉"的沉重的文化工业的"生产机制"是本书所要重点考察的内容。

此前，大批评家已经敏锐地感觉到横亘于商品交换价值与使用价值之间愈演愈烈的裂缝。在那篇不断被引用的著名论文《机械复制时代的艺术作品》中，本雅明分析了艺术品的崇拜仪式价值和展览价值的历史变迁——即展演价值对崇拜祭仪价值的遮盖[2]。他在解读波德莱尔的诗歌时也注意到艺术的价值问题，他努力重现那个时代的文化现场：

> 世界展览为商品交换价值涂脂抹粉。他们创造了一种使商品的使用价值退居台后这样一种局面。他们打开一个幽幻的世界，人们到这里的目的是为了精神解脱。娱乐业通过把他们提高到商品的水平而使他们较容易获得这种满足。在享受自身异化和他人的异化时，他们听凭娱乐业的摆布。……时尚确定了被人爱恋的商品希望的崇拜的方式。……时尚是与有生命力的东西相对立的。它将有生命的躯体出卖给无机世界。与有生命

---

[1] [德]马克斯·霍克海默、西奥多·阿道尔诺：《启蒙辩证法》，渠敬东、曹卫东译，上海，上海人民出版社，2006年，第143页。
[2] [德]本雅明：《机械复制时代的艺术作品》第V部分，见《迎向灵光消失的年代》，许绮玲、林志明译，桂林，广西师范大学出版社，2004年，第66—67页。

的躯体相关联，它代表着尸体的权利。屈服于无生命物的性诱惑的恋物欲是时髦的核心之所在。恋物欲对商品的崇拜起了推波助澜的作用。[1]

恋物欲，作为人的基本天性之一，它背后的私心与贪婪正是社会道德所竭力压抑排斥的。人类的历史从某种程度上看，可以说是一部恋物欲导致的奢侈与禁欲主义博弈的历史。在社会学家韦伯看来，正是新教所提倡的禁欲及相关的道德伦理形成了资本主义的精神，禁欲导致资本的积累，最终促使了资本主义的形成。与他同时代的社会学家桑巴特则注意到历史的另一脉，即奢侈对于资本主义形成所产生的巨大的刺激作用。"奢侈，它本身是非法情爱的一个嫡出的孩子，是它生出了资本主义。"[2] 禁欲导致了资本的积累，给生产创造了条件；奢侈导致了资本的快速流动，奢侈促成了消费，使生产得以完成，"消费，作为必需，作为需要，本身就是生产活动的一个内在要素。"[3] 奢侈藉消费成为社会发展的动力之一，荷兰的经济学家曼德维尔在长诗《蜜蜂的寓言》中有很形象的阐述：

> 挥霍是一种高贵罪孽；而奢侈
> 亦在支配着上百万穷苦之士，

---

[1] [德]本雅明：《发达资本主义时代的抒情诗人》，张旭东、魏文生译，北京，生活·读书·新知三联书店，1989年，第186页。
[2] [德]维尔纳·桑巴特：《奢侈与资本主义》，王燕平、候小河译，上海，上海人民出版社，2000年，第215页。
[3] [德]《马克思恩格斯全集》第30卷，北京，人民出版社，1995年第2版，第35页。

可恶的骄傲则主宰着更多人；
皆因为嫉妒心和虚荣心本身
均为激励勤勉奋斗的传道人；
他们那种可爱的愚蠢与无常
见诸其饮食、家具以及服装，
那恶德虽说是格外荒唐万分，
却在推动着贸易的车轮向前。[1]

对人类本能尤其是贪婪、奢侈、虚荣等恶德的正视也是西方个人主义哲学思潮的基础。经济学家凡勃伦的《有闲阶级论》以此分析了奢侈的心理动机，他认为，正是由于渴望博得荣誉和尊敬并显示在社会中所取得的优势地位，使得有闲阶级进行"金钱竞赛"[2]和"攀比消费"。

奢侈，如今已成为消费社会的基本动力之一。正视奢侈也是正视人类的本能和欲望。关于人性的善恶之争在远古就已经开始了。对此，当代学者程文超指出："文化是如何在对欲望的叙述中创造一套价值与意义的？其主要策略是：话语转移——对欲望进行话语转移。话语转移的基础终于欲望本身的张力。"并进而谈到："说'性本恶'，说出了真理。说'性本善'，说出了智慧！"[3] 换句话说，说性善是指人应该成为的样子，而说性恶则是指人实际上的样子。性的善与恶之间的距离也可以看作是理想与现实之间的距离。

---

[1] [荷兰] 伯纳德·曼德维尔：《蜜蜂的寓言——私人的恶德，公众的利益》，肖聿译，北京，中国社会科学出版社，2002年，第18页。
[2] 参见 [美] 凡勃伦：《有闲阶级论——关于制度的经济研究》，蔡受百译，北京，商务印书馆，1964年。
[3] 程文超：《欲望叙述与当下文化难题》，《花城》2003年第5期。

当禁欲在与奢侈的博弈过程中占上风的时候，社会及个人欲望均处在压抑状态；反之，当奢侈在与禁欲的博弈过程中占上风的时候，社会及个人欲望均处在放松状态，与之对应的是性话语的开放和性叙事边界的扩展，因为"感官的快乐和性快乐在本质上是相同的"，

> 所有的个人奢侈都是从纯粹的感官快乐中生发的。任何使眼、耳、鼻、舌、身愉悦的东西都趋向于在日常用品中找到更加完美的表现形式。而且恰恰是在这些物品上的消费构成了奢侈。归根结底，可以看到，我们的性生活正是要求精致和增加感官刺激的手段的根源，这是因为感官的快乐和性快乐在本质上是相同的。不容置疑，推动任何类型奢侈发展的根本原因，几乎都可在有意识地或无意识地起作用的性冲动中找到。
>
> 凡是在财富开始增长而且国民的性要求能自由表达的地方，我们都发现奢侈现象很突出。如果奢侈现象不突出，那么在这个地方性受到压抑，财富被储藏起来而不是被消耗掉……如果奢侈成为个人的、物质主义的奢侈，那么它必然取决于被激发的感觉官能，尤其是取决于受到色情主义决定性影响的生活模式。[1]

以禁欲与奢侈的视点来考察当代中国社会及文学叙事的变化同样是可行的。在宏大叙事和欲望叙事的较量过程中，禁欲与奢侈、理想与现实、社会角色对人提出的要求以及人应该成为的样子与人

---

[1] [德] 维尔纳·桑巴特:《奢侈与资本主义》，王燕平、侯小河译，上海，上海人民出版社，2000年，第81—82页。

本来的面目之间的巨大差距得到凸显。禁欲虽然是一种宗教性的要求，但根据涂尔干的考察，"任何道德都被融入了宗教性。甚至对于世俗心灵来说，义务和道德律令也都具有了威严神圣的特性；理性也是道德活动必不可少的同盟，自然会激起同样的情感。"[1] 服务于民族-国家的宏大叙事必然地遵循禁欲的基调，将政治条件放在首位，反之，欲望叙事突出个人，则将经济条件放在首位，甚至理性也沦为欲望的奴隶。对政治条件和经济条件的区分，斯宾格勒的论述非常独到：

> 生活有适合历史的政治条件和经济条件。它们掩盖，互相支持，互相对抗，但政治条件无条件是第一位的。生命的意志是保存自己并获得成功，或者更正确地说，是为了获得成功而使自己变得更强有力。但在经济上适合的状况下，存在川流的适合是重视自己，而在政治上适合的状况下，它们的适合则是重视别人。……再没有像饥饿而死与壮烈牺牲之间的那种对比更为深刻的了。……政治为一种理想而把人们牺牲，人们则为一种理想而战死；但经济仅使他们消损于尽而已。战争是一切伟大事物的创造者，饥饿则是它们的破坏者。[2]

服务于政治条件的宏大叙事隐含着让人为国"牺牲"的理想，

---

[1] [法] 涂尔干：《乱伦禁忌及其起源》，上海，上海人民出版社，2006年，第185页。
[2] [德] 奥斯瓦尔德·斯宾格勒：《西方的没落》下册，齐世荣、田农等译，北京，商务印书馆，1963年，第727—728页。

而服务于经济条件的欲望叙事则干脆让人不是"饿死"便是"消损于尽"。20世纪90年代以来的叙事所凸现的强烈的个人欲望诉求在80年代叙事整体所呈现的国家意志和社会道德诉求中无疑是刺耳的,但经过一段时间的较量之后,欲望叙事在宏大叙事的合奏中取得了首席地位,这也与经济基础经过一段时间的快速发展、物质和资本的一定积累有着某种潜在关系。

在具体进入论述之前,我要特别提到两本著作:一是分析美国20世纪60年代文化转型的评论著作《伊甸园之门》,这本书在20世纪80年代翻译进我国后在学界产生了较大的反响;另一本是文学研究专著《小说的兴起》,它在理论阐述和个案研究方面均有开创意义。

《伊甸园之门》可谓理论与批评结合的经典之作。作者在序言中指出:"六十年代既推动了革命又推动了改革,并试图把追求社会正义和寻找个人真谛相结合。民权运动和'人的潜力'运动在一件事情上是一致的:人们有权利在此时此地享受幸福。"[1]"在此时此地享受幸福"的目标也深深地楔入了我国20世纪90年代以来的日常梦想图景,甚至,这一观念就是消费虚情假意地提供给消费者的潜台词。无论是允诺男性的健康强壮还是女性的美丽快乐,无论是允诺事业的成功还是欲望的满足无不导向享受这一目的。作为人性目标的幸福被手段化了,消费藉此制造自身的神话。以消费为主要内容的日常生活在叙事中顺利登陆。20世纪60年代对美国文化及社会情感变迁来说是一个特殊的年代,虽然我国90年代具体的社会环境和文化语境与美国60年代并不相同,但这种特殊的转折性却具有某

---

[1] [美]莫里斯·迪克斯坦:《伊甸园之门》前言,方晓光译,上海,上海外语教育出版社,1985年,第3页。

种可比性。"任何时代的情感无疑都是多元化的,支派繁多并互相矛盾。正如我已指出的,我们事后所称的变化往往是一股支流出人意料地上涨,不知不觉地变成了主流,从而改变了整个气氛。"[1]在我看来,对90年代来说,这种"事后所称的变化"就是消费。消费不仅渗透入我们的日常生活,而且对叙事的影响在90年代以后呈现逐渐加强的趋势。

《小说的兴起》成功地探索了将社会历史学方法运用于文学研究的道路,其中对中产阶级读者趣味的重视及其经济实力对小说兴起所产生的重要作用的考察具有开创意义。我国经过20世纪80年代的改革开放,经济快速发展促使社会迅速分化,新兴的中产阶级正在崛起,中产阶级的趣味也在凭借时尚的力量有效地辐射到整个社会。文学产品,作为消费的组成部分,无疑也打着中产阶级趣味的烙印,以至陈晓明、张颐武、孟繁华等学者将中产阶级趣味当成90年代以后文化研究领域中的一个重要信号。伊恩·P·瓦特对18世纪时代语境的观察、对三位现实主义代表作家作品的细致解读和中肯的评价以及该论著的研究模式均成为本书的重要参照对象。

社会学家孙立平对社会结构和运行制度的观察得出"断裂"[2]的论断,但我们并不能简单地将此直接运用到文化领域,因为我们都知道,社会和文化的发展过程并不完全一致,革命或战争等等突发因素可能造成社会的断裂,然而文化以其自身的规律与过去的时代保持着内在的精神联系,正如韩少功所述:"文学永远像是个回归

---

[1] [美]莫里斯·迪克斯坦:《伊甸园之门》,方晓光译,上海,上海外语教育出版社,1985年,第55页。
[2] 参见孙立平:《断裂——20世纪90年代以来的中国社会》,北京,社会科学文献出版社,2003年。

者、一个逆行者，一个反动者……一个真正成熟的现代主义者，同时也必定是一个古典主义者。"[1]

尽管1998年朱文发起的"断裂"调查问卷行动试图以相对极端的姿态和集体的力量宣告他们对80年代甚至这个20世纪的文学秩序乃至深层的文化结构的质疑，然而不可否认的是，90年代以来的叙事变化是"新时期"的种种努力、实验、开拓、革命、抗争乃至妥协、后撤的产物，我们的精神营养依然来自历史深处，甚至现代主义对现实主义的反抗、后现代主义对元叙事的怀疑，无不从另一个角度证明了现实主义叙事模式以及元叙事的存在及制约，虽然它们已经不合时宜。笔者时刻意识到这一点，然而，我为了揭示消费对叙事的影响，仍然犯了矫枉过正的毛病，付出了顾此失彼的代价。这被我看成是当下研究的某种难逃的宿命。

四、本书缘起

本书建立在本人的阅读经验和对20世纪90年代以来中国社会的观察的基础之上，选择这个论题的直接原因是我曾经身为文学编辑，对文学生产和消费的变化感受很深。职业的缘故使我阅读了大量的刊物和许多新鲜的自由来稿。与一摞摞已经成型的刊物相比，那些停留在各大编辑部角落里的稿件才是真正的庞然大物，它们在隐蔽地散发着时代气息。虽说写作是非常个人化的，小说家被讥讽为"坐家"，小说家也不像诗人那么喜欢扎堆，喜欢搞主义、提口号。然而，这些出自"坐家"笔下的庞然大物，在一个时间段内真的会发散出相对一致的气息，最明显的是90年代以来对性的过度

---

[1] 韩少功：《进步的退回》，《天涯》2002年第1期。

叙述，尤其是在男性作家的稿件中，哪怕跟性相差十万八千里的题材也会拐弯抹角地让人身体中最隐蔽的生殖器官粉墨登场，而且普遍地喜欢在小说中炫耀男性的性能力，并仔细地描绘女性的身体诱惑。

女性的身体诱惑之所以在 20 世纪 90 年代以来的叙事中频频出镜，是由于其同样高频率地出现在现实生活中，比如，时尚期刊的封面、电视剧、化妆品、家居、家具、电器乃至一切生活用品的广告场面。"人类的存在决定了对一切性欲的恐惧；这种恐惧本身决定了色情诱惑的价值……"[1] 女性身体诱惑的日益泛滥与过度的性叙述互相催化，这甚至也成为消费社会的意识形态策略，"在富裕社会里，当局几乎无需证明其统治之合理。他们提供大量物品；确保臣民的性欲能量和攻击能量"[2]。当"性欲能量和攻击能量"得到保证的时候，权力的合法性问题就会自然被搁置。根据弗洛伊德的理论，性欲是文明的压抑，那么，过度的性叙事既是对宏大叙事的压抑进行反抗矫枉过正的结果，也不排除是建立在对编辑及读者喜好或窥私癖的一种假想推断的基础上，这种假想既与时代风气的熏染相关，同时也构成这种风尚的一部分。

落实到叙事话语层面，近年来对色情短信的大量移植，在成语熟语中对同音异义字词的引入或对其进行改装甚至颠倒，以及对经典文本、经典细节的挪用与模仿，都悄悄地在广告及叙事文本中蔚然成风。语言自觉地担当起娱乐功能，往媚俗（"媚雅"这个仿造的

---

[1] [法]乔治·巴塔耶：《色情史》，刘晖译，北京，商务印书馆，2003 年，第 8 页。
[2] [美]赫伯特·马尔库塞：《爱欲与文明——对弗洛伊德思想的哲学探讨》"1966 年政治序言"部分，黄勇、薛民译，上海，上海译文出版社，1987 年，第 1 页。

反义词在本质上仍然是媚俗）的方向靠拢。轻松、娱乐、好读取代了阅读的取舍标准，最首要的就是迅速吸引读者，所以要把功夫下在第一页第一句话上，封面变得至关重要。以深度的沉思、艰难的解读为必然代价的叙事形式革命在轻快的消遣读物面前背转身影。像卡尔维诺、博尔赫斯这样致力于形式实验的小说家一度成为我国诸多先锋小说家的老师，然而，今天却很少有人仍保持学习乃至模仿他们的热情。相反，那些在市场上经过印数安全检查的作家作品却成了模仿对象，比如村上春树、昆德拉、张爱玲和安妮宝贝等受"小资"追捧的偶像。

同时，由于本人供职于由出版社主办的文学刊物，所以本人对于出版行业体制改革带来的压力以及图书在流通传播领域内的变革，对于图书编辑由过去的文化守门人的身份向今天文化商的转变有切身的感受。关于这一点，约翰·费斯克在《大众经济》一文中有所研究：

> 文化商品并不具有定义明确的使用价值，虽然马克思主张审美快感的生产就是使用价值，但这似乎是使用价值的一种比喻用法——艺术品的使用价值不同与（比如）一挺机关枪或一罐豆子，如果仅仅是因为它更难估算或缺点倒好了。不过，文化产品的确有更能明确确定的交换价值，只是复制技术使它面临沉重的压力。复印机、录像机和录音机是流行力量的促进因素，这样，制作者和发行人就不得不要求扩大产权，或制定细则，以便对交换价值及作为其基础的稀有性保持一定的控制……文化产品与其他产品的区别在于它的初始成本相对较高而再生产成本非常低，所以传播能比生产带给投资者更可靠的

回报。[1]

对"可靠的回报"的追求改变了出版商的价值判断,改变了生产和传播的地位,最终改变了图书的模样。对封面、版式的设计、印刷工艺、纸张质量乃至色泽的过度重视已经是一个不争的事实,如何在形式上取得足够的诱惑力已经超过了对内容的要求。没有读者会在同一图书的不同版本面前完全不加选择,没有人会否认精美装帧的价值,就像没有人会在面对电影《满城尽带黄金甲》的铺天盖地的广告时否认视觉盛宴这回事一样,甚至对视觉盛宴本身的期待在面对张艺谋这个电影符号时就条件反射般地产生了。我们对事物的判断更多地依赖经验,这种依赖导致我们对知名作家新作的信任,然而,今天的事实是许多小说家后期的创作很难维持前期的水准。

在"新时期"初,编辑的角色单一,工作单纯,埋头发现稿件,以信件与作者沟通;如今,编辑的身份复杂化了,编辑成了市场的侦探,既要与作者打交道,更要与市场亲密接触,要熟悉现代设计及印刷业的元素变革,还要深谙市场及传媒的趣味以便进行恰到好处的宣传。书的腰封、护封、书签、勒口、封底等不失时机地印着形形色色的宣传话语,真正可谓"语不惊人誓不休"。这一点我们从《废都》的宣传口号和《上海宝贝》的封面用语中也可窥一斑。由于"传播能比生产带给投资者更可靠的回报",所以出版商不遗余力地对产品进行推介,后期广告宣传的力度表现得尤为突出。也就是说,凝聚在文化产品上的劳动正在从生产领域向消费领域位移。"酒香不

---

[1] [英]约翰·费斯克:《大众经济》,见陆扬、王毅选编《大众文化研究》,上海,上海三联书店,2001年,第134页。

怕巷子深"这种对品质的信心被无孔不入的数字效应摧垮了。"因为大众传媒在政治表演中发挥着蛊惑人心的作用。大众传媒发明了一种'灵丹妙药'——魅力,来医治危险的冷漠情绪,就如同性的魅力取代了传统导向者的爱情和非个性的家庭纽带;产品包装和广告的魅力取代了价格上的竞争。"[1]

股票指数、人气指数、图书印数、收视率、点击率等等数字在暗中掌控着这个纷繁复杂瞬息万变的时代。生活的全部目的是为了有一天会被历史接纳,我们所做的一切似乎都是为了被纳入到这些可以统计的数字经济的怀抱。在我们臣服于数字的石榴裙下之后,我们对叙事及消费的揭示丧失了信心。由以译介经典为己任的商务印书馆出版的学者易中天们对经典的解读搭中央电视台顺风车的畅销,不过再次证明了媒体威力的无比巨大,确证"大众传媒扮演消费导师的角色"[2]这一事实。无论对此现象进行批判还是吹捧,都从不同角度增加了消费者对此的关注,增加了它的符号价值和发行量。就像 2005 年、2006 年选择余华的《兄弟》(上、下)制造"纯文学"的畅销神话一样,消费社会选择易中天们的解读制造传统学术超级畅销的神话,这样的神话和超级女声一样沦为茶余饭后的谈资,既不会带来沉潜传统文化的热潮,更不可能对消费社会进行深入的揭示,也不会在学术道路上留下较深的印迹。

基于对 20 世纪 90 年代以来中国社会转型以及文化语境变化的深切感受,本书选择以消费作为叙事的切入点,分为上、下两篇,

---

[1] [美] 大卫·理斯曼等:《孤独的人群》,王崑译,南京,南京大学出版社,2002 年,第 191 页。
[2] 同上,第 193 页。

上篇四章主要是对外部文化现象进行辨析,下篇四章则着重对文本的生产流通及叙事程式进行研究。

依照波德里亚的观点,消费社会"是通过消费及对其进行揭示来建立平衡的",笔者将本文的研究看成对消费的一种揭示——消费社会对叙事进行消费的一种揭示。消费是消费社会最强有力的洪流,叙事和揭示本身也宿命难逃。

第一章 20世纪90年代以来的中国社会及文学语境

文学与社会的关系历来受到重视,韦勒克和沃伦合著的《文学理论》[1]第九章专门梳理了二者的关系;"文以载道""文章,经国之大业"等古老的诗学观念均说明前辈对此的思考。每个时代不仅孕育了自己的文学精神,而且孕育了主流的文学样式。当我们说唐诗、宋词、元曲时传达了这样的消息。正是由于文学与社会这种密切的脐血关联,使得文学可能形成宏大叙事,为现代民族-国家建构服务并作为参与现代民族-国家想象的重要工具;同时,文学与作家个体内在的心灵世界息息相通,使得文学可能成为表达个人欲望的欲望叙事。这二者也可视作文学的两种向度。

当我们讨论消费社会文学的叙事及其生产时,对急剧转型的中国社会及快速变化的文学语境的总体把握和细致辨析就变得越来越重要。

---

[1] [美]勒内·韦勒克、奥斯汀·沃伦:《文学理论》,刘象愚、邢培明等译,南京,江苏教育出版社,2005年,第100—121页。

第一节　中国社会的多极分化

20世纪八九十年代之交，苏联和东欧的解体，世界二元格局被彻底打破，"冷战"时代结束，人类历史翻开了新的一页。"在这个新的世界里，最普遍的、重要的和危险的冲突不是社会阶级之间、富人和穷人之间，或其他以经济来划分的集团之间的冲突，而是属于不同文化实体的人民之间的冲突。"[1]

古老的中华文明的前途、第三世界国家的出路成为非常严峻的现实问题，摆在了社会主义中国的面前。国家意志平息了1989年的政治风波，并成功地将人民的参与热情从政治领域转移到经济领域。

就是在这种背景下，1992年1—2月间，中国领导人邓小平南巡并发表讲话：

> 改革开放迈不开步子，不敢闯，说来说去就是怕资本主义

---

[1] [美]塞缪尔·亨廷顿：《文明的冲突与世界秩序的重建》，周琪、刘绯译，北京，新华出版社，1998年，第7页。

的东西多了，走了资本主义道路。要害是姓"资"还是姓"社"的问题。判断的标准，应该主要看是否有利于发展社会主义社会的生产力，是否有利于增强社会主义国家的综合国力，是否有利于提高人民的生活水平。对办特区，从一开始就有不同意见，担心是不是搞资本主义。深圳的建设成就，明确回答了那些有这样那样担心的人。[1]

南巡讲话有效地悬置了"姓'资'还是姓'社'的问题"，标志着市场经济合法地位的确立，并确定了我国未来一段时期内的发展方向——融入资本主义全球化的大合唱中。经济体制改革成为时代的关注焦点，利益的追逐成为社会的驱动程序。

计划经济向市场经济的转型不仅改变了经济基础，也显著地影响着上层建筑及意识形态。布罗代尔在《资本主义的动力》中谈到："在两个世界——产生一切的生产世界和耗损一切的消费世界——之间，市场经济是纽带，是马达，是狭窄但活跃的区域。刺激、活力、新事物、创举、各种觉醒、增长甚至进步皆由此涌出。"[2] 回顾人类发展史，市场经济不仅是相对自由的一种经济模式，也是相对有效的经济模式。"在过去的100年中所取得的成就也超过了此前所有年代总和。从经济上看，全世界的生活水准已大幅度提高。到20世纪结束时，全世界人均收入将是19世纪结束时的10倍。"[3] 没有市场经济，就不可能有全球性的资本主义的长时间的发展，就不可

---

[1]《在武昌、深圳、珠海、上海等地的谈话要点》，1992年1月18日至2月1日。
[2]［法］布罗代尔：《资本主义的动力》，杨起译，北京，生活·读书·新知三联书店，1997年4月，第11—12页。
[3]［美］理查德·M.尼克松：《超越和平》，范建民译，北京，世界知识出版社，1995年，第212页。

能有20世纪的科技腾飞，也不可能积聚起今天高度发达的人类文明。

市场经济相对计划经济更为人性是因为它客观地承认人的需求的合理性，尊重人的需要，正视人的欲望，同时它也对七情六欲等量齐观，不再强行区分品位的高雅和低俗。市场有一只"看不见的手"，依据货币流动传递的信息及"优胜劣汰"的生存竞争原则对经济进行自发地调节。它加速流通和竞争，带来更富效率的生产和消费，尽可能地满足人们的需求。"从15世纪到18世纪，市场经济这个快速生活区不断拓宽。拓宽的征兆，证明拓宽的标记，这就是市场价格越过空间呈现出连锁变化。"[1]在布罗代尔看来，是结构紧密的市场经济和物质生活共同托负起资本主义。这种价格的连锁变化正是无法逆转的"全球化"过程的基础。

"对某些人而言，'全球化'是幸福的源泉；对另一些人来说，'全球化'是悲惨的祸根。"[2]因为资本主义在追求利润最大化的过程中必然加剧社会的分化，诸多的统计数据和叙事反映了这种贫富分化，社会学家齐格蒙特·鲍曼对此特别关心，在一系列谈论现代性的论著中，他力图将客观数据和主观的叙事融合以期得到相对公允而具象的消息，"18世纪欧洲的人均收入与当时印度、非洲和中国的人均收入相比不超过30％。然而，只需大约一个世纪就足以使这一比例面目全非。至1870年，工业化了的欧洲的人均收入是世界上最贫穷国家的11倍，在接下来的大约一个世纪内，这一数字增加了

---

[1] [法] 布罗代尔：《资本主义的动力》，杨起译，第27页。
[2] [英] 齐格蒙特·鲍曼：《全球化——人类的后果》，郭国良、徐建华译，北京，商务印书馆，2001年，第2页。

5倍，于1995年达到50倍"[1]。在社会学家鲍曼的眼中，当代社会这种史无前例的巨大的贫富分化是全球化最严峻的后果之一：

> 联合国最近发布的《人类发展报告》披露，头358名"全球亿万富翁"的总财富相当于23亿最穷人口（占世界总人口的45%）的总收入。维克多·基根在评述这一结果时，把目前世界资源重组称为"一种新的拦路抢劫形式"。实际上，只有22%的全球财富属于占世界人口大约80%的所谓的"发展中国家"。然而，这绝不是目前这种两极分化可能达到的极限，因为当前指定给穷人的全球收入份额还要更小：1991年，85%的世界人口只获得了15%的收入。难怪30年前由20%最穷国家所占的区区2.3%的全球财富到了现在又进一步下滑，降至1.4%。[2]

资本和财富的高度集中不仅使得富裕阵营和贫穷阵营过着有天壤之别的生活，而且更为可怕的是贫穷阶层几乎对自己的人生束手无策，他们在自身乃至下一代的前途上均看不到任何一线希望。明天的无望甚至比今天的痛苦更为残忍地折磨着他们。由于境况的别无选择，宗教或者迷信在这些极端贫苦的地区更为盛行更为普遍。来生成为他们现世人生的唯一安慰，宿命才能让他们忍受生活，耐着性子活下去，他们活着只是成为统计数据：

---

[1] [英] 齐格蒙特·鲍曼：《个体化社会》，范祥涛译，上海，上海三联书店，2002年，第42页。
[2] 参见 [英] 齐格蒙特·鲍曼：《全球化——人类的后果》，郭国良、徐建华译，第67页。

经济区划出数量更大的人口，不仅使他们生活于贫困痛苦和入不敷出的境况之中，而且把他们永远地驱逐到已经由社会认可的经济收入合理和对社会有用的工作之外，因而也使得他们在经济和社会中都是多余的摆设。

根据联合国发展计划委员会最近的调查报告显示，尽管1997年全球的食品和服务消费是1975年的两倍，而且自1950年以来增加了5倍，但仍然有10亿人口"甚至不能满足他们的基本需要"。在发展中国家的45亿居民中，有五分之三的人口被剥夺了使用基础设施的可能；有三分之一的人口不能获得可饮用水，有四分之一的人口没有名副其实的住房，有五分之一的人口没有卫生和医疗服务，有五分之一儿童所获得的任何形式的教育不足5年，类似比例的儿童长期营养不良。在大约70%到80%的发展中国家中，现在的人均收入比10年前甚至比30年前更低；有1.2亿的人口每天的消费不足1美元。……

另一方面，全球3个巨富的私人财产比58个最贫穷的国家的国民生产的总和还要多。[1]

一系列让人目瞪口呆的数据，还要日甚一日地演变下去，分化就是资本主义全球化的内核。20世纪80年代初，改革开放的国策让我国逐步加入到全球化经济秩序中，90年代末加入世界贸易组织可以看成是我国纳入全球化轨道的标志。在这个过程中，生产力的发展、人民平均生活水平的提高是有目共睹的事实。同时，我们也承

---

[1] 参见［英］齐格蒙特·鲍曼：《个体化社会》，范祥涛译，第141—142页。

担着剧烈的贫富分化这一全球化的后果。"全世界还没有一个国家在短短15年内收入差距变化如此之大。"[1] 繁荣富强的民族-国家想象和对效率的一味追求也在对此推波助澜。

20世纪80年代,农民处在经济"金字塔"底部,但随着整个金字塔的升高而有所上升,甚至因为土地使用权的获得而短时段升幅更大;而到90年代以后,农民在经济发展的"马拉松赛跑"中被淘汰了[2]。这种新的障碍正在阻挡着社会的良性循环。社会学家孙立平在对20世纪90年代以来的中国社会实情进行全方位的考察之后,得出"断裂"的结论,"这里断裂的含义是由于严重的两极分化,人们几乎是生活在两个完全不同的社会中,而且这两个社会在很大程度上是互相封闭的。"[3]

这种"断裂"状况不仅表现在社会结构及资源配置上,也表现在城乡之间及社会生活的诸多层面[4],"我国目前城乡之间收入的差距实际上是6倍"[5]。在孙立平看来,屹立在社会一极的是资本和社会资源的高度集中以及相应的技术化、现代化乃至全球化;而另一极即社会底层,是人数庞大的下岗工人、农民工和遗落在广大农村的缺乏竞争机会和竞争能力的农民,他们除了拥有人数数量优势以外,就几乎一无所有了。相应,在消费领域中也没有他们的立锥之地。

消费作为社会生活中与生产同样重要的一环,也是这种断裂社

---

[1] 孙立平:《失衡——断裂社会的运作逻辑》,北京,社会科学文献出版社,2004年,第21页。
[2] 参见孙立平:《断裂——20世纪90年代以来的中国社会》,北京,社会科学文献出版社,2003年,第17页。
[3] 孙立平:《失衡——断裂社会的运作逻辑》,第21页。
[4] 孙立平:《断裂——20世纪90年代以来的中国社会》,第19页。
[5] 孙立平:《失衡——断裂社会的运作逻辑》,第25页。

会分层的一个重要考察依据，反映出90年代以来的社会变化。恩格尔系数不同的家庭在饮食消费、服装消费、住房状况、电子媒体与通讯设施拥有率方面、交通工具及上下班耗时情况、闲暇时间的度过等方面均存在不同程度的差异[1]。在消费方面，最大的差异首先当然是城乡差异，许多城市家庭的"必备品"如手机、空调、电视机、网络、小汽车等在多数乡村仍然是奢侈物，同时，大城市与中小城市、城镇以及城市白领与下岗工人之间的消费差距也非常明显。20世纪80年代一度出现过的"共同富裕"被"一小部分人先富起来"彻底取代了。那么这小部分先富起来的人如何消费呢？

各种各样的富豪排行榜显示出我国富豪们奢侈的消费方式，其挥霍程度甚至令西方发达国家瞠目结舌，这与乡土社会的富而不露简直是天壤之别。此时此刻，消费与过度的优越感和尊贵感等心情融合在一起，"财富是所有人处境优越的有力证明"[2]。消费与欲望之间的关系变得微妙起来。足够挥霍的金钱与白驹过隙的人生，使得富豪们在拼命追求享乐的同时尽情展示自己的富有，以得到足够高的声望甚至同侪们的嫉妒。这种心理凡勃伦在《金钱的竞赛》中叙述得非常出色：

> 所以要占有事物，所以会产生所有权制，其间的真正动机是竞赛；而且在所有权制所引起的社会制度的进一步发展中，在与所有权制有关的社会结构的一切特征的继续发展中，这一

---

[1] 李培林、张翼：《中国的消费分层：启动经济的一个重要视点》，收入李培林、李强、孙立平等著《中国社会分层》，北京，社会科学文献出版社，2004年，第225—234页。
[2] [美] 凡勃伦：《有闲阶级论》，蔡受百译，北京，商务印书馆，1964年，第21页。

竞赛动机依然活生生地存在着。占有了财富就博得了荣誉；这是一个带有歧视性意义的特征。就商品的消费与取得来说，特别是就财富的累积来说，再没有别的可以想象得到的动机，其使人信服的力量能够比得上这个动机[1]。

凡勃伦在该文中用"互相攀比的""炫耀自己的"等讽刺性字眼来形容这种为"博得荣誉"的消费竞争，这种攀比、炫耀和变形的以期博得荣誉的混合心理才是中国富豪消费"无情的挥霍"背后的真正动机。在当代社会，只有在符号价值远远超出实用价值的顶级豪宅、香车、金装书、昂贵的古董和收藏品及限量版的高档消费品等方面的占有权才能更充分地显示主人的富裕，才能展示其在金钱竞赛中的明显优势。"金钱竞赛"归根结底也是私有制的产物，"私有制使我们变得如此愚蠢而片面，以致一个对象，只有当它为我们拥有的时候，就是说，当它对我们来说作为资本而存在，或者它被我们直接占有，被我们吃、喝、穿、住等等的时候，简言之，在它被我们使用的时候，才是我们的。尽管私有制本身又把占有的这一切直接实现仅仅看作生活手段，而它们作为手段为之服务的那种生活，是私有制的生活——劳动和资本化。因此，一切肉体的和精神的感觉都被这一切感觉的单纯异化即拥有的感觉所代替。人这个存在物必须被归结为这种绝对的贫困，这样他才能够从自身产生出他的内在丰富性。"[2]。我们的日常生活中无不充斥着这种占有感，这种占有感取代了人与人造物的自然感情，比如，我们对于大自然、

---

[1] [美]凡勃伦：《有闲阶级论》，蔡受百译，第23页。
[2] 《1844年经济学哲学手稿》，《马克思恩格斯全集》第3卷，北京，人民出版社，2002年第2版，第303页。

土地、鲜花的热爱可能被占有感所异化，我们有可能因为爱花而渴望摘下它，为喜爱一片土地而在上面盖房子，我们在占有花和土地的同时毁坏了它们。这甚至已经内化为我们的生活手段。

富豪们带攀比性的生活方式会像电波一样逐级向下传导，如今资讯的日益发达也使这种传导越级，因为下层社会也有机会获得上层社会的信息。一旦拥有消费实力，下层社会就很可能比原来的中产阶级更积极地在消费领域内向上层人士靠拢，"人们开始关注成功人士的衣着、饮食、女友、娱乐等消费品位，这些消费嗜好正如我们所看到的，虽然人们不敢奢望自己成为美国总统或某大公司总裁，却可以在消费领域中与名人攀比。同时，在这一变化过程中我们还可以发现另一个现象，即名人传记的描述对象，也由事业型英雄转向消费娱乐英雄，演员、艺术家、名人所占的比例明显增多"。[1] 我国名人传记如《日子》《不过如此》等等的热销也印证了这一事实。对名人私生活的过度热心不仅仅是满足窥私欲，也满足从其中找到消费模仿榜样的渴望。

在计划经济时代，物质本就匮乏，人们的消费受国家计划制约，布票、粮票、油票以及各种证件的限制使消费的选择空间相当逼仄，消费者应该具备的消费理性和社会消费伦理都没有生长的土壤。社会变化如此之迅猛，消费者根本没有足够的时间来慢慢成熟，没有足够的空间来从容地成长。消费者一味地追求消费数量却缺乏消费质量观，这就使当下的消费不免带着盲目攀比、炫耀的特征。特别是在自然灾难时期和"文革"时期成长起来的一代难免不用全部的财富来弥补关于青春期的饥饿记忆，他们在人生苦短的叹息和追忆

---

[1] [美]大卫·理斯曼等：《孤独的人群》，王崑译，南京，南京大学出版社，2002年，第213页。

逝水年华的唏嘘中为自己找到了过度乃至恶性消费的理由。消费社会的节奏如此零乱，使得消费者根本来不及思考什么样的生活是自己真正想要的生活。匆忙地占有成了当务之急。占有之后的事情并未被提上考虑之列，意义被搁置，所以幸福依然是个失之交臂的梦。

这种暧昧的心理和过激的消费方式在"一小部分先富起来"的人群中是非常普遍的。这群生活在别墅、香车、美人、美食以及高档消费品的包围中的富人不知今夕何夕，而这种奢侈的生活方式直接影响着下一级的生活方式并逐渐向全社会辐射。

高消费阶层完全与中国社会贫困的另一极脱节，与那些底层社会的生活断裂了。只要他们愿意，他们可以永不与这种"贫贱夫妻百事哀"的生活谋面，他们一厢情愿地以为世界就是他们消费的这一面，会有足够多关于奢侈消费的虚假想象和夸张消息陪伴他们度过闲暇。只有在极端的贫穷被高度诗意化、圣洁化的旅游区，这种裂开的生活的另一面才得以显形。旅行往往使贫穷本身变成消费对象。

尽管爱迪生早就为人类发明了电，可是西南许多偏僻的村庄是在世纪之交沾了旅游业的光才通上电，直到精准扶贫经济才好起来。2004年，在亚丁稻城一带的情形让我大感震惊。许多家庭几代人合住一间屋子，屋内灯光昏暗，只够看清人影，一接上家中唯一的电器——豆浆机，灯光立即再暗一圈。目前他们最基本的交通工具依然是马。他们的孩子只读小学，学一点点知识应付生活以及回答游人的提问。毫不夸张地说，他们几乎生活在传统的农业社会：自给自足，交通极度不便，生活设施非常简陋。但是在全球化的大趋势下，旅游业飞快地兴盛起来了，游客将非常现代的生活方式带到了那里：打着手机讲普通话或外语、带着数码相机甚至手提电脑，喝着品牌的矿泉水……这些信教的藏民开始自觉不自觉地接受外部的变化。他们从原来的牧民变成了马夫兼导游，说着别扭的汉语甚至靠身体语言与外国人交流，开始他们艰难而漫长的现代化过程——他们付出了破坏天然的生存环境的代价。他们这种身份的改变是被动的，然而却是迅速的，因为金钱惊人的中介力量。土著人对游人怀了非常复杂而微妙的感情。他们对未来一无所知，他们有限的想象力也不过来自贫困落后的县城。他们被局限在生养他的土地之上寸步难移，他们对开门即见的风景熟视无睹，他们无从设想旅行者的惊喜和激情。当地人与旅行者互为局外人，经验横亘在他们之间，比雄川沟壑更加难以逾越。只有在金钱从旅行者的口袋传递到当地人手中的那一瞬间，他们似乎处在同一历史时空。

当时，云南拉祜族聚居的村子更加贫困，他们平均受教育程度不到两年，更甭谈什么普及教育或九年制义务教育了。他们的知识匮乏到连一个会记账的人也找不出来，而这也直接导致他们普遍地不尊重知识。早婚早孕使女孩子很早就套上了命运沉重的枷锁，接踵而至的是迅速地衰老。贫穷的童年、干涩的青春、不幸的婚姻、过早地老去，人生始终在阴影的遮蔽下成为阴影更沉重的部分。女性读书变得那样困难，这种困难不仅由于经济上的贫困，更由于观念的落后与压迫。女子班还只成立三年，女性拥有知识所带来的力量还没能有效地彰显，她们时时还受着周围环境的牵扯和熏染，她们随时可能因为抵挡不住贫困和观念的压力而退缩。[1] 拉祜族女子的眼神也因此变得胆怯和懦弱，人生的希望到底躲藏在哪里呢？有谁能够给她们指点迷津？

---

[1] 参见林贤治、筱敏编：《人文随笔》（2006年夏之卷）"贫苦与教育"话题，广州，花城出版社，2006年。

还有许多的苦难肆虐在暗无天日的矿井里、在僻远而闭塞的村庄里、在国家福利根本不可能顾及到的城中村和出租屋中……地震、台风、泥石流、矿难等天灾人祸的袭击……在灾难和恐惧的黑暗中小心苟活，这些黑暗的场景没有光亮，也没有话语权，轻易不会被碰到、不会被谈起。仿佛空气，虽然存在却常常不被感知，只有到了缺氧的高原地方才会意识到其宝贵。纵然被报道也是媒体的单一视角，而媒体的视角在一定程度上是一种商业消费视角，受市场意识形态的宰制，因为媒体制作的目的之一即为招徕广告。所以媒体报道的一个最显著的特征是简单化、数字化。"对于深受媒介即隐喻这种观念影响的现代人来说，数字是发现和表述经济学真理的最好方式。"[1]我们越来越依赖数字，我们用数字计算，也用数字算计，这一点在网上交易、银行卡划账等表现得极为显著。数字是理性的，然而，也是冰冷的。数字带给我们抽象的认知而削减具体的感受，数字让我们知道却看不见、感受不到。在数字背后，真正的事物遁形了。灾难就等同于伤亡人数，而贫困在高度抽象之后就被简单地等同于饥饿，所有严峻的社会问题均被高度简化为温饱问题。而温饱问题一旦成为发展中国家的习惯语之后，它所包含的丰富的涵义也抽空了，不再唤起我们的痛感，"'贫困＝饥饿'这一等式所掩盖的是贫困的许多其他错综复杂的方面……这一切磨难不幸是不可能用高蛋白饼干和奶粉来医治的。"[2]地域成为命运的一部分，人出生在这种贫困地区会形成恶性循环，他们就像被囚犯一样困在边远

---

[1] [美] 尼尔·波兹曼：《娱乐至死》，章艳译，桂林，广西师范大学出版社，2004年，第29页。
[2] [英] 齐格蒙特·鲍曼：《全球化——人类的后果》，郭国良、徐建华译，北京，商务印书馆，2001年，第70页。

地区，而在鲍曼看来，"美好人生是不断运动着的人生"，而"被禁止移动是软弱无能和痛苦的最重要的象征"。[1] 这些偏僻山区的人们一出生便开始重复父辈悲惨坎坷的道路，他们看不到曙光，大山阻碍了他们的想象力。他们的挣扎不过是徒劳，故乡就是他们永久的牢狱。在信息高度封闭、知识极端匮乏的世界中，没有报纸、没有电话、没有教育、没有互联网，他们甚至缺少对富人的消费生活的想象中介，尽管他们也生活在为富人更加富裕而存在的世界秩序中。

经济上的巨大鸿沟深刻地制约着文化的贫富差异。当基本的日常生活和基础教育还是一个巨大的难题的时候，文化建设无从谈起。物质生活的迫切性是任何专注精神生活的人所不能漠视的。如果我们在巨大的贫穷面前闭上眼睛之后奢谈消费，那么我们们的谈论本身也会变得形迹可疑。

科技对艺术也是双刃剑。随着科技的高速发展，艺术越来越依赖科技并受到技术的限制。比如，机械复制技术使得文化工业成为可能，这一方面方便了艺术进入流通消费领域，使平民百姓有欣赏高雅艺术的可能，另一方面却可能会使艺术生命蕴涵的"灵光"[2] 消失；同样电脑的出现和网络的运用大大提高了写作速度，带来了传播的即时与互动，另一方面却也对写作者进行奴役，科技的进步也必将不断地渗透到文学作品的结构中。

---

[1] [英] 齐格蒙特·鲍曼：《全球化——人类的后果》，郭国良、徐建华译，第118页。
[2] 参见 [德] 瓦尔特·本雅明：《迎向灵光消逝的年代》，许绮玲、林志明译，桂林，广西师范大学出版社，2004年。

第二节　文学语境的个人化和欲望化

在分析20世纪90年代的社会特征时,我们很容易强调其断裂而忽视其对80年代的继承和延续。这种特点在我们研究90年代叙事状况时同样存在。詹姆逊曾经提醒我们:"如果对一种文化要素我们没有获得某种总的看法,那么,我们就会倒退到认为现在的历史完全是异质成分的构成,是任意的差异,是许多无法确定其效能的截然不同力量的一种共存。"[1]

对一个当下的"短时段"的历史进行研究时,我们很容易顾"异"而失"同",这种对异质成分的强调也表现在1993年发起的持续时间较长的人文精神大讨论和1998年10月《北京文学》[2]上发表的朱文发起的"断裂"问卷和韩东的"备忘"中。在对人文精神

---

[1] [美]弗雷德里克·詹姆逊:《后现代主义,或后期资本主义的文化逻辑》,见《快感:文化与政治》,王逢振译,北京,中国社会科学出版社,1998年,第158页。
[2] 1998年10月,《北京文学》发表了朱文的《断裂:一份问卷和五十六份答案》和韩东的《备忘:有关"断裂"行为的问题回答》。

失落的讨伐中，潜藏着对20世纪80年代的追忆和怀想，潜藏着对过去的人文精神存在的肯定，这次讨论规模很大，加入的人数和报刊也很多，但"虽然持续了这么久，整个讨论水平却明显低于人们的期望"。[1] 在我看来，正是对"异质成分"——市场经济和商品化的过分强调阻碍了讨论的深入，仿佛市场经济的转型导致了人文精神的失落，而生活本身与传统伦理道德之间的内在关联却被忽略了，"每个民族的道德准则都是受他们的生活条件决定的，倘若我们把另一种道德反复灌输给他们，不管这种道德高尚到什么地步，这个民族都会土崩瓦解。"[2] 一个社会从禁欲到奢侈的变化过程中，道德上的质疑与非难总是在所难免的。

人文精神讨论主要集中在知识分子和学者群体中，而"断裂问卷"则是当代作家心理状况的一次抽样展示，这次的答卷强化了"断裂"的概念，如答卷数据统计显示：69%的作家认为，在中国当代作家中没有人对他产生过或正在产生着不可忽视的影响；100%的作家认为那些活跃于50年代、60年代、70年代、80年代文坛的作家中没有人给予他（她）的写作以一种根本指引。这次引导意识强硬的问卷调查及结果强化了当下的"历史完全是异质成分的构成，是任意的差异，是许多无法确定其效能的截然不同力量的一种共存"的感觉。

实际上，当我们面对90年代，我们也在面对80年代的背影，面对整个20世纪渐行渐远的背影，"即使在面对一片最明亮的天地的时候，过去的时光还挽留着我们。时间已经把习惯固定在我们身

---

[1] 王晓明编：《人文精神寻思录》，上海，文汇出版社，1996年，第274页。
[2] [法]涂尔干：《社会分工论》，渠敬东译，北京，生活·读书·新知三联书店，2000年，第195页。

上"[1]。没有一定程度的改革开放就没有此后更深入的市场经济改革，没有全球化就不会有今天的所谓的消费社会。80年代的经济高速发展为90年代的社会转型奠定了物质基础，市场培育了消费者，也培育了消费品。

当文学置身消费社会，也就不能摆脱这种被消费的命运。作为消费品而存在的这一性质决定了文学整体性的媚俗化、轻快化、娱乐化的特征，即便是沉重的死亡，其悲剧特征也被轻易地消解掉了。同时，由于城市相对乡村的消费能力而言拥有绝对优势，所以，自九十年代以来，都市文学一跃而成为这个时代的文学主流。闰土、祥林嫂、翠翠、小二黑等乡土文学的代表形象几近销声匿迹，他们连同他们生长的土地一起隐匿了。取而代之的是庄之蝶、倪可这类在都市生活中如鱼得水的名人与尤物。

20世纪的文学主潮伴随着风云诡谲的政治运动展开，民族-国家的神话规约着文学的功能。由于中国的现代性进程是从一个殖民地半殖民地国家展开的，所以绝大多数时候乡土文学占据着文学的主流，鲁迅、巴金、沈从文、萧红、赵树理、叶紫、吴组缃等作家的绝大多数作品是对乡村的叙述，"十七年"时期的革命经典叙事文本基本上是叙写乡村的，体制内的作家甚至被要求深入农村进行生活体验，他们与农民同吃同住同劳动以便获得真实的乡村生活经验。他们致力于描写乡村命运得到改变之后欣欣向荣的气象，那些社会底层的农民被作为推动历史的主角得以叙述。而且，纵使是叙述城市的作品也多以乡村作为潜背景来展开叙事，乡村对城市具有根对树叶一样的吸引力，我想这与我国长期以来是个农业国家，以及我

---

[1] [法] 涂尔干：《社会分工论》，渠敬东译，第197页。

国的革命是"农村包围城市"的方针有某种必然的关系。这种对农村的高度重视使得都市文学一直没能拥有独立自足的生发空间。

  新时期初，农村与城市的矛盾便开始成为作家的反思对象，因为大批知青对农村的认识和"十七年"中作家到农村体验生活所认识的农村是截然不同的，一方面，他们对收留了自己青春的农村充满了一种感性的留恋，对农民的淳朴厚道有切身的体会，所以产生了一批像《我的遥远的清平湾》这样抒情性很强的叙事作品；另一方面，回城之后知识青年对上山下乡运动有了不同的思考，他们再以城市的视角来打量乡村，照见的更多的是农村的贫穷落后，农民的愚昧甚至奸诈，在乡下浪费了青春的追悔感也弥漫一时。"十七年"期间曾塑造起来的充满希望的正面的农民的整体形象分崩离析，高晓声塑造的陈奂生、李顺大之类的新农民形象重新展现了农民的复杂性、多样性——他们身上既有传统农民的淳朴、勤劳以及崭新的时代气息，也有农民的狭隘和愚昧。同时，作家们的思考重点开始位移。改革开放的另一重大成果是长期禁闭的西方文化之门轰然洞开，大批的翻译书籍出版，作家们目不暇接，尤其是 20 世纪以来的叙事成果令人怦然心动。叙事形式作为一个写作焦点被推到前台的聚焦灯下。作家们一方面继续关心自己作为知识分子在社会启蒙中扮演的精英角色；另一方面开始关注写作的专业特征。艺术创新的诱惑导致作家们一度热情地进行文体实验，形式终于获得了自己早该拥有的独立位置。单就内容而言，"太阳底下并无新事"，文学正是因形式的更替长久地吸引着我们。都市文学随着都市疆域的扩展而壮大。90 年代，社会的"断裂"特征日甚，都市文学的翅膀也像风筝一样越飞越高，终于从乡土文学的拽曳之下飞出了自己的轨迹。都市文学的轨迹在某种意义上说就是消费社会的印痕。

撇开城乡结合部和城中村，我们就很容易透过面具看到城市生活底色的一致性——朝九晚五的工作制度和大同小异的消费生活。无论在哪里，你可以喝到同样的红酒、同样的咖啡，听同一首歌、看同一场电影，住同一品牌的酒店。到处都是灯红酒绿的酒吧、拔地而起的高楼大厦、琳琅满目的超市和让人流连忘返的百货大楼，还有狂轰滥炸的程式化的电视连续剧、无病呻吟的情爱颂歌、似曾相识的故事情节……那些我们向往的被名牌左右的生活方式总是及时地诱导着我们，消费贷款的出台拽住我们的衣角往前奔跑，唯恐错失了天上掉下的第一个馅饼。绝大多数的社会活动变成了具有娱乐性的消费活动，是消费者活动在所有的公共空间！街头、广场、所有的媒体及手机、信箱、交通工具、狭小的电梯间乃至衣袋，广告无所不在；交易会、博览会、文稿拍卖会甚至竞技场、运动会，广告无孔不入。图片携带着文字充斥任何一个可能的空间，随时随地地提醒你：作为一个消费主体存在已经成为这个时代不可更改的事实。消费主体才是你恒久且常新的身份。

欲望及其满足自然而然地成了消费社会的叙事动力。消费貌似满足欲望实则是勾起欲望。世界上最经不起诱惑的就是欲望，欲望是无边无际的；而需求最终是有限的，身体的有限性规定了这一点。这也是欲望与需求的本质不同处。欲望叙事并不是一个新话题，最古老的神话故事中最基本的叙事模式就是：一边是人心贪婪、任欲望恣意膨胀的人遭受神的惩罚，另一边则是神将白马王子奖赏给了灰姑娘过上幸福的生活——而灰姑娘之所以得到恩赐正是因为她懂得节制欲望，克制欲望，有效地将抑制排他主义动机内在化也是人性善良的最重要的一个部分。但是欲望叙事的核心内容在消费社会发生了变化，其中最重大的变化是个人欲望对社会欲望的取代及其膨胀，其标志是利己的情欲对利他的爱欲的取代。

文艺复兴运动虽然将人从神的羽翼中解放了出来，但真正使人成为"个人"，应是法国大革命的成果之一，只有这时，个人的权利才得到前所未有的重视，个人的自由才成为一面激动人心的旗帜高高飞扬。

欲望在精英叙事时期主要是社会的，大写的正是马克思所阐释的人在其本质上是"作为社会关系总和"。人的社会性得到放大，社会性遮蔽着个人性，道德律令压抑着个人欲望，国家、民族、集体乃至家庭角色等等均成为个人为人处世的坐标。《人到中年》[1]中的主角——步入中年的医生陆文婷的为人处世就是很好的例子，她经受着来自工作、家庭、身体和社会的重重压力，然而其一言一行无不与其在社会和家庭中承担的角色相吻合，她只有躺在病床上的时候才能休息，才能回味自己的沉重中年、沉重人生；与她相对应的是秦波这位"马列老太太"，她的言行也非常传神地展示了她的社会角色。叙述者在塑造人物时更关注的是其在社会中所处的位置，是帝王将相还是平民百姓，是英雄还是草根，不同角色各自承担的社会责任及其伦理道德要求都有很大的不同，作家希望通过对其社会性的叙述获得人的抽象本质，这种本质同时决定着人物的人生选择和在日常生活中的言行举止。个人的情感、本能和欲望则被压抑，得不到喘息的机会。张洁的《爱，是不能忘记的》[2]在发表后之所以掀起轩然大波就是由于文本让爱欲浮出了水面，虽然其并未导致现实世界里的婚姻破产，但钟雨至死不渝的爱情构成了婚姻危机潜藏的信号。在这个文本中，书写仅仅停留在纯洁的爱欲上，不过爱

---

[1] 谌容：《人到中年》，《收获》1980年第1期。
[2] 张洁：《爱，是不能忘记的》，《北京文艺》1979年第11期。

的对象是个有妇之夫而已，他们之间并没有任何越轨之举，他们连一次手都没有握过，他们一生的接触时间也不会超过24个小时，然而却在精神世界里生长着永不磨灭的爱情。女主角钟雨的所作所为不过是算好时间每天坚持守候一辆急速开过的汽车，以便能看到心上人的后脑勺，而男主角对此无能为力，当老工人为了掩护他而牺牲之后，"出于道义、责任和阶级情谊和对死者的感念"，他娶了老工人的女儿，并将这种报恩的婚姻一直维系下来。钟雨和老干部之间这种纯粹的爱欲对道德领域的轻微刺伤在当时堪称骇人听闻。《光明日报》1980年5月7日、5月14日、5月28日、7月2日连连刊登评论，虽然在评论文章的数量是毁誉参半，但笔伐的程度似乎更重一些，从7月2日的宣布讨论告一段落的"编后"以及对褒贬的排版顺序中，能感觉到来自意识形态的压力。

有意思的是，无论毁还是誉引用的都是伟大导师恩格斯那段著名的关于婚姻道德与爱情关系的言论——"只有根据爱情结合的婚姻才是合乎道德的"。可见，道德才是当时的批评宗旨。文本有效地将现实世界的道德秩序与内心深处的欲望之间的裂缝敞开了，虽然叙事人——"我"——钟雨的女儿在讲述这种矛盾与裂缝时并不自觉，甚至故意地要美化老干部现有的家庭生活，但文本感人至深的就是钟雨的那种一尘不染的纯粹之爱。

今天回过头来看肖林的《试谈〈爱，是不能忘记的〉的格调问题》，会觉得这种打着道德幌子实则没有道德标准的批评相当肤浅，但在思想解放尚未深入的当时，一旦批评提到这种高度，无疑就会对作家想象中隐蔽的爱欲构成压抑，对其他正在酝酿的创作构想形成威胁。所以个人的欲望，尤其是爱欲依然只能在狭窄的空间为自身争取生存的权利。从这一点来看，20世纪80年代的文学叙事也是一个爱欲边界不断拓展位移的过程。

经过叙事变革，到 20 世纪 90 年代，社会与个人的关系发生了深刻的变化，经济分享并改写了政治的权力场，最显著的标记是部分作家的下海及"卖身"[1]、自由撰稿成为职业、传媒出版业的企业化体制改革以及文化事业的全面市场化。

王朔这位对传统价值观念进行肆意调侃和颠覆的作家在他的告白中说："虽然我经商没成功，但经商的经历给我留下一个经验，使我养成了一种商人的眼光。我知道了什么好卖。当时我选了《空中小姐》，我可以不写这篇，但这个题目，空中小姐这个职业，在读者在编辑眼里都有一种神秘感。而且写女孩子的东西是很讨巧的。果不其然，我不认识《当代》的编辑，稿子寄过去不久就找我谈。我要是写一个老农民，也许就是另外的结果了。"[2] 接下来他还谈到他们夫妻当时的经济困顿，这种状况使他很看重稿酬。制造"神秘感"和"讨巧"可以看成当时王朔重入文坛的手段，而这种听从商业经验的秘密旗开得胜，可见，商业社会的写作是可以事先预谋的。王朔这种对编辑的揣测心态在没有经济来源的自由撰稿者中是具一定普遍性的，这也是日后情欲叙述日益泛滥的缘由之一。

经济效益成为直接威胁文化行业生存的首要因素，不仅在写作者，而且在出版方，均被当成头等大事来考虑。策划成为许多编辑的口头禅，就是纯文学也面临着被"策划"篡改的命运。这种篡改与过去刊物编辑从艺术审美出发或是从意识形态角度出发要求作者对稿件进行修改性质不太一样。今天的"篡改"遵循的是编辑或者出版单位领导对于市场意志的虚拟和想象。

---

[1] 包天：《"卖身"的作家》，1993 年 10 月 1 日《南方周末》头版。
[2] 王朔：《我是王朔》，北京，国际文化出版公司，1992 年，第 20—21 页。

女性叙事"被看"的命运被坐实，从封面开始……最典型的例子要数林白《一个人的战争》出版的曲折遭遇：

> 第二个版本是甘肃人民出版社一九九四年七月版，这是十分糟糕但又流传甚广的版本，某些人身攻击和恶意诋毁以及误解大概就来自这个版本。这个版本的封面用了一幅看起来使人产生色情联想的类似春宫画的摄影做封面。[1]

蓄意让人产生色情联想的策划在女作家的著作中表现得十分突出：海男的《我的情人们》的封面是在女作家本人的照片上加上了不同的鞋、裤子表示男人的下半身。而迟子建的《晨钟响彻黄昏》的封面是一幅身穿短裤、胸部半裸的时髦女性的玉照，与此相应的还有内容提要对读者欲望的挑逗；《上海宝贝》的封面干脆直接上"美女作家"本人的艺术照，且将书名"上海宝贝"和作者名"卫慧"直接写在裸露的皮肤上，并列着三句广告词，就连薄薄的书籍上也放置了一张缩小的身穿旗袍的照片。与迟子建对封面效果的反感不同的是，卫慧蓄意追求这种具有诱惑力的设计效果，而且，许多想法是来自她自己[2]。

类似的引诱状况在封面设计、内容提要、宣传用语中比比皆是。年龄、性别、代际差异无不成为策划的噱头。出版方这种打着"策划"旗号的行为带来的连锁反应是媒体的媚俗。林白的《一个人的战争》被说成是"准黄色"，而九丹的《乌鸦》则干脆扣上了"妓女

---

[1] 林白：《林白文集》第2卷《一个人的战争》后记，南京，江苏文艺出版社，1997年。
[2] 大卫：《卫慧：封面就是我》，《南方都市报》2002年2月11日。

文学"的称号；卫慧则大胆地把《上海宝贝》签售搞成媒体跟踪的文化事件。

社会和个人的关系变成了新型的消费关系。个人的欲望真实而触目地替代了社会对人的要求和责任。个人欲望被凸显，个人的使命、责任乃至社会的伦理道德均被延缓——这就是我们文学产生和生产的土壤。

时代养育着文学。文学从来就处在时代之中，无论是附和还是反叛。

第三节　金钱、情欲和暴力在生长

许多评论家对于20世纪90年代的文学状况和特征有过不同的归纳，如陈思和命名为"无名"状态，黄发有谓之"准个体时代"[1]，谢冕、张颐武则称为"后新时期"[2]，王晓明提出"新意识形态"，陈晓明则关注其后现代性，此外，"新状态"、"新生代"、"晚生代"、"第三代诗歌"、身体叙事、个人化叙事或私人化叙事、"70后"、"美女作家"等等众多名目此起彼伏。如此众多的命名风起云涌，也说明90年代以来文学变化的急遽，并呈现出不易把握的多样性。

如果我们依据阅读经验来归纳20世纪90年代以来文学最普遍的特征，那么以金钱、情欲与暴力来概括可能是恰如其分的。自王

---

[1] 黄发有：《准个体时代的写作——20世纪90年代的中国小说研究》，上海，上海三联书店，2002年。
[2] 谢冕、张颐武：《大转型——后新时期文化研究》，哈尔滨，黑龙江教育出版社，1995年。

朔勇敢地将文人清高的面纱摘除，并大胆地袒露内心的金钱欲望之后，这种对金钱的热情就浮出了水面。《废都》大胆地将情欲话语推到极致并蓄意破坏情欲的革命纽带作用之后，情欲就与金钱欲望深刻地胶着在一起，在 90 年代以后的叙事中平分秋色。

看看《我爱美元》中发出的声音：

> 他喜欢女人，越来越多的女人，越来越漂亮的女人，越来越令人难忘的女人，但是女人不会将他毁掉。如果存在着什么危险，那危险只来自他至今不肯放弃的对伟大爱情的信仰，多么幼稚又多么固执。他渴望金钱，血管里都是金币滚动的声音，他希望他诚实的劳动能够得到诚实的尊重，能被标上越来越高的价码。价码是最诚实的，别的都不是。他相信在千字一万的稿酬标准下比在千字三十的稿酬标准下工作得更好，他看到美元满天飞舞，他就会热血沸腾，就会有源源不断的遏止不住的灵感。与金钱的腐蚀相比，贫穷是更为可怕的。……他们是为金钱写作的，他们是为女人而写作的，所以他们被认为是最有希望的。[1]

这种刺耳的声音打破了宏大叙事包藏的道德感，同时，这种将写作从精神劳作的高地拉下来与其他诚实的劳动一视同仁的做法也包含了另一种市场的道德。主人公的声音道出了作家朱文对写作与金钱、情欲等欲望之关系的思考。无论我们如何反感，事实是，如果金钱不是扮演当今社会的主角的话，那么它已在现代生活中扮演

---

[1] 朱文：《我爱美元》，《看女人》（小说集），上海，上海人民出版社，2007 年，第 227 页。

非常重要的角色,"金钱是一种新的历史经验,一种新的社会形式,它产生一种独特的压力和焦虑,引出新的灾难和欢乐,在资本主义市场经济获得充分发展之前,还没有任何东西可以与它产生的作用相比。……不是说要把金钱和市场经济仅仅看作一种现实的存在,一种人们可以直接表现的主题,而是要看作某种神秘、某种不存在的因素,这种神秘的因素以一种令人痛苦的新方式决定着人们的存在,决定着它要采取的叙述形式。因此,现实主义标志着金钱社会作为一种新的历史形势带来的问题和神秘,而小说家的任务就是要通过某种形式的创新来处理这种历史形势。"[1] 处理金钱使之变化的新的历史形势成为 90 年代以来都市文学的任务。

马克思对金钱史及金钱的性质进行了深入的考察。"货币,因为它具有购买一切东西的特性,因为它具有占有一切对象的特性,所以是最突出的对象。货币的特性的普遍性是货币的本质的万能;因此,它被当成万能之物……货币是需要和对象之间、人的生活和生活资料之间的牵线人。但是,在我和我的生活之间充当中介的那个东西,也在我和对我来说的他人的存在之间充当中介。对我来说他人就是这样。"[2] 为了使事物更具形象,马克思引用了歌德的《浮士德》和莎士比亚的《雅典的泰门》第 4 幕第 3 场形象地论述了人与货币的关系:

> 我假如能付钱买下六匹马,

---

[1] [美] 詹明信:《现实主义、现代主义、后现代主义》,《晚期资本主义的文化逻辑》,王逢振译,北京,生活·读书·新知三联书店,1997 年,第 299 页。
[2] 《1844 年经济学哲学手稿》,《马克思恩格斯全集》第 3 卷,北京,人民出版社,2002 年第 2 版,第 359 页。

> 它们的脚力难道就不是我的？
> 我骑着它们奔驰，我这个堂堂男儿
> 真好像生就二十四只脚。
>
> 歌德《浮士德》第 1 部第 4 场（靡菲斯特斐勒司的话）

马克思对歌德的这段诗句进行解释："依靠货币而对我存在的东西，我能为之付钱的东西，即货币能购买的东西，那是我——货币占有者本身。货币的力量多大，我的力量就多大。货币的特性就是我的——货币占有者的——特性和本质力量"。[1] 接着以形象的比喻分析了莎士比亚对货币的两个特性所进行的强调："它是有形的神明……它是人尽可夫的娼妇……"进一步得出如下的结论：

> 凡是我作为人所不能做到的，也就是我个人的一切本质力量所不能做到的，我凭借货币都能做到。因此，货币把这些本质力量的每一种都变成它本来不是的那个东西，即变成它的对立物。
>
> 当我渴望事物或者我因无力步行而想乘邮车的时候，货币就使我获得事物和乘上邮车，就是说，它把我的那些愿望从观念的东西，把那些愿望从它们的想象的、表象的、期望的存在改变成和转化成它们的感性的、现实的存在，从观念转化成生活，从想象的存在转化成现实的存在。作为这样的中介，货币是真正的创造力。[2]

---

[1]《1844 年经济学哲学手稿》，《马克思恩格斯全集》第 3 卷，北京，人民出版社，2002 年第 2 版，第 361 页。

[2] 同上，第 363 页。

金钱作为商品的等价物，却比一切商品更具优越性。金钱在购买事物的同时取消了事物的特性并凌驾于事物之上，这样就很容易使金钱持有者产生一种幻觉，误认为金钱购买的事物的特性就是金钱本身的特性。于是，金钱就会像神灵一样被膜拜，后世批判的拜金主义就是人的占有欲在这种幻觉基础上的膨胀。关于金钱，西美尔在《货币哲学》中对之作为手段的特性及其后果进行了深刻的揭示。俄罗斯思想家别尔嘉耶夫直指金钱对人类的奴役："金钱是人和人类的巨大的奴役者。金钱是无个性的象征，是一切和一切之间的无个性的交换。甚至财产的主体不再是具有专名的资产者，而被匿名者代替。金钱的王国是完全虚幻的王国，在这个金钱的王国里，在数字、账本和银行的纸币王国里，已经搞不清楚，谁是所有者以及对什么的所有者。人越来越从现实的王国转向虚幻的王国。"[1]

金钱，这个消费的媒介在消费社会得到了大书特书。无论是在时尚的都市情爱小说中还是在小人物的苦难叙述中，它都是一个或隐或显的在场。它和权力互相勾结，它和权力互为影子。是它在暗中见证了这个消费时代，这些疯狂的抑或平淡的，崭新的抑或陈旧的，滥情的抑或无情的故事。

通过金钱，我们可以看清金钱背后的消费生活，这种生活的核心是欲望，而消费社会的潜台词是欲望的满足。金钱的快速流通和数量的几何倍数增长在很大程度上刺激着欲望的肆虐。从《废都》到《上海宝贝》，在20世纪文学中曾经被披上的男性和女性的情欲面纱被毫不犹豫地摘掉了，情欲的满足成了天经地义的事情。叙事

---

[1] [俄]别尔嘉耶夫：《论人的奴役与自由》，张百春译，北京，中国城市出版社，2002年，第220页。

者对此非但不加批判，反而顺水推舟以此作为叙事动力。情欲无阻碍地成了叙事主角频频亮相。同时，金钱也得到粉墨登场的机会。

一向被批判为铜臭的金钱与被文明压抑的爱欲一道成了叙事的动力。朱文的《我爱美元》虽然遭到了众多读者和评论家的批评，但是仍然因其意向鲜明而成为消费社会的重要文本，也是触摸20世纪90年代作家情感变化的重要参考文本。如果说《废都》遭受批评的主要原因是叙事者对性话语毫无节制的铺张和对时代缺乏内在的批判，那么《我爱美元》则是因为叙事者将叙事矛头直接对准了我国传统的道德伦理。在《我爱美元》中，"孝"的办法竟然是想方设法为父亲找乐子，为解决父亲的性欲问题提供方便。当嫖资不够成为障碍时，最后的解决办法居然是去请求自己的性伴侣跟父亲睡觉。小说将这种性欲及其满足的问题集中到一个家庭内部，而家庭是社会最基本的细胞，由于曾经是价值伦理的最后落脚处，因而格外触目惊心。

《我爱美元》这一标题中"美元"这个符号，不仅仅意味着金钱，而且象征着一种对时尚的西化的生活方式的向往，因为美元正是西化生活方式抽象的替代物。这一点与青年导演贾樟柯编导的新片《三峡好人》中的一个容易被忽视的中心细节异曲同工：在轮船上，一位搞魔术的人用白纸变钱，用人民币变外币，当他问一个不愿意付费因此沉默的看客收钱时出语惊人——"知识产权"！魔术是个非常古老的行当，可变魔术者说的竟是崭新的时髦词汇，这是看似不经意实则非常深的伏笔。随着影片的推进，山西人和湖北人分别拿出十元的人民币和五十元的人民币，指着上面印着家乡的大好河山表示不会忘记故乡，如果想家了就拿出人民币来看看。"烟波江上使人愁"，人民币倒能够慰藉乡愁？这大概是豪情的李白和所有的古代文人想不到的，可这不正是改革开放后我们全部农民工的处境么？

改革开放让西方的现代科技涌进来，于是，西方人用自己的外币与我们交换，货币取代了事物。而我们人民币的币面是我们最美的山水，是我们引以为豪的大自然，是千年遗留下来的残山剩水，上面有夔门，当年李白的《早发白帝城》之所在！即今天的小三峡。可是，人民币不过是中介，外币交换成多倍的人民币，然后换取我们宝贵的山水，换取我们有限的自然资源，也换取我们低廉的劳动。因为，我们渴望金钱，我们渴望外币，就像朱文的《我爱美元》这一标题中直接表达的情感，在文中进一步对美元进行略带牵强的赞美性阐释——"美元就是美丽的元，美好的元"。[1] 并露骨地抒情：

> 那种叫做美元的东西，有着一张多么可亲的脸，满是让人神往的异国情调。一张美元支票在半空中又化为更多的人民币支票，就像魔术一般，飘呀飘呀，我双手张开眼望蓝天，满怀感激地领受着这缤纷的幸福之雨。[2]

美元，美国这个世界经济中心国家的货币，曾经与黄金建立对应象征关系，其币值是人民币的七至八倍。美元以及它所象征的西方消费生活方式已经成为第三世界人民的梦想与渴望。韩东的小说标题《美元硬过人民币》和朱文的《我爱美元》代表了消费社会的想象，也是全球化带给第三世界国家的共同想象。"如今，崇拜的对

---

[1] 朱文：《我爱美元》，《看女人》（小说集），上海，上海人民出版社，2007 年，第 238 页。
[2] 同上，第 203 页。

象成了财富——作为最光怪陆离、奢华挥霍生活方式保证的财富——本身。重要的是人能干些什么,而不是该干些什么或已干了些什么。……其实,对这些人仿佛是受到消费美学的指引。正是毫无节制甚至轻浮的美学趣味的炫耀……才使他们获得了世人的叹服。"[1]

改革开放让我们融入全球化之潮中去追求更高的效率和效果,而全球化的直接后果就是第三世界国家出卖自己有限的人力物力资源,就是以破坏祖先遗留给我们的环境为代价来换取经济的快速发展,换取可观的 GDP 及其相关的数据。

货币这一抽象的等价物最终改写了我们对价值的判断。价值对主体而言有着某种变动的主观性,货币不仅客观而且具有可计算的优势,于是货币这个可数之物顺理成章地取代了价值这一不可数之物。换算、计算和算计也随之成功地侵入并主宰了我们的日常生活,对货币、金钱的想象也成功地潜入叙事内核。

作为消费社会大众文化的一个重要部分,叙事的功能也发生了相应的变化,欲望叙事的娱乐消遣功能替代了宏大叙事的民族/国家的建构功能。

在 19 世纪、20 世纪之交,也即以建立现代民族国家为重任的时期,梁启超奋力吹响"小说界革命"的号角,在那篇标志性的《论小说与群治之关系》[2]中,梁启超开篇就亮出了自己的观点:"欲兴一国之民,不可不先新一国之小说。"然后激情洋溢地阐述了小说

---

[1] [英]齐格蒙特·鲍曼:《全球化——人类的后果》,范祥涛译,北京,商务印书馆,2001年,第122页。
[2] 梁启超:《论小说与群治之关系》,《新小说》第1号,1902年。

的功能与力量——"有不可思议之力支配人道",将小说从"小道"和"末技"的束缚中解放出来,最后,与开篇回应:"故今日欲改良群治,必自小说界革命始;欲新民,必自新小说始。"梁启超将巨大的政治改良的热情寄寓到小说这种曾被鄙薄为雕虫小技的文体上。根据学者陈平原的研究,梁启超提出的"小说界革命"的思想正是由于具备了域外视野,"'小说界革命'口号的酝酿,更直接导源于欧美及日本的政治小说。……在这一时期的所有文学变革中,'小说界革命'成效最大,影响也最为深远。……不管是骂还是捧,晚清小说理论家在谈论传统小说时,都自觉不自觉地借用域外小说作为比衬的背景。正是这一点,使得他们的见解超越了明清文人关于小说价值的争论。"[1]"欧美及日本的政治小说"催化了梁启超的文学革命的理想,实际上,在西方,不光是政治小说承担了启蒙功能,现代小说自产生以来就自觉不自觉地承担起启蒙的角色:

> 自文艺复兴以来,一种用个人经验取代集体的传统作为现实的最权威的仲裁者的趋势也在日益增长,这种转变似乎构成了小说兴起的总体文化背景的一个重要组成部分。[2]

> 可以肯定,小说的常用手法——形式现实主义——倾向于排斥无法感知的一切:正常情况下,陪审团并不允许把神的干预作为人的行为的解释。因此,很有可能一定程度的世俗化是

---

[1] 陈平原:《中国现代小说的起点——清末民初小说研究》,北京,北京大学出版社,2005年,第4页。
[2] [英]伊恩·P·瓦特:《小说的兴起》,高原、董红钧译,北京,生活·读书·新知三联书店,1992年,第7页。

那种新的文学样式兴起的一个必不可少的条件。[1]

在这里，瓦特将"用个人经验取代集体的传统作为现实的最权威的仲裁者的趋势"和"一定程度的世俗化"作为小说兴起的重要因素加以突出。回到当时的历史语境，打破神的权威，力求将人从神的附庸地位中解放出来是文艺复兴的最伟大的功绩之一。在这种背景下兴起的小说自然也对"个人经验"情有独钟，而与"个人"密切相连的正是人的权利和解放。这种对个人经验的推崇与人的启蒙和解放具有互动作用。对人之为人的目的性、人的尊严的强调也必然导致对个人经验的关注，这种经验不仅包括通过理性获得的知识，也包括纯粹感性的日常生活经验和身体经验。让人能够更深入地认识人这一复杂的社会性、个人性同时兼备、欲望重重的动物。这也为20世纪中国小说叙事不断地从社会化过渡到个人化埋下了伏笔。

20世纪上半叶，伴随着民族革命的小说叙事承担着梁启超在号角中吹响的功能，与"兴一国之民"和"兴国"本身密切相连，小说被当作建设民族国家的利器，作家们对小说的这种启蒙功用很自觉，比如鲁迅的弃医从文就是最典型的例子。作家这种自觉的承担姿态决定了小说对社会问题的关注，暴露社会存在的问题以引起疗救。这期间，大多数作家很自觉地以介入现实为自身的写作使命，社会问题小说、批判现实主义小说曾经风起云涌。三四十年代，随着对西方文艺理论和小说译介的深入，小说叙事出现了不同的枝蔓，比如新感觉派。但由于救亡的时代主题压倒一切，使得小说在弥漫

---

[1] [英]伊恩·P·瓦特：《小说的兴起》，高原、董红钧译，第87页。

着感时伤国的整体氛围中继续沿着社会性叙事的大道前行，并经由《在延安文艺座谈会上的讲话》的引导、规划而发展为"十七年"的宏大叙事。

新时期初，在"解放思想"的鼓舞下，生机盎然的小说创作接续的依然是小说叙事的启蒙功能，读者也渴望迎接启蒙的沐浴。纯文学期刊迎来了严冬后的春天，在当时相对简单的印刷、传播条件下，一本稍稍像样的刊物均拥有几十万甚至过百万的印数。作家这个职业也闪闪发光，凌驾于众多其他职业之上，那耀眼的光芒让人眩晕。这一时段的小说遗传了宏大叙事的显性基因，典型环境、典型人物、封闭的故事流向，就像火车的轨道规定火车的运行方向一样，人物的一颦一笑、一举一动也像列车时刻表规定好列车的开、停时间一样，无不为指向规定好的本质。这种尽可能发挥文艺"为社会服务"之功能的做法是与我国长期以来主流的文艺观念，如"文以载道""诗言志"等等分不开的。当我们提倡文艺的这一方面的功能的同时，也就压抑了文艺的别的方面的功能。压抑同时导致反抗，比如，我们在正面人物身上不能实现的色情功能被合法地转移到反面人物身上，我们在正常途径不能实现的窥私功能被合理地转移到审讯坏人的过程中。于是，色情和窥私暗中满足了读者对文艺的娱乐期待。也就是说，尽管20世纪小说的轨迹显示了小说对于"兴国""兴民"的主动承当，但小说的娱乐性也一直没有放弃为争取自己的合法地盘而努力。

消费社会，娱乐至高无上，娱乐应允消费者于此时此地享乐。叙事演绎为娱乐的盛宴，充溢着五光十色的消费符号。"任何客体都不具有内在的价值；它只有通过交换才能获得价值。艺术的使用价值，艺术的存在方式，都被当成了偶像；而偶像，或艺术作品的社会等级（经常被误解为艺术地位）却变成了它的使用价值，变成了人们欣赏的唯一品质。"[1]当"偶像""变成了人们欣赏的唯一品质"的时候，作家的明星化就在所难免，印数成了套在作家头上的魔咒，畅销书与其他大众文化一样分享时尚的光彩。

小说也成为同侪群体互相认同的标记，犹如《哈利波特》的风靡与过去神话、侦探小说、科幻小说、推理小说的流行均有所不同，《哈利波特》已经是作为一个时尚的符号在广大青少年之间互相传播的，它甚至就像我们过去习惯的问候语"吃了吗"一样在同侪群体间扩散，其速度有如像通过空气传播的病毒一样。正是这个道理，余华的《兄弟》才能够有如此辉煌的印数，因为《兄弟》跟在"余华"这个醒目的经过审美专家鉴定的畅销符号之后。在我国出版业整体下滑的局面下，依然能够有少数发行量较大的畅销书产生：比如《狼图腾》《藏獒》等等。"要给畅销书的思想或社会效益作普遍性的结论，或者概括畅销书在文学上的价值是荒诞不经的。从具体内容上看，畅销书很难进行统一的界说。有文化垃圾，也有一些畅销书堪称精品。什么都可以上排行榜——即使是'纯文学'，只要销得出去。"[2]畅销书和常销书往往成为当今出版社最重视的两翼，而畅销书除了作者的名气、作品本身的可读性、作品的装帧设计和发行时机之外，往往比常销书具有更多不易把握的因素，但有一点可能是至关重要的，那就是让读者吃惊要比让读者感兴趣来得有效，让大家有个说头要比让大家思索来得有效，这大概也是近

---

[1] [德] 马克斯·霍克海默、西奥多·阿道尔诺：《启蒙辩证法》，渠敬东、曹卫东译，上海，上海人民出版社，2006年，第143页。
[2] [英] 约翰·芬特兰：《畅销书》，何文安编译，上海，上海文化出版社，1988年，第18页。

年来青春小说、悬念小说、惊悚小说、"韩流"甚至跟风书等等流行开来的缘由。替代艺术品比艺术品本身更为消费者所青睐。

对娱乐的无限推崇使思想深度、精神重量等古典审美趣味无地自容，艰深的思维活动丧失立锥之地，所向披靡、唯我独尊的是娱乐。在滚雪球般的传播途中，真相与意义在诱惑中隐身成再也无法整合的碎片。

第二章 消费社会的叙事面貌

米尔斯在《社会学的想象力》中告诉我们:"一个时代的结束和另一个时代的开始只是一个如何'定义'的问题。"[1]这一观点和叙述学所强调的视点异曲同工。所有的新生事物并非从空而降,都是从历史深处慢慢生长演化而成。

布罗代尔在罗列了18世纪初小城镇的变化之后得出结论,从相对意义上讲,消费社会已经诞生。韦伯写道:"在中国、印度和巴比伦,在古希腊罗马时期和中世纪,资本主义也曾存在"[2]。不过,消费社会不从18世纪算起,资本主义也并不是指"中国、印度和巴比伦"等地方而是主要指欧美等发达国家。可见,定义也有前提和标准,这个前提和标准决定其合法性。

真正相对成熟的消费社会也即晚期资本主义是20世纪下半叶的新现象[3],它伴随全球化的号角,伴随着明晰的消费理念,新的消费伦理驾着资本之马奔腾而至。尽管在发达国家和发展中国家,它的程度和范围有着明显的差异,但是它带来的变化却同样不容忽视。传统的商品观念受到了前所未有的挑战。有如能指与所指的关系断裂一样,使用价值与交换价值之间的对应关系断裂了:

---

[1] [美] C·赖特·米尔斯:《社会学的想像力》,陈强、张永强译,北京,生活·读书·新知三联书店,2005年,第180页。
[2] [德] 马克斯·韦伯:《新教伦理与资本主义精神》,于晓、陈维纲译,西安,陕西师范大学出版社,2005年,第24页。
[3] 参见 [美] 詹明信:《后现代主义与消费社会》,见《晚期资本主义的文化逻辑》,陈清侨等译,北京,生活·读书·新知三联书店,1997年。

在这样一个社会中，广告、包装、展示、时尚、性"解放"、大众传媒和文化以及商品的增长都增加了符号和景观的数量，并导致了被波德里亚称之为"符号价值"的增长。此后，波德里亚声称，商品不是像马克思主义关于商品的理论所说的，仅仅具有使用价值和交换价值的特点，而且还有符号价值——即风格、威信、豪华、权力等的表现和标识，这一符号价值成为商品和消费的一个日益重要的组成部分。也就是说，在商品的购买和展示中，符号价值被认为和交换价值起着几乎同样重要的作用，并且符号价值现象已经成为消费社会中商品和消费的最重要的成分。[1]

符号价值就像半路杀出的程咬金一样横亘在使用价值和交换价值之间，成为交换价值的重要来源。如今，作为文学的使用价值的审美快感更多地来源于符号价值以及文学作品的社会等级。

"作为使用价值，商品首先有质的差别；作为交换价值，商品只能有量的差别，因而不包含任何一个使用价值的原子。"[2]而商品交换的基本原则是将商品还原为抽象的量，还原为一般等价物也即通过价格使不同的商品具有可比性从而使交换得以顺利进行。文学的文学性受到了商品性的挑衅，曾经披着的温情脉脉的面纱被无情地揭开了，露出另一副商品的面孔。

商品化、市场化一方面使文学界不断出现了商业生活的闪亮点——少数作家明星化，过着表演性质的生活，受到各大传媒的包

---

[1] [美]道格拉斯·凯尔纳编：《波德里亚：批判性的读本》，陈维振、陈明达、王峰译，南京，江苏人民出版社，2005年，第5页。
[2] [德]马克思：《资本论》节选本，北京，人民出版社，1998年，第53页。

围，得到了高版税高稿酬，享受了市场带来的自由；但另一方面是交换价值的袭击给了往昔清高的纯文学以毫不留情的打击，部分严肃的作家不得不因为生存压力而放弃其严肃性投奔市场的怀抱，文学的娱乐消遣性所向披靡。

市场犹如一把双刃剑，它考验着作家和文学，有时候它会给叙事提供自由和动力，有时候则会变成压力甚至阻力。事实也是如此，我国市场经济转型不仅是叙事的重要内容，也改变着叙事的生产、流通、传播及消费。

市场如何改变文学的生产与消费？它从哪些角度改变了写作的面貌甚至轨道，创造了哪些新的叙事成规，从何种程度改变了作家的外部的生态环境和内在的写作心境，这一切日益成为我们研究当代文学不得不面对的问题。

第一节　速度焦虑与自我复制

以往，我们更多地关心作品的质量，我们崇奉的是"十年磨一剑""慢工出细活"。如今，当文学的商品性的一面得到格外凸显之后，量化就使写作速度前所未有地成为了一个问题，它不由自主地要跟上商品的高速更替节奏。正如詹姆逊所言："实际情况是，今天的美学生产已经与商品生产普遍结合起来：以最快的周转速度生产永远更新颖的新潮产品（从服装到飞机），这种经济上狂热的迫切需要，现在赋予美学创新和实验以一种日益必要的结构作用和地位。"[1]

没有最新颖，只有更新颖。美学生产与商品生产的普遍结合给作家带来一种内在的追新逐异的焦虑，暂时地平抚这种焦虑变成了他们潜在的创作动力。生活被各种各样的事情切分成无数的碎片，

---

[1] [美]弗雷德里克·詹姆逊：《后现代主义，或后期资本主义的文化逻辑》，《快感：文化与政治》，王逢振译，北京，中国社会科学出版社，1998年版，第156页。

大家都"只争朝夕",用一小段一小段时间写作片段然后拼贴,浮光掠影地奔跑,走马观花地浏览,狼吞虎咽地生活。细斟慢酌的时代一去不复返。

快,更快,成了时代的整体节奏。爱默生在论文《小心》中对薄冰上滑冰的现象深思熟虑之后写道,"在薄冰上滑冰,我们的安全系于我们的速度。"鲍曼由这种如履薄冰的状态引申,"速度,在生存准则的列表中,被排在了首位。"虽然速度可能跟安全有某种关系,如罪犯的潜逃和现代许多以速度为考量标准的竞技甚至战争。速度或许能帮助我们逃离某些暂时的危险,"然而,速度并不就会传导思考,无论如何也不会带来远远在前的思考和长期的考虑。思想需要中止和休息,需要'从容不迫,不慌不忙',需要总结已经采取的步骤,需要认真细致地察看到达了的地方,并总结到达那里的经验和智慧(或是可能的鲁莽轻率)。手头的任务,总是保持着高速度,无论可能出现其他什么情况。而思考却把心思和注意力从手边的任务移开。"[1]可见,在速度和思考之间横亘着"手头的任务",而我们传统的教育正是以勤劳务实为起点的,也就是叫我们专注于手头的事物,自然也就会疏于长远的考虑。速度契合了这种思维,并对我们的思考和思考所必须的闲暇进行剥夺,然而"对于文明的发展来说,闲暇是重要的",[2]闲暇,虽然备受非议,然而却是美好生活不可缺少的条件。闲暇不仅可以让我们感受生活,也让我们思考生活,"一个人一生中没有充分的闲暇,就接触不到许多美好的

---

[1] [英]齐格蒙特·鲍曼:《流动的现代性》,欧阳景根译,上海,上海三联书店,2002年,第327页。
[2] [英]罗素:《闲散颂》,《真与爱》,江燕译,上海,上海三联书店,1997年,第54页。

事物。"[1] 老舍也曾深有感触地说："我要不把'忙'杀死，'忙'便会把我的作品全下了毒药！"[2]

对忙乱生活充满警觉的传统观念彻底被抛弃了，现在你几乎找不出准备拿十年来慢慢写作一部长篇的作家了。沉迷于速度的漩涡之中使我们很轻易地与美好的事物失之交臂，甚至我们来不及叹息。

贾平凹在《废都》的后记中透露：一个月把三十万字的草稿写好了。平均下来就是一天一万字的速度。无疑，这种写作速度只能是打开无意识的闸门顺流而下，不可能再从自己的经验出发沿着理性的险滩逆流而上了。贾平凹自1993年出版《废都》之后，又出版了《白夜》《土门》《高老庄》《怀念狼》《病相报告》《秦腔》等作品。在接受《南方周末》的采访中，记者叙述："贾平凹不会用电脑，坚持传统的手写，所以一部《秦腔》50万字，改抄了三遍，等于写了150万字，耗时一年零九个月。"[3] 言语当中透露出一种对贾平凹写作之高速的褒扬。

再看莫言的《生死疲劳》[4]，50万字的作品，只用了四十多天。就是非常赏识他的马悦然先生也说，"莫言非常会讲故事，太会讲故事了。他的小说都是很长的，除了在《上海文学》发表的《莫言小说九段》(外)。有一年我在香港，我们在宾馆聊天，我说莫言你的小说太长了，你写得太多了。他说我知道，但是因为我非常会讲故事，只要开始了就讲不完"[5]。

――――――――

[1] [英]罗素：《闲散颂》，《真与爱》，江燕译，第57页。
[2] 老舍：《樱海集》序言，《老舍文集》第八卷，北京，人民文学出版社，1985年，第155页。
[3] 贾平凹、张英：《从"废都"到"废乡"》《南方周末》2006年6月1日。
[4] 莫言：《生死疲劳》，北京，作家出版社，2006年。
[5] 夏榆访马悦然：《诺贝尔跟中国作家"有仇"?》，《南方周末》2005年10月20日。

余华这个曾经对文字比较谨慎的作家也受到这股速度神风之熏染,先是将《兄弟》(上)匆忙推出,其次是斗胆将下部写成了476页,比上部足足多了一倍。这样的上下比例失衡过往是很少出现的,更重要的是文本的荒谬程度绝对与下笔匆忙有关,也可归结为他对"强劲的想像产生事实"[1]的盲目与狂妄。

这种写作速度俨然成了一道很难逾越的障蔽,焦虑困扰着整个文坛。王安忆、阎连科、刘震云、池莉、铁凝等知名作家的出版速度也相当惊人。名家的作品还在摇篮中,就有编辑们一轰而上去约稿,互相哄抬版税和印数,如今名家的版税已经大大超过了当初约定的行规。编辑们对作品的修改也仅仅意味着校对错别字。一旦越过出版的界线,几乎所有的作家都不约而同地保持着这种高产;就是尚未获得出版机会的写作者速度也相差无几,有时候打开邮箱,就会发现一个作者同时投了几个长篇来。难道中国的作家真的有着非凡的想象力、持续的书写能力?难道我们的写作也变得兵贵神速、千钧一发?在我们对数量的盲目追求中,写作速度也跟随生活速度快速行进。"也许是因为向来崇尚'一挥而就''文不加点'的缘故罢,又大抵是全本干干净净,看不出苦心删改的痕迹来。"[2]"推敲"的故事在今天已经失传。很多小说家从来没有仔细思考过什么是小说,在他们看来,他们写成什么样什么就是小说。

至于合理与真实这些小说写作的基本规则也被置诸脑后,而这几乎直接关系到文学的生命力:

---

[1] 余华:《强劲的想像产生事实》,收入《我能否相信自己——余华随笔选》,北京,人民日报出版社,1998年。
[2] 鲁迅:《不应该那么写》,《鲁迅全集》第6卷,北京,人民文学出版社,1981年,第312页。

小说中的人物和事件应该合情合理，甚至什么都可以没有，但不能没有这一点。合情合理的标准也就是生命力，即有关主人公的全面和一致的信息。这是小说的法则。有一个聪明和敏感的人曾半开玩笑地说过，如果他不知道主人公的生活资金来源，他就不会相信小说中描写的事件。显然，一个真正的艺术家从来不会强迫主人公做他'不想'做的事情。[1]

高产导致盲信，导致写作往习惯延伸，导致一种无意识的宣泄和单面的敞开——朝自己的本能世界敞开，而通向现实、通向生活、通向历史的大门却被有意无意地关闭了。作家难免带着踌躇满志的情怀在自己的臆想世界中散步，把幽闭已久的非理性的部分拿出来孤芳自赏。这样一来，作者必定会勉强自己的人物，委屈人物的愿望，让人物说着作者习惯的语言，用作者的思维方式去思想和行动。自我复制的叙事变成了炫技，叙事的面孔日益定型乃至僵化单一。

这种写作姿态是非常可疑的。然而，由于利益的驱动，出版界对名家的仰望和对"偶像"的推崇态度出奇地一致，作家的名气本身成为最大的消费品，而跟在他名字后边的文本质量反而变得无足轻重了，就像商品的品牌掩盖了商品的质量一样。名字成为一种记号——消费选择的记号，甚至高印数、高版税也成为宣传亮点，幻化为符号价值。

---

[1] [俄] 弗·霍达谢维奇：《摇晃的三脚架》，隋然、赵华译，北京，东方出版社，2000年，第348页。

第二节　写作的职业化及文学的文字化

　　新、快不仅是大的出版环境，而且成为当代作家不由自主的艺术追求，也成就了新的高速的叙事流通速度。

　　在这个速度惊人的叙事流通过程中，大众传媒起了推波助澜的作用。当今的报纸通常会有文艺副刊，而副刊的一席之地专门用来报道出版动态、新书的书评书讯或者作家的访谈，但只在新书登台的这一两个月。某些名家的新作会引起媒体的一阵骚动，但这种轰动总是像过眼烟云，飞快地烟消云散。媒体的矛头朝秦暮楚，因为公众对报纸的注意力就是一天，确切地说是半天，因为晚上还有晚报和无数的电视节目，明天又有一大堆新的报纸如期而至。文学期刊的刊期一般是一个月或两个月，也就是说，两个月后，期刊变成了旧刊物，期刊上发表的作品就变成了旧东西，新东西会覆盖它。周而复始。出版的周期稍微长一点，最多也就是一年。新的出版物马上就把旧的取代了。没有一个书店会让一本书在书架上待太久，尤其是书店进门的畅销架，往往一两个月就会被撤下来，一般情况一年后就会被书店清理出门退货。就是名家，也有新作；即便旧作，也会有新的版本，图文本、精装本、自选集、文集、名目繁多的年度选本……越来越新颖、越来越精美的装帧形式遮蔽了叙述内容的重复与陈旧。只有卡尔维诺所叙述的不朽的"垃圾"还在经久地提醒着我们。

遗忘似乎成了信息时代的必然命运。一个作家要想不被时代淡忘，要想努力保持自己的知名地位，就不得不在大众传媒保持影响，不断地出新作、出新言论，争取上下一周的排行榜。无法遏止的日新月异的出版速度像噩梦一样缠绕着作家，他们除了奋力向前奔跑以外别无选择。

苏童曾在一次作家座谈中谈到：

> 江苏的作家群是文学领域的劳动模范群，多年来不管世界风云变幻，他们的作品总是像一只打开的蜂箱飞出嘤嘤嗡嗡的声音，从不停歇，这种现象曾令外地的同行瞠目结舌，但我作为江苏作家群的一员，始终觉得一切都自然而然，迷恋写作是我们许多人的通病，著作等身是我们许多人的生活目标。当他把写作视若生活的重要意义，多产、高产便都是易于解释的，而且我希望不要听到别人对此的贬词，患有写作狂癖的人往往需要别人的爱怜或理解，而不是类如"粗制滥造"的攻讦，没有一个作家是抱着"粗制滥造"的欲念去写作的，有失败的作品，却不会有失败的写作狂热和激情，也不会有失败的写作过程。[1]

---

[1] 沈乔生等对话：《文学和它所处的时代》，《上海文学》1993年第10期。

并不只是江苏的作家群是这样，几乎我国各地的作家都是这样，那么多刊物和书号，那么多约稿电话和信函，人情后面跟着的是诱人的名利，实在叫人难于拒绝。

天道酬勤。勤奋的确可以有效地解决技术问题，所谓熟能生巧、勤能补拙。勤奋是值得称道的，但决不能成为粗制滥造的辩护词，正如数量永远无法取代质量一样，因为时间一直在作着大浪淘沙、去芜存精的工作。

固然，向上是人的天性，作家不会首先抱了粗制滥造的欲念去写作，可是这决不意味着作家不会将写作当成手段，因为，习惯力量同样拉扯人的衣襟。勤奋更容易使写作变成一种生活习惯，这种习惯又被美化为"生存方式"。很多时候，习惯正是创新最危险的敌人，有如前进路上的无形暗礁。"习惯性实际上蔓及人类生活的全部，在人类生活中扩散传播，如同夜晚的海岸笼罩着景物。"[1] 习惯性与人类的惰性暗合，阻挡着作家们向文艺的根本问题进发的步伐。所以里尔克在给青年诗人卡卜斯的信中强调写作的目的性：

> 只有一个唯一的方法。请你走向内心。探索那叫你写的缘由，考察它的根是不是盘在你心的深处；你要坦白承认，万一你写不出来，是不是必得因此而死去。这是最重要的：在你夜深最寂静的时刻问问自己：我必须写吗？你要在自身内挖掘一个深的答复。若是这个答复表示同意，而你也能够以一种坚强、单纯的"我必须"来对答那个严肃的问题，那么，你就根据这个需要去建造你的生活吧；你的生活直到它最寻常最细琐的时

---

[1] [法] 布罗代尔：《资本主义的动力》，杨起译，三联书店、牛津大学出版社，1997年4月，第11页。

刻，都必须是这个创造冲动的标志和证明。[1]

显然，里尔克深味写作的艰难，所以他坚持写作与生命本身的关系。将写作始终不懈地当成生命的目的是非常困难的，正因为困难所以更加必须。严肃的作家在这一点上很默契，比如卡夫卡在他的日记里写："要是不躲进工作里，我就完了"（1914年7月28日）；批评家别林斯基要求"把写作和生活、生活和写作视为同一件事"[2]。爱伦堡要求"作家就应该在短暂的一生中体验很多很多生活，他应该燃烧自己去温暖人们的心，他应该给人民的内心世界以光明，帮助读者更清楚地去看事物，更充实更高尚地生活"。[3] 英年早逝的作家路遥认为，"作家的劳动绝不仅是为了取悦当代，而更重要的是给历史一个深厚的交代。如果为微小的收获而沾沾自喜，本身就是一种无价值的表现。最渺小的作家常关注着成绩和荣耀，最伟大的作家常沉浸于创造和劳动。"[4] 鲁迅再三反对把小说当成闲书，提倡文艺的"为人生"和改良人生。这些共识提醒着作家必须承担起创造的责任，提醒着作家与工匠的本质区别。因为作家要玩文字游戏与孩童玩拼图一样是很容易的。故事每天都在发生，拼凑一个曲折离奇的故事不难，熟练的写作匠人无处不在。但叙事则是有难度的，对于自己没有经历过的境域，作家是否能够通

---

[1] [奥] 莱内·马利亚·里尔克：《给青年诗人的信》，冯至译，上海，上海译文出版社，2005年，第6—7页。
[2] [俄] 别林斯基：《别林斯基选集》，第1卷，满涛译，上海，上海译文出版社，1979年，第121页。
[3] [俄] 爱伦堡：《捍卫人的价值》，孟广钧译，沈阳，辽宁教育出版社，1998年，第31页。
[4] 路遥：《路遥全集》，散文·随笔·书信卷，广州出版社、太白文艺出版社，2000年版，第7页。

过想象召唤出一个真实的境界？是否能够保证细节的合情合理？是否能够越过一己的生活抵达生活本身，抵达存在？是否能够永远在场、永远及物？如今，众多时尚的成长小说要么留下清晰的模仿痕迹，要么打着明显的身体自传之烙印。就是因为作者停留在自己的经历中，未能从自己的个人经验中超越开去，未能真正地看见生活。

尽管写作本身对作家有很高的内在要求，但市场经济以交换价格来衡量一切事物的性质迅速地使文学文字化。"此后，文化精英们所主要面对的，已经由政治权威转为市场规律。对他们来说，或许从来没像今天这样意识到自身的无足轻重。此前那种先知先觉的导师心态，真理在手的优越感，以及因遭受政治迫害而产生的悲壮情怀，在商品流通中变得一钱不值。于是，现代中国的唐吉诃德们，最可悲的结局很可能不只是因其离经叛道而遭受政治权威的处罚，而且因其'道德'、'理想'与'激情'而被市场所遗弃。代之而起叱咤风云的是'躲避崇高'因而显得相当'平民化'的顽主们。"[1]"顽主"王朔干脆将自己称做"码字儿的"，这固然是基于作者蓄意于宏大叙事的整体性话语环境中戏谑文学的神圣性，但也与市场经济条件下的稿酬制度——按字计费的特征不谋而合。所以，张抗抗认为"把'文字'的价格炒了上去"是王朔最大的贡献。张抗抗在这里用的是"文字"而不是"文学"，这就不难理解关于她的《情爱画廊》借《廊桥遗梦》之机造成的宣传攻势以及文本中无孔不入的性爱场景。这一切无不意味着文学在九十年代以来的位移。消费将文学从高高在上的精神飞地上拽下来，坠入平地，作为大众文化的

---

[1] 陈平原：《近百年中国精英文化的失落》，《21世纪》（香港），1993年第6期。

一员接受消费者的检阅。

一旦将文学等同于普通文字,那么娱乐性就必然成为出版权衡的重要标准,因为娱乐是人类作为灵长类动物的天性。许多作家迅速地调整心态,看看伤痕文学代表作家刘心武的心迹:

> 在我看来,作家不过是一种社会职业,跟其他的社会职业,并无本质区别。不错,有严肃追求的作家,品位趋雅的作家,热爱写作因而功利心不那么强烈也就是说比较"纯粹"的作家,他写作时,要体现特立独行的人格、充溢创造性发挥的"文本"、新奇诡异的个人风格,可是他不能不考虑,当然他应在可达性与可行性之间求得一个最大也最优的生存系数,他如向社会规范和市井俗尚过分尊媚,当然有碍他的突破创新,但是他完全不顾所在的环境而放肆地"伤时骂世"、心无读者地"严雅纯"到底以至全不考虑出版面世,那么,他不是傻子必是疯子。[1]

在这里,"安全问题、温饱问题、出版问题"等世俗的利益被置于文学性的前面。这段话或许包含了某些个人之见,但也不无代表性。作家主体性屈从于世俗利益,这也是消费文化对作家的奴役。

市场经济通过经济杠杆重新调节了社会的阶层划分和格局。网络、电脑、信息传媒业迅速成为市场的新贵,在我们纪念恢复高考二十周年的同时,高考致贫以及毕业失业已经成为世纪初崭新的经济课题。知识分子曾经指点江山的激昂遭到沉重的打击,他们不得

---

[1] 刘心武:《话说"严雅纯"》,《光明日报》1994年3月30日。

不重新审视自己在消费时代的尴尬位置：

> 经济一旦启动，便会产生许多属于自己的特点。接踵而来的市场经济，不仅没有满足知识分子的乌托邦想象，反而以其浓郁的商业性和消费性倾向再次推翻了知识分子的话语权力。知识分子曾经赋予理想激情的一些口号，比如自由、平等、公正等等，现在得到了市民阶级的世俗性阐释，制造并复活了最原始的拜金主义，个人利己倾向得到实际的鼓励，灵-肉开始分离，残酷的竞争法则重新引入社会和人际关系，某种平庸的生活趣味和价值取向正在悄悄确立，精神受到任意的奚落和调侃。一个粗鄙的时代业已来临……知识分子有关社会和工人的浪漫想象在现实的境遇中面目全非。大众为一种自发的经济兴趣所左右，追求着官能的满足，拒绝了知识分子的"谆谆教诲"的钟声已经敲响，知识分子的"导师"身份已经自行消解。[1]

市场经济将知识分子从政治的高压带进经济的高压中，如何迅速地将知识权力转换为货币成了知识分子不得已的选择。"我抗议"的声音悲愤而孤独，更多的当代作家很快地调整了自己的心态和创作，因为他们意识到时代的洪流不可抗拒，而自己现世的生存却必须继续。写作于是由生命的必须蜕变为谋生的职业。写作的手段化、文学的文字化在一定的范围内似乎在劫难逃。当写作与内心的关系淡化，则必然地向日常生活靠拢。

---

[1] 蔡翔等：《道统、学统与政统》，《读书》1994年第5期。

第三节　日常生活至上

弥尔顿在《失乐园》一诗中给了日常生活特别的歌颂：去认识吧/日常生活摆在我们面前的/那正是首要的智慧。但事实上，文学的首席一直被英雄人物的传奇生活占据，史诗、悲剧几乎不曾光顾日常生活的领地，"战争"包括个人对命运的抗争这一恒久的主角有效地将叙事从日常生活中抽离出来。只有喜剧会"屈尊"与我们一道分享世俗的情趣与幽默。这种古老的不成文的成规也潜在地影响着小说这一后生的文体。

让我们来分享最初小说诞生的情境："当夜色笼罩着外边的世界，穴居人空闲下来，围火坐定时，小说便诞生了。他因为恐惧而颤抖或者因为胜利而踌躇满志，于是用语言再次经历了狩猎的大事；他详细叙说了部落的历史；他讲述了英雄及机灵的人们的事迹；他说到一些令人惊奇的事物；他竭力虚构幻想，用神话来解释世界与命运；他在改编为故事的幻想中大大夸赞了自己。"[1] 在这段推测小说诞生的虚构中，布鲁克斯也阐述了小说的功能及边界："历史""英雄""令人惊奇的事物""虚构幻想""解释世界与命运"，这也为我们后来对小说的种种期待埋下了种子，为我们以认识论去考察小说留下了契机。

发展到经典的现实主义小说中，其展现的社会生活的宽广度、真实度已经成为考察文本最重要的价值标准之一。对文学和社会的关系韦勒克在《文学理论》[2] 中进行了细致的论述。恩格斯提出的"典型环境中的典型人物"概括了马克思主义理论对小说的要求。即便叙述的是普通人，人物也必定是典型化的，而且作者的终极意旨并不在于所展现的普通人的日常生活，而是要以此为桥梁通向更广阔的超越具体尘世生活之外的生活，所有对人物的叙述也是为了通向其本质，人物的肖像、语言、行动以及心理描写无不是为其本质——"社会关系的总和"服务的。

这种认识论愈演愈烈，在我国，经过"文艺为政治服务"的指导思想的催化，逐渐形成了宏大叙事模式。宏大叙事有一整套特定的叙事成规，比如，封闭完整的故事按部就班地发展，主要人物一律按照高、大、全的模式来塑造，英雄人物总是能很好地抑制甚或根本没有排他主义的本能动机；人物在出场的瞬间即被定性——依据是阶级性；人物的丰富性、多元性被概念化、粗率化地处理，人物沦为观念的道具。人物的一切生活围绕着理想和使命而展开，丰富散漫的日常生活完全缺席，人的世俗欲望被摒弃，最终导致精神

---

[1] [美] 克林斯·布鲁克斯、罗伯特·潘·华伦编：《小说鉴赏》（上册），主万等译，北京，中国青年出版社，1986年，第5页。
[2] [美] 勒内·韦勒克、奥斯汀·沃伦：《文学理论》第九章"文学与社会"，刘象愚等译，南京，江苏教育出版社，2005年。

生活的虚假苍白和不可信。平常人的世俗欲望被忽视、日常生活被漠视成为宏大叙事被申讨的一个重要理由。这种模式化、僵化的陈规将宏大叙事带进了死胡同。

在改革开放之风的吹拂下，人内心不息的欲望也开始在文学中"犹抱琵琶半遮面"。1986年，刘再复在《文学评论》上发表《人物性格的二重组合论》，论文谈论了人的动物性和人性，对人的复杂性、丰富性加以肯定。这篇论文有如一枚冰山上的炸弹，冰山被炸开，冰山下的一直被遮蔽的另一个世界得以浮现。普通人、市民等小人物携带着他们的日常生活乃至家乡口音在文本中登场。其中声势最浩大的要数《钟山》力推的"新写实"思潮。在刘震云的《一地鸡毛》《单位》，池莉的《烦恼人生》《太阳出世》，方方的《风景》等一度被评论界认为是"新写实"的代表作品里，平常人的微细的世俗欲望得到了伸张，日常生活得到了充分而细致的展现，其被叙述的合法性缓缓确立，宏大叙事日趋消解。

在伊恩·P·瓦特看来："小说对普通人日常生活的深切关注，似乎依赖于两个重要的基本条件——社会必须高度重视每一个人的价值，由此将其视为严肃文学的合适的主体；普通人的信念和行为必须有足够充分的多样性，对其所作的详细解释应能引起另一些普通人——小说读者的兴趣。"[1]的确，考虑小说读者的兴趣不只是尊重读者，更重要的是有益于文本的最终完成。"如果小说不对读者生活的这个世界发表看法的话，那么读者就会觉得小说是个太遥远的东西，是个很难交流的东西，是个与自身经验格格不入的装置：那小说就会永远没有说服力，永远不会迷惑读者，不会吸引读者，

---

[1] [英]伊恩·P·瓦特：《小说的兴起》，高原、董红钧译，北京，生活·读书·新知，三联书店，1992年，第62页。

不会说服读者接受书中的道理，使读者体验到讲述的内容，仿佛亲身经历一般。"[1]虽然，接受美学已经将读者作为非常重要的一环带进了文学领域，甚至可以说文本这个概念的提出跟尊重读者的存在有着内在的密切关系。但很多时候，我们的叙述要么将读者当成大众，当成启蒙对象，摆出高高在上的精英叙事姿态，要么干脆提供封闭的文本，叙事者既不尊重读者的智商也漠视读者的情感，忽视了读者的主体性，他们只顾自说自话，将文本当成了填充自己个人经验的容器。相应地就诱导读者的我行我素，阅读过程完全沉浸在兴奋或悲伤的一己情绪中。这样阅读就从知识下降到纯粹的个人经验，而且这种经验会对以后的阅读产生懒惰性的影响。

安贝托·艾柯在《悠游小说林》中指出："文本是一台需要读者大力合作的倦怠的机器。"[2]在此书中艾柯对读者这一角色进行了专门的研究，其中最重要的是他提出的"模范读者"的概念，与之对应的自然是"模范作者"。艾柯不仅把"模范读者"视为"文本的互动者和合作者，还在一定程度上认为他们生来就是连接文本的肌腱"。模范读者意指文本邀请的读者，即一个具有良好的合作意识和合作准备的读者。成功的文本会不断地发出或强或弱的邀请信号，模范读者会在叙事的缝隙中嗅到信号的气息，接受文本的邀请，帮助文本最后完成。

"新写实"之所以引起了较大的社会关注，原因之一就是叙事的低姿态，也可以说是作者对"小说读者的兴趣"的某种理解。总观

---

[1] [西]马里奥·巴尔加斯·略萨：《给青年小说家的信》，赵德明译，上海，上海译文出版社，2004年，第31—32页。
[2] [意]安贝托·艾柯：《悠游小说林》，俞冰夏译，北京，生活·读书·新知三联书店，2005年，第31页。

"新写实"的大量文本,就会发现叙事者有意识地搁置了价值评判,尽可能地呈现出日常生活的原生态,而人物的内心生活则在大规模的世俗生活面前俯首称臣。"日常生活对主体性的侵袭或者修正,意味着事实——价值的日渐分离,理想与激情悄然远逝,个人在'事实'的困窘中,不得不收敛其自我的浪漫想象,主体性玫瑰般的精神性笑容以及它的偏执与狂妄在此受到日常生活的无情嘲谑。"[1]

"新写实"的主将刘恒在对话中谈道:

> 什么力量都可以改变文学,文学的力量却什么也改变不了。软件越来越发达,会写小说会写诗的芯片正等着抢大家伙的饭碗呢!我不是对我们的大脑没有信心,我是觉得市场的力量太强大,这些为文学操心的脑袋像葡萄一样,一碾就碎了。在市场的蔑视之下,我们看家的本领只剩下孤芳自赏了吧?[2]

另一代表人物池莉也曾说道:"现实是无情的。它不允许一个人带着过多的幻想色彩,那现实琐碎、浩繁、无边无际,差不多能淹没销蚀一切,在它面前,你几乎不能说你想干这,或者想干那,你很难和它讲清道理。"[3]这样的话语看上去是在叙述一个事实,实质上则是在塑造一个事实,暗含的正是一种宿命论的陷阱。把一切发生的事实当成天命,当成存在,当成合理性的事物来接受,这就暗中取消了人之为人的主动性,取消了人的反抗性。

与这种妥协态度如出一辙的是新写实小说中对主人公的叙述。

---

[1] 蔡翔:《日常生活的诗情消解》,上海,学林出版社,1994年,第83页。
[2] 刘恒 章德宁主编:《菊花的幽香》,北京,同心出版社,2005年,第63页。
[3] 池莉:《我写烦恼人生》,《小说选刊》1988年第2期。

比如《太阳出世》中的赵胜天,《烦恼人生》中的印家厚,虽然他们的生活充满各种烦恼、困窘和诸多的不如人意,然而,他们甘愿放弃涌动的欲望,甘愿放弃智性和主动性而听从环境的摆布,执意地维护日常生活的惯性运转并从中寻找现实的合理性。

刘震云的《一地鸡毛》叙述一对留京的大学生意气风发之际却遭遇了日常生活的种种打击,最终与日常生活同流合污;《单位》则直接将单位定义为分东西的地方,而且分的是烂梨子。刘恒的《贫嘴张大民的幸福生活》中张大民靠了一张贫嘴获得短暂的快乐,在瞬时的快感旋涡中沉迷。这一批产生广泛影响的作品莫不如此,它们共同为现存世界提供坚实的合理想象,消解我们曾经关于幸福的想象和生命应有的激情与意志。

对现实无条件的认同、妥协与维护共同谱写了"新写实"的主调,归根结底,"新写实"是一种惰性的文学,它将日常生活的律令当成了至高无上的人生命令,听从现实的安排、役使,放弃了人之作为人的那种奋争精神和主动性,放弃了人强大的内心世界以及宽广丰富的内心生活,因而也就失去了根本的自由。对外面事物的关注和投入使人沦落为一种习惯性的生存的现实的套中人。外部的事物居高临下,人在外部世界的安排和役使下变得渺小卑贱。人由丰富多元变得枯燥单一,内心生活的艰难被放弃了。

天道与人心可视为文学的两极,而在新写实文学中,我们见不到人心,见不到天道。我们见到的只是生活碎片之拼贴,而生活本身隐匿了,存在不再发光。在新写实作品中,勤劳只是惯性使然,并非人的主动选择,坚韧被麻木取代了,勤劳后边的智慧被取消了。人失去了自由,人被降低到与动物同一起跑线上,劳作的意义顿时黯然失色,只剩下一具具蝇营狗苟地存活的空洞的皮囊。内心世界的丰富被世俗生活的贫乏遮蔽了。马尔库塞曾说:"在其先进性的位置上,艺术是大拒绝,是对现成事物的抗议。"[1]在他对弗洛伊德思想的探讨中,也反复强调艺术与被压抑的无意识之间的密切关系,认为真正的艺术品存在的目的就是"否定非自由";在探讨艺术想象时引用了怀特海的观点"'某些有关实际状况的命题不真'这个真理可以表达有关艺术成就的重要真理。它表达了它的首要特征——'伟大的拒绝'"[2],并且强调"这个伟大的拒绝就是对不必要压抑的抗议,就是争取最高自由形式即'无忧无虑的生活'的斗争"。文学的反抗精神也即略萨所突出强调的"文学抱负":

> 凡是刻苦创作与现实生活不同生活的人们,就用这种间接的方式表示对这一现实生活的拒绝和批评,表示用这样的拒绝和批评以及自己的想象和希望制造出来的世界替代现实世界的愿望……重要的是,应该坚决、彻底和深入,永远保持这样的行动热情——如同堂·吉诃德那样挺起长矛冲向风车,即用敏锐和短暂的虚构天地通过幻想的方式来代替这个经过生活体验的具体和客观的世界。[3]

从"长时段"来看,"对现实生活的拒绝和批评"乃文学生生不息的主旋律。正是在这个意义上,我们说文学是人学、人是一切事

---

[1] [德] 马尔库塞:《单向度的人》,刘继译,上海,上海译文出版社,1989年,第59页。
[2] [英] A·N·怀特海:《科学与近代世界》,转引自[德] 马尔库塞:《爱欲与文明——对弗洛伊德思想的哲学探讨》,黄勇、薛民译,上海,上海译文出版社,1987年,第108页。
[3] [西] 略萨:《给青年小说家的信》,赵德明译,上海,上海译文出版社,2004年,第6页。

物的尺度。尽管"新写实"在对于现世生活细节的逼真呈现、对叙事的情感克制方面有所贡献,但是在终极追求来看,新写实在现实面前俯首称臣,人类理想的光辉在此大打折扣。塞万提斯的遗产被遗忘了,唐·吉诃德的小风车失去了力量。鲁滨逊依然在他的小岛上漂流。乌托邦则被人耻笑。时过境迁再回望,"新写实"这股涌现于上个世纪八九十年代之交的文学潮流,对于90年代文学对消费的应和产生了消极的影响,使广泛的时尚写作在顺从消费潮流的道路上渐行渐远,并为消费想象提供合理的注脚:

> 日常生活的愿望被合法化,成为生活的目标之一。在现代性的宏伟叙事中被忽略和压抑的日常生活趣味变成了文化想象的中心,赋予了不同寻常的价值和意义,这种日常生活的再发现的进程主导了新的文化想象。日常生活表征自我的存在和价值,而这种日常生活又是以消费为中心的。在消费之中,个人才能够发现自己,彰显个体生命的特殊性。消费行为成为个性存在的前提。而日常生活的琐碎细节和消费的价值被凸显出来。这不是一种对于现实的彻底的反抗,而是和现实世界的一种辩证关系的获得。我们看到一种来自于平常生活的丰裕的期待,一种对于日常生活的满足的愿望的表达,成为这个时代的文化的表征。[1]

从文学叙事到现实生活,消费逐渐深入人心。日常生活这个一度被宏大叙事压抑的叙述角色渐渐地从束缚中解放出来,成为多数

---

[1] 张颐武:《直面"平淡生活"》,《广州日报》2006年9月19日A19版。

当代作家关注的对象。继一度喧哗的"新写实"和"小女人散文"之后,以都市情爱为题材的叙事大规模登陆。欲望本能地追求满足,满足日常生活的愿望无非是对物质财富和功名利禄的追求,"如果占有感取代了人的所有自然情感,这只能意味着它是存在和占有的维持,此外别无他者,人的全部生活,人的普通生活,日常生活都以此为中心。这只能意味着日常生活是以特性、以存在的延续——一种以财产的占有为导向的存在为重心。"[1]财产导向在通俗文学中十分明显,甚至有财经小说、财富小说、金融小说一路。

"新写实"对日常生活碎片的逼真展示实质上遮蔽了更严肃的问题——作家为何写作与为谁写作等终极的问题。韦恩·布斯认为:"小说修辞的终极问题,就是断定作家应该为谁写作的问题。"[2]鲁迅则在《南腔北调》集中表述:"说到'为什么'做小说吧,我仍抱着十多年前的'启蒙主义',以为必须是为'人生',而且改良这人生。"关于小说的题材,鲁迅也有自己关于美之灼见:

> 世间实在还有写不进小说里去的人。当写进去,而又逼真,这小说便被毁坏。
> 譬如画家,他画蛇,画鳄鱼,画龟,画果子壳,画字纸篓,画垃圾堆,但没有谁画毛毛虫,画癞头疮,画鼻涕,画大便,就是一样的道理。[3]

---

[1] [匈]阿格妮丝·赫勒:《日常生活》,衣俊卿译,重庆,重庆出版社,1990年,第20页。
[2] [美]韦恩·布斯:《小说修辞学》,付礼军译,南宁,广西人民出版社,1987年,第408页。
[3] 鲁迅:《半夏小集》,《鲁迅全集》第6卷,北京,人民文学出版社,1981年,第598页。

如果从韦恩·布斯和鲁迅的高度来考察，那么"新写实"文学境界无疑大为逊色，倒是与世纪末越演越烈的时尚写作在精神血脉上如出一辙，他们都是为货币经济写作，因为这些作品塑造这样的事实，那就是人们生活的唯一依据就是事物的货币价值，是量而不是质。而这种缺乏确定意义和幸福感的生活正在成为新的都市图景，正在成为困扰我们的生活之网。新写实文学发展了文学轻的一翼，然而只是羽毛的轻而不是小鸟的轻盈，是随波逐流的轻，是无法飞翔无法致远的轻。这种写作放弃了应有的批判姿态。

作为向市场经济转型的后果之一，商品化不仅表现在物质领域，也表现在文化领域，"随着日常生活商品化的进行，符号价值控制了文化，并且，由于消费文化占支配地位，日常生活也被商品化了。"[1] 消费社会，一切都变成了数量和数字，具体的事物极其切实的内在品质离我们越来越远了。理性被放逐，内在的是非判断和道德激情消逝了。留在文本中的是今朝有酒今朝醉的纵欲与狂欢，以及今宵酒醒何处之茫然。文学长期在抚摩日常生活上停留。真实感、确定感也将我们抛弃了。陪伴我们的只是被挑起的欲望，乍一看来似曾相识的感觉和无言唏嘘。

---

[1] [美] 道格拉斯·凯尔纳编：《波德里亚：批判性的读本》，陈维振、陈明达、王峰译，南京，江苏人民出版社，2005年，第52页。

第四节　媒介神话与写作难度的消失

相对于文字，无疑图像是更具亲和力的。图像出现在文字之前，象形文字即可为证，字模仿形象。这一常识也可以从观察一个婴儿的生长过程中得到，婴儿是通过触摸一个球来感受圆，婴儿是先认识了图或实物然后才知道名称，也即符号。即便是象形文字也要比实物来得抽象，所以图像更易于被接受。事实上，许多完全不识字的人靠图像和符号生存。根据麦克卢汉《理解媒介》中的观点：印刷文化是线性的，而视觉文化是同步发生的。那么从对速度的一味追求来说，线形的印刷文化显然更耗费时间，而同步发生的视觉文化则貌似给了人更多的信息，尽管这种信息的给予是以破坏受众的想象力和打断思维的逻辑性为前提的。而且，一个遥控器、一只鼠标似乎就可以将我们与外部世界即时的瞬息万变联系起来了，空间、时间这些亘古的困惑如今对我们似乎都不再是问题，我们靠媒体获取现实：

读报纸的人不是把报纸看做高度人工制造的、与现实有对应关系的东西，他们往往把报纸当做现实来接受。结果也许就是，媒介取代现实，取代的程度就是媒介艺术形式的逼真度。

对于看电视的人来说，新闻自动成为实在的世界，而不是实在的替代物，它本身就是直接的现实。[1]

从媒介对现实的取代程度而言，携带着声音、切换着镜头扑面而来的影视等以图像为载体的数字媒体是比印刷媒体更强势的。凭着技术的更新，数字媒体超速扩张。尤其是网络这种频频升级的数字媒介，微信、微博、公众号、抖音、快手等等一浪又一浪，涌现诸多乘风破浪的弄潮儿，已经显示出不可估量的发展前景。对于依赖电子媒体成长的新一代青少年来说，网络呈现的视觉世界就是包围他们的社会现实：

群众娱乐（马戏、奇观、戏剧）一直是视觉的。然而，当代生活中有两个突出的方面必须强调视觉成分。其一，现代世界是一个城市世界。大城市生活和限定刺激与社交能力的方式，为人们看见和想看见（不是读到和听见）事物提供了大量优越的机会。其二，就是当代倾向的性质，它包括渴望行动（与观照相反），追求新奇，贪图轰动。而最能满足这些迫切欲望的莫过于艺术中的视觉成分的了。[2]

---

[1] [加] 埃里克·麦克卢汉、弗兰克·秦格龙编：《麦克卢汉精粹》，何道宽译，南京，南京大学出版社，2000 年，第 407—408 页。
[2] [美] 丹尼尔·贝尔：《资本主义文化矛盾》，蒲隆、赵一凡、任晓晋译，北京，生活·读书·新知三联书店，1989 年，第 154 页。

丹尼尔·贝尔的论述为数字媒体的蓬勃兴盛提供了理论依据。过去，我们谈论"触电"这个问题时往往停留在电视剧的稿费高这一表象上，电视剧之所以能提供高稿费固然是由于电视台由此得到了巨额的广告费，而究其内里，还是因为视觉成分的优越性、娱乐性，观众无需用脑，无需主动生活就能获得身临其境的假象并随时可以满足自己置换主人公的假想，这决定了它可以赢得观众。

20世纪90年代以来，电视台的数目剧增，电视频道、电视连续剧及其他节目更是成倍增长，很多运作灵活的影视公司应运而生。他们不仅成立专门的阅读小组从传统的文学期刊选材，而且积极地与看好的写作者签约，丰厚的稿酬成了最佳诱饵。回顾近百年来的影视史，几乎所有影响较大的影视皆来自小说母本，较少直接采自剧本。除了波澜起伏的故事外，小说在人物的心理深度的开掘以及社会生活的呈现方面也是影视剧的借鉴。

能提供一个险象环生的故事，展现错综复杂的社会网络就可能得到影视界的青睐，叙事形式则是影视所不关心的。这种与高稿酬相连的审美趣味公开地影响着写作的趣味取向，尤其是许多直接参与影视工作的作家，离奇曲折的故事、强调视觉成分就内化成了写作的要素，"能够彻底牵制艺术家的却是压力本身（以及随之而来的巨大威胁），因为他们总得以审美专家的身份去适应商业生活。"[1]电视剧的冗长、啰嗦和散漫严重地干扰着印刷媒体所必备的简洁和理性。

电子媒介的日益发达、网络的通畅和普及使许多年轻的写作者迅速浮出水面，网络文学巍巍壮观。他们不要写作的历史，不要写

---

[1] [德] 马克斯·霍克海默、西奥多·阿道尔诺：《启蒙辩证法》，渠敬东、曹卫东译，上海，上海人民出版社，2006年，第119页。

作的艺术，甚至也不要写作的技术，他们将文学直接等同键盘游戏。只要会打字的人都可以加入其中。拥有电脑操作技术的都市青年迅速地以青春的激情与浪漫、困惑与叛逆获得了网络的拥护，当然这种支持稍纵即逝。疯狂的出版速度成就了很多少年作家，他们凭着年龄优势跨越了出版的栏杆，并容易得到媒体连篇累牍的炒作。他们的作品大多带着自传的基因，无厘头、打破逻辑堡垒、搞笑、恶搞经典正在成为新的语言规则。"新概念"作文比赛一度成了一个催生少年文学明星的摇篮。

才情写作如果不能同广阔的生活世界发生关联，那么除了在低水准上进行自我复制之外，作家很难从自己的生活拓展开去进入到生活本身，也无法获得写作的宽广性。网络给下载抄袭提供了巨大的方便，曾经引起媒体关注的郭敬明的《梦里花落知多少》抄袭庄羽的《圈里圈外》事件可能还只是一个引子，将带出更多的抄袭事件。以至于编辑在一篇新稿到手的第一件事竟然是要甄别稿件的真实性，而文责自负在以往是一个最基本的常识。电子媒介在给消费提供方便的同时已经预设了麻烦，而这种麻烦又给媒体带来了新话题。

文坛的抄袭事件并不是从郭敬明开始的，以前就有一位有名的作家将黄庭坚的名诗说成是自己的作品，而且肯定还有更多抄袭的事件没有被揭露出来，但郭敬明是青春文学明星，是"80后"的"形象大使"，所以，他的抄袭事件同他的作品一样对于消费社会具有非同寻常的意义。过去我们设想的抄袭对于写作者的死刑意义并没有如期发生，甚至，媒体对他的关注度的增加扩大了他的读者群。尽管郭敬明在开庭时选择了躲进洗手间，但他无法抗拒时间的年轮，他终归要从厕所里出来，重新面对自己的青春偶像的光环和福布斯排行榜。

写作的速度正在替代写作的难度。信息的泛滥正在掩盖事物的真相。目不暇接不仅是我们的日常生活状态,也是写作的常态。就像高速公路的到来改变了骑马看世界的印象一样,高科技的快速发展在拓展我们的生活范围的同时削平了生活的深度。从容、舒缓、精微的叙事时代和与之相联的审美情趣一去不回头了。

第三章 文学生产模式的变革

文化体制的改革、文学生产模式的变化最终导致了文学的市场化，这一点尤为突出地表现在发表和出版领域的变化上。以往，作家几乎都是通过发表中短篇走向文坛的，并且，几乎所有的名作家都精心耕耘中篇的园地以藉推进小说艺术。今天，越过出版界线的作家大都直奔出版领域，甚至保持一年一个长篇的出版势头，完全忽略精神产品对创造性的要求。在对发表和出版态度的热情的变化背后，是稿酬和版税的巨大差距。市场权力假印数的魔咒显形。

　　对创造精神的忽视使得拼贴、复制在当下小说叙事中日益泛滥，电脑对钢笔的取代也使这一行为简化成点击鼠标。经验的贫乏、情感表达的陈旧、语言方式的模式化、想象的趋同正在威胁消费社会的叙事。

　　文学生产的全面市场化与文学的使命——对现实的反抗之间的冲突在继续激化的同时也构成叙事的张力。

第一节　篇幅背后的市场权力

篇幅成为一个有探讨价值的问题是与货币经济对数量的兴趣相关的，"一种纯粹数量的价值，对纯粹计算多少的兴趣正在压倒品质的价值，尽管最终只有后者才能满足我们的需要。"[1] 现代的稿酬制度正是以字数作为计算单位的。这一方面是由于文学作品在质量和兴趣方面的个人性、主观性，另一方面也是由于文学作品的物质形式作为商品存在的事实，数字具有可计算的优势使它成为便捷的划界工具。

各种形式的选刊、选本的粉墨登场凸显了小说的篇幅问题。篇幅的长短不仅决定了作者将获得的稿酬数目，也决定了读者阅读完该作品将花费的时间，还与它在整个出版物中所处的位置有关。当然，以字数来划分文学形式只是目前通行的惯例，是不科学的权宜之计，"按照非常粗略的衡量标准，短篇小说的长度可以在几页到50

---

[1] [德] 西美尔：《金钱、性别、现代生活风格》，顾仁明译，上海，学林出版社，2000年，第8页。

页之间，中篇小说在 50 页到 100 页左右，长篇小说的篇幅更长。然而，对艺术形式实行数量限制是非常困难的；谁能说某一篇特定的作品是长的中篇小说而不是短的长篇小说呢？"[1]的确如此，正因为长的中篇小说和短的长篇小说之间并不存在楚河汉界，这种张力本身给中篇硬撑成长篇留下了后患。

一、时代青睐长篇

在大众文化喧闹、纯文学日趋边缘化的整体境遇中，消费社会青睐长篇。在 20 世纪 80 年代初，出一个长篇就意味着你获得了作家身份。80 年代中后期，全国的长篇产量还是 30 余部[2]，"到 2005 年，长篇小说出版就接近一千部，以至这一年被称为'长篇小说年'"[3]，也有认为"去年（即 2005 年）中国长篇小说的生产量达三千余部"[4]。尽管数字悬殊很大，但旨在说明长篇小说的数量之盛。根据本人的编辑工作经验，虽然发行部门并不看好小说，然而在整个文艺类出版物中，长篇小说的核心位置无法动摇。而且，根据各种抽样调查结果显示，除实用性书籍外，长篇小说仍然成为广大读者的阅读首选。

2005 年的岁末，我花了很长一段时间埋头苦读年内生产的长篇，正如我在《穿越迷雾——长篇小说阅读札记》中所述，"2005 是个当之无愧的长篇年。仿佛有约，许多中国当代著名的作家在这一年推

---

[1] [美]伯格：《通俗文化、媒介和日常生活中的叙事》，姚媛译，南京，南京大学出版社，2002 年，第 123 页。另，长、中、短篇的分类虽然在我国文学期刊上很通行，但它们之间的界限并不明确，一般两三万字内的算短篇，三万到八万字的算中篇，八万以上的则算长篇。这种规矩本身不科学，执行也不严格。
[2] 参见李国平：《路遥研究的史料问题》，《当代作家评论》2020 年第 5 期。
[3] 毕光明：《第三种标准》，《海南师范学院学报》2006 年第 4 期。
[4] 赵学勇：《消费时代的"文学经典"》，《文学评论》2006 年第 5 期。

出长篇小说，如贾平凹的《秦腔》、阿来的《空山》、王安忆的《遍地枭雄》、东西的《后悔录》、余华的《兄弟》（上）、毕飞宇的《平原》、王蒙的《尴尬风流》、残雪的《最后的情人》、韩东的《我和你》、张生的《十年灯》、行者的《开端》等等"，此外，还有刘醒龙的煌煌巨作《圣天门口》、张梅的《太太游戏团》、盛可以的《无爱一身轻》、衣向东的《牟氏庄园》等长篇，当然更多的是我们数不出来的以都市情爱为题材的通俗小说。

2006年，这个态势依旧，出版了史铁生的《我的丁一之旅》、莫言的《生死疲劳》、铁凝的《笨花》、余华的《兄弟》（下）、北村的《我和上帝有个约》、阎连科的《丁庄梦》、苏童的《碧奴》、陈继明的《一人一个天堂》、红柯的《乌尔禾》、张欣的《夜凉如水》、陈启文的《河床》等长篇。而且，据报道，格非、阿来、叶兆言、李洱、林白、刁斗、艾伟、残雪、孙惠芬、盛可以等年富力强的作家均在创作长篇或几部曲。事实上，这种强劲的长篇生产势头持续了很多年，长篇不仅量多，而且越写越长。刊物也纷纷创办增刊来增加容纳量。

现代著名作家老舍曾说："我本来不大写短篇小说，因为不会。可是从沪战以后，刊物增多，各处找我写文章；既蒙赏脸，怎好不捧场？同时写几个长篇，自然是做不到的，于是由靠背戏改唱短打。"[1] 今天的情况恰恰相反，越有名的作家越容易把中篇写成长篇，还是因为约稿的太多，不过是偏向了出版，出版社提供的版税要比刊物稿酬可观。当代知名作家王安忆在给刘庆邦的小说集写序时提到她自己的情况："自从1986年以来，我再没写过短篇，我找

---

[1] 老舍：《赶集》序言，《老舍文集》第八卷，北京，人民文学出版社，1985年，第3页。

不到短篇的材料,这种材料是非常特殊的,一方面它是小体积的,另一方面,它又决不因为体积小而损失它的完整独立性。"[1]虽然期刊上偶然也有王安忆的短篇小说,但肯定不再是她心目中这种特殊的材料构成的短篇了。事实上,王安忆所讲述的这种情况是非常有代表性的,在与她齐名的这批名作家乃至所有越过出版界线的作家中,致力于经营中短篇的作家已经寥若晨星了。

我们再来看看青年作家的创作状况。由于期刊受版面限制,而出版比发表容易得多,所以许多青年作家直接迈向出版之路。这和以往作家进入文坛的步骤已经大不一样,像当年的沈从文一样坐着冷板凳写作的已经所剩无几。在一个"笑贫"的时代,经济压力逼迫着作家赶紧把文字兑换成金钱,只有金钱可以给人"尊严"。这就不免导致艺术追求上的松懈,"青年作家要靠经济上的独立才能去创作不朽之作,他们往往出于不得已要用刺激性的低劣作品去吸引人的注意,以求糊口;等到经济上好转时,往往已丧失了才气和能力。"[2]罗素的灼见在今天尤其突出,青年作家在创作上的某些明显的毛病在命名符号的遮盖下被认为可以原谅或者忽略。读者是阅读和批评时不自觉地运用了不同的标准。

虽然作家的年龄对创作而言并不是一个问题,代际划分也缺乏合理性,但我们还是很依赖"70后""80后"这样的符号。这在艺术领域和小说、诗歌领域都已如惯例,它隐含了一种时间焦虑甚至一种关于生产效率的焦虑。在加速和不朽的欲望之战中,速度占据

---

[1] 王安忆:《我看短篇小说》,《王安忆读书笔记》,北京,新星出版社,2007年,第215页。
[2] [英]罗素:《闲散论》,《真与爱》,江燕译,上海,上海三联书店,1997年,第62页。

了有利地形，它以市场的利剑宣告了不朽的无望。

"70后"是由刊物推出的[1]，指一批出生于20世纪70年代的作家。《小说界》的副主编魏心宏在《为什么叫他们"七十年代以后"》[2]中谈到该栏目的设立动机是因为20世纪90年代以来文学界的"无主潮""缺少亮点""缺少大突破"。虽然，以出生的年代为命名是一个权宜之计，但由于他们是在"文革"后生长的一代，所以"他们的观念、个性、阅读、语言都与上几代人不同"。

"80后"这个命名直接来自出版领域，直奔市场而来。"70后"的命名来自刊物，目的是为推出新人，商业动机不太明显；而"80后"的出现首先就是为了"谋杀"，为了制造符号资本，增加符号价值。它的命名从市场中来，又回到市场中去。"80后"生长在市场经济的怀抱中，他们本身引领消费潮流，堪称消费的先锋队，他们对消费有与生俱来的热情，玩家是他们的梦想。写作在他们和网聊区别不大，毫无神圣性可言。

名人和新人一向是出版业的两翼。相对而言，出版界更愿意为包装新人投资，因为冒险和勇敢有着久远的血亲关系。"80后"与"青春经验、成长记忆、叛逆、激情"等字眼深深地捆绑在一起，时尚前卫的版式设计强化着这种效果。同时在流通领域，他们是媒体的宠儿。张悦然、春树、李傻傻等作家纷纷上了《时代周刊》或其亚洲版的封面就是明证，他们享受着娱乐偶像一样的光芒。媒体为

---

[1] "70后"，1996年在《小说界》第3期率先推出之后，《山花》(1998年第1期)、《芙蓉》(1998年第4期)、《作家》(1998年第7期)、《长城》(1999年第1期)等刊物相继推出的一批作品，其中大部分出自女作家之手。《作家》杂志策划的70后女作家专号也为后来"美女作家"的市场符号埋下了伏笔。

[2] 魏心宏：《为什么叫他们"七十年代以后"》，《七十年代以后小说选·纸戒指》（代后记），上海，上海文艺出版社，2001年。

象征符号资本的增殖所起的作用之大是很难设想的。要不是一个媒体如此发达、信息如此膨胀、传播如此便捷的时代，图书市场上几乎文学界全部长辈联手才能与"80后"所创利润持平的状况是不可能出现的。印数无声地表征着一切。"80后"这个符号在诸多领域的泛化使用也从侧面说明它已经深入人心。落实到分配领域，"80后"让我们自然而然地联想到郭敬明的160万年薪以及福布斯排行榜的第93位；高中毕业的韩寒的处女作《三重门》110万的印数8%的版税已为他得到了过百万的收入；"玉女"张悦然版税收入也已过百万。只有在资讯生机蓬勃的消费社会，青春成长小说才可能扶摇直上。这种让人心花怒放的高额版税会直接决定他的再生产方式，也就注定了他们的名字必定会跟长篇生长在一起。这种巨大的利润也使"80后"的知名作家获得前所未有的良好感觉，他们在消费社会中游刃有余，他们以自己的青春参与到消费社会的"消耗、浪费、随意丢弃"中去，而消费社会则给了他们慷慨的回报。

如果说刊物对"70后"仍然具有摇篮作用，那么，在"80后"这里，刊物仅仅代表一个传统市场的微小一角，可以忽略不计。他们与刊物几乎不在同一条轨道上运行，他们也就很难再与中篇相遇。

二、夹缝中的中篇小说

在我看来，中篇蕴蓄着一种特殊的气质，它标志着一种推进小说艺术的精神。它兼容了短篇的密度和长篇的气度，它兼备了短篇的精致和长篇的舒缓，它兼有小世界的趣味和大世界的完整。好的中篇长度有限而余音绕梁，言有尽而意无穷。所以，中篇对于小说艺术的实验、探询和推进具有无可替代的作用。试想，要是没有了

《变形记》，没有了《老人与海》，没有了《边城》，没有了《看不见的城市》，现代小说的园地会逊色多少？

中篇的长度决定了它以刊物为土壤的命运，决定了它与其他作品同在的命运。同样，几乎所有的大型文学期刊都非常器重中篇。这种器重随着文学刊物本身的衰落而变得微不足道。

对中短篇的反复实践几乎可以视为欧美的现代小说传统。回顾我国的小说史，所有重要的小说家都很重视中篇的创作。上个世纪80年代，文学思潮的频繁更迭和叙事革命几乎都是以中篇为载体进行的，正是这一系列卓越的中篇小说的实践推进了小说叙事艺术的革命。在先锋文学这一将叙事作为领衔主角带进小说领域的文学潮流里表现得尤为突出，那一串串在文学史中闪光的作品至今叫人怀念并兼及那个热情洋溢的时代。

中篇有如灯塔。与其说它是一种创作实践，不如说它更像一种信号，它宣布一位小说家对于小说艺术的忠诚。海域无限广阔，然而航船听从灯塔的召唤。是中篇像灯塔一样照亮小说艺术的前景与方向。如果将近几年文学的缓慢进展情形置身于新时期以来的文学史或者小说的长河中，我们就不得不发出一声叹息：作为忠于小说艺术精神的一面旗帜，中篇小说死了。

当然，我要强调的并不仅仅是中篇这种形式，而是其所蕴涵的原创性精神和艺术探索的勇气。尽管部分严肃作者仍在继续努力，但依然无法挽回中篇整体呈现的衰败命运：

> 伊恩·瓦特（Ian Watt）在他的名著《小说的兴起》（The Rise of the Novel）中指出，西方小说的崛起，不仅仅是一个"epic-romance-novel"的文类演进的理论性过程，还有其极其特

殊而复杂的社会历史背景。瓦特认为，当时社会的都市化和商业化，工业革命、教育和印刷术的普及等等"非文学性"的因素，孕育了整个欧洲的中产阶级文化（bourgeois culture）的美学表现，最终促成了 novel 的兴起。如果没有这些社会历史的外在因素，也许 novel 就不会出现。从这个意义上说，是西方近代的社会史、经济史、文化史孕育了西方近代的小说史。[1]

在《小说的兴起》中，瓦特在细致地研究了 18 世纪的西方社会现状对小说兴起的影响之后断言："很有可能一定程度的世俗化是那种新的文学样式（指小说）兴起的一个必不可少的条件。"[2] 浦安迪沿着瓦特的研究视角对东方叙事历史进行研究之后还发现：长篇白话虚构文体诞生的社会历史背景，不独以欧洲为然，而且有某种跨国度、跨文化的意义[3]。这说明了小说这一文体与近代社会的"一定程度的世俗化"密切相关。那么，一旦世俗化的程度逸出了与其相关的范畴，小说的前途乃至命运是否也将相应地发生变化？无疑，小说必将经受与时代相关的挑战，这种命运是从它产生的那一刻起就注定好了的。

18 世纪，小说产生，并形成了现实主义这一持续兴盛近两个世纪的文学潮流；19 世纪，到达以托尔斯泰和陀思妥耶夫斯基为代表的现实主义小说流派之巅。20 世纪，小说向现代主义转向，同时遭遇了电影这一新的艺术形势，"作为最广大城市观众能够接触到的传

---

[1] [美]浦安迪：《中国叙事学》，北京，北京大学出版社，1996 年，第 26—27 页。
[2] [英]伊恩·P·瓦特：《小说的兴起》，高原、董红钧译，北京，生活·读书·新知三联书店，1992 年，第 87 页。
[3] [美]浦安迪：《中国叙事学》，第 27 页。

播媒介，电影证明了它的效力。"[1]夏志清在《文学的前途》中也谈到了电影的强势对于文学的影响。

以摄影为标志的机械复制技术最终催生了印刷媒介与电子媒介的战争。图像与文字展开了前所未有的肉搏战，并骄傲地宣布读图时代应运而生。虽然电子媒介在某些场合也借用文字，然而，它决不是拓展或延伸印刷文化，恰恰相反，它无情攻击印刷文化的城堡。

文字是文明的基石，是我们考察人类远古史的中介。当声音随风飘散，是文字的在场提醒我们事物和历史存在。正如大批评家诺思洛普·弗莱所述："书面文字远不只是一种简单的提醒物：它在现实中重新创造了过去，并且给了我们震撼人心的浓缩的想象，而不是什么寻常的记忆。"[2]是书面文字记录过去并创造历史，文字本身的变迁史尤其深刻地回答了我们对于世界的时代想象。而电子文化抹平印刷文化努力创造的一切。书面文字将读者引入沉思，电子文化将消费者带进遗忘。印刷文化遵循的是严谨理性的逻辑，电子文化遵循的是娱乐的、搞笑的逻辑。电子文化凸显瞬间，它强调的是即时性和当下性，历史被简化为一组身临其境、煞有其事的娱乐性画面。遥控器和鼠标的即时转换所带来的互不相干的画面组合替代了书页间的连续性、逻辑性，稍纵即逝的娱乐阻挡理性的入场，一笑了之和瞬间的享乐取代了逻辑严密的思考并一跃成为消费时代的生活宗旨。

随着电子文化对印刷文化的消解与攻击，持续边缘化成为纯文

---

[1] 李欧梵：《现代性的追求》，北京，生活·读书·新知三联书店，2000年，第328页。
[2] [加]诺思洛普·弗莱：《伟大的符号：圣经和文学》，多伦多，学术出版社，1981年，第227页。转引自[美]尼尔·波兹曼：《娱乐至死》，章艳译，桂林，广西师范大学出版社，2004年，第15页。

学的必然命运。消费社会使文艺作品和其他商品一样成为消费品，我们以往意义上的文学很难挣脱大众文化的柔软怀抱。

随着期刊份额的委顿，中篇小说首当其冲地奏响了挽歌，无论是生产领域还是流通、消费和分配领域。就像失去了爱情玫瑰也顿然失色一样，丧失了革命精神，中篇小说也就黯然无光。

三、长篇小说的流通优势及问题

上面我们谈到的是叙事在生产领域的状况。作家们为一个作品打上句号从而使其具备进入流通程序的可能，而"文本是一台需要读者大力合作的倦怠的机器"[1]。如果我们都把读者的阅读和参与作为文本最后完成的一个基本常识的话，那么，如今读者的情形无疑正在加剧中篇的衰颓。因为，"能够阅读只是那些注定要从事中产阶级工作——商业、行政机关和各种职业性工作的人一项必需的技能。因为阅读本来就是一个艰难的心理过程，它还需要不断的实践，所以，很有可能劳动阶级中只有很少一部分人由注重在技能上提高文化水平，因而发展成为读者大众的实际成员。"[2]今天能够阅读且拥有阅读条件的大部分中产阶级读者面临着太多的资讯选择，报刊、影视、短信网络等电子媒介正在编织无孔不入、无所不在的网络，电子媒介正在垄断我们越来越少的业余时间。而现代生活日益加剧的碎片化、零散化是根本不适宜艰难的、有障碍的阅读行为的。

娱乐消遣成为当代大众选择阅读小说的全部动机，娱乐成为文

---

[1] [意]安贝托·艾柯：《悠游小说林》，俞冰夏译，北京，生活·读书·新知三联书店，2005年，第31页。
[2] [英]伊恩·P·瓦特：《小说的兴起》，高原、董红钧译，第37—38页。

化工业对消费者产生影响的唯一通道。严肃的阅读已经被局限在纯粹的专业人士之中,阅读越来越被惯性和惰性所支配。艾柯所渴望的"连接文本的肌腱"的"模范读者"正在剧减。如果以乔伊斯的指导"一个理想的读者应该包含一种理想的失眠"来要求阅读,那么今天的情形刚好背道而驰,失眠是现代都市人最害怕的敌人。我们诸多的阅读行为正是为了催眠!既然是为了消遣和享乐,那么轻快、好看必然会成为消费的择取标准。

"对于深受媒介即隐喻这种观念影响的现代人来说,数字是发现和表述经济学真理的最好方式。"[1]在新意识形态的笼罩下,小说的发行量与电影的票房、电视的收视率、网络的点击率等数字一起成了最耀眼的风景。这道风景让人眩晕,无人能够幸免。貌似冰冷、客观的数字却可以拽住消费社会的鼻子,使消费者疯狂,使消费社会沸腾。逾百万的版税已经成为引领作家们前进的探照灯,与之相应的是媒体的连篇累牍的炒作和轮番袭击的轰炸所带来的名人效应,它们一道散发出无法抵挡的诱惑。现代媒体最擅长的是捕风捉影和抓住一点不计其余,"大众传媒的精神是与至少现代欧洲所认识的那种文化的精神相背的:文化建立在个人基础上,传媒则导致同一性;文化阐明事物的复杂性,传媒则把事物简单化;文化只是一个长长的疑问,传媒则对一切都有一个迅速的答复;文化是记忆的守卫,传播媒介是新闻的猎人。"[2]

长篇的出台与紧锣密鼓的媒体炒作几乎成了连体婴儿,作家可

---

[1] [美]尼尔·波兹曼:《娱乐至死》,章艳译,桂林,广西师范大学出版社,2004年,第29页。
[2] [英]安·德·戈德马尔:《小说是让人发现事物的模糊性——昆德拉访谈录》,收入艾略特等著:《小说的艺术》,张玲等译,北京,社会科学文献出版社,1999年,第83页。

以冠冕堂皇地周游四方,体验影视明星的待遇,亲自为自己的"新生婴儿"摇旗呐喊。"畅销书与广告宣传是密不可分的。出版商对一部畅销书的宣传、推销极为关注。邀请作家周游各地,以示天下;将内容透露一、二,吊人胃口;精心设计封面、装帧,一切为读者着想。"[1]还记得2005年秋天毕飞宇来中山大学宣传新书《平原》的时候说自己很不习惯这样宣传自己的东西,所以他在演讲时花了半个小时大谈加缪的《局外人》,最后才转弯抹角地谈到此行的主题。虽然他永远也做不了《平原》的局外人,他已经被媒体和时代捆绑在他的"平原"上。时隔一载,苏童也在中山大学为《碧奴》搞新书发布座谈会,他开门见山,并幽了一默:每一次新书发布会上作家照例会被问及自己对新作的评价,依照新书发布的需要,作者一定会说新出的这一本是自己最好的作品,但无疑这是"狼来了",可是这次狼真的来了!在三百六十度的转折之后回到原处,苏童以机智让慕名已久的听众带着美好的记忆结束座谈。

钱钟书说你不必因为鸡蛋的美味而想目睹下蛋的母鸡的模样,就是在20世纪80年代,纯文学作家因宣传自己的新书而与读者见面还是很难设想的,而今,出版社甚至已经将作家配合新书发行与读者见面列入合同的一款,作家们也正在逐渐习惯这种新的宣传方式。

签名售书这种新的销售图书方式的成效也出示了商品展示非同一般的力量,正如波兹曼所言:"美国的商人们早在我们之前就已经发现,商品的质量和用途在展示商品的技巧面前似乎是无足轻重

---

[1] [英]约翰·苏特兰:《畅销书》,何文安编译,上海,上海文化出版社,1988年,第14页。

的。"[1]事实也证明这一点，同样的一本书，它是位于书店的门口还是角落；是旁边屹立着巨幅广告还是散落在书堆中；是艺术地躺着还是拥挤地站着，都会影响消费者的选择，最终会反馈到印数这一魔咒上去。

鸿篇巨制、著作等身的诱惑藉出版的利益之推力占据有选择的首席。与其说这种创作形势是大家不约而同地对长篇的主动选择，不如说是作家在这个消费时代的一种趋利的本能选择；与其宣布长篇的"复活"不如宣判中篇的死亡。"翻开现在的杂志和出版物，举目所见，都是熟练、快速、欢悦的情爱写真，叙事被处理得像绸缎一样的光滑，性和欲望是故事前进的基本动力，每一个细节都指向阅读的趣味，艺术、人性和精神的难度逐渐消失，慢慢的，你只能在阅读中享受到一种平庸的快乐。这个时候，我就会想念起文学革命时期的作家们，他们在叙事探索上的坚韧、耐心和勇气，是文学不可或缺的高贵品质，正是这些品质，使写作一直置身于创造的快乐之中。"[2]这是谢有顺在他编选的《2002中国中篇小说年选》序言中的判断。消费社会的叙述正在逐步进入随波逐流的状态，叙述程式正在左右想象的翅膀。而这些问题在长篇中更容易泛滥。

长篇因为篇幅问题所需要的长时间的写作状态本身构成一种挑战，这种挑战不仅威胁作家的智力和想象力，而且直接针对作家的身体。身体的惰性会使写作屈从于惯性的支配，屈从于熟能生巧的打字技能，从而陷入自动化之中。自动化会吞没一切，沦入自动化的生活无法进入历史，沦入自动化的写作则会丧失反抗精神，而反

---

[1] [美]尼尔·波兹曼:《娱乐至死》，章艳译，第5页。
[2] 谢有顺:《2002中国中篇小说年选·序》，广州，花城出版社，2003年，第2页。

抗与拒绝正是文学存在的理由。

身体的倦怠、激情的消失、理性地知道对具象感觉的覆盖正在构成长篇的困境，电脑的复制和粘贴功能也在使之加速。很少作家会在得心应手的写作状态中对写作保持高度的警醒和自觉。所以，诗人瓦莱里曾在对马拉美的写作自觉进行非常高的评价之后对自己的写作提出一种纯粹的愿望："假如我要写作，我宁愿在完全有意识和完全清醒的状态下写乏力的东西，也绝不愿顺从忧虑而在不能自控的情形下写一部堪称最美的杰作。"[1]一旦落入无意识的陷阱，我们就很容易屈服于我们的臆测，屈服于陈词滥调，屈服于时尚和写作模式。这时，故事的快感会趁机压倒一切，生活隐匿了，存在之光消失了，故事成了市场兜售唯一的幌子。

依照这种情势，未来的一段时间内长篇小说依然会成为绝大多数作家的重点所在。发表所得的那点登不上大雅之堂的菲薄稿酬在出版日益高升的版税和巨额的影视版权费的逼迫下低下了曾经高昂的头颅。短篇或许可能像餐前小食一样出现在某个写作的间歇或者灵感突显的时候，而中篇这种吃力不讨好的尴尬的篇幅很可能成为一片荒芜的园地。

在年产量日益剧增的长篇中，有多少是真正意义上的长篇，是能够展示个性与命运、世界宽广性和整体性的长篇？如果一个长篇为迁就发表版面而可以轻易地删除三分之一甚至一半的话，我们有什么理由认为这是一个有效的成熟的长篇？很多长篇实质上不过是中篇的扩展，虽然有足够的字数，我们也不会看到期待的世界。

---

[1] [法]瓦莱里：《关于马拉美的信》，收入《文艺杂谈》，段映虹译，天津，百花文艺出版社，2002年，第204页。

出版商所谓的策划、媒体所谓的宣传无不朝着市场去。"很多作品只是极为明显地表现了书商和书刊经营者们，力图迎合读者不加鉴别地希望悠然地沉醉于角色的感伤情调和浪漫故事之中的要求，而施行的那种使文学堕落的影响。"[1]更有甚者是某些书商专门培养写作队伍来出版跟风书，由书商按照畅销书的模式出故事情节，然后由写作队伍行文。这也可视为电视剧行业的操作模式的影响，先去买一个底本，然后大家再集体创作，丰满细节，加工细部，使之成为一个足够长度的剧本。创作一向强调作家的个人创造，而今天的写作更关注的是市场的反馈，数字成了领航者。"电"具有如此的魅力跟它能支付的高额稿酬是有内在关系的。金钱这一等价物抽象了事物的价值，凸显了事物的价格。它作为一个中间物，它貌似价值和价格的纽带，实际上它割裂了二者，隐匿了价值来强化价格，甚至直接以价格来取代事物的价值。这种"偷梁换柱"使计算成为现代人日常生活的主要内容。[2]

当发表一个中篇小说只能获得上千元的稿酬，而一个长篇可能有几万元的版税，而且隐藏着几十万的影视版权费的可能时，即使是数学学得不好的作家们也能凭经验目测出所得的巨大差距。趋利是人的本能，况且，出版商和传媒在生产和流通领域大声吆喝，这种蛊惑难免不使人心旌摇荡。所以，在消费社会中，放下中篇选择长篇是件再正常莫过的事。

---

[1] [英]伊恩·P·瓦特：《小说的兴起》，高原、董红钧译，第335页。
[2] 参见[德]西美尔：《金钱、性别、现代生活风格》，顾仁明译，上海，学林出版社，2000年，第14页。

第二节　写作的物质变化

一直以来，我们习惯将语言当作思维工具来对待，我们认为思想才是决定性的。对语言与思想的误解正是受逻各斯世界支配所致，这种由来已久的二元对立一直潜在地影响着我们。殊不知，"恰恰相反，我们从《安提戈涅》的最后几行得知，一个人可以凭借'伟辞'回敬他人的猛击，言说'伟辞'的能力终将在一个人步入老年时教给他思想。与言语相比，思想是次要的，但言语和行动则被堪称是互相平等的，它们属于同一个等级，同一个种类。"[1] 同样，在我国古代，叔孙豹将"立言"与"立德""立功"并提为"三不朽"，对道德、事功、言论不朽的追求也成了我国传统的人生观。言语的力量之大不仅表现在它与行动的并驾齐驱，还表现在"人们怎样看待时间和空间，怎样理解事物和过程，都会受到语言中的语法特征的重要影

---

[1] [德] 汉娜·阿伦特：《公共领域与私人领域》，见汪晖、陈燕谷主编《文化与公共性》，北京，生活·读书·新知三联书店，2005年，第59—60页。

响"[1]。一言以蔽之，我们无法离开语言的"牢笼"进行思考。语言的历史尤其是语言的变革会恰如其分地证明这一点。可以看看林岗对于现代汉语代替文言文这一现象的独到分析："由于新文化运动，白话文不仅迅速普及，而且它传情达意的品位提高了不少，从古代只流行于市井书肆的语言提升为正式而严肃的书面语言。由于它简单、便捷、易学和实用，便迅速取代了文言文，占据了书面语言的主流地位。可是作为语言工具，它有普及便利的好处，同时也隐藏着任意滥用的危险。因为当谁都可以取便使用的时候，当然就意味着任何人都有插一腿的'自由'。伸张'自由'的人一多，白话文这潭水也就被搅了。白话文运动既替汉语书面语开辟了一种新的可能性，也为自己日后泥沙俱下埋下很深的危机。这正是书面语在'大众'时代不可避免的命运。"[2]

在这篇短文章中，林岗只是简单地阐述了现代汉语在普及伊始便为今后可能出现的命运埋下了伏笔。与此密切相关的还有书写工具的更新和发表途径的激增。与白话文替代文言文不谋而合的是钢笔取代了毛笔的位置，硬笔对软笔、墨水对墨汁的替代改变了书写的速度，而这种书写速度的快速提高最终导致我们对书写态度的改变——书写权的垄断被打破，字纸的权威被打破。电脑的普及运用则带来了由量变到质变的飞跃，复制惊人地改变着事物：

> 对于艺术品的感受评价有各种不同的强调重点：其中有两项特别突出，刚好互为两极。一是有关作品的崇拜仪式价值，

---

[1] [美] 尼尔·波兹曼：《娱乐至死》，章艳译，第12页。
[2] 林岗：《智者的魔法》，《读书》2006年第10期。

另一是有关其展览价值。艺术的生产最早是为了以图像来供应祭典仪式的需要。……

各种复制技术强化了艺术品的展演价值，因而艺术品的两极价值在量上的易动竟变成了质的改变，甚至影响其本质特性。起初祭仪价值的绝对优势使艺术品先是被视为魔术工具，到后来它才在某种程度上被认定为艺术品；同理，今天展演价值的绝对优势给作品带来了全新的功能，其中有一项我们知道的——艺术功能——后来却显得次要而已。[1]

本雅明对艺术品的功能的分析可谓真知灼见，我们从毛笔艺术的发展过程也可以看到这一点。在毛笔书写时代，这种权力被士大夫、书香门第垄断，普通人家过节写对联、写信或者办喜、丧事便需要请人代办。所以，现代的稿酬过去被形象称为"润笔费"。后来，钢笔替代了毛笔，电脑逐渐替代了钢笔。

方便快捷的书写方式为普通大众伸张自己书面使用语言的"自由"创造了有利条件，使书写从知识分子的书斋中慢慢解放出来，大众文化获得了自己坚实的物质基础。书写软件提供的记忆和联想功能也在奴役着书写者，干扰着创造的自由想象。

比书写工具的更新对写作影响更大的是发表途径的激增。新时期初，文艺刊物像月亮一般受到许多文学爱好者的青睐，发表似乎是当作家天经地义的合法途径。紧接着，大众传媒迅速扩版，与之相伴的是文学急剧边缘化，作家的身份开始暧昧，同时写作本身也变得多样。大量的自由撰稿者加入了作家的队伍，少年写手、网络

---

[1] [德] 本雅明：《机械复制时代的艺术作品》，见《迎向灵光消失的年代》，许绮玲、林志明译，桂林，广西师范大学出版社，2004年，第66页。

写手纷涌而至。网络的兴起进一步打破了刊物和出版物对于作家的传统意义，为大众文化的茁壮成长提供了宽广的空间。

大众文化的蓬勃兴盛最明显的标志是大众传媒以惊人的速度发展。全国报纸总数已由 1978 年的 186 种增加到 1994 年的 2040 种[1]；原有的报纸也大幅度扩版，中央级的《参考消息》《光明日报》《中国青年报》大幅度扩版，各省级报纸（除西藏、青海外）基本都从 4 版扩到了 8 版，南方的《广州日报》《深圳特区报》扩版幅度更大。[2] 为了进一步细分市场，各大报集团开始创办子报、子刊，月末版，周末版，这些版面大多以满足市民阶层的文化消费为目的。据统计，20 世纪 90 年代以前，全国只有 10 来家报纸有"周末版"，到 1994 年初已经发展到 400 余家[3]。90 年代全国上下兴起的报纸大规模的扩版行动对大众这种伸张"自由"起了推波助澜的作用；置身全国媒体非常发达的广州，我们对媒体这种发展和扩张的惊人速度及盛况有着切身的感受，用日新月异这个词来形容一点也不夸张。

接踵而至的电子媒介——网络的出现则直接催化了"全民写作"。在网络上，发表言论或者写作几乎没有门槛，所有会打字的人都可能成为作家，事实上，网络作品的即时发表、惊人的传播面积、几何的传播速度以及网友的快捷跟帖乃至激烈讨论制造的在场氛围无不支撑并深化这种想象。"作家"这种曾经被体制所垄断的高高在上的身份从庙堂高处跌落下来，而他的敌人不过是一台接通网线的

---

[1]《人民日报》1994 年 4 月 3 日。

[2]《广州日报》每周 4 天 12 版，3 天 16 版；《深圳特区报》《南方日报》等出 12 版。

[3]《中国青年报》1994 年 2 月 10 日。

电脑！这种变化有如大合唱，虽然人多可能会使声音变大，但也导致滥竽充数甚至走调的危险。

白话文对文言文的替代、钢笔对毛笔的替代、电脑书写时代的到来、发表方式的变化与发表门槛的降低等诸多因素，均给小说命运的变化带来深重的影响。

第三节 经验已经贫乏

关于经验,布鲁斯·罗宾斯有很独到的见解:"经验既是单纯的经历,也是从经历中得到的知识。第一种经验人人都有,第二种经验就很难得到。"[1]对此,赫勒的区分更细致:"所有知识都自然地来自个人经验;但是并不是所有个人经验都同样具有社会相关性,对给定阶层或整体成员都是同样普遍的,同样可拓展的,同样有意义的。显而易见,如果'个人'的经验同普遍的社会需要相关联,或者与它们的满足相关联,即如果它们出自有代表性的情境,那么这些经验就会被整合进一般的日常思想内涵之中,并被一般化以流传给后人。因此,日常知识可以是纯粹个人的,即适用于单一性案例,或者它可以是普遍相关的。在这两极之间存在很宽的范围的可能性。"[2]

---

[1] [美]布鲁斯·罗宾斯:《全球感受:约翰·伯杰与经验》,见《全球化中的知识左派》,徐晓雯译,北京,中国社会科学出版社,2000年,第14—15页。
[2] [匈]阿格妮丝·赫勒:《日常生活》,衣俊卿译,重庆,重庆出版社,1990年,第202页。

综合他们关于经验与知识的看法，我们很容易发现，通常，我们在使用"经验"一词的时候将两种经验混为一谈，而且大多的时候我们出示的是第一种经验，并且赋予这种与纯粹个人的经历性的经验以权威地位，因为，我们的观察和思考总是从自身出发的。而本来就稀薄的第二种知识性的可以流传的普遍相关的经验则相应地受到压抑，每一次历史及思维范式的改写都有科学家付出沉重的甚至生命的代价就是明证。

让我们来看看卡夫卡的既独特又具有普遍性的经验："观念的不同从一只苹果便可以看出来：小男孩的观念是，他必须伸直脖子，以便刚好能够看到放在桌上的苹果；而家长的观念呢，他拿起苹果，随心所欲地递给同桌者。"[1] 无疑，这种经验就是两种经验的融合，既有自己的观察，又有感知的升华。因为这种升华与融合，卡夫卡独特的个人经验可以成为共识：在对待苹果的不同态度中，观念既包含着视角的不同，也包含着对待物的不同态度。而文学的贡献，在一定意义上正是为了拓展我们的经验边界，"正如我们富于想象力地进入小说境界时那样，小说使我们扩大了经验，并使我们对于自我可能遭遇的情况，增加了知识。小说是运行的生活的重大形象——它是生活的一种富有想象力的演出，而作为演出，它是我们自我生活的一种扩展。"[2] 而且，文学所使用的"奇异化"手法成功地让第二种经验转化为第一种经验，让事物被感受而不是简化为知道，感性范畴的事物总是比理性范畴的事物更易于被接受，形象

---

[1] [奥] 卡夫卡：《对罪愆、苦难、希望和真正的道路的观察》，见刘恒、章德宁主编《菊花的幽香》，北京，同心出版社，2005年，第68—69页。
[2] [美] 克林斯·布鲁克斯、罗伯特·潘·华伦编：《小说鉴赏》（上册），主万等译，北京，中国青年出版社，1986年，第5—6页。

比抽象更易于感知和记忆。

弥漫在当下的都市文学中的是模式化的"二手经验"：如出一辙的邂逅，商品堆砌的街道，昏暗迷醉的酒吧，豪华奢侈的酒店，无伤大雅的恋情，若无其事的告别……虽然不排除这种经验出自某一作者的个人经历，可是，大同小异的都市生活同化了我们普通读者的人生经历，重复的公共经验吞没了个人性，新鲜感荡然无存。而网络使得这些本来就丧失原创性的经验大面积地传播，大家都局限在这种有限的都市经验中不能超脱，不约而同地互相模仿，如此这般地书写，关于都市的叙事就陷入圭臬，有了程式化的烙印。

在商业生活中是无处逃遁的，我们深陷其中，艺术家也无法置之度外。上个世纪八九十年代之交一大批作家"下海"弃文从商即是最有力的证明。如今，随着专业分工的细化，很多作家选择以"触电"（即参与写作影视剧本）的方式、诗人则以做书商的办法来获得经济上的利益。影视剧本的核心便是娱乐化，任何沉重的问题一到影视中便被轻而易举地娱乐化了。精美绝伦的画面接踵而至，阻碍着我们的思维向更深更远处延伸。不断插播的广告有意地打断我们连贯的思索。书商这个不得不以牟利为角色的职业的首要任务便是面对市场，就算曾经有理想的书商面对残酷的市场规律也不得不低下曾经高昂的头颅，小心翼翼地对畅销书和时尚进行归纳总结并积极地投身其中，满腔热情地制造书界的时尚。风起云涌的"跟风书"、模仿书正是书商们得意的杰作。孤注一掷所带来的巨大影响携带着更加巨大的苍白接踵而至。

作家们以为自己可以将两副笔墨分得很清晰，殊不知，经验对人具有无法估量的制约作用。经验正是我们思想的摇篮。经验植根于人与人造物的世界之中。我们从经验出发。当我们长期陷在影视剧的模式中时，其僵硬的固定的模式会产生釜底抽薪的作用，它会像一只预设的陷阱一样捕获我们的原创性，故事会谋杀叙事本身并乘胜追击作家曾经对于叙事艺术的忠诚。写作虽然遵循个人天赋，但更重要的是，写作需要作家全部的心智与情感投入，也正是在这个意义上，托尔斯泰说："艺术家的真挚程度对艺术感染力大小的影响比什么都大。"[1]"真挚"就是艺术家对艺术的纯粹与忠诚，只有忠诚艺术精神才能创造新的美、贡献新的艺术形式。

迫于商业社会的压力，我们的出版业会在某一时期卑躬屈膝于某些时髦的符号，比如出版领域对"80后"的宽容，尽管我们都知道它是继"70后"信手拈来的一个毫无逻辑严密性的命名。"80后"的写作依赖青春激情，而他们的生活经验相对贫乏，他们是独生子女一代，绝大部分时光泡在网上，从网上获得写作素材甚至趣味。他们使用的是网络语言，大段大段聊天室对话被直接移植，千奇百怪的故事甚至网游故事被综合提炼。他们在网上发表、修订自己的作品，并通过网络寻求传统的发表、出版、改编等机会。年龄优势使他们具有文学生产青睐的符号价值。商业生活偷偷地篡改艺术的规则并使得艺术家改头换面成审美专家，于是，审美专家、准审美专家以及化妆而成的道貌岸然的审美专家大行其道，他们以制造符号的方式来适应商业生活。"80后"代表作家韩寒、郭敬明等等在流通和消费领域所创造的印数奇迹，让出版界一度对"80后"敞开绿灯。

印数、市场、金钱正在无情地切换我们对人生的感受，生活的品质与丰富性越来越被金钱这一等价物的数量多寡所取代。西美尔

---

[1] [俄] 列夫·托尔斯泰：《艺术论》，丰陈宝译，北京，人民文学出版社，1958年，第151页。

在对金钱的性质进行深入的分析时看到对富人而言,"什么东西有价值"的问题越来越被"值多少钱"的问题所取代,而事物本身所具备的那种金钱所无法替代的特殊部分则被遮蔽了,接踵而至的是人们对于事物微妙差别的麻木,对于事物精细感的辨析能力的丧失,所以他深情地呼唤"必须越来越恢复对事物与众不同和别具一格的魅力的细微感受"[1]。

这种凸显对事物微妙处的感受能力在文艺家眼中正是文艺的全部魔力所在,也是文艺能够负载其他功能的基础。维·什克洛夫斯基对文学提出的"奇异化"的要求正是强调这一点,"正是为了恢复对生活的体验,感觉到事物的存在,为了使石头成其为石头,才存在所谓的艺术。艺术的目的是为了把事物提供为一种可观可见之物,而不是可认可知之物。艺术的手法是将事物'奇异化'的手法,是把形式艰深化,从而增加感受的难度和时间的手法,因为在艺术中感受过程本身就是目的,应该使之延长。艺术是对事物的制作进行体验的一种方式,而已制成之物在艺术之中并不重要。"[2] 托尔斯泰也曾在日记中写道:"如果许多人的全部复杂生活都在不自觉地度过,这种生活如同没有过一样。"[3] 对自动化会吞没人生的警觉正是托尔斯泰的写作动机。必须将生活从僵化的麻木的状态中打捞出来,必须赋予清醒以积极的意义。陷入麻木状态也即心不在焉的状态中的写作,是所有有"文学抱负"的作家所拒斥的。鲁迅在写作

---

[1] [德] 西美尔:《金钱、性别、现代生活风格》,顾仁明译,上海,学林出版社,2000年,第9页。
[2] [苏] 维·什克洛夫斯基:《散文理论》,刘宗次译,南昌,百花洲文艺出版社,1997年,第10页。
[3] [俄] 列夫·托尔斯泰1897年3月1日日记,转引自 [苏] 维·什克洛夫斯基《散文理论》第10页。

中常常"无情地解剖自己",这在《祝福》《在酒楼上》《孤独者》等小说中表现尤甚;沈从文在墓碑上书"照我思索,可理解我"。他们的写作是与娱乐消遣无缘的,他们的写作甚至在强化着那种清醒的有意识的痛苦。而痛苦,在叔本华看来正是积极的、必须的;相反,幸福则是消极的。

无论消费品在广告中所采用的广告词是什么,消费品的潜允诺就是要为消费者提供娱乐,带来幸福。所以,在消费社会,悲剧丧失了悲哀,深度模式被拆解了,轻快的享乐主义氛围弥漫开来,"就轻松艺术而言,消遣并不是一种颓废的形式。……对有些人来说,严肃艺术与自己无关,因为生活的艰辛和压抑是对严肃的嘲弄,如果他们的时间不全花在维持生产线正常运行的劳动上,他们就应该感到很高兴了,轻松艺术是自主性艺术的影子,是社会对严肃艺术所持有的恶意。正因为严肃艺术有了社会前提,所以它必然会逐渐衰落下去,然而,也正是这样的真相,反而造成了轻松艺术具有合法性的假象。"[1] 轻松艺术支持的是欲望原则,它在满足欲望快感的同时必定连带出更多的欲望,为大同小异的轻松艺术生产提供持续的消费动力。

---

[1] [德] 马克斯·霍克海默、西奥多·阿道尔诺:《启蒙辩证法》,渠敬东、曹卫东译,上海,上海人民出版社,2006年,第122页。

第四节　拼贴与重复：创造精神的衰竭

自从有了电脑之后，拼贴和复制就成了点击之劳，比我们过去所批评的"剪刀加糨糊"要方便得多。这种点击行为正在大规模地侵袭到我们的写作中。工具在为我们提供方便的同时也反过来制约着我们。拼贴和复制钳制着我们的思维，让我们不自觉地陷入重复之中。

2002年曾经风靡一时的校园小说《桃李》[1]其实就是一个拼盘游戏，张者把若干个中篇糅合成长篇。那些中篇散见于《收获》《山花》《大家》等文学期刊上，这一现象研究提供了话题。过去，也有刊物发表长篇节选或者连载，不过一般都是在长篇已经完成的情况下。而且，作者多是为了先发表听取专业意见以便修改，现在，这种情况变了，很少有作家愿意再修改自己的作品，愿意在期刊上发只是为了引起专业读者及批评家的注意，也算是为小说的出版作一

―――――――――
[1] 张者：《桃李》，北京，人民文学出版社，2002年。

个预告而已。今天，我们进入了一个预支季节，出版界不仅可以为名家预支稿费，而且可以为他们预支版面和广告。刊物、出版社已经为"名"所累。知名度不仅替代了作品的好坏，而且成为版税的衡量标准。我们有理由对整部小说的结构存疑，我们也有理由对整合本身进行质疑。一个好的长篇应该是一个密不可分的有机整体，有自己的起承转合，绝对不可能是多个中篇凑成的拼盘。

下面我以其中一个中篇为例来谈谈这种整合效果的背道而驰。

《朝着鲜花去》[1]是个不错的中篇，以师兄的身份叙述一个师弟（已婚的大学教授张岩）去赴前女友约会途中及见面后发生的荒诞故事。这个故事本身是自足的，能够反映出中年知识分子的心态和当代社会普遍存在的家庭问题。将这种重续前缘喻为《朝着鲜花去》。"鲜花"即透露出叙述者对于师弟赴约持同情的理解态度，穿越这个赴约的故事我们看到的是叙述人比较明晰的叙述态度，且这种同情的叙述姿态贯穿在整个叙述中。

镶嵌在《桃李》中后，主人公张岩被改名换姓成了叙述人的导师邵景文，关于他，开篇，人还未出场，就引出了符号话题。导师一般而言我们通称"老师"或者"教授"，前者指的是职业，后者指的是职称，但是在《桃李》中，首先亮出的是"老板"，原意是"私营工商业的财产所有者"，无疑，这是一个蕴涵商业信息的符号，在学生的眼中，导师变成了老板，过去以传授知识为己任的老师今天变成了出售知识的老板；接着，在师姐眼中是"先生"，而且这个先生是不带姓氏的，这就有了暧昧的性别意味。这种携带了时代信息的符号暗示了叙事河流的边界——拥有话语权力的专业知识分子只

───────────
[1] 张者：《朝着鲜花去》，《收获》2000年第6期。

要放弃知识分子的基本立场就可能左边是金钱，右边是情欲。消费既是叙述的内容，也成为叙述的动力。一切围绕消费旋转。消费就像五星级酒店中的旋转餐厅，让人目不暇接同时无暇思考。法学专家的身份在古代是神圣的，是为社会立法的角色，而如今，邵景文的所作所为不过是利用自己的专业知识钻法律的空子，换取金钱这种消费的媒介，以便更尽情地参与到消费社会中，最终，他死在情人的床上，他的身体上留下108个刀口，上面被缀满了价格高昂的珍珠。

中篇和长篇中，主人公的外部情况未变，但与叙述者有了辈分的不同。叙述视角的变更使得整个叙述显得平庸了，原故事所散发的光芒某种程度上被遮蔽了。长篇中大量细节的堆砌让邵景文这个主角的个性变得模糊，部分细节的力量在拥挤中互相消解，没能抵达可能抵达的深渊。《桃李》由主人公的学生来担任叙事者，而我们以往对老师形象的叙述大抵是充满尊敬和爱戴的，这种成规使得叙述者对导师邵景文的态度是矛盾的：一方面为服务于整个大的叙述宗旨，叙述者要尽可能地反映出新知识分子道德上的涣散和对金钱、性日益膨胀的欲望，另一方面叙述者又要顾及师道尊严，尽可能在叙述中美化邵景文对初恋情人的深情，以这种道德上的美好来掩饰其后来的欲望膨胀所展现的道德缺陷，所以叙述视角变得游移不定。更重要的是知识分子与社会的关系，如果我们把《桃李》与80年代有名的中篇《人到中年》对照阅读，我们就会对八九十年代知识分子的精神下滑变化有深切的感受，也会进一步理解人文精神大讨论之所以那么牵动知识界的原因。在《桃李》中，知识分子与社会素来保持的距离消失了，知识分子对社会所持的批评关系在文本中变得融洽甜蜜。叙述者对于整个叙述丧失了信心，读者也就无法触摸到叙述所依仗的精神动力。总的来说，长篇小说《桃李》的结构是松散的，缺乏必要的张力。大量细节的堆砌堵塞了读者的想象空间。

与其说《桃李》是部有价值的知识分子小说，不如说它是本有趣的校园小说。其中的趣味主要来自与这个时代吻合的话语和欲望。这种充斥大量故事情节的反映校园生活的小说可能成为畅销书或者改编电视剧的好脚本，但是我们必须警惕媒体的话语，无论是以《儒林外史》还是《围城》来美化它，我们必须清醒《桃李》并没有在艺术上对小说文体做出贡献，也没能真正地刻画出世纪之交知识分子的精神真相。

《桃李》之后，拼贴的现象十分普遍。如江苏人民出版社出版的毕飞宇的《玉米》就是由三个中篇的姊妹篇（发表在《人民文学》的《玉米》，发表在《钟山》上的《玉秀》和发表在《十月》上的《玉秧》）合成的长篇。

还有另一种情况即中篇是由长篇拆分而成。如陈启文的长篇《河床》被分为五个中篇发表，分别是《花城》上的《河床》《一条河能走多远》《象形瓦釜》，《十月》上的《桃花水母》和《红岩》上的《闪电中的鸳鸯》。这种对拼贴技术的挪用，必定会在结构的起承转合以及叙述世界的完整性中露出蛛丝马迹来。

拼贴是有据可查的自我复制，它表明作家的原创性精神的颓败，创造精神被一种简单的出版热情所悄悄取代。比拼贴更具伤害的是重复自身：哪怕一个新鲜的题材也被陈旧的精神意旨改写得十分不堪，而畅销掩饰了所有的病。

不少作家每年出版一部长篇。在不同的书名下，是大量雷同的细节、毫无变化的对世界和人生的感受。语言也是对旧作的模仿。而这种用装修旧作来维持自己声名的现象并没有引起出版的戒备。

一个平庸的写作时代业已来临。欲望叙事在渗透文学书写的各个环节的同时，也在改造作家的内心——隐蔽的名利欲望，同时决定作家对自己的写作采取何种态度。庄重的写作精神一旦被忽视，写作必定变成一种轻松的职业。而这些写作和出版上的粗糙细节所泄露出来的作家内心，正好成了这个消费时代不断变化的写作姿态的生动写照。

从作品的形式到写作工具的变化，从经验的贫乏到创造精神的衰竭，从外到里，文学生产的模式都在发生重大的变革。这个变革，加速了文学对消费文化的回应，但也造成了文学精神空间的萎缩。文学生产模式的变化和对文学精神的捍卫，这二者之间的冲突，在以后的岁月中还将继续激化。

第四章

编辑口述中消费社会的文学生产

第四章　编辑口述中消费社会的文学生产　｜　155

近年来，日益兴盛的口述史以亲历、口述等特点使历史的重量落实到常新的生命记忆之上，最大限度地恢复主体的记忆，捍卫个体的历史想象力和身份认同，反抗集体记忆的垄断，不断拓展着文学研究的既定疆域。编辑采访是文学生产的重要环节，编辑是"文学场"中仅次于作家的角色，对文学风气的倡导具有较大的社会学意义。在实际操作过程中，编辑是如何偶遇一个作家作品的？作品的哪些因素打动了编辑？作为主体的编辑的意志是如何渗入的？编辑与作家、读者或市场的关系如何？这些都与文学史发现"历时性范围内展开的内在联系"有关，甚至它们本身也是"内在联系"的一部分。正如黑格尔所说"一个人走不出他的时代犹如走不出他的皮肤"，很多事情的动机和内在关系必须从时代的整体规定性中去寻觅。

张承志的《心灵史》和王小波的"时代三部曲"等著作在当时的环境中出版都比较波折，有一定的难度。但经过二十年时光的考验依然让我们牵肠挂肚，要去发掘其面世的经过，这种寻求真相的冲动本身是其价值的一个侧面证明。"重要的不是叙述的时代而是时代的叙述"，口述史本身也是当今时代的反映。

消费社会大部分作家都很在意读者的数量，但也有一小部分作家更在乎读者群体。《心灵史》是张承志自己认为毕生最重要的书，如果从文学寻根的潮流来看，张承志不仅是以写作寻根，他的《心灵史》本身也是生命寻根的结果，他在西海固找到了比肉身意义更为重大的精神出生地。与张承志《心灵史》不同，王小波不愿意成为大众知晓的作家，采取了有别于大众熟悉的现实主义的讲述方式，然而，他的猝死和20世纪90年代后期的社会环境却使他在消费社会一度畅销起来。跟王小波责编的访谈一是尽量恢复"时代三部曲"出版和作者过世时的情况，尤其是媒体的反应；另一方面也是为了让当今小说家对人们一股脑儿回到故事的怀抱有所警惕。

第一节 《心灵史》诞生始末

申霞艳：很高兴我们两个老同事一起来谈论《心灵史》的诞生始末。我知道今天编辑工作很依赖现代通讯工具，像QQ，微信之类。想请你回忆一下当时编辑的工作情况，比如你们是怎么跟作家联系的？当时的文学状况究竟如何？比如你怎么会联系张承志这样的作家？

钟洁玲：我是1981年进大学，那是文学复兴时期，那时一片石头砸下来肯定会砸中一个诗人，大家对文学都很狂热。全民看小说，作家知名度很高。像张承志，我们传阅他的《黑骏马》，从宿舍讨论到饭堂、课室，围绕着游牧民族的伦理风俗与汉文化的冲突，争论不休。但都为那种强烈的抒情气质迷醉，那时我还能背出里面的段落和句子！大三时要写学年论文，我就选张承志。选好题目给许翼心老师看，他说张承志在北方，离太远了，无法交流，你不如在广东选"一个，于是我就改选了孔捷生。孔捷生和陈国凯也是全国红人。当时伤痕文学正流行，我高中就读过孔捷生的《在小河那边》，还有《南方的岸》，就是因为后一篇小说，我大学才选择了中文系。

申霞艳：那你最早是怎么接触张承志的作品的？

钟洁玲：最开始读他的《骑手为什么歌唱母亲》，不算喜欢。最喜欢的还是《黑骏马》，还有《北方的河》等一批，我觉得在当代作家里，张承志是最特异的，强烈深刻，有种非凡的气度，让我产生共鸣。这应该是后来合作做《心灵史》的契机吧。

申霞艳：你是大学毕业就到花城了？

钟洁玲：对，大学毕业就到花城出版社。面试我的是长篇室副主任廖晓勉，于是我就被分到长篇小说室。一来就做长篇，实在不容易。想想看，一个作家花多少心血时间才出来一个长篇，他肯交给一个20岁的小姑娘吗？充其量，这么年轻的小编辑，只是初审，后面还有两道关卡，完全没有拍板权啊。但我很勇敢，向前辈向作协要作家地址，我早就熟读他们的作品了，我不怕跟他们交谈。于是按着地址一个个撞上门去，结果老是碰钉子，表面都客客气气的，但最终人家稿子就是给到别的社去了。不过那时我脸皮还真厚，只要有出差机会，我就一个个地找作家，胆子和脸皮都练出来了。

申霞艳：你是怎么联系上张承志的？他好打交道吗？

钟洁玲：那时完全靠自己摸上门，不比现在有电子邮件、微信、短信等通讯工具方便。1988年我第一次见到张承志。我记得去北京先找李陀，我说要去找张承志，他说张承志不易打交道，你不如先找史铁生，他总在家，你去约稿还可以宽慰一下他。后来找到史铁生，他告诉我要找张承志可先去找叶楠，他俩都是海军大院的。我真的先找到叶楠，他是白桦的孪生兄弟，我跟他谈完稿子，提出找张承志。他说，我得先打个电话。打完电话，他说，张承志同意你去。

申霞艳：说几个张承志不好打交道的具体例子让我们见识一下。

钟洁玲：我一进屋，他压根没有让你坐下来的意思。当时他已经大红大紫，多次荣获全国中短篇小说奖，去拜访他的人多，约稿的编辑也多。还记得王蒙写了一篇评论，标题是《大地和青春的礼赞》，称张承志为"学者型作家"，盛赞《北方的河》，还说"……50年内，大家不要去写河流了。"你知道王蒙的说话风格。见到张承志，我自报家门，他一听说我是从广州来的，就问我"你知道珠江这个名字怎么来的吗"？我老老实实回答不知道，他就告诉我：传说当年阿拉伯人用船运珍珠到中国来，后来珍珠掉进江里，"珠江"就这样得名的。就是这样，还没约稿就给考了一通。我心想我又不是来考你的研究生，犯得着这么较真吗？还有一个印象很深，当时我坐在他的书桌旁，看见字纸篓里有两本崭新的期刊，折叠着都没有打开就扔到垃圾篓了。我想：啊，他看都没看就扔啦？还有，他对那些陌生的访谈和约稿电话都极为冷淡，拒绝了一个又一个。现在想想，他这个人绝不随和，挺难打交道的。好在那时年轻，抗打击。我工作很细心，一般出差回来后会循例写信答谢拜访过的作家并表示约稿之意。从北京回来，给史铁生、李陀、刘恒、叶楠还有张承志都写了信。即便长篇没什么希望，信还是要写的。

申霞艳：你工作认真那是没得说，每次开选题会你的论证都非常翔实，让我印象深刻，你的审稿意见就是书评。你给作家的信是亲手写的，还是有模板？

钟洁玲：当然手写，因为与每个人处得不一样。如果他们要你帮忙打听什么事或者问候什么人，我会在信里向他们汇报。没有固定模板，都是根据见面的具体细节回复，写信很用心的。

申霞艳：那你当时在他们家有吃过东西吗？我记得夏天去史铁

生家，喝过豆沙，吃过冰棍。

钟洁玲：吃过的。在张承志家里我第一次见识那种烤面包机，烤一块，抹上果酱吃，吃上几块就当是午餐。他是穆斯林，有很多禁忌。20世纪80年代大家都穷，和现在完全没法比，那时大家都没有上馆子的习惯。我记得到南京组稿时，周梅森、梅汝恺、叶兆言等作家，都是在家里做一桌子菜招待我们的。有次到周梅森家里，他让太太整了一桌子菜，我记得有一道蒸鲫鱼。总之都很热情。

申霞艳：那这些作家有给你回信吗？

钟洁玲：大部分都有。我对张承志这样的大家不敢抱希望，后来收到他的信，挺惊讶的。他让我不必再去信，他说，你不要催我，有稿件自然通知你。我心想，不催能行吗？多少眼看就要到手边的稿子都"跑"掉了，何况你这种还在腹中的，谁知道半路会杀出多少个程咬金来？

申霞艳：他的回信大概是有模板的吧？

钟洁玲：最初的回信真像公文，就是那种最没感情的回信。我还记得，他家墙上挂着一个小镜框，里面镶着一帧红纸写的阿拉伯文，半张A4纸那么大，问他那是什么，他说："是'牺牲'二字，一位德高望重的长者送的。"挺吓人的。

记忆中就是这样子，健谈但不随和。人家传说他话不投机就会翻倒凳子让你坐，好在我还没有遇到他翻凳子的事。

申霞艳：后来怎么会把《心灵史》给你呢？看来是你的诚意打动了他。

钟洁玲：1989年初夏，我和关天曦两个人去北京参加一个编辑学习班。当时办班的地方靠近王朔住的大院，我就去找王朔。王朔这个人很好玩，虽然从来没给过我稿子。他带着一群青年男女，玩得很疯，就像他作品里写的一样。我问起张承志，他就说："张承志最近写的还是那些，'黑骏马在上面跑，北方的河也在上面流'。"王朔讲话非常风趣，无视权威，感觉跟街头小混混差不多，就像《阳光灿烂的日子》中的情景。

申霞艳：你是这次知道张承志在写《心灵史》的吗？

钟洁玲：是的。我听说他几年都往黄土高原跑，一直在酝酿。1989年冬天我再去了一趟北京，圈里的人说他正在写一个"很大的东西"，这个大不是指篇幅，而是指分量。我忍不住这份"渴望"，硬着头皮再去登门找他。这时他已经辞退一切公职待遇，从海军复员，成为一个纯靠稿费生存的作家。我询问他长篇，他还是冷淡地说："你不用催我，也不必来信。我写好了自然会通知你。"我后来知道，他是在1989年9月开始写《心灵史》的。我没有抱太大希望。直到1990年夏天，张承志把书稿寄到我手上，书稿是手写再复印的，特别厚，特别重，让我感觉既惊喜又沉重。

申霞艳：拿到书稿，审读过程如何？与预期一致么？

钟洁玲：编《心灵史》的过程，称得上是页页惊心。它描写的是西北一个叫"血脖子教"的回教支派——哲合忍耶。它主要分布在中国最贫瘠的宁夏甘肃交界的黄土高原腹地。这里的百姓食用地窖里带着草根土块和干羊粪的雪融水，却用村中唯一的井水净身做礼拜。这个教派诞生于清代乾隆年间，哲合忍耶即是高声唱诵。

申霞艳：他当时有什么要求吗？编辑和作者关系如何？

钟洁玲：书稿寄我前，我们通了多次电话，版税方面没有提任何要求，只是再三叮嘱"所有地名、人名、支系不能出错"。那时普遍不兴谈版税，全国统一稿酬，出版界的商业气息不浓。1991年、1992年都还好，大概是1993年开始作家就有要求了，特别是《废都》等作品热起来后。我们当时没有删改过张承志的书稿，这一代作家与五六十年代《红岩》《青春之歌》的作者不同，他们有能力修改自己的作品，不需要编辑去改写什么的。一位好作家的作品，尤其是长篇小说，一定有它严密的肌理，你不能轻易动它，需要修改的地方，由编辑提出建议，让作家理解消化后自己动手修改，这样作品的血脉、文气才会全书贯通、保持一致。当时校对要按照规范修改字句，张承志看校样说过一句很严厉的话："你们不要乱改，这么改就把作家个性抹杀了。小说要都这么个改法，你们读新华字典得了。"

申霞艳：出版过程顺利吗？

钟洁玲：出奇地顺利，这是意想不到的。我是用长篇小说的名义报的选题，当时张承志已是全国级别的名家，二是书稿有分量，社里自然非常重视。当时的社长是范汉生（我们叫老范），他曾一度把终审权放到编辑室里。我初审，二审是副主任黄茂初，终审是室主任廖文。廖文是 20 世纪 60 年代北大中文系毕业的，他把书稿抱回家里一字字细读，跟我的情形一模一样。我为自己拿到这样的书稿而备感欣慰。我们就是在这种氛围中感受、编辑、出版了这本书的。1995 年，张承志来广州，特别要见一见廖文，还送了一本亲笔签名的小说集给廖文。绝大部分作家从来不关心终审是谁，要谢最多谢责任编辑。这一点从他当时给我的来信就看得出来。

1990 年 11 月，张承志孤身一人到日本谋生，成为"出国潮"里千千万万中国人的一分子。11 月 16 日，张承志临赴日本之前从北京给我发了一信，里面有这么一段：

"《心灵史》快出来啦，我像盼自己的独生女一样盼着那一天。有了她，我死也值了。……未来，有一天，人们会感到她的意义的。

以后，我只是一阵风而已。最后一关，你千万千万留心，再仔细为我读一遍！"

1991年3月29日（《心灵史》已经付印），张承志从日本来信：

"书的事，全靠你了……千万不要再宣传。一切作家都为了出名而写，我这本终生之作为了不出名而写。——只要哲合忍耶老百姓届时能拿到三千册书，我的人生便可以说全成功了。我一直在这样想。只要有一批朴实的人，他们爱惜甚至保卫我的这本小书，我便实现了最大的意义。而在俗界的成功名利，一切都可以扔得干净。"

申霞艳：从他的言辞和行为看，他一生最重视的作品就是《心灵史》，你回想一下他当时为什么会把这么大的一本书交给地方社，交给你这样的年轻编辑来做？

钟洁玲：你这个问题很多人问过，1995年我在北京再见李陀时，他也说："我至今都想不明白，承志那么聪明，怎么会把《心灵史》这样重要的著作，交给一个资历尚浅的小姑娘？你知道当时北京有多少大社想要这部书稿？"可能当时张承志充分考虑过，一是花城出版社虽然是地方社，但有全国影响；二是也从交往过程中觉得我做事严谨认真，很有章法，靠谱。

几年后，张承志托人送我一本书，在扉页他写道："钟洁玲存念：纪念我的生涯和我的文学中，最重要的支持与合作！"从中可以看出他对我的信任。

申霞艳：《心灵史》出版后影响很大，除评论界外，我记得王安忆、张炜这些作家对这部作品评价相当高。你这里应该收到更多反馈。当时的情形如何？

钟洁玲：那时候印刷及发货都比较慢，出版页上印着的出版时间是1991年1月,但这本书真正面市是1991年4月16日,到4月20多号才在各地书店铺开。首版虽然只印了7千册,但在全国引起了强烈震动,北京、上海、兰州、安徽、四川,纷纷有来信表扬这本书。《心灵史》的文化价值是不容置疑的,也为花城出版社赢得了荣誉。到7月份各地已经回报销售一空。后来社领导问发行其他的书销得都慢,《心灵史》为什么这么快?当时的发行部负责人是朱迅,他形象地说:"这本书写了西北一个庙,那个庙里的和尚把书都买走了。"我们的发行员不懂回教的庙叫清真寺,就直接翻译成庙,我们笑坏了。

申霞艳:像《心灵史》这样的作品在整个中国当代文学中完全是个异数,尤其是20世纪90年代初。现在回想起来,80年代的文学热情和探索精神导致了90年代初一个长篇小说的高峰突起,你看,《心灵史》《九月寓言》《活着》《白鹿原》《废都》……真正堪称"黄金时代",提供了多样化、多元化的价值形态。当代文学史给先锋文学那么高的地位,叙事形式得到极大的推崇,张承志却有意识地回避形式,今天完全可以说《心灵史》是"非虚构的开山之作"。作者下了那么大的田野调查的功夫,听了那么多的口述史,在写作过程中还有意地避开了《黑骏马》《北方的河》那种诗情浪漫气质。而且,张承志后来一直没有再写过小说,这说明当时他已经对小说的虚构性质有所怀疑,对文学离现实社会越来越远保持警惕。他们那批成名于80年代的作家至今还在写作、出版,普遍量大,像张炜的《你在高原》就450万字,张承志全部作品加在一起也没有这个量,可见他对文学还是有他个人独到的理解。你后来跟张承志有了更多交流,他提过当时为什么要写这本书吗?

钟洁玲:后来无数次追问,他才说到了写作缘由,完全是无意中撞到的，机缘非常神秘。自北大考古系毕业后，张承志考入社科院研究生院攻读历史学硕士，取得学位后去日本进修。1984年回国，刚回来有点愤世嫉俗，哪都看不惯，就想到农村去看看，去哪儿呢，去那些没有去过的地方，比如宁夏。他一下就到了宁夏。他跟宁夏接待单位的人说，想找一个最穷的地方，对方就说，那你就去宁夏南部陇东山区西吉、海原、固原一带看看吧，那是全中国最穷的地方，简称西海固，山区、交通不便、缺水、生活困苦。到了西海固，当地安排他入住一个回民家里，因为这家稍为干净，女主人会做饭。这样，他就进入了西海固沙沟村的马志文家。入冬的一天，他考察结束，正准备回北京。谁知夜里下了一场罕见的大雪，大雪把山路封死了！他只好在村里多待几天。晚上坐在炕上聊天，马志文无意中讲到了他们这一支系祖先的故事，张承志这才知道两百多年来，这里发生过惊天动地的大事。他听得热血沸腾。接下来，马志文通知亲友邻居，一户户来讲故事，这就是今天口述历史的方式。此后6年，张承志在西海固展开调查，收集了近160份家史和宗教资料。清真寺里的学生争当他的秘书，陪着他寻觅古迹。老百姓得知他立愿写书，便把内部秘藏的一部历史典籍拿出来，这部典籍叫《热什哈尔》，是用阿拉伯文、波斯文再混合着汉语写成的，作者叫关里爷。大约是写作时处境危险，关里爷采用一种隐秘到近乎拒绝阅读的方式来记录历史。张承志组织清真寺的学生，把它翻译成汉语（后来此书在三联书店和台湾商务印书馆正式出版），这本书成了《心灵史》的资料基础。

《心灵史》出版后，张承志的名字在大西北热了起来。从西海固到青铜峡，从甘肃到新疆，山区川地里的农民口口相传：一个叫张承志的大作家为咱们穷人写了一本书！我从没去过西海固，20世纪

90年代想去，张承志说，那是一种成人风景，干旱粗粝，没有经历沧桑的人是不会喜欢它的。我想那儿怎么穷也是七沟八梁的黄土高坡，很美的啊，我从小生活在四季常青的广州，我期望找点反差，不过还真的一直没找到合适的机会去呢。

申霞艳：我倒是有年暑假慕名去了西海固，还去了马志文家，里边有个高屋子，就是当年张承志写作住的地方。他保存了张承志的一些东西，拿了一些和张承志的通信给我看，还读了一些自己写的打油诗。现在你再回头谈谈你对张承志的印象？

钟洁玲：张承志身材高大，外表酷似三岛由纪夫，喜欢哼唱冈林信康的歌，嗓音很好。我初见他的时候，他顺手撕下报纸一角就卷上一支莫合烟。张承志也说过，他出国过关时曾被扣起来，原来是查他的莫合烟，人家以为那是大麻呢。跟人聊天你就发现，多数人的神是散的，而他却是聚的，他有一种定力，有强大的气场。他对中亚、新疆、甘宁青伊斯兰黄土高原的历史宗教都有研究，会日语、蒙古语，还会点哈萨克语和满洲语。他这个人和他的作品，都有一种大格局。2007年我出了他的3册《自选集》，用的那个封面，译文室的人一看就说是三岛由纪夫，脸上只有一双眼睛，瘦得只剩下精神了。和他这么多年的交往之后觉得他其实是个很有趣的人，他说自己读了那么多书，只有那些目不识丁的农民才能教育他。你看，他这是什么逻辑？他知识面非常开阔，有一天，他说他骑着自行车去北大找一位教授谈土豆，一谈就是一天，他说那天非常幸福。另一天又找另一位考古学家谈麦子，谈之前他已经看完一堆书了，所以谈起来很有共鸣，感觉非常美好。他对高质量的精神交流充满兴趣。

在我23年（1985年—2008年）的小说编辑生涯中，印象最深的就是这本《心灵史》和这次合作,其次才是王小波的三部曲。

申霞艳:作为一个资深长篇小说编辑,你觉得张承志的《心灵史》在今天看有什么样的意义?

钟洁玲:我重新回顾张承志,感觉他是一个作品与人品合而为一的人。我对他深怀敬意!他说过:"我们盼望富裕,但不能幻想十二亿人都变成财主。基于这种认识,我希望自己的文学中,永远有对于人心、人道和对于人本身的尊重;永远有底层、穷人、正义的选择;永远有青春、反抗、自由的气质。"我在给中山图书馆的推荐语写过:"张承志是中国当代文学史上深刻、有体系的学者型作家,《心灵史》是张承志文学的高峰,注入了他极大的心血。"张承志当时就考虑以这部书结束自己的文学生涯。这本书的语言不太修饰,不像从前,为的是能给当地的老百姓看。什么样的内容选择什么样的表达方式这是很多作家追求的。你刚数到20世纪90年代初的长篇盛况,那时候真是百花齐放,现在不太可能重现。

申霞艳:非常感谢你谈得这么详细。《心灵史》可能是当代文学命运最离奇的一本书,《心灵史》也是我们在大学课堂经常要讲到的一本书,有些学生说看不下去,但一个班总有那么两三个学生对这部小说很崇拜、很狂热。在我看来,这本书是一本具有超越性的书,它超越了小说、超越了文学和宗教,甚至也超越了时间。

时　　间:2015年1月20日　星期二下午
地　　点:广东科技出版社副总编辑室
访谈对象:钟洁玲(原花城出版社中国文学室主任,《心灵史》责编,现为广东科技出版社副总编)
采 访 者:申霞艳(原花城出版社《花城》杂志编辑,现为广东外语外贸大学中文学院教授)

第二节 "时代三部曲"诞生始末

申霞艳：今天想请你谈谈责编"时代三部曲"的情况，虽然有些事情你在《三见王小波》中已经交待过了。但随着时间的流逝，很多东西越来越模糊，特别是他猝死之后作品的命运发生了天翻地覆的变化。现在很多"门下走狗"也未必清楚王小波生前的暗淡岁月，最近还在《南都》上看到陈希我的一篇文章，对王小波作品颠沛流离的命运和"时代三部曲"是怎么出版的，也不是太清楚。大众就更加不了解了。

恰好前一阵子《花城》杂志搞了一个"花城雅集"的活动邀请了文能先生谈到责编王小波的过程，我把他说的转引过来当背景：

我发王小波稿子的时候，跟他素昧平生，而且这种发稿的过程，在今天看来有点匪夷所思。当时四川的一个女编辑叫杨泥，她还在四川工作，给我一个《革命时期的爱情》，她也没给我介绍作者。但是稿子拿到后，第一句话我就很喜欢，看上去很平实，很平淡，但是非常有那个时代的质感，我看了以后觉得这个人相当有才气，但是说实话，当时判断这种稿子能不能用，对我来说是非常困难的。发王小波的作品，未必是有什么慧眼不慧眼，只不过是因为在审稿过程中，我比较坚持一种相对开放和宽容的态度。前卫的立场跟开放的态度，这多少代表了我当时秉持的编辑立场。

王小波这篇东西你看得到他很有才气，但是让我困惑的是什么呢？就是按照我们当时很标准的评判文学作品的标准来说，它很不规范，它绝对不是出自名门正派、不是中规中矩的招式，你看他的东西，现在大家可能觉得很正常，当时会嘀咕，小说还能这样写吗？怎么是这样子写，你就觉得这个人怪招叠出，你无法去把控它，但是对于我来说恰恰是这种怪，我无法根据很现成的文学理论和编辑经验迅速作出判断的作品，构成了我编辑生涯的挑战性，也使我们的编辑工作有一种创造性的可能，就是参与创造。这样一份稿你随时可以把它毙了，也可以提上来。其实这个稿子在《花城》发表也不是很顺利，因为这篇稿是1992年底到我手，1994年才发出去，发出来的过程不那么顺利。当时评判稿子有不同标准，王小波除了他的这种怪，他的没有名气，还有他的非经典性的东西，如果说想找一匹千里马的话，你按你原来画的图来对照怎么都不觉得像千里马，但尽管如此我还是把他送上去终审了，好在当时花城杂志的环境非常宽松，自由度比较大。我们的老主编范若丁跟我说，王小波的东西说实话他不是很喜欢，他也具体跟我说过这里面的一些细节，但是还是能够通过终审，最后发出来。

作品发出来对王小波，对我都是一个非常重要的鼓励。因为王小波当时在中国大陆鲜为人知，我后来才知道，在发《革命时期的爱情》之前《黄金时代》已经在台湾获了联合文学奖，我之前完全不知道，我拿到这篇稿子时不知道王小波任何情况。后来见了面聊天，才知道这些。从1994年开始到1997年，《花城》每年都发了他一个或者两个作品，《黄金时代》在大陆没有发过，直接出书了。王小波生前发稿遇到了很多阻碍，《红拂夜奔》也在我的手里发表。

王小波的早逝究竟是他的幸运还是他的不幸，我真的不知道，如果从他后来作品的被推崇、被关注来说，仅就这个层面来说或许可能是一种幸运。发稿后我跟王小波有比较多的接触，我敢说现在的主流文学界都不怎么接受王小波。我跟很多评论家都推荐过王小波，他们都不屑，当时只有陈晓明写过评论。我当时在北京出差的时候王小波来看我，也有很多成名的作家来看我，我给他们推荐王小波，他们都没有理睬。就说王小波是谁啊，没听说过。即使是后来为《花城》出版社挣了大钱的"时代三部曲"，当时出版经历也是及其艰难的。当时"时代三部曲"一开始不是给花城的，北京华夏出版社有一个编辑非常喜欢王小波的东西，很想出，但没有成功。后来王小波就把"时代三部曲"转给了我，我当时在办杂志，我就把书稿转给了钟洁玲，这个书我在后面不知道出了多少力，因为钟洁玲当时跟王小波也不熟，她需要了解王小波更多的情况，要让我出面跟出版社的领导解释，王小波跟出版社签的合同是千字30元和50元，反正很低，非常低。王小波当时态度是能把我的书出出来就行了。王小波是一个不善于言谈的人，在谈到出版稿费什么的时候，他经常都是让太太李银河跟我谈，因为他不愿意谈这种事情。

当时王小波突然去世，我跟钟洁玲说这套书要赶紧出来。这种情况下，给出版社的高层做了大量的工作，包括找来中山大学艾晓明教授，她是王小波作品最忠诚的支持者跟鼓吹者、传播者，还有当时南都的编辑张晓舟，因为他们觉得这个书可能卖不动，别看90

年代中后期，其实这种市场的观念非常强的。如果不是王小波突然去世，可能这套书的出版还会有一些周折，当时确实是王小波的猝死加快了这个书的进程。王小波是4月去世，5月就是他45岁的生日，我们就赶着在他45岁冥诞日，在北京万寿寺，也是王小波生前最喜欢的一个地方，搞了王小波的作品研讨会暨"时代三部曲"的首发式。我是主持，当时邀请的主要是一些评论家和媒体的朋友，大概有20、30人，但实际上那天到会的人是有百多人，都是王小波的粉丝。我也不知道他们从哪儿知道的消息，因为开研讨会的消息只是发到个人，没有广发消息，不知道他们从哪儿知道的消息，居然有几百个人去参加，把当时的会场挤得水泄不通，我印象是非常非常深的。那一场研讨会之后，媒体传播，再加上各种评论出来，王小波小说创作的局面那时候才真正打开，这个意义层面来说他的死对于他的小说也许是一个幸事。有时候一个作家的作品成名或者传播，它确实需要一个偶然的契机，但是以一个生命的猝然中断作为代价其实是太大，但它确实是一个新闻报道和传播的契机。

文能的介绍大致为我们描摹了王小波的曲折命运，我的朋友李静专门写过一篇《王小波退稿记》，那时她在刊物工作，找王小波约稿，《红拂夜奔》本来18万字，压缩成3万字也没发出来。王小波的作品常在各大刊物周游列国，就是这种情况，王小波依然说"我宁可写有滋有味发不出来的东西，也不写自我约束得不成样子的文章了"。这种情况很多粉丝并不清楚，大家还以为他是专栏作家、杂文高手，声名很大。

现在想请你先回顾一下什么时候开始接触王小波作品的？

钟洁玲：1996年8月，我要到北京出差，文能给了我王小波家里的电话。此前我已经读过王小波的作品。

申霞艳：首先读的是杂文还是小说？

钟洁玲：好像是《黄金时代》。

申霞艳：哪个版本？1992年台湾出过一版。

钟洁玲：是华夏出版社那个版本，1994年出的，责任编辑是一位女士，叫赵洁平。1997年我们在北京召开"时代三部曲"研讨会时，她也来了。那天来的人很多，陀爷也来了。赵洁平哭得很伤心，她说很遗憾，她喜欢"时代三部曲"，却出不成。

申霞艳：她既为王小波的死而悲伤，也为自己没有出版"时代三部曲"而悲伤。

钟洁玲：是啊。

申霞艳：当时印了多少？

钟洁玲：具体不清楚。王小波跟我说过，这书出得非常艰难，要他自己去推销，跑二渠道，跑破了几双鞋，黑的白的都见过了，练得巧舌如簧。这一版《黄金时代》封面是黄昏的颜色，你在孔夫子网可以查到。这部小说在别人看来，黄色段子太多，结果是发在一本计生办的杂志上的。估计大家没看懂，有的觉得太色情、太下流了，他把性器官之类都放大来写。在文学刊物发不出来。

申霞艳：你1996年才与他见面？

钟洁玲：是的。1996年七八月我要去北京搞一个九丹研讨会。

申霞艳：九丹，曾经很红。出的什么书啊？

钟洁玲：那本叫什么？让我想想……叫《爱殇》，处女作，我是责编。这是一部爱情小说，一个小县城的女孩子到北京闯荡，当杂志编辑，为了生存为了爱，吃尽苦头。文能听说我要去北京，就跟我说，你可以见一见王小波，听说他手上有几本书稿，出不了压在箱子里，你去看看能不能出。他给了我王小波的电话，是一个座机号。

申霞艳：那时候手机不普遍，叫大哥大，我们毕业时是拿传呼机找工作。

钟洁玲：1996年8月我就去北京，先给他打了个电话，问他约在哪？他住在高教大院。他说你可能找不着，我过去接你。约了西单汽车站。我那天赶时间，是打车过去的。到了西单汽车站，我下来之后，四处找人。

申霞艳：你之前见过他的照片没？

钟洁玲：好像晃过一眼，在他《黄金时代》那本书勒口上吧。当时李公明在一张报纸里面写着，这个人远看不像好人，近看还是好人。那上面有他的照片，但照片上看不出他有多高。

申霞艳：他个子很高。

钟洁玲：将近一米九。我走过去，那里有几个民工，我认为没有他。后来有一个人犹犹豫豫地走过来问是不是我。感觉他是从工地走出来的，牛仔裤皱皱的，上面有灰尘，头发是乱的，狂草一样。他带着我过马路，我们两个一前一后走着。拐了个弯，人呢？原来他在后面绑鞋带，绑完再跑上来。走到他院子里门口，他说等等，又不见了。他从小卖部买了一瓶汽水给我。我就说不要汽水，普通的茶水就可以了。他说他屋里没茶没水。我当时就想，怎么搞得没茶没水的。高教楼可能是他爸妈给的，他妈住在附近，这边只有一个单间当写作间。那个写作间就在筒子楼。这筒子楼就像王朔他们拍《阳光灿烂的日子》，楼里有72家房客，炉子、煤、杂物都放在过道里。他就在黑乎乎的过道里找到了一个门。

申霞艳：脏兮兮，乱哄哄。

钟洁玲：对啊！记得我到北京见一位朋友时，提及要找王小波。这位朋友笑说：王小波和李银河两个人结了婚就更不爱收拾了，两个人都埋头搞自己的东西，穿衣服皱巴巴的、脏兮兮的。我当时想，这两个人可能太专注了。我一直以为他生活很困难。见了艾晓明我就说，他太艰难了。艾晓明说，他其实不穷的。我坚持说他很穷。那房间不大，开了个门，一进去，一张床、一张凳子、一个电脑，还有一张桌子。他打开电脑给我展示他的作品，我只能坐在床上。要是我坐在电脑前看，他就只能坐在床上。

申霞艳：你们必须有一个人要坐到床上。

钟洁玲：是啊，只有一张凳子！房间光线不足。他有一个朋友胡贝有一天拿着一张《天鹅湖》的唱片，去给王小波听。因为没地方坐，就放在凳子上，然后就被王小波一屁股坐烂了。他那朋友就叫道，"天啊！要命啊！你怎么能坐到这上面。"那房子其实也不小，都放满了。凳子还是公家发的那种。王小波这个人初次见面挺拘束的。

申霞艳：对，给人感觉不善言辞。

钟洁玲：他熟了就能讲，还会说笑话，当然那得多几个人。你一个人跟他刚认识，他不知道讲什么好。讲到出书，他就说他出第一本书如何辛苦，跑破了几双鞋。我在《三见王小波》一文里详细写过第一次见他的情形。

申霞艳：他要自己管发行？

钟洁玲：对，他自己负责发行。他跟我说，出版一本书比写一本书难多了。如果他写墓志铭就会写："活过，爱过，写过"，后面再加一句"书都卖掉了"。

申霞艳：再加一句：还是我自己亲手卖掉的！

钟洁玲：对，他自己把书卖掉的。那时卖书太不容易了，有次他跟黄集伟聊天时说，我的书，要是发行超过两万册，我就不乐意了。

申霞艳：还真是让他不乐意了！

钟洁玲：太不乐意了。他认为能欣赏他小说的人真的不多。他说他的第一本书，是自己找渠道，向书商兜售的。他说这本书出完了，我自己都成了书商。有一次，为了上中央电视台做宣传，他和李银河在太阳底下录节目，录了几十分钟，晒得快晕过去了。到播出时，恰恰剪掉了那一节。那天他还通知朋友们收看，说央视今天要推我的书。大家就去看，结果从头看到尾也没有他俩，简直气死人！他说得轻描淡写，我听着都笑得岔了气。现在回想起来真是心酸。

申霞艳：你去见他，他就把稿子给你了还是怎样？

钟洁玲：对，马上敲定给我，但不是取稿子，而是由他寄稿子并拷碟子，寄给我。

申霞艳：他稿子早已整好，就等着买家。

钟洁玲：对对，他不是光给我，谁要都给，撒出去。

申霞艳：漫天撒网，重点打鱼。

钟洁玲：没有鱼，当时全国没有哪家出版社能出。

申霞艳：那在你之前，他给过多少家？

钟洁玲：应该有二三十家，包括出版社和民营公司。那时候艾晓明教授一直帮他推广。艾晓明是中山大学中文系教授，评论家，是王小波的挚友，最早关注及评论王小波作品的学者。她写他比较多，用心用力帮他推介。

申霞艳：他们是朋友，超越了普通评论家与作家的关系。即便有艾老师的力量进来，也还是不能确认书什么时候能出来？

钟洁玲：谁都没有绝对把握，很少能过三审。当时我已经是副主任了，可以复审。但我后面还有一关，那一关是最难过的。那关一般都过不成。所以张承志为《心灵史》要感谢廖文，当然张承志是名家，大家都愿意给他出。稿子抢过来都不容易，谁还卡你？但是王小波不同，他还没有名气。

申霞艳：但他那时已经在开专栏呀？

钟洁玲：写专栏在小说界是没用的。他在《三联生活周刊》和《南方周末》开专栏，但知名度还不算大。

申霞艳：《读书》杂志呢？

钟洁玲：我觉得他在《读书》那里不是专栏。《读书》杂志专栏很少。只有李皖有一个《边走边唱》的专栏，还有朱伟曾有一个《小说一瞥》的专栏。

申霞艳：王小波只是在《读书》上偶发文章，并没有一块"自己的园地"。

钟洁玲：小说界对他的评价不是很高，至今小说界都没有认可他。

申霞艳：正儿八经做小说评论的对他不太认可，但这几年情况有好转。有一个叫房伟的70后青年学者，写了他的一个传记，叫《革命星空下的坏孩子：王小波传》。80后对他的印象更深。微信上转黄平写王小波的评论，写得很好。年轻一代写了不少研究王小波的论文，改变了他在50后、60后批评家那里的格局。我觉得这也跟时代观念的变化有关，王小波本身也在成为小说叙事的传统，在年轻一代学者里有很大的影响力。

钟洁玲：王小波出名的是杂文，偏偏他最看重小说，他最期望的就是成为小说家。

申霞艳：你拿到稿子，他有没有提到什么要求？

钟洁玲：王小波对书稿没有提过任何要求，能过选题就是万幸。出过的千字30块，没出过的50块一千字。《黄金时代》算是出过的，30块；《白银时代》《青铜时代》就是千字50块。我这里还有他签名的原合同，你看（拿出合同）。

申霞艳：你看，这就是历史，什么叫做历史，历史就在身边。当时是谁签的终审？

钟洁玲：是罗国林签的。在花城，他属于比较开放的。选题论证他就支持，就是张家界那次。大家在张家界那里喝得醉醺醺的晚上还开选题会。

申霞艳：那时候选题会很有意思哈。1997年选题会的选题，当年就出来了。

钟洁玲：1997年选题会是1996年年底开的。其实没报选题前，我就开始做案头工作了。当时也有一些议论，发行部很紧张。他们说，这三本同时推出，我们压力很大。我当时写了大堆论证材料，就是你说我很认真做的那种。介绍这个作者的来龙去脉，尤其要给发行部说清楚，包括他的出生、哪里人、当知青、出国，七十年代中期开始写小说，受什么影响，曾在北大、人大任教，1992年9月，为了专心写作辞去教职。他获过什么奖，作品特色，有过什么样的评价。在选题论证会上，我要把上述信息交代得一清二楚。他的写作成就、销售可能，都要去做分析。在说这些分析的时候，老肖就插话说，王小波的小说有特色，还是给人家出吧。到今天我一直把这句话放大。当时发行部没人不知道王小波，从我的介绍里理解为，这个作者小说写得尺度大，有点色情。

申霞艳：老实说，色情方面《废都》已经开了先河。

钟洁玲：《废都》跟这个不一样，那一个雅一点，更像文人的东西。王小波写得赤裸，很多人被他的表面蒙蔽过去。加之他获过奖，在台湾获了"联合文学奖"。这个选题1996年底就过了关。

申霞艳：你后来又见过王小波没？

钟洁玲：1996年12月我去北京组稿时再次约见了王小波。

申霞艳：8月只是拿稿子回来，11月就有意向了。

钟洁玲：我这里记载的是，12月中旬，选题会刚过，我再次到北京出差。这是第二次见到王小波，在紫竹园附近。我就告诉他，"时代三部曲"列入出版计划，选题过了。让他先签合同，给我带回去，完成手续再寄回他一份。他听到这个消息，似乎并不兴奋。

申霞艳：他看上去不是那种喜形于色的人。

钟洁玲：不，估计折腾太多了，便没有喜怒了。

申霞艳：他给你的是手写稿还是打印稿？

钟洁玲：我看哈，王小波原来给我的这个书稿。艾晓明最早告诉我，这是王小波用老式的二十四帧打印机打印的，打在那种浅蓝色的，像一匹布的。有穿孔的那种。打得很小的字，有的看得清，有的看不清。当时这样的一部打印稿在出版社、研究所和大学校园传得很广。有些书商找上门来要帮他出版，信口开河说一印就几万，但之后石沉大海、音讯全无。有的出版社原来说要出，过一阵又说没有通过选题，诸如此类反反复复。王小波对这类事经历多了就宠辱不惊了。王小波还说：作家有两种，一种是解释自己，像海明威；一种是靠想象去营造，像卡尔维诺、尤瑟纳尔。他自己属于第二种。

这三本书什么时候发稿？他去世的时候，已经发稿。我记得，是我催逼着罗国林签印的。4月11日，他去世。4月12号近中午时分,艾晓明给我来电话。当时我们的办公室在11楼,我接到艾晓明的电话。她说小波死了。我说谁谁,你说清楚。她说王小波死了。我说不会吧。她说昨天去的。我说在哪儿死的。她说在他顺义的房里(那是他和李银河在郊区买的房子)。她说着哭起来了,她一哭我就跟着哭。我问她,有人知道吗?她说没人知道,邻居晚上听到一声惨叫,早上报派出所。派出所就破门入屋,发现他倒地上,可能是倒地时,头先撞在墙上,地上有墙灰,墙上有血迹。(我记得追悼会上,他的额头是鼓起了一块瘀血)我吓得不轻,马上跑到12楼编务室(11楼没有长途)打长途给北京《三联生活周刊》的熟人,因为他在这本期刊上开专栏,编辑有他的联络方式。我请他们核实。过了一会,那头核实了,确实死了。那一下,我感觉真是天崩地裂。我先给《南方周末》张晓舟打电话,说出这个噩耗。张晓舟极为推崇王小波,用现在的话说,他就是王小波的一个铁粉。他发出了全国第一条王小波逝世的消息,就在《南方都市报》上。这下,全国媒体都知道了。接下来的几天,我们编辑部的电话整天响个不停。全国都在问:王小波那套书出了没有?艾晓明说过,小波最看重的就是这套书,他竟然没有等到!

申霞艳:当时媒体反应很快。这套书是什么时候印的?应该是加急印吧?

钟洁玲:排版、校对、印刷,全部加急。出版社第二天就开了一个生产调度会,我们把艾晓明请来了,决定20天完成所有环节。

申霞艳:发稿程序走完了吧。

钟洁玲:正在发排。同时做封面。封面是王小波生前与李银河商议过的,用希腊神话的图案。

申霞艳:那印数怎么定的?

钟洁玲：当时一下子报了 8 万。今天看来真是疯了。

申霞艳：怎么报那么多？

钟洁玲：第一版印数 8 万。王国光报的数，当时他是发行经理，他收到了北京发行所（简称京所）的订数，京所要 5 万套呢，王国光就把全国其他地方报数再加上去。

申霞艳：8 万套，每套 3 本，就是 24 万册。

钟洁玲：是的。这是开选题会时万万没有想到的。讨论选题时，大家认为这套书开印 5 千套就不错了，因为王小波太不出名了。

申霞艳：所以人和书的命运简直不可思议。

钟洁玲：调度会上我们为什么要定 20 天内印出来呢？因为我们知道王小波出生日期是 5 月 13 日。

申霞艳：你们就想赶这个时间点。

钟洁玲：对，艾晓明与李银河商量过，这一天叫王小波的冥诞日。赶在这一天，把新书亮出来，对王小波，这是最好的追思形式，我们要召集北京方方面面的人来开一个"时代三部曲"的研讨会。敲定之后，一切进入倒计时，20 天内，99 万字的书稿要完成三校，要印出书来。这中间还夹着一个王小波的追悼会。

申霞艳：追悼会什么时候开的？

钟洁玲：4 月 26 日。在八宝山一号大厅。王小波去世后，高教部宿舍大院（王小波母亲家）里一帮和王小波一起玩大的小伙子，搞了一个治丧委员会。负责人叫胡贝，胡贝说："小波没单位，也没加入作协，老婆在英国，妈妈太老，他的事得由我们来办了。"于是就在大院里面跟人借了一间二楼的房子，拉了两根电话线，接上一部传真机，作为"王小波治丧办公室"。此后每天 24 小时热线服务，接收全国各地的吊唁电话和传真。我请朋友为王小波写了一副挽联，上联是：以独立意志出神入化笑写时代三部曲；下联是：持自由情怀沥血呕心哭说乾坤万年忧；横幅是：小波不死！到现场发现没有我们这个对联。问胡贝，胡贝说，想让小波平平安安地走。为什么说平平安安？我听说，那时候，王小波的自由派言论受到某些部门关注，王小波生前参加过几次文化论战。

申霞艳：是的，他对孟子、国学是有些微词的，我记得他打比喻说口香糖嚼久了嚼出牛肉干的滋味。

钟洁玲：所以当时就有些东西发不成，胡贝希望不放那些敏感的东西。

申霞艳：追悼会都有些什么人参加？

钟洁玲：这天上午大约来了300多人，他们是首都传媒界的年轻人，哲学界、历史学界、社会学界和经济学界的学者，作家戴晴来了，三联生活的朱伟，从广州赶去的艾晓明和张晓舟。除此之外，大部分是与王小波从未谋面的读者。当时书还没出来，我就把《黄金时代》《白银时代》《青铜时代》三本书的封面彩样打印出来，带去了。艾晓明提醒我，把三个封面摆在王小波身上，随他火化，她说："他惦着这事，让他知道，封面已经做好了。"于是，我让胡贝将封面摊开，依次摆在覆盖王小波遗体的白色床单上，正好是黄、灰、绿三色。那天李银河哭得一塌糊涂，最后护送王小波去火化的是艾晓明。你看艾晓明写的那篇《来生之约》，发在1997年《花城》第5期，写得真感人！最后，是艾晓明把那个骨灰盒拿回去，交给王小波的妈妈。

追悼会之后，海内外已经有上百家媒体报道王小波逝世，标题多是"文坛外高手王小波英年早逝""时代三部曲即将推出"，无数电话打到了出版社，发行部的态度来了个180度转弯，非常积极，天天催我。各地二渠道及新华书店纷纷打款到出版社的账号上要求订购及地区包销，从前很多旧书回不来的书款现在都回来了。那时全国媒体都在联络我，我每天给媒体不同的宣传内容：第一轮发去世的消息，第二轮就说书稿在我这儿，第三轮讲述三部曲说了什么。

申霞艳："时代三部曲"到底是什么时候印出来的？

钟洁玲：5月12日第一批样书送到，我们带着几箱样书上飞机。5月13日是王小波45岁的冥诞日，我们要在北京举行"时代三部曲"作品讨论会。值得说一下的是，5月9号的《南方周末》第8版，用了整整一版纪念王小波。这整版只有两个标题：一个是《宛如一首美丽的歌》；另一个是《死得其所的人》。这两句仿佛就是媒体的集体致敬，是献给王小波的挽联。艾晓明把整张报纸复印下来，然后用一个很大的原木相框镶好，随身携带。我们抵达北京先入旅馆，只有艾晓明不去旅馆，她直奔王小波的家，把这个镶好的镜框送给王小波的妈妈。

申霞艳：文能上次说，当时"时代三部曲"研讨会，去的人很多，但作家和评论家没去几个。

钟洁玲：文能记得不准确，我这里保留了一个当时的签到簿，记下了部分名单：写小说的有李冯，写评论的来了一批：李陀、戴锦华、艾晓明、贺绍俊、韩毓海、蒋原伦、黄平、朱伟、丁冬、谢泳、李大卫、胡舒立等。

申霞艳：当时去了多少人？

钟洁玲：追悼会300多人，这个会有100多，吃饭时也有将近10桌吧。

申霞艳：在哪儿开的？

钟洁玲：万寿寺。艾晓明的同学李丹在里面工作。

申霞艳：《万寿寺》开篇就提到了莫迪亚诺的《暗店街》，所以今年诺贝尔奖得主大家都因为王小波而有点熟悉。

钟洁玲：对，选在那挺合适的，王小波有个中篇以万寿寺为名。当时讨论挺热烈的，中国作协书记处书记张锲也去露了下面。我还拍了很多照片，当时默默无闻的一批人，现在都成大腕，包括张晓强、张晓舟。我们社去了肖社长、文能和我，李银河当然少不了的。到会的人多数只看过《黄金时代》，对《白银时代》和《青铜时代》是陌生的。这是因为，王小波在世时，他的小说只发表了三分之一。而我们这套"时代三部曲"囊括了王小波已经完成的全部小说。所以艾晓明说，"时代三部曲"的出版，成为王小波生命中至关重要的事情。可惜，他没能等到这一天！

申霞艳：那之后还加印过吗？

钟洁玲：印过。那几年一直在加印，印了20多万套。

申霞艳：这是你责编史上最畅销的一部书？

钟洁玲：是的。

申霞艳：就是因为作家自身的命运？王小波不去世的话，书就不会这么火，后来连李银河也火起来了。

钟洁玲：王小波的猝死和大红是所有人都始料不及的。但猝死和大红没有必然关联，并不是所有猝死的作家都会红。社科院外文所的张晓强统计过，1997年死去的作家有七位，但是，除王小波外，谁也没有形成轰动效应。造成"时代三部曲"洛阳纸贵的，与其说是市场导向，不如说是人心导向。

申霞艳：王小波为什么会有那么多的追随者？

钟洁玲：简单地说：因为他有趣！还有，因为他纯粹，理想主义，却是一贯的低姿态，一贯的边缘身份；他在体制外坚持写作，却写得比作协养着的专业作家好！也就是说，以非主流的身份，超越了主流，为沉默的大多数争了一口气。

申霞艳：那媒体呢，怎么会一呼万应？

钟洁玲：我想，这可能是因为，王小波不被主流承认的身份吧。一位特立独行、受排挤的知识分子，让大家感觉他受到不公平待遇，所以媒体都是为他鸣不平的。王小波不依赖体制生存，为自己的真理观服务，他身上有种蔑视陈规、质疑现实的怀疑主义精神，已经超越了他的边缘身份，体现了一个理想的知识分子的道义和良知。与此同时，正统文坛对他的排斥，恰恰招致了众人的逆反心理，所以才诞生了"王小波门下走狗"这个群体，谁会是走狗？他们也知道"王二"是不需要的，那实在是一群正话反说的叛逆者！

申霞艳：有点拔刀相助的味道。我感觉那时候的媒体能够轰起来，还是挺有人情味的。

钟洁玲：整个媒体都被悲情笼罩，哀悼一个有良知、道义和自由意志的知识分子！

申霞艳：这也反映出中国文学的体制问题。我做这个访谈就是想要今天的读者知道，甭看先锋文学闹得轰轰烈烈的，但王小波当时想出版作品有多么艰难！人家委曲求全到什么程度？《北京文学》让他把十几万字的长篇改成 3 万字的中篇，他也勉为其难地改了，但最后还是没有出成。哪像今天大牌小说家，简直任性。

钟洁玲：王小波除了写小说，还给多家报纸杂志写下大量的随笔。其中写过一个电影剧本《东宫西宫》，获得了阿根廷电影节编剧奖，还入围了戛纳电影节。他就成了在国际上第一个获得最佳编剧的中国人。我这里说了王小波的全部创作总量，从他 1975 年写的

《绿毛水怪》开始。

申霞艳：《绿毛水怪》没在杂志上发表过。

钟洁玲：听说李银河就是因为这个《绿毛水怪》爱上他的。恋爱时他们两个地位很不匹配的。李银河当时是在《人民日报》工作。有一天朋友说，说有怪人写小说。她说要看，她看的就是《绿毛水怪》，一看就觉得这个人很有才华。然后两人就见面了，李银河当时比王小波地位高。

申霞艳：第一篇《绿毛水怪》，只在朋友圈传阅，没有发表过。

钟洁玲：1984年发表的第一篇是《地久天长》，后去匹兹堡大学，是陪李银河去的，陪读身份，后改学文学。1988年获得文学硕士学位，就回国去了人大。就出了短篇集，在台湾出版的。

申霞艳：80年代出国太不容易了，你看《中国合伙人》。

钟洁玲：他当时有两篇小说在台湾获奖。台湾《联合报》奖，第十三届《黄金时代》，第十六届《未来世界》。能两次获这个奖，内地他是第一个。获了奖之后，为了专心写作，他就辞了教职，成了自由撰稿人。在小说里，王小波汪洋恣肆，天马行空，明明窥透了人生的荒谬和无聊，却用戏谑之笔安抚众生。三部曲里头，我最喜欢的是《青铜时代》。《青铜时代》的想象力特别奔放张扬。我记得著名书评人黄集伟曾经建议，应该把《青铜时代》拆分成若干个小本子，轻质薄纸，举着读也不累，当成床头书系列。实在写得好，每一页都妙趣横生，每晚临睡前看着这样的文字，觉得人生还有很多指望。

申霞艳：《青铜时代》里的《红拂夜奔》我很喜欢。艾晓明老师曾经写过一篇文章，开头写道：如果我从书房离开，只准带几本书，王小波的一定带一部。"三部曲"中哪部卖得最火？

钟洁玲：当然还是《黄金时代》。它写了性，很多人看不到性后面的政治隐喻。李陀他们一眼就看出来了。王小波当时能冲出来，有某种象征意味。

申霞艳：里面有一些时代契机。

钟洁玲：中国的自由派知识分子长期心理压抑。这一次，借着王小波之死的事件释放出来。王小波成了知识分子良知与道义的代表。他的杂文，如《一只特立独行的猪》，反对个别人对大多数生活的设置和限制，反抗专制，他用一只猪来暗喻反抗精神，用另一种方式否定"文革"。

申霞艳：不仅仅是对"文革"的一种简单否定，还包括对漫长的政治制度和文化传统的反思，也包括日常生活层面的反思，他想得比较深，因为我们没有这个自由主义的传统。另外，他讲故事的腔调也很特别，我们从前习惯了尖锐的高音，得理不饶人。他却是温和、平静、戏谑地讲着道理。

钟洁玲：主要是他的理性立场，表述得从容不迫，读起来抑扬顿挫。他曾说过，一代翻译家（指查良铮、王道乾）发现了汉字音韵之美，启蒙了他。他的作品很注意音韵，他的文章读起来朗朗上口。此外还有，艾晓明说他智慧、自由，冲破禁忌。而且他对性的处理方式很独特。回想起来"时代三部曲"的出版像暗中有股力量促成的，这就是奇迹吧！你看，这三部书稿经历漫长的流浪之旅，最后停泊在花城；别处都出不成，我们却出成了，而且出得非常漂亮。正对上了王小波自题的墓志铭："活过，爱过，写过，书都卖掉了。"

时　　间：2015年1月26日　星期一下午
地　　点：广东科技出版社副总编辑室

采 访 者：申霞艳（原花城出版社《花城》杂志编辑，现为广东外语外贸大学中文学院教授）

访谈对象：钟洁玲（原花城出版社中国文学室主任，《心灵史》责编，现为广东科技出版社副总编）

（本访谈感谢邹容的整理）

第五章 欲望叙事及其生长方式

第五章　欲望叙事及其生长方式

1993年6月,《上海文学》(1993年第6期)发表《旷野上的废墟——文学和人文精神的危机》,拉开了为期两年的人文精神大讨论的帷幕。几乎与此同时,贾平凹的《废都》在北京出版社出版。无疑,这部受到媒体高度关注、后来遭禁的书籍的出版不仅是出版界的盛事,更是文学界的一个重要信号,它标志着大张旗鼓的欲望表达作为消费的落脚点一跃而成20世纪90年代最耀眼的叙事风景,"标志着服从市场指令的写作倾向和出版风气的形成"[1]。

贾平凹是当代非常重要的一位作家,也是被研究得相对深入的作家。他出生于上个世纪五十年代,他的创作与新时期文学同步,并散发着浓重的时代气息。贾平凹的写作始终与我们所处的时代构成一种深层的对话关系,乡村欲望与都市欲望、社会欲望与个人欲望、时代欲望与永恒欲望之碰触在他的作品中产生持久的回声。对贾平凹的研究之深入不仅表现在论文、论著及评述传记性文字的数量之多,也表现在穆涛、孙见喜等评论者以他作为专门研究对象;还表现在关于他的不少作品的评点本[2]的出版,而最后这一点在当今作家中几乎是专誉独享,这也从某种意义上证明,贾平凹的作品在语言乃至精神上承续了明清小说,具有评点细说的可能。

---

[1] 李建军:《私有形态的反文化写作——评〈废都〉》,《十博士直击中国文坛》,北京,中国工人出版社,2004年,第371页。
[2] 贾平凹、肖云儒:《高老庄(评点本)》,武汉,长江文艺出版社,2003年;贾平凹、费秉勋:《白夜:评点本》,武汉,长江文艺出版社,1999年;贾平凹:《废都:贾平凹小说选集评点本》,北京,文化艺术出版社,2007年。

《废都》于 20 世纪 90 年代初出现在贾平凹的笔下决非偶然。将它放到贾平凹的整个写作长河中,放到他对乡村和都市、欲望与道德的矛盾想象中来考察,《废都》的出现就不是意外的事情。而将《废都》在传播流通领域和欲望叙述程式方面具有的示范作用结合起来研究,或许可以窥探到别样的风景。

第一节 乡土叙事的现代境遇

一、人与土地的命运变迁

"从基层上看去,中国社会是乡土性的。……那些土头土脑的乡下人。他们才是中国社会的基层。"[1]的确,我们与土地相依为命,是土地提供给我们一切的生活必需品。"在数量上占着最高地位的神,无疑的是'土地'。'土地'这位最近于人性的神,老夫老妻白头偕老的一对,管着乡间一切的闲事。他们象征着可贵的泥土。"[2]我们家乡亲切地称土地神为土地爷。我们依据自然的信息调整生命的节奏。我们日出而作,日落而息。我们的衣、食、住、行无不与大地深深地纠缠着,"敌对的自然变成了朋友;土地变成了家乡。在播种与生育、收获与死亡、孩子与谷粒间产生了一种深刻的因缘。

---

[1] 费孝通:《乡土本色》,《乡土中国 生育制度》,北京,北京大学出版社,1998年,第6页。
[2] 同上,第7页。

对于那和人类同时生长起来的丰饶的土地发生了一种表现在冥府祀拜中的新的虔信。"[1]四季的循环交替也给了我们循环的时间观念。

科技的发展尤其是钟表的发明修改了人类的时间观，也改写了人类与自然的单纯和睦关系，"在芒福德的著作《技艺与文明》中，他向我们展示了从14世纪开始，钟表的发明是怎样使人变成了遵守时间的人、节约时间的人和现在被拘役于时间的人。……大自然的权威已经被取代了……自从钟表被发明以来，人类生活便没有了永恒。"[2]现代的时间观驱除了神圣的永恒的魅力，当下的诱惑力渐渐凸显，现世的享乐，此时此地的满足成为现代人的追逐。

作为一个农业文明根深蒂固的国度，我国的现代化历程中最重要的一翼便是对乡土中国进行改造。而这种改造不能仅仅依赖于机器和科技，还同等程度地依赖于文化的现代性改造。没有与之相匹配的文化现代化，科技现代化很难孤军奋进。当西方的航海家在为发现新大陆狂喜并积极准备殖民扩张的时候，郑和下西洋带回来的消息却只是巩固了我们泱泱大国的虚荣心；当西方的大炮炸开我国国门的时候，我们引以为豪的四大发明之一的火药却只是应用于改造原始的打猎技术。"五四"新文化运动终于将大家从黑屋子中惊醒来倾听启蒙救亡变奏曲。乡土叙事的命运也开始发生了变化。

20世纪，乡土叙事与都市叙事构成中国文学主流的双重奏，也是建构现代性想象的有力武器。与现代性并驾齐驱的是城市化，进入90年代，随着消费社会的纵深发展，都市文学逐渐显示出强劲的

---

[1] [德]奥斯瓦尔德·斯宾格勒：《西方的没落》上册，齐世荣、田农、林传鼎等译，北京，商务印书馆，1963年，第198页。
[2] [美]尼尔·波兹曼：《娱乐至死》，章艳译，桂林，广西师范大学出版社，2004年，第14页。

前景,而乡土叙事则愈来愈萎靡。这不仅表现在生产领域,也表现在流通及消费领域。

城市的高楼使我们与冰冷的水泥、钢筋、地板和平共处,暗中地置换了生命与土地之间的亲密关系。"社会生命表述的自然基础,仍然是一个深刻的形而上学的秘密,它以诸如性爱、亲情之爱、故土之爱等有力却模糊的纽带将我们结合在一起。我们看到,这种自然基础在建立于谱系表达和领土居住的基本模式上的或大或小的群落中,产生了一种同质性和共同体意识。"[1] 这种"同质性和共同体意识"深深地植根于个体的生命深处,使母亲、故乡、童年等词汇像家一样温暖而长久地居住在我们的内心。和鲁迅的未庄、沈从文的边城、萧红的呼兰河一样,贾平凹笔下的商州也包含着"深刻的形而上学的秘密"。正是这种难解的秘密使贾平凹对"商州"难舍难分,他不断地从此出发,又不断地回眸渴望重返。贾平凹全部的写作都包含在这种出发与返回的运动节奏中,2005 年出版的《秦腔》则以秦腔的命运奏响了乡土中国的挽歌,叹息着"商州"的无法返回。二十多个春秋,"商州"彻底地被改变了,"商州"是那样遥远,再也回不去了。贾平凹的写作也见证了中国乡土的命运以及乡土叙事的命运。

陈启文的《太平土》[2] 有如消费社会关于乡土叙事命运的隐喻。农民方太平与儿子、儿媳以及亲家之间的爱恨情仇重新把我们带入乡村的历史现场。当队长的亲家霸占过村子里无数人的老婆,方太平的一巴掌让刚烈的老婆投湖自尽了,鲜美的日子变得干瘪枯

---

[1] [德] 韦尔海姆·狄尔泰:《人文科学导论》,赵稀方译,北京,华夏出版社,2004 年,第 44 页。
[2] 陈启文:《太平土》,《十月》2004 年第 6 期。

萎。好不容易，家里来了个女人，可是，儿子没能把儿媳耕耘好，儿子去南方赚了大钱，回来就打起了土地的主意，同时打起了骟牛的主意。公牛受惊，方太平摔断了手脚，儿子踌躇满志地骟牛、开厂房。农田上飘浮着不息的机器声。

对土地的热爱使儿媳与家公更像父女，他们在泥土的芬芳中陶醉，他们让土地飞扬；而儿子却更像当年手握权力的岳父，他追逐的是金钱，他用金钱改变了土地的命运。土地在真正的农民手上获得生命的力量，然而这些真正的农人却无法控制土地的命运。权力和金钱总是肆意地扭曲土地的命运。农民像土地一样有着旺盛不息的生命力，而那些为权力卖命的人总是缺乏生命力，依靠榨取动物的力量来弥补，然后再用权利去霸占农民的土地和女人。一旦性欲纳入了这种逻辑，它就必然与爱欲断裂，并与占有物的数量发生关系。

骟牛是一个非常含蓄的隐喻，骟牛是以人为的方式让牛丧失生命力。与老牛相依为命的方太平从骟牛中看到儿子与权力狼狈为奸，他看到的不仅是自己生命力的丧失，而且是整个村子土地的生命力的丧失。土地对一个农家汉子就是女人，同样女人对他就是土地，他们互相需要。然而，权力总是率先剥夺他们的耕作，无论是土地还是女人，失去耕作的农人其实已经流离失所，无家可归。土地既是他们身体的家园，也是他们性灵的家园。《太平土》叙述出土地及乡村的命运，在计划经济时代，父辈依靠行政权力改变农民和土地的命运，在市场经济时代，子辈依靠金钱强行改变了土地被耕作的命运。

与《太平土》异曲同工的是衣向东的《阳光漂白的河床》，文本叙述的是婆媳之间为抚养孩子发生的种种冲突。媳妇是城里人，她按书本、理性和科学来哺乳自己的孩子，她定时哺乳，讲究卫生；而婆婆是乡下人，她按习惯、情感和经验来带孙子。她依自然的法则表露自己的亲情。她喜欢呼吸孩子身上的乳香，她喜欢亲孩子的脸蛋，她也高兴让别人一道分享这种天伦之乐。虽然母亲尽量息事宁人，然而媳妇却得寸进尺，步步为营。叙述者"我"夹在婆媳之间举步维艰，只好在孩子就要满周岁时提前买票让母亲回乡下老家，老母亲临死前想亲亲孙女儿的愿望也未遂。媳妇胜利了，因为孩子是她生的，孩子依赖她的乳房，孩子只允许接受她的亲吻。乳汁这种物质粮食是文化的象征。拥有乳汁的媳妇有恃无恐，她可以随心所欲地教育孩子——乡下穷，奶奶脏。而乳汁干涸的祖母只能在乡下日益干涸的小河边牵挂后辈。

祖辈是完全传统的，是农村的象征；儿辈是半城市化的，孙辈则完全城市化了。乡村已经被话语彻底丑化、脏化、妖魔化，正如媳妇视角观照下的奶奶。诗意流离失所，情感无处藏身。对河流的怀念，对奶奶的解释——"一条干涸的河流"暗示了叙述者反抗现代性的诉求。然而，现代对传统、城市对农村的胜利已然无法抗拒。

二、商州：贾平凹的精神故乡

贾平凹的《秦腔》直接为乡土叙事奏响了挽歌，一切的挣扎都不过是徒然。"现在，巨大的城市把乡村吸干了，不知足地、无止境地要求并吞咽新的人流，直到它在几乎无人居住的乡村荒地中变得精疲力竭和死去为止。全部历史中这一最后奇迹的罪恶深重的美人一旦掳虐了一个受害者，它是决不会放走他的。原始的人们能使自己从土地上解脱出来，到处漫游，但是智性的游牧民永远做不到。对大城市的怀恋比任何一种思乡病（nostalgia）更严重。对他来说，家就是这类大城市中的任何一个，而最邻近的村落也成了异域。他宁可死于人行道上而不愿'回'到乡村。甚至对于这种虚夸的厌恶、对于五色斑斓的光辉的厌倦、那最后战胜了许多人的厌世感也不能使他们得到自由。他们把城市带到山岭或海洋。他们的内心失去了乡村，而且永不能在外表重新得到它。"[1] 早年曾在《腊月·正月》《鸡窝洼的人家》等文本中闪烁的希望之光被风带走了。

消费选择的是城市，消费社会的叙事也必然地选择城市。20 世纪 90 年代以来，都市市民的情感和欲望作为时代的主潮得到了伸张，而关于农民的叙事就像农民的边缘地位和弱势声音一样卑微得几乎被忽视。祖母的摇篮曲演绎成了怀旧的符号。居住在城市的高楼里怀念乡村的田园牧歌是矫情的，而以现代社会都市人的优越批判农民的愚昧固执则是形迹可疑的。真正的乡村面貌在消费符号的遮蔽下荡然无存。乡土叙事与乡土一道沦陷，淡化成越来越遥远的追忆。

80 年代前半期，贾平凹就因"商州"系列引起文学界的普遍关注和热情期待。与此同时他创作了一批较有影响的中短篇，这也是当时作家步入文坛的必经之途。这个时期他的小说比较简单，涉及的人物比较少，作者将主要功力用在语言风格的形成和整体的叙述氛围的营造上。而写作之初，模仿总是难免的，如《小月前本》[2] 明显地晃动着《边城》的影子，贾平凹在多个场合表示了他对沈从文的尊崇，也表示自己的写作是"先踏着别人的路子走"[3]。实际上，不只是贾平凹，20 世纪 80 年代初沈从文的作品不断重新面世以

---

[1] [德] 奥斯瓦尔德·斯宾格勒:《西方的没落》上册，齐世荣译，北京，商务印书馆，1963 年，第 217 页。

[2] 贾平凹:《小月前本》,《收获》1983 年第 5 期;《贾平凹集》，海峡文艺出版社，1986 年。

[3] 贾平凹:《浮躁》序二，北京，作家出版社，1987 年，第 3 页。

及《沈从文文集》[1]的出版对许多写作者带来艺术观念上的冲击。但与许多仅仅停留在对其唯美旨趣进行模仿不同的是，贾平凹是从语言到精神对沈从文进行借鉴的。

就像沈从文和边城互相创造一样，贾平凹与商州难解难分，"商州"成了他的精神家园。贾平凹体验生活，每到一处先查地方志，曾经查阅过18本，对埋藏在"商州"这片土地深处的传说熟稔于心，对本土风情、习俗、禁忌、历史文化典故有着透彻的了解，同时，也对这片土地的前生今世之精灵即生活作息在这片土地上的人有着一股亲情。所以他笔下的"商州"既有深度，又有亲和力，以至有旅行者拿着他的作品去寻访梦想中的"商州"。精神的故乡一直是作家创作的源泉，作家以自身对故土的理解和热爱不断地从此出发并返回。

贾平凹的这种有意识的历史积淀使他对当地生活与背后的历史之间的纠缠格外了然。"可以说，是商州使我得以成熟，而这种成熟主要是做人的成熟。城市生活和近几年里读到的现代哲学、文学书籍，使我多少有了点现代意识，而重新到商州，审视商州的历史、文化、传统的和现实的生活，商州给我的印象就相当强烈！它促使我有意识地来写商州了。"[2]在这里，贾平凹谈到视野和视角的问题。距离带来美。同时，这也透露了作家对故乡以及童年经验的内心牵挂。

这个时期，城市和乡村的对立与联系成为主要的书写对象，而

---

[1] 沈从文：《沈从文文集》，花城出版社、生活·读书·新知三联书店香港分店联合编辑出版发行，1983年。
[2] 贾平凹：《答〈文学家〉编辑问》，《贾平凹文集》第8卷，北京，中国文联出版公司，1995年，第331页。

且大抵是以乡村的目光来打量这个作为他者的城市。乡村的目光落到实处乃是土地的视点，农民，世代与土地和睦并存，他们无时不承受天时地利的支配。在《天狗》这个文本中，天狗、井把式从事的是原始的手工艺活——打井，也就是把土地从地下掏出来，直掏到井水处。但是，叙述者让天狗去了一趟城市，虽然做的也是最原始的买卖——用山上的黄麦管做洗锅刷子，但到底打开了视野，知道了山外有更广阔的世界。所以，天狗就不如井把式短视，他不再认同生命与土地这种根深蒂固的联系，他主张让五兴上学，最终靠了养蝎子致富，五兴的文化也派上了用处。类似的境遇在禾禾与回回（《鸡窝洼的人家》）的对比中更加明晰。一直务农的回回深深地依恋着土地，只会在分到的土地上精耕细作，而参过军的禾禾却能够丢开土地去另寻生计。土地养育着农民，同时土地也禁锢着农民，"在世界的任何一个封建主义发展起来的地方，土地所有权的获得总是被一系列和他人相联系的义务及职责所压抑和妨碍。"[1] 我国作为一个封建社会持续时间最长的国度，这种土地所有权所带来的压抑越发深入和内化。而以现代化为目标的改革开放必然带来城市化的步调，市场经济更为有效地解除了土地所有权对土地使用者的这种压抑。"乡村的人口和产权受到市场经济必然发展的重大影响。……原来就很贫穷的农民变得更穷，被迫越来越多地通过狭小的缺口流向城市的劳动市场。劳动市场的壮大导致了后果不可逆转的动荡。"[2] 我国越来越庞大的民工潮证实了布罗代尔的断言。贾

---

[1] [美]巴林顿·摩尔：《民主和专制的社会起源》，拓夫等译，北京，华夏出版社，1987年，第5页。
[2] [法]费尔南·布罗代尔：《15至18世纪的物质文明、经济和资本主义》第二卷，顾良、施康强译，北京，生活·读书·新知三联书店，2002年，第40页。

平凹则在叙事中预见到农民和土地的甜蜜和睦关系的终结。

城市意味着先进、文明、富裕、商机和生气，而农村虽然分田到户而解决了吃的问题，然而，土地本身是有限的，分田到户的政策带来的是短期的效用，旧有的贫困安然的秩序被打破，农民的个人欲望被鼓动，大量的剩余时间加剧了这种欲望膨胀。贾平凹敏感地抓住了这种欲望膨胀和心理失衡。

《腊月·正月》可以看作那个时代的心理素描，叵测的、惶惶的、振奋的、乖张的……各色人心一览表。腊月象征着寒冬，而正月象征着改革开放的春天！应着雪莱的诗歌：冬天已经来了，春天还会远吗？因了这种希望，所以整个叙事基调是昂扬的、朝气的。

主人公韩玄子在四皓镇可谓社会名流，他退休了，大儿子在省城当着记者，二儿子顶了职，大女儿正要出嫁，小女儿还上学。他喜欢和乡里干部打成一片，返聘文化站长，管理乡村的民间文化生活。他有闲心，有闲情，欣赏着"冬晨雾盖"的闻名景致，细味着《商州地方志》，过着别人尊重羡慕的生活，维持这种生活的表象正是韩玄子的人生价值所在。

然而，时代却猛然变了，他在家庭内部的权威和在村民面前的尊严受到了双重挑战。自家新进门的儿媳白银进了城一趟就烫了卷发回来，穿起了两粒扣子的西装，露出里面的毛线衣来。而且，贪睡，不爱干家务活。韩玄子免不了要大声训斥，她却敢转弯抹角地顶嘴，挑战他的家庭权威；与此同时，村子里开始有人富起来了：巩德胜靠了他的帮助开了店，每天有了固定的进账；更让他郁闷的是他当年根本看不上的学生王才竟然把食品加工搞大了。矮小、怯弱的王才掌握了手工加工面食的诀窍，生产的食品供不应求，并想着要扩大作坊，买烘烤机，还想招兵买马，大干一场。当队里四间公房要处理时,王才心思立刻活泛起来,到韩玄子这里来打探,且看看作品是如何书写这个交锋的细节,韩玄子的虚荣与装腔作势跃然纸上:

> 正说得热闹,韩玄子回来了。王才从椅子上跳起来问候,双双坐在火盆边了。韩玄子喊老伴:"怎么没把烟拿出来!"王才忙掏出怀中的烟给韩玄子递上,韩玄子看时,竟是省内最好的"金丝猴"牌,心里叫道:这小个子果然有钱,能抽五角三分的烟了。老伴从柜子里取出烟来,却是二角九分的"大雁塔"牌,韩玄子便说:"那烟怎么拿得出手?咱那'牡丹'烟呢?"
>
> "什么'牡丹'烟?"老伴不识字,其实家里并没有这种高级香烟。
>
> "没有了?"韩玄子说,就喊小女儿,"去,合作社买几包去,你王才哥轻易也不到咱家来的。"顺手掏出一张"大团结",让小女飞也似地跑合作社去了。
>
> 王才明白韩玄子这是在给自己拿排场,但心里倒滋生了一种受宠的味道:韩玄子对谁会如此大方呢?韩玄子却劈头问道:"你找我有什么事吗?"[1]
>
> ……

韩玄子当然也想买房,可是并没有多少积蓄,这事就遭到了两个儿子的坚决反对。虽然他极力从中作梗,房子几经转折之后还是到了王才手里!韩玄子就把全部心思寄托在正月里的嫁女"送路"

---

[1] 贾平凹:《腊月·正月》,《贾平凹集》,福州,海峡文艺出版社,1986年,第260页。

待客这事上，企图以此来炫耀威武。正月里，公社让他主持县上社火评比的事情，可是四皓镇缺乏经济支持，人心涣散，一到县城就显得特别寒碜，更甭想拿奖了。在正月"送路"的日子，县委书记收到二贝为王才起草的报告后，决定与公社领导一起到王才家去拜年，不仅表示了政策上的支持，而且还跟王才合了影，这下，韩玄子家喝喜酒的人走到王才家看热闹去了，酒席吃得稀稀拉拉的。文尾，韩玄子本来就看不顺眼的媳妇白银也到王才的工厂上班去了。最彻底的颠覆来自家庭内部。

乡村知识分子韩玄子顽固地维护着陈旧僵化的传统观念，表面清高，实则虚荣，处处喜好为人师表，喜欢以精英姿态出现，竭力鄙视打击暴发户，内心却很在意钱财。号称知识分子，并不具有独立性，他的价值依赖别人的目光，比如公社干部的喝酒、村民的巴结恭维……诸如此类。满口旧道德旧礼仪的鲁四老爷式的人物是最可怕的，他们是新生事物最严重的阻力！

三、乡村伦理的反思

上个世纪八十年代，贾平凹开始对文化和自己的前期写作进行自觉的反思。一方面，他知道没有知识寸步难行，所以他在作品中塑造过类似才才、回回这样只会勤劳务农的人最终在与头脑灵活的门门、禾禾的竞争中失败；同时，他开始反思知识分子人格的不完整性，于是有了栩栩如生的韩玄子。

从我们最易习焉不察的语言入手揭示话语的遮蔽性，如《天狗》开篇便对美丽富饶这个惯用语进行拆解，他发现美丽的地方大抵是不富饶的，而一旦富饶了则必定付出破坏美丽的代价。美丽与富饶的不可兼得道破了当代农村的天机。这种矛盾机制的引入使他的作品具有某种丰富性。

　　在贾平凹的写作历程中，城市与乡村的叙述比例是很有意思的。这一点光从人物的命名上就能管中窥豹，前期，人物的命名来自自然之物，是对那片淳朴的未开化的乡村"商州"的回应，而且很多人物的名字是单字重叠，如禾禾、回回、香香、小月、麦绒、天狗等。城市人的名字则多少有些寓意，或指向历史或指向哲学，前者如庄之蝶、子路、西夏，后者如汪希眠、阮知非，均有文化含量。前期，乡村活跃在他的笔下，城市只是一个遥远的他者，是山外的另一个世界。慢慢地，城市开始崭露头角，像一副收藏很久的画卷终于被缓缓展开。到长篇《浮躁》，中间部分是写金狗在州城当记者所经历的都市生活。在金狗与石华的暧昧感情及身体瓜葛上，庄之蝶的某一部分已经开始萌芽。《废都》则主要是叙述都市的，其中涉及不多的乡村也是都市的眼睛过滤后的乡村，连一头产奶的牛也幻化成了哲学意象，而且这种文化的眼光在此后的写作中被保留下来。城市在贾平凹的笔下犹如"围城"，乡村的人一心想进来出人头地以便衣锦还乡，而一旦真的跨进来之后却想逃避，想回到乡村自然温厚的怀抱中去。然而，城市与乡村的天壤之别已经深深地切断了回乡之路，于是，乡村只能活跃在叙事和想象中，被叙述者怀念、美化。现实的乡村却日甚一日地失去活力，其强健的肌体也在衰老破败。城市却连同人类的欲望一道毫无节制地膨胀。

　　作者的价值及审美趣味比较集中地体现在叙述者褒扬的女性身上。对《小月前本》中的小月、《鸡窝洼的人家》中的烟峰、《浮躁》中的小水和石华、《美穴地》中的四姨太、《废都》中的唐宛儿、《高老庄》中的西夏、《秦腔》中的白雪这些形象进行细致分析会发现叙述者对于城市和乡村、对文明和自然、对道德和爱欲的矛盾态度。

前期的小说中，叙述者褒扬的女性都是非常有主见的，当然，对于那个具体的时代而言，她们的人生受到客观条件的种种限制，她们对生命的主见也就集中表现在对爱的选择上。对爱的自主选择本身不仅是对传统的"父母之命，媒妁之言"的挑战，也是自身欲望的觉醒。贾平凹早期的小说非常注重表达女性的勇气与魅力以及爱的艰难。爱的尊严与难度得到了许多文学家的维护，诗人里尔克就曾经语重心长地在信中写道：

> 爱，很好；因为爱是艰难的。以人去爱人：这也许是给与我们的最艰难、最重大的事，是最后的实验与考试，是最高的工作，别的工作都不过是为此而做的准备。所以一切正在开始的青年们还不能爱；他们必须学习。他们必须用他们整个的生命、用一切的力量，集聚他们的寂寞、痛苦和向上激动的心去学习爱。可是学习的时期永远是一个长久的专心致志的时期，爱就长期地深入地侵入生命——寂寞，增强而深入的孤独生活，是为了爱着的人。爱的要义并不是什么倾心、献身、与第二者集合（那该是怎样的一个结合呢，如果是一种不明了、无所成就、不关重要的结合？），它对于个人是一种崇高的动力，去成熟，在自身内有所完成，去完成一个世界，是为了另一个人完成一个自己的世界，这对于他是一个巨大的、不让步的要求，把他选择出来，向广远召唤。[1]

《小月前本》中的小月，《鸡窝洼的人家》中的烟峰，《黑氏》中

---

[1] [奥]莱内·马利亚·里尔克：《给青年诗人的信》，冯至译，上海，上海译文出版社，2005年，第40—41页。

的黑氏，《金矿》中的香香……她们虽然没有文化，却很有勇气。又如烟峰不具备生不了娃可能是男方的身体毛病这样的医学常识，然而，她敢于认为就算生不了娃的女性也并不因此低人一等，对女性存在的价值有了高于过去的认识。乡村的女性觉醒了！她们在追求爱的过程中触摸生命本身的价值。她们通过把握自己的爱情来把握自己的人生。自然之美和个性之美交汇在这批女性身上，如烟峰：

"介绍是介绍了，人也是看了，却还没得到人家的回音。"
"他是谁？"
烟峰脸却唰地红了，不再说话，而且就往外走，说：
"禾禾，你不要问了，明日我把名字写在你的门上，你就知道了。"
禾禾走了，走到家里，却突然想起烟峰并不识字，她哪儿会写出人名呢？一夜疑惑不解。第二天早晨，起来开门，门闩上却挂着一只正在织茧的蚕，……
"烟峰！"
他叫喊起来，清幽幽的早晨，没有人回答他，只看见门前的地上，有着一行塑料凉鞋的脚印。[1]

麦绒和回回走的是旧式的请媒人介绍的路，而烟峰走的是新式的自我表白的路子。她在见了禾禾给他介绍的老实人后，立即拒绝了这桩婚事并用会意的手法向禾禾表明了自己的心迹！多有乡村特色多有创见的表达方式。那塑料凉鞋正是禾禾在城里买来送给她的，

---

[1] 贾平凹：《鸡窝洼的人家》，《贾平凹集》，福州，海峡文艺出版社，1986年，第206页。

意味深长的脚印踏进了禾禾的心坎。

在 20 世纪初,许多作家努力为现代文学塑造了一批率先觉醒的知识女性形象,同时更多的是以祥林嫂为代表的仍处于极度蒙昧状态的农村妇女,她们承受着封建礼教和男权制度的双重迫害,她们的灵魂在肉体死亡之前就已经衰亡了。"对文明提出巨大控告的,不是那些死亡的人,而是那些在他们必须死亡和希望死亡之前就已过早地死去的人,那些痛苦地死去的人。他们也证明了人类负有不可救赎的罪恶。"[1]

乡村女性的觉醒来得更加缓慢,更加滞重,因为她们活在社会的最底层,她们的意识觉醒、精神解放是最艰难的,是社会解放需要攻克的最后一个堡垒。到 80 年代,贾平凹的写作使得乡村女性的艰难觉醒具体可触,如《小月前本》中小月就比《边城》中的翠翠多了抗争的成分。才才和回回两个人物的不能合一就注定了小月必须承担选择的后果,她必须为了捍卫自己的爱情而担负起被家庭和乡村伦理拒斥的重压。这种抗争越是艰难、付出的代价越大,小月在选择中对爱的体味就越深。这种对世俗伦理的拒绝和反抗原本就是艺术的重要使命。

城市叙事的不断扩张也表现为女性形象从抗争到妥协的过程。藏在作者心中的城市是个非常矛盾的形象,一方面,城市是现代的,是有吸引力的,另一方面,城市是对人的能量和自然生命力的消解,城市让人屈服甚至受辱。这中间最重要的角色当然是权力,权力假金钱之手散发自身的威武。

政府,作为政策的传达者和执行者,无疑也是权力的代表。在

---

[1] [美]赫伯特·马尔库塞:《爱欲与文明——对弗洛伊德思想的哲学探讨》,黄勇、薛民译,上海,上海译文出版社,1987 年,第 174 页。

贾平凹前期的作品中，政府是个很少出场的正面形象，政府官员总是在最关键的时候给了勇于改革哪怕暂时处于逆境中的人以政策支持和精神支援。比如，禾禾的养蚕在失败颓丧的关头得到了政府的鼓励和帮助；王才在内心彷徨疑惑的时候得到了县委的慰问……随着改革的深入，政府官员的欲望也一天天扩张，手持的权力也开始为己所用，并成为排除异己的力量。权力渐渐地与金钱紧密地纠缠在一起，对权力拥有者产生了异化作用。《浮躁》中，田巩两家的明争暗斗，田家的胡作非为，甚至田一申、蔡大安也仗势欺人。《废都》中那种权力的纠葛就更加错综复杂，名这种本来无一物的玩意也转换成了权力。在乡村叙事向都市叙事位移的过程中，权力慢慢展露了自身晦暗、残酷的真相。

第二节 《废都》：欲望叙事的先声

一、消费社会的文本传播

经过新时期初的发展，出版社在生产、流通领域都慢慢积累了一些经验。而体制的改革加强了出版社的经营意识，1984年，在哈尔滨召开的地方出版社工作会议上提出"我国的出版单位要由单纯的生产型逐步转变为生产经营型，同时提出要适当扩大出版单位的自主权，出版单位要实行岗位责任制"。同年底，国务院发布了《关于期刊出版实行自负盈亏的通知》，规定除少数必须补贴的期刊外，其余期刊都要"独立核算，自负盈亏"。出版社、期刊等单位虽然定性为事业单位，但实质上已经逐步走向企业化操作的道路。经济压力迫使出版单位面对市场，面对读者。这也就使得许多编辑不得不调整自己的审美趣味来考虑读者的喜好。

影视等电子媒体来势凶猛，迅速地瓜分受众市场。新华书店前排长龙购书的情况消失了，多种多样的娱乐方式分享了阅读的殊荣，图书这种曾经让人肃然的精神消费品也有些黯然失神。出版社也开始借鉴其他商品的销售方式，比较常用的售书方法是：在图书要上架之前发出具有卖点的订单，然后请作者到大城市的大书店现场签名售书，并接受媒体连篇累牍的采访，请有名的批评家撰写书评。书商的炒作方式则更加灵活。

先来看看《废都》出版前北京出版社发出的关于该书的订单：

> 西京城里，四大名人，奇闻迭出。
> 文化闲人，熙攘沉浮，屡见事端。
> 情场男女，恩怨交错，生死纠缠。

书真正上架后，书店、书摊上置放着"当代的《红楼梦》，九十年代《金瓶梅》"之类的广告词。寥寥数语，将看点勾勒放大。正如《畅销书》所述："一段简介，一纸梗概，即为作者换来巨额的预支版税和销数……文学代理人和编辑在现代畅销书制中起着重要的作用。"[1]这种广告作用不说是无中生有也一定是推波助澜，或让人想看，或让人联想。广告这个行业的产值每年都在递增也说明其在消费社会所扮演的角色之重要，《废都》先声夺人：

> 《废都》更是一个充分地运用传媒手段为作品争取市场的典型例子：作品尚未出版，就传出各种各样的信息，比如说，《废都》的稿酬高达60万元啦——这在当时，无异于是天价，虽然后来又更正说，这是撰稿者道听途说，与事实相去甚远，但是，

---

[1] [英]约翰·苏特兰：《畅销书》，何文安编译，上海，上海文化出版社，1988年，第13页。

这种反复"炒作",更扩大了作品的影响——作品中大胆的赤裸裸的性描写,堪称当代《金瓶梅》啦,这些消息经过各种报纸的传播,从不同方面给读者造成种种阅读期待心理,使作品尚未出版,就已经被人们所熟知。[1]

先以百万稿酬为炒作点,继后又蓄意传出百万稿酬的失实新闻,然后又在大众媒体上反复辟谣说是六十万。数字拉扯着消费者的眼神。这种接二连三的新闻炒作使得《废都》"未见其人,先闻其身"。这种热身运动有效地将《废都》推进了读者的期待中。与关于高稿酬的蓄意炒作可相匹配的是全国各地的评论纷纷见报,褒贬不一,这就让读者按捺不住一睹真相的兴致。《废都》在短时间内引发的热闹状况令绝大多数作品望尘莫及:

> 据不完全统计,仅是关于《废都》的评论专集,就在短短的一两个月里,先后出现四五种,比如,由陈辽主编、南京地区的评论家撰文的《〈废都〉及〈废都〉热》,中国矿业大学出版社 1993 年 11 月出版;汇编了报刊上对《废都》有关论争及贾平凹生活状况的《〈废都〉废谁》,学苑出版社 1993 年 11 月版;由北京一批文学博士李书磊、陈晓明等撰稿的《〈废都〉滋味》,多维编,河南人民出版社 1993 年 10 月版;《废都啊,废都》,先知、先实选编,甘肃人民出版社 1993 年 10 月版……对于一部作品,引起如此密集的关注和如此迅速的大量的评论,

---

[1] 张志忠:《1993:世纪末的喧哗》,济南,山东教育出版社,1998 年,第 104—105 页。

在中外文学史上都是一大奇观。[1]

"当《废都》迎来铺天盖地的批评时,贾平凹无处藏身,连在大街上一阵风刮来的报纸上面都有批判他的文章。"[2] 这种说法或者有所夸张,但也道出了当时所刮起的"废都风"之盛。

在如此高密集的评论文章中,学院批评和媒体批评共同为该文本积聚了符号资本。媒体批评往往遵循媒体的规则,短小的书评中要迅速透露出鲜辣的观点,至于观点是否合情合理,是否道出了文本的真正特点则并不被过多地考虑。面对《废都》这一具体的文本,追求独立性和逻辑性的学院批评很难不受到媒体高密度炒作的影响,而这些新闻炒作比较集中于文本对性叙事话语尺度和频率的破坏以及大量方框的运用上,很多批评文章的焦点几乎集中于《废都》与《金瓶梅》的联系,加之评论者对贾平凹前期创作成就的顾虑,这就妨碍真正有深度有独立灼见的批评浮现。《当代作家评论》1993年第6期(双月刊)推出的评论专辑和《小说评论》发表的评论都或多或少地受到媒体批评炒作的影响。"炒作并不承诺和保证对于批评的责任,但它能够极度充分地利用批评的形式……在这种情势下,文学批评很难做到不为所动,始终如一地保持自身的情形和独立会变得身份困难,而身不由己地随波逐流却是最常见的现象。炒作的可怕之处在于,它能够造成一种既定而强大的事实,这种事实将剥夺你的怀疑能力,逼你缴械,甚至将你一同席卷进去。你在为虎作伥却又根本不能自觉。于是,文学批评沦为一种话语工具,它的丰富性

---

[1] 张志忠:《1993:世纪末的喧哗》,第136页。
[2] 胡传吉:《拒绝喧嚣》,《当代作家评论》2004年第6期。

和多元性消失了，单一的目标主宰了它的价值取向。"[1]

《废都》为什么会在 1993 年出现，并在大众传媒"一石激起千层浪"，除了跟出版方的某些有意的炒作和都市欲望叙事的全面敞开有关之外，更与大众传播媒体自身的机制转型有着内在的关系。走向市场的大众传媒以引起关注为己任，迫切欢迎引起争议的话题。

媒体承担的是喉舌功能，过去，它为政府所养，同时为政府所用，传达政府的声音，一切均在计划指令下运转，绝大多数媒体"千报一面"、从内容到版式甚至张数均相当僵化。而从上个世纪九十年代初开始，随着市场经济对计划经济的取代，作为时代最敏感的器官，传媒的"改版"雷厉风行，最直接的变化是报纸明显变厚，彩页和广告剧增，图片多了、大了、色彩丰富了，报纸的形式率先具备了视觉冲击力，并且很多报纸有了清晰的形象意识，有些报纸设计了自己的广告语，接踵而来的是内容也变得多姿多彩了，空话、大话明显少了，身边的新闻多起来，以往的"豆腐块"被大面积的深度报道和评论文章替代了。大众传播媒介由往昔政治的传声筒变成了催生符号、制造符号的摇篮。"大众传播媒介的美学意识到必须讨人高兴，和赢得最大多数人的注意，它不可避免地变成媚俗的美学。……直到最近的时代，现代主义还意味着反对随大流和对既成思想与媚俗的反叛。然而今天，现代性与大众传播媒介的巨大活力混在一起，作现代派意味着疯狂地努力地出现，随波逐流……现代性穿上了媚俗的长袍"。[2]《废都》这部媚俗的作品披着纯文学的外套搭上了传媒媚俗的大潮，甚至成了媚俗的弄潮儿。就是在 1993 年

---

[1] 吴俊：《发现被遮蔽的东西》，《南方文坛》卷首语，2000 年第 4 期。
[2] [捷克] 米兰·昆德拉：《小说的艺术》，孟湄译，北京，生活·读书·新知三联书店，1992 年，第 159 页。

2月5日,《南方周末》这份市场销量很大的报纸顺应市场号召由南方日报的增刊变成一份由南方日报主办的报刊,经济效益方面实行独立核算并尝试自办发行。而这份在全国堪称新潮的周报就曾在头版发表扬子的《〈废都〉热里访平凹》[1],在这篇访谈里,贾平凹谈到《废都》在北京首发式的盛况,而且不无得意地提到"我签名签了一百分钟",这种有具体指数为证的宣传尤其有效。而其他小报发的访谈及书评根本无法计数,如果没有现代媒体这一催化剂,《废都》发行量的雪球效应不可能如此猛烈。就在《废都》声势震天之时,1994年1月20日,北京市新闻出版局下达了《关于收缴〈废都〉一书通知》。作品的被禁在当时对作者不啻一声霹雳,但同时也将读者对作品的期待化为对作家的盼望。当1998年《废都》获得法国女评委们评出的费米娜文学奖之后,贾平凹本人难免产生扬眉吐气之感,也进一步增添了凝聚在作家身上的符号价值。

在"以经济建设为中心"的大的时代背景下,贾平凹率先从中嗅到了激动人心的消息。根据评传披露,他在20世纪80年代后期已经开始卖字画,并且刊登《润格告示》明码标价[2],卖字画为他积累了一定的商业经验。"建立社会主义市场经济"的号角一旦吹响,贾平凹就果断地将80年代写作中尚"犹抱琵琶半遮面"的面纱揭开,将情欲叙事的频道调换了。过去,是道德压抑着情欲,女性在他的笔下貌美若仙,男性则岿然不动,心性纯良;如今,情欲原形毕露,果敢地抛弃了道德面纱。情欲叙事与新闻传媒这一大众话语的通道达成默契,为消费快感制造所谓的纯文学的嫁衣。在《废都》的大红大紫的背后,有着比印数和禁书更深刻的内容。

―――――――

[1] 扬子:《〈废都〉热里访平凹》,《南方周末》1993年8月13日头版。
[2] 李星、孙见喜:《贾平凹评传》,郑州,郑州大学出版社,2005年,第107页。

如果我们依循消费社会的惯例，将印数视为市场的标记，将禁书作为政治体制或意识形态的标记来看，那就颇有意味了。《废都》这部社会转型期的代表性作品，一方面，它迅速地获得了市场的认同，姑且不论其以何种方式取得的；另一方面，它受到了体制的禁锢，体制给它定了刑，折断了它继续深入市场的翅膀，但同时这种禁令却增加了该书的诱惑力，导致大量盗版书的产生和地下流传。"依一般看法，市场被说成是生产和交换的自由场所，国家则被视为垄断了强制性权力的公共权威。就其性质而言，前者是自发的、平等和私人性的，后者是人为的、等级制的和公共性的。此外，还有一点非常重要，即市场是有效率的。"[1] 在《废都》身上，市场和体制迎面相撞，体制仗着自己的强力撞断了市场的双翅，但市场暗中绕开了体制，给非法的出版商人打开了另一扇侧门，使得盗版的《废都》在非法的市场上依然能够与读者相遇。更重要的是，被禁事件无形中为作者增加了象征资本，《废都》的被禁使读者将对《废都》被抑制的剩余感情全部转移到了作者身上，为作者的知名度和市场号召力增添了筹码，读者难免不抱着在他后来的作品中重睹禁书《废都》风采的希望。对一个作家新作的期待建立在已有作品的基础之上，这一点，出版商和读者是一致的。

消费社会迎面而来，文学生产机制发生了剧变。体制一手拿着喇叭高喊文艺创作要弘扬主旋律，另一手拿着权力的武器横冲直撞，随时准备为刺眼的文艺作品量刑。而市场一声不哼，却窃笑着躲在暗影中掌握着遥控器，随时调节频道来积极应对，一方面不断挑逗我们的窥探欲望，另一方面却偷偷地改写时代的叙事方式和叙事想象。

---

[1] 梁治平：《市场·社会·国家》，《市场社会与公共秩序》，北京，生活·读书·新知三联书店，1996年，第2页。

二、欲望的压抑与宣泄

在我们将许多的恶归咎于贪婪的时候，实际上，我们是在谴责欲望。欲望与美德之间的矛盾无处不在，然而，我们却总是顾此失彼。从广义上说，没有欲望世间将一片死寂，荷兰经济学家伯纳德·曼德维尔在《蜜蜂的寓言——私人的恶德，公众的利益》[1]中对这种没有活力的世界进行了细致的描述。在他看来，如果私人的恶德即贪婪等欲望全部被摒弃，人便丧失了动力，社会财富也就无法积累，经济将陷入萧条，美德最终无从建立。整个社会的极度贫穷虽然可能会减少恶性事件的发生，然而，却并不为文明人所向往。我们仍然要勇敢地面对欲望，就像我们要勇敢地面对自己的人生一样。欲望掀起生活的波涛，欲望与生活共舞，欲望与生命同在：

> 生活之本质何？"欲"而已矣。欲之为性无厌，而其原生于不足。不足之状态，苦痛是也。既偿一欲，则此欲以终。然欲之被偿者一，而不偿者什佰。一欲既终，他欲随之。故究竟之慰藉，终不可得也。[2]

在这里，王国维揭示了欲求的本质特征——"无厌"与"不足"，所以生活始终得不到"究竟之慰藉"。叔本华则看到欲望没有满足带来的痛苦和满足之后带来的空虚无聊。他们均从痛苦的人生经验出发把握欲望这一人生的本质：

---

[1] 参见［荷兰］伯纳德·曼德维尔：《蜜蜂的寓言——私人的恶德，公众的利益》，肖聿译，北京，中国社会科学出版社，2002年。
[2] 王国维：《王国维文学论著三种》，北京，商务印书馆，2001年，第2页。

欲求和挣扎是人的全部本质，完全可以和不能解除的口渴相比拟。但是一切欲求的基地却是需要，缺陷，也就是痛苦；所以，人从来就是痛苦的，由于他的本质就是落在痛苦的手心里的。如果相反，人因为他易于获得的满足随即消除了他的可欲之物而缺少了欲求的对象，那么，可怕的空虚和无聊就会袭击他，即是说人的存在和生存本身就会成为他不可忍受的重负。所以人生是在痛苦和无聊之间像钟摆一样的来回摆动着；事实上痛苦和无聊两者也就是人生的两种最后成分。[1]

将欲望看成生命的本质也是弗洛伊德哲学的核心内容。与王国维和叔本华不同的地方在于，弗洛伊德表述的欲望归根结底就是性欲，而且，他没有对性欲和爱欲作有效的区分，后来，马尔库塞、弗洛姆等对此进行了区分，主要是将爱欲当成性欲的升华来对待。弗洛伊德理论的一个基本的假设就是爱欲与文明的对立，也就是说，文明的积累是对爱欲的压抑，而且，这种压抑通过诸多方式贯穿到人的一生中。爱欲叙述正是文艺的基本内容，敞开爱欲的第一步便是要摘除文明的压抑。

事实上，欲望自古以来就受到各种话语的高度重视，那些宣扬禁欲的宗教教义实质上也是对于欲望存在的确认，要是没有欲望就无所谓禁欲，禁欲的前提正是确认欲望的存在。欲望有不同的层面，欲望与需求相关却不等同于需求，著名心理学家马斯洛对人的需要进行了细致的阐述，归结起来，也就是物质层面的和精神层面的。

---

[1] [德] 叔本华：《作为意志和表象的世界》，石冲白译，北京，商务印书馆，1987年，第427页。

物质层面的欲望不必细说，饿则欲食，寒则欲衣，就是犬儒主义的代表人物狄奥根尼也还是需要一只木桶和阳光[1]。古希腊哲学中的犬儒主义心灵深处有一种积极力量，所以他们可以将生活一再约简，可以鄙视俗世的财富甚至通行的货币。发展到今天，犬儒主义大行其道，然而却丧失了这种心灵的积极力量，只剩下"像犬一样"的表象，"通俗的犬儒主义并不教人禁绝世俗的好东西，而仅仅是对它们具有某种程度的漠不关心而已。"[2] 在犬儒主义发展过程中，存在着一个与享乐主义异曲同工的价值夷平过程，"当享乐主义者的价值衡量曲线向上走以及较低水平的价值在努力争取被提升为较高水平的价值的时候，犬儒主义者的价值衡量曲线在向着完全相反的方向移动。"[3] 当事物的价值不断地下降，那么事物的特性就容易被忽略，而无法以交换价格明示的精神层面的欲望就会让位于物质欲望的迫切性和直接性。但不同的人对精神欲望有不同的理解、追求和实践。通常，我们将文艺志业者理解为有精神追求的人，也即有强烈的精神欲求的人。他们的自传、传记或访谈往往也佐证了这一点。

叙事，说到底也就是欲望的产物。欲望既是叙事的内驱力，也是叙事的母题。一言以蔽之，所有的叙事都是围绕欲望展开的，都是关于欲望的叙事。而叙述何种欲望以及如何叙述欲望则大相径庭，这也是叙事学要研究的范畴。

具体到贾平凹的写作，爱欲有一个渐渐上升的浮游过程。前期

---

[1] 参见［英］罗素：《西方哲学史》，何兆武、李约瑟译，北京，商务印书馆，1963年，第294—295页。
[2] 同上，第296页。
[3] ［德］西美尔：《货币哲学》，陈戎女译，北京，华夏出版社，2002年，第184页。

是爱欲处在被压抑的状态，道德感内化成人的自觉，人物有强烈的道德感，非常自觉地压抑自己的排他动机。阅读地方志、尊重历史的贾平凹难免不在叙述中压抑情欲，而这种压抑越是在有文化的人身上就越自觉，比如《美穴地》中的风水先生柳子言，虽然对四姨太一见钟情，而当四姨太活生生的身体真的靠近时，他却害怕地躲开了，而完全没有文化的下人苟百都却敢于强占四姨太；《五魁》中的五魁对自己帮背过来的新娘也是疼爱有加，一旦他经过重重艰难将她救出婆家，两个人生活在一起时却并不敢与新娘同住，社会身份的悬殊使他只是一味地沉迷于性幻想；《天狗》中的天狗36岁依旧单身，对师母产生了爱恋和依赖之情；师傅井把式遇难瘫痪，做主让天狗与师母结合，天狗承担起这个家庭的责任身体却依然不敢越雷池，哪怕心仪已久的师母直接要求履行妻子的职责，天狗顾忌师傅的脸面仍然不愿正式与其同房。师傅只好以自杀来成全他们。在20世纪80年代的整体文化氛围中，道德的高尚依然是必不可少的部分，人人都自觉不自觉地压抑着本能的排他主义动机。

　　本我在自我和超我的监护下，性欲乔装改扮为"事业"，即生存发展的欲望，如门门、禾禾无不将发展致富放在首要地位，在得到致富出路的同时证明自身的价值，异性适时的爱也成了这种价值证明的砝码。这种爱作为筹码存在的意念在《废都》中变本加厉，而且前期像小月、烟峰所追求的那种精神上的理解下降为纯粹肉体的需求，爱欲变形。

　　到80年代中期，身体自身的意志开始显露，爱欲与性欲有了矛盾，性话语慢慢增多，像《黑氏》中黑氏就在木椟和来顺两位性情不同的男性身上体验到爱与性的错位。又如《浮躁》中，金狗内心里深爱着纯洁的小水，然而身体却不由自主地走向英英和有夫之妇石华，他情感的意志控制不了身体的意志。《美穴地》中的四姨太和《五魁》中的新娘都被叙述者视为心中的女菩萨，然而，她们却无法压抑住自身的肉体欲望。贾平凹在这两套话语的缝隙中游刃有余，一方面给予道德以必要的旗帜地位，另一方面却一步步地为被压抑的情欲及其想象争取地盘。这种独到的叙述策略和本土化、民族化的叙述风格使贾平凹成为陕西最重要的文化符号。而现代城市生活又给他带来了重新观察商州所必须的审美上的距离，使之获得了所谓的现代视野的观照，贾平凹后来在接受采访时说：

> "废都"二字最早起源于我对西安的认识……作为西安人，虽所处的城市早已败落，但潜意识里对其曾是十二个王朝之都的自豪得意并未消尽，甚至更强烈，随着时代的前进，别的城市突飞猛进，西安在政治、军事、经济诸方面已无什么优势，这对西安人是一个悲哀，由此滋生一种自卑性的自尊，一种无奈性的放达和一种尴尬性的焦虑。西安这种古都——故都——废都的文化心态也是极为典型的……从某种意义上讲，西安人的心态也恰是中国人的心态。这样，我才在写作中定这个废都为西京城，旨在突破某一城市限制而大而化之，来写中国人，来写一个世纪末的人。[1]

贾平凹也是抱了大欲望来写作《废都》的，他渴望通过它来展示一个作家的梦想——为城市画像！为消费时代的都市和知识分子画像！他希望写出世纪末最有代表性的经典文本来，包括他以作家

---

[1] 贾平凹、王新民：《〈废都〉创作问答》，《文学报》1993年8月5日。

庄之蝶为主人公的细节无不标示着贾平凹的雄心。这种树碑立传的宏愿在贾平凹身上从来没有湮灭过，在 2005 年出版的《秦腔》的后记以及后来接受采访中，他谈到自己希望创作出"废乡"[1]。这种名垂青史的愿望是作家贾平凹的隐欲，同时，获得市场则是他的显欲。这两种欲望在文本中通过话语符号互相转换，或合一或交替地出现。如果只是为了获得市场他完全可以选择更时尚的叙述方式来达到目的，正是背后深藏的隐欲敦促他选择纯文学的披风，他要以这件披风来为自己遮风挡雨，并换取长久的声名。所以他自己对《废都》进行预言："我有两个估计，一是此书或许不得发表出版，或许将红火。它不是死得干脆，就是活得顽皮，反正不会不死不活地存在。""红火""不得发表出版"暗示了作者蓄意犯禁以获取市场。这种命运后来果真落在《废都》身上，在红火一阵之后被禁。在当时的语境中，我们往往只关注贾平凹的显欲而忽视了更深的隐欲。

公刘在那篇引人注目的《九三年》中写道："在实行市场化的号召声中，中国文学，似乎已经后来居上，比商品更商品了，并且正在向畸形的中国股市学习，——一边'炒'，一边投机；其特点是，后期运作能量，大大超过前期（创作本身）的劳动投入。一部《□□》，即其典型。"[2] 在这里，他着重强调的是《废都》商品性的一面，批评重点在于炒作。而杨宪益因《废都》而赋了一首打油诗《有感》："忽见书摊炒《废都》，贾生才调古今无。人心不足蛇吞象，财欲难填鬼画符。猛发新闻壮声势，自删辞句弄玄虚。何如文

---

[1] 贾平凹、张英：《从"废都"到"废乡"》，《南方周末》2006 年 6 月 1 日。
[2] 公刘：《九三年》，《文汇报》1994 年 9 月 1 日。

字全删除，改绘春宫秘戏图。"[1]寥寥数语，一针见血，"……财欲难填鬼画符。猛发新闻壮声势，自删辞句弄玄虚。"更是点到了死穴，直指小说背后作者的写作动机——财欲！而发新闻壮声势、删辞句弄玄虚都是为这个财欲服务的。公刘和杨宪益都指出了贾平凹的显欲，即获得市场的认同以满足财欲。但除此之外，贾平凹还有更大的欲望——成名之外还要成功。多少名重一时的人灰飞烟灭！贾平凹还要不朽。

"我清楚我是成了名并没有成功的，我要写我满意的文章，但我一时又写不出来，所以我感到羞愧，羞愧了别人还以为我在谦虚。"[2]"我虽然恨我为声名所累，却又不得不考虑到声名。"[3]这话是借主角庄之蝶之口道出了作者本人的心声。四位文化名人的生活主宰了西京的文化内幕，"名"在《废都》里成了叙事的基本动力。在名的背后是对成功的渴望，这种"成功"就是要写出像《西厢记》《红楼梦》一样自然天成、流传千古的文章[4]。而庄之蝶之所以与唐宛儿如漆似胶，除了因为贪慕唐宛儿的美貌之外，更主要的是唐宛儿激活了他沉睡的身体和生命的热情，"我重新感觉到我又是个男人了，心里有了涌动不已的激情，我觉得我并没有完，将有好的文章叫我写出来！"[5]唐宛儿不仅是他身体欲望的通道，也是他写作欲望的道具。

这种希望成功的隐欲与顾虑声名的显欲交织在一起，难分难解。文本中多次引用古代典籍，以此唤起其身体的热情。此后，贾平凹

---

[1] 刘彬、王玲主编：《失足的贾平凹》，北京，华夏出版社，1994年，第93页。
[2] 贾平凹：《废都》，北京，北京出版社，1993年，第125页。
[3] 同上，第126页。
[4] 参见《废都·后记》。
[5] 贾平凹：《废都》，第125页。

的写作一直沿着《废都》的这种颓废情绪流淌：渴望回到古代、回到原始洪荒中，渴望拥有野兽的蛮性和巨大的能量，渴望凸显欲望以对抗文明的压抑，这是贾平凹面对现代性的一种叙事策略。这种退回传统退回原始的叙述策略虽然不现实，然而却像母亲的子宫一样辐射着难以言传的诱惑力。这种诱惑使得许多生活在都市的作家坐在高科技包围的书房中以无与伦比的激情和诗意叙述乡村的宁静、乡民的淳朴和田园牧歌的生活，这种虚假的怀乡想象也在构成乡村叙事的新时尚。

三、欲望的隐蔽置换

《废都》的人物设置是很有意味的，名人、闲人和女人构成了作品的生活世界。"四大名人"在本质上也是属于有闲阶级，他们因名这个符号不仅获得了金钱资本，而且也拥有闲的资本，即时间。名是文明社会的产物之一，而闲是欲望实现的先决条件，闲意味着摆脱异化劳动的役使，"对闲暇的基本控制也是由冗长的工作时间本身，由讨厌的、机械性的异化劳动程序实现的。这就要求闲暇应当是工作能量的一种消极释放和再创造。"[1]

"有闲阶级"[2]，根据凡勃伦的理解，是社会业务分化的基础上产生的从事非生产性业务的阶级。在最初的原始时期以及自给自足的传统农业社会，人和人的分工不明晰，大家都从事打猎、捕鱼等生产性劳动以满足生活之必需。而随着生产力的发展以及社会业务分化，一部分人逐渐地从这种生产性劳动中摆脱出来，而非生产性

---

[1] [美] 赫伯特·马尔库塞：《爱欲与文明——对弗洛伊德思想的哲学探讨》，黄勇、薛民译，上海，上海译文出版社，1987年，第30页。
[2] 参见 [美] 凡勃伦：《有闲阶级论》，蔡受百译，北京，商务印书馆，1964年。

业务在习惯上被认为是光荣的、值得尊敬的。非生产业务对于生产业务所具有的优越性恰如我国古代所谓的"劳心者"对"劳力者"的优越感。对"有闲阶级"来说，女人除了满足生理欲望之外还有一个重要功用就是能够"代理有闲"，以此烘托出有闲阶级高贵的社会地位，所以，对他们来说，女人的数量多多益善；封建社会的帝王之所以要有三宫六院正是以此标示自己的权势和财富。

《废都》的主体部分正是由这些具有社会优越感的有闲人群构成，他们最大的资本是他们的名，而名让他们拥有话语权：一方面参与构成西京当下的社会文化生活，另一方面也以这种有闲的身份诉说着西京的历史，参与关于西京悠久历史的想象。人类的文明史，从弗洛伊德的角度看来正是一部对人的爱欲进行压抑的历史。而这些有闲的名人在经过一段时期的爱欲压抑之后终于拥有了释放宣泄爱欲的资本：他们的有名意味着他们拥有足够的社会关系有足够多接触异性的机会；他们的有闲意味着他们拥有自由支配的时间来满足自己的欲望。正是在西京这个历史积淀厚重的文化名城，以庄之蝶为代表的四大名人才会具有如此强大的畅通无阻的社会优越感。女人们才会如飞蛾扑火般地不顾一切。

而遮盖在有闲的光鲜之袍下面的是名人们膨胀的欲望和萎靡的身体：作家庄之蝶是典型的文化符号，其名字来自《庄子·齐物论》："昔者庄周梦为蝴蝶，栩栩然蝴蝶也……不知周之梦为蝴蝶与？蝴蝶之梦为周与？"在小说中，庄之蝶这位顶级文化名人，其名声是用烘云托月的方式，通过其他人物的叙述来展示的。他的妻子牛月清以及有点鬼怪神气的岳母无不终日以他为荣，就是那头他吃奶的牛以及养牛的妇人也似乎高人一等，享有了某种特权。庄之蝶的名声已经成为他固定的无形资产，一如他这个风雅的名字。然而，真实的他贪恋女色，并几次因蝇头小利而为人代笔、弄虚作假，庄之蝶还睥睨着官场，与官员们沆瀣一气；画家汪希眠最擅长的竟是作假，以摹拟名家画作为能事，欺世盗名；书法家龚靖元好赌，多次触犯法律入狱；演员阮知非则欢喜排场，终致"狗眼看人低"。西京的四大文化名人来自不同的艺术领域，基本上代表西京的文化艺术水准，而他们不为人知的另一面却是如此不堪：虚伪、贪财图利，迷恋虚名，注重现世的物质享受，毫无精神追求。也就是说，在消费时代，文艺已经粗鄙化、世俗化，文艺圈成了名利场，文艺由过去文艺家的目的、人们的精神家园变成了有闲阶级牟利的手段，变成了他们为了保持自己的有闲地位的盾牌。

这群"有闲"的名人既通过共同语言构筑自己的同侪群体，同时又微妙地排斥着其他人群的进入。并不是一夜暴富就可以成为有闲阶层的，有闲还和他们高贵的社会地位相联。在大城市还得遵循大城市的生活方式。周敏这个小地方来投奔的人就明显地不合时宜，真可谓折了夫人又赔兵，好容易巴结上一个名人，立即就惹上了官司。在一个讲求媒体效应的时代，官司对名人来说仿如时装之于女人，名人对官司可以兵来将挡、水来土掩，尽管会耗费一些心力，但终究不会伤到元气。而对景雪荫来说，就有与庄之蝶截然不同的命运。虽然终审判景雪荫胜诉，可是，她已经被伤得遍体鳞伤，体无完肤，重要的倒不是案件的几经波折，而是文章的出炉对于她青春纯情的打击。在景雪荫的心中，始终是为当年未续之缘保持着一个深隐的空间，这个空间是为自己独处时保留的，是一个人孤单岁月和漫长回忆的安慰，是她曾经青春爱恋的凭证。所以，她才会见到庄之蝶的名字就轻易地帮助周敏。殊不知，周敏的到来会如此迅速地打破这个有闲阶级的秩序。使他们的"强说愁"变成了真的，而且久久挥之不去。

这群不从事生产劳动的名人和闲人的基本情绪就是"泼烦"。他们的烦不是贫贱夫妻油盐柴米的烦，不是来自生活需求的烦，而是来自内心涌动不息的欲望之烦，是与符号价值相联系的烦。欲望总是激励人不断地占有，将更多的事物划归自己的名下，欲望的满足是瞬间的，接踵而至的是空虚，是下一个欲望。

欲望驱使人陷入被奴役的深渊。孟云房沉迷气功、卜卦，神神道道的，最后竟崇拜起自己的儿子孟烬来。周敏因为携了有夫之妇唐宛儿私奔来到西京，所以一心要在大城市混出个模样来对她有个交代，然而西京虽然容纳了他的肉身，却并没有对他敞开心扉，他被网在官司的纠葛中，而跟他私奔的唐宛儿却并不能跟他共患难。

再来看看女人：庄之蝶的妻子牛月清是典型的贤妻，对庄之蝶夫唱妇随，她的存在只是为维护着自己与庄之蝶的夫妻关系，和几乎所有的名人太太一样毫无个性可言，甚至她的母亲也以此为荣。而唐宛儿、柳月和阿灿的姐姐都是为了庄之蝶聚拢到这个西京城来的，她们生活在对庄之蝶的名声想象中，同样，其他同性的社会名流们也在利用庄的社会地位达成自己的目的。当然，庄之蝶对这种建立在利益交换基础上的交往规则也了然于心。

主角唐宛儿在人大会议期间的宾馆跟庄之蝶有一段对话，貌似理解爱的真谛：

> 我想嫁给你，做长长久久的夫妻，我虽不是有什么本事的人，又没个社会地位，甚至连个西京城里的户口都没有，恐怕也比不了牛月清伺候你伺候得那么周到，但我敢说我会让你活得快乐，永远会让你快乐！因为我看得出来，我也感觉到了，

你和一般人不一样，你是作家，你需要不停地寻找什么刺激，来激活你的艺术灵感。而一般人，也包括牛月清在内，她们可以管你吃好穿好，却难以调整自己给你新鲜。……但起码暴露了一点，就是你平日的一种性的压抑。我相信我并不是多坏的女人，成心要勾引你，坏你的家庭，也不是企图享有你的家业和声誉，那这是什么原因呢？或许别人会说你是喜新厌旧的男人，我更是水性杨花的女人了。不是的，人都有追求美好的天性，作为一个搞创作的人，喜新厌旧是一种创造欲的表现！可这些，自然难被一般女人所理解，因此牛月清也说她下辈子再不给作家当老婆了。在这一点上，我自信我比她们强，我知道、我也会调整了我来适应你，使你常看常新。适应了你也并不是没有了我，却反倒使我也活得有滋有味。反过来说，就是我为我活得有滋有味了，你也就常看常新不会厌烦。女人的作用是来贡献美的，贡献出来，也便使你更有强烈的力量去发展你的天才……[1]

唐宛儿对庄之蝶这段抒情似乎善解人意，似乎她是比牛月清境界更高，但整体基调无非就是牺牲自己来满足庄之碟的"看"，这种将爱简化为牺牲，将女人放在被看的位置上的观点正是女性主义所要反对的。也就是说唐宛儿仍然是男权制度的牺牲品，骨子里对于爱的理解并无贡献。在一次又一次的身体交往之中，爱不过是一种幌子。文中他们的爱欲几乎没有经过铺垫就直接进入性欲，而这种身体交往的基础只是唐宛儿的外貌、脚和庄之蝶的名声。对女性的

---

[1] 贾平凹：《废都》，第123—124页。

脚的浓厚兴趣也显示出贾平凹怪癖的男权倾向,他在《美穴地》《五魁》等小说中都曾不同程度地叙述女性的脚对于男性的诱惑,而在《废都》中,这种偏执的趣味得到变本加厉的表达。对自由的艺术追求也被置之度外,"艺术家所需要的性自由是爱的自由,而不是以某个不相识的女人去解救他肉体上所需要的那种粗俗的自由。"[1]

在唐宛儿这里欲望表现为对庄夫人这一社会身份的觊觎,这样,离家私奔的她才能在西京立足,所以她会在受到冷眼时暗想:"哪一日知道我是庄之蝶的什么人了,看你们怎么来奉承我,我就须臊得你们脸面没处放的!"[2]同理,唐宛儿会对周敏发牢骚:"咱这算什么家?!女人凭的男子汉,我把一份安安稳稳的日子丢了,孩子、名誉、工作全丢了,跟着你出来,可出来了就这么流浪,过了今日不知明日怎么过,前头路一满黑着……"[3]与此异曲同工的是清虚庵的尼姑慧明的见解:"这个世界还是男人的世界,女人如同是大人的孩子,大人高兴了就来逗孩子,是要孩子把他的高兴一分为二地享受。"[4]"在男人主宰的这个世界上,女人就得不住地调整自己、丰富自己、创造自己,才能取得主动,才能立于不会消失的位置。"[5]尼姑修心养性的结果说出的是如此世俗的男女观念。

无论是唐宛儿还是慧明,她们追求的都不是爱情,"爱情能决定和辨认出个性,以及一切不可替代的个性的东西,爱情肯定永恒,

---

[1] [英]罗素:《人类价值中性的地位》,《真与爱》,江燕译,上海,上海三联书店,1997年,第203页。
[2] 贾平凹:《废都》,第116页。
[3] 同上,第119页。
[4] 贾平凹:《废都》,第484页。
[5] 同上,第484页。

这就是爱情的意义。"[1] 当爱的欲望被性欲简单置换之后，爱情的尊严也就自然地丧失了。是爱情赋予性欲尊严，一旦性欲不能升华为爱欲，人的个性及精神世界就无法体现。

性欲对爱欲的取代确立了 20 世纪 90 年代以来的新的叙事成规，当性欲以占有的逻辑来转换的时候，客体就永远不能满足，"爱的关系满足于一个人爱另一个人，而占有的要求只有通过一系列的情人才能满足"[2]。金钱、权力乃至性技术被想象为男性的性欲魅力，而女性的魅力则集中在容貌和身材上。个性、内心世界、精神追求随着爱情的压抑而被取消了。《废都》中，唐宛儿的出场正是以景雪荫的退场为代价的。当然，景雪荫在文本中始终是个缺席的在场。当庄之蝶对唐宛儿的身体一见钟情，在庄之蝶内心深处，关于景雪荫的纯情朦胧的回忆就被疯狂的身体欲望覆盖了。事后，当庄之蝶因唐宛儿的爱人周敏的文章被牵连进官司之后，他与景雪荫就成了势不两立的原告和被告。在性欲面前，爱欲脆弱得不堪一击。性欲击败了爱欲。

为什么性具有如此大的威力，为什么总是选择性作为欲望的突破口？"在性革命的影响下，冲动变为革命养分，潜意识变为历史主体。解放那种作为社会现实的'诗歌'原则的初级过程，解放那种作为使用价值的潜意识：这就是体现在身体口号中的想象。人们可以看出，为什么身体和性承载着所有这些希望：因为身体和性在我们的'历史'社会曾经有过的任何秩序中都受到压抑，它们变成了

---

[1] [俄] 别尔嘉耶夫：《论人的奴役与自由》，张百春译，北京，中国城市出版社，2002 年，第 264 页。
[2] [美] 道格拉斯·凯尔纳编：《波德里亚：批判性的读本》，陈维振、陈明达、王峰译，南京，江苏人民出版社，2005 年，第 47 页。

彻底否定性的隐喻。"[1]但是当性欲毫无遮拦地浮到叙述表层，当爱欲完全被忽略时，这种被压抑的否定性的隐喻也就丧失了颠覆力量，反而暴露了作者自身的窥私欲或暴露倾向：

> 当他热衷于描写裸体和男女私密行为时，他无意间暴露出了他的暴露和窥视倾向。他内心本有这样的冲动，但由于生活在文明社会而受到压制，于是就无意识地通过艺术创作发泄了出来。像这样的文学作品，与其说是不道德的，不如说是不严肃的。一个作家在其创作中表现出暴露倾向，有可能是因为他无处发泄他内心的这种冲动。也有可能，一个作家写出赤裸裸的暴露癖作品只是为了挣钱、为了赢得读者，或者为了取乐；但不管怎么样，他既然这么写而不那么写，至少表明他在心理上还未完全压制幼年时代的暴露欲或者窥视欲。他仍像幼儿一样不知廉耻。[2]

在《废都》的后记中，贾平凹写道："事实也真是如此。这些年里，灾难接踵而来，先是我患乙肝不愈，度过了变相牢狱的一年多医院生活，注射的针眼集中起来，又可以说经受了万箭穿身；吃过大包小包的中药草，这些草足能喂大一头牛的。再是母亲染病动手术；再是父亲得癌症又亡故；再是妹夫死去，可怜的妹妹拖着幼儿又回住在娘家；再是一场官司没完没了地纠缠我；再是为了他人而

---

[1] [法]让·波德里亚：《象征交换与死亡》，车槿山译，南京，译林出版社，2006年，第181页。
[2] [美]阿尔伯特·莫德尔：《文学中的色情动机》，刘文荣译，上海，文汇出版社，2006年，第136—137页。

卷入单位的是是非非中受尽屈辱，直至又陷入到另一种更可怕的困境里，流言蜚语铺天盖地而来……我没有儿子，父亲死后，我曾说过我前无古人后无来者了。现在，该走的未走，不该走的都走了，几十年奋斗的营造的一切稀里哗啦都打碎了，只剩下了肉体上精神上都有着毒病的我和我的三个字的姓名，而名字又常常被别人叫着写着用着骂着。"[1] 而且此后，他一直强调自己的悲苦，"经历了人所能经受的种种事变"[2]，仿佛是他一人独自承当了世上所有的苦难，《废都》也就成了这些苦难的宣泄口。所以，成了名的庄之蝶要的是单纯的性欲满足，他的生活充满着和异性的性应酬，和同性的金钱应酬，和官场的利益应酬，他的生活中布满了斤斤计较，他可以舍弃初恋情人，也可以舍弃性欲对象，为了赢得官司而将她作为筹码交换给市长残疾的儿子；为了高稿酬，与暴发户黄厂长沆瀣一气，假戏真做，终致黄厂长的老婆阴错阳差地丢了命；在好友龚靖元被拘留以后，他以行贿疏通为名趁机瓜分他的藏品，在妻子牛月清得知弄到人家多半的家藏之后心理忐忑不安时，庄之蝶却强辞夺理，出狱后，龚靖元被活活气死，然而庄之蝶却既没有接受道德法庭的审判，也没有接受内心立法的审判。无论是黄厂长老婆的死还是艺术家龚靖元的死都变成黑色幽默，变成了一个个人性的意外遭遇，没有任何悲剧意味。而知名画家汪希眠却是仿石鲁画以假乱真，谋取暴利。音乐家阮知非因为喜好排场被人绑票并刺盲了双眼，真的"狗眼看人低"。名人场是个真正的名利场，他们忙于以象征资本换得实际利益，这就成了西京顶级名人面对市场的所作所为，难怪哲学家邓晓芒认为：

---

[1] 贾平凹：《废都》，第 520 页。
[2] 贾平凹：《高老庄·后记》，西安，太白文艺出版社，1998 年，第 411 页。

可见，对'废都'的怀念绝不是一种进取的思想，更不是什么启蒙思想（尽管它以西方最激进的文化批判为参照），而是放弃主动思想，听凭自己未经反思的情感欲望和本能来引领自己的思想（跟着感觉走），从这种意义上说，所谓'安妥破碎的灵魂'云云不过是对一切思想的解构，使自己的灵魂融化于那充塞于天地间、如怨如诉的世纪末氛围之中，以自造的幻影充当自欺欺人的逃路而已。中国人其实并没有灵魂的本真痛苦，一切'我好痛苦、好孤独好孤独'的自诉都只是在撒娇做派，意在求得他人的呵护和爱抚。当代作家的灵魂何时才能真正振作起来、奋发起来，不是陷入陈旧的语言圈套而走向失语，而是努力为自己创造新的语言呢？[1]

具体到当时的社会语境，大的方面是整个社会的经济体制转型，小的方面是知识分子的精神状态发生变化。所以，在东部的国际化大都市上海是知识分子大规模地展开人文精神的讨论，在西部古都西安却是贾平凹这样一个曾经以叙述乡村闻名的作家对都市知识分子生活的想象。"置身于八九十年代之交的文化氛围中，贾平凹对当代文化的败落也不能不有所感受，但是这个'败落'唤起的是对现实批评态度还是一种对往昔辉煌的眷恋呢？对贾平凹来说，显然后者压倒了前者。现在这种'败落'已经成为人们放任自流的借口和动力，贾平凹没有落伍，他始终走在前列。……《废都》作为贾平凹现在的感受和过去写作的合理延伸——这个背景映衬出贾平凹对知识分子名人欲的眷恋和对性话语的充分强调，这二者在《废都》

---

[1] 邓晓芒：《灵魂之旅——九十年代文学的生存境界》，武汉，湖北人民出版社，1998年，第85页。

里成为一个推论和证明的逻辑序列。贾平凹没有对现实作出客观的、合符实际的深刻解剖,没有对知识分子的历史地位给予恰如其分的揭示。相反贾平凹把这次'自我确认'当成一次重返历史主体的虚假满足,变成一次毫无节制的精神意淫,变成一次对性欲神话的充分炮制。"[1]

爱欲,在其被压抑的过程中一直被当作个人对社会文明进行反抗的象征,因而具有革命意义,而《废都》充斥着性描写并夹带着大量的方框,是对情欲叙事的一种过度放纵,叙述者被情欲俘获了,忘记了情欲自身的局限性,忘记了是文明而不是情欲有效地将人和动物分离开来。所以,情欲象征的反抗和情欲所追求的自由在文本中急转直下,庄之蝶也丧失了在四分五裂的生活碎片中重拾生活的勇气。关于欲望颓废和文明衰败的想象,成功地将欲望叙事推进了消费领域,疯狂的炒作与随后的遭禁,使《废都》上演了一堂生动的欲望叙事的消费课。

---

[1] 陈晓明:《移动的边界——多元文化与欲望表达》,武汉,湖北教育出版社,2000年,第208—209页。

第六章 欲望叙事与消费文化的合流

在欲望叙事的边界扩展过程中，卫慧无疑是一个最嘹亮的消费符号。这种效果不仅来自作品的叙述主动敞开了一直被遮蔽的女性的身体欲望，而且在于作者本人大胆地参与到文学流通领域，以过激的言辞将正常的签名售书活动激化成引人注目的文化事件，终至《上海宝贝》被禁。作品被禁和国际市场的长驱直入使得卫慧的符号价值大增，作为时尚写作符号的卫慧不仅成为西方发达国家对全球化中的中国的想象凭介之一，而且也成为国内许多年轻写作者的偶像。卫慧的叙事方式迎合了消费者的享乐心理，并引领了消费社会的享乐想象。

第一节　作为消费符号的卫慧

一、文学娱乐化的大胆实践

1996年第3期《小说界》开设了"七十年代以后"的栏目,其他刊物也做了一些响应,但真正使这个概念在文坛深入人心的则推《作家》杂志的"七十年代出生的女作家小说专号"。1998年7月,在宗仁发、施战军、李敬泽一次"密谋气氛"的谈话[1]之后,《作家》杂志隆重推出"七十年代出生的女作家小说专号",集中推出卫慧、周洁茹、棉棉、朱文颖、金仁顺、戴来、魏微7位女作家的作品,并配发了各自的照片和著名批评家的点评以及女作家自己的创作谈。这期专号的封底特意转载了《文汇报》上的报道《一批年轻女作家崭露头角》[2],这篇报道指出这些年轻女作家外貌"或清秀

---

[1] 参见宗仁发、施战军、李敬泽:《关于"七十年代人"的对话》,《长城》1999年第1期。
[2] 邢晓芳:《一批年轻女作家崭露头角》,《文汇报》1998年5月21日。

或亮丽"，打扮"流露出都市中现代派女性的前卫和时髦"，文风"热烈而无所顾忌"。而被置于头条地位的卫慧在自己的照片下方写道："穿上蓝印花布旗袍，我以为就能从另类作家摇身一变为主流美女。"事实上，此后的卫慧与东方女性身体象征的旗袍发生了较深的纠缠，也因此被媒体关注有加，在《上海宝贝》的勒口采用的也是穿着旗袍的照片，旗袍成了卫慧的符号资本。

"美女作家"的称谓也因此在文坛不胫而走，策划者李敬泽等也被媒体冠之以"美女作家"的制造者。此后，出版界趁此风气出版了一些女作家的作品，如"文学新人类丛书"[1]；王干主编的"突围丛书"[2]（作品集）也选取了卫慧和棉棉两位"美女作家"代表。卫慧和棉棉在"美女作家"名号的光环下得到了前所未有的出版时机，卫慧在1999年至2000年短短的时间内出版了六本书[3]，其中有四本是小说集，两部长篇小说。棉棉在2000年出版了三本书[4]。

在卫慧所出版的六本书中，影响最大的要数《上海宝贝》，其大胆出位的姿态、关于上海和宝贝的意象与阐释均挑起了阅读欲望。就在《上海宝贝》和《糖》出版后不久，棉棉和卫慧发生了矛盾。她们一度交往甚密，而且在传媒报道中恰如一对姐妹，很多读者会爱屋及乌或者恨屋及乌，棉棉对这种状况表示"厌恶"，于2004年4

---

[1] 谢有顺主编，作者包括卫慧、周洁茹、金仁顺、朱文颖四位70后女作家，珠海出版社，1999年。
[2] 王干主编，花山文艺出版社，2000年。
[3] 卫慧：《蝴蝶的尖叫》，湖南文艺出版社，1999年；《像卫慧一样疯狂》，珠海出版社，1999年；《上海宝贝》，春风文艺出版社，1999年；《水中的处女》，花山文艺出版社，2000年；《欲望手枪》，上海三联书店，2000年；《来不及拥抱》，百花文艺出版社，2000年。
[4] 棉棉：《每个好孩子都有糖吃》，花山文艺出版社；《糖》，中国戏剧出版社；《盐酸情人》，上海三联书店。

月正式发表《卫慧没有抄我》[1]一文,挑起"卫慧棉棉之争",文章的中心内容是指责《上海宝贝》抄袭了她的《啦啦啦》[2]。传媒对这对"美女作家"的骂架非常欢迎,《上海宝贝》和《糖》的销售量也因此而上升。此后不久,"七十年代出生的女作家小说专号"的策划者宗仁发、施战军、李敬泽又一次发表三人谈《被遮蔽的"70年代人"》[3],这次,他们是想以编辑家和评论家的专业身份对"美女作家"这个哗众取宠的称谓进行批评,他们认为这个提法是"媒体阴谋",并强调"本来一些期刊接纳和扶持新作者并无强烈的商业考虑,但图书出版一介入进来就不一样了"。魏心宏也对传媒炒作"美女作家"的说法表示愤怒,但他也暗示了自己对这三位策划者的不满。同时,魏心宏的编辑方针中重女性重时尚的心态也受到批评。这些批评最终都不同程度地加深了读者对"美女作家"的印象,其中,受益最大的是首当其冲的卫慧,市场选择了卫慧作为消费符号——"70年代人"或"美女作家"的形象代表,当然这也是她毫无顾忌的"美女"自诩的结果。就像作家东西感谢批评家提出"晚生代"来安顿60年代出生的这批作家一样[4],卫慧也得益于"美女作家"和自己的相互选择。

卫慧的疯狂劲不仅表现在《上海宝贝》的封面设计及广告语的选择上,更表现在签售活动中:

> 围得里三层外三层的少男少女们充满期待和渴望的目光中,

---

[1] 棉棉:《卫慧没有抄我》,北京《阅读导报》2000年4月8日。
[2] 棉棉:《啦啦啦》,《小说界》1997年第4期。
[3] 宗仁发、施战军、李敬泽:《被遮蔽的"70年代人"》,《南方文坛》2000年第4期。
[4] 东西等:《认识晚生代》,《南方文坛》1997年第5期。

第六章 欲望叙事与消费文化的合流

在一声声代表极度兴奋的欢呼和尖叫声中，一位穿着黑色缎面旗袍和蓝色绣花高跟鞋的年轻女子姗姗而来，面对狂热的人群，她笑着向人们抛了一个飞吻，这样的情景，很多人会以为是某位大牌当红明星的歌迷见面会，然而实际上，上述情景发生在不久前新新人类作家卫慧在一家书店的签名售书现象。[1]

卫慧在成都签售时更是出语惊世骇俗——"让他们看看上海宝贝的乳房"[2]，网络上刮起一片讨伐声，作者和作品成为一个事件，跟风书如《成都宝贝》等相继出版，最终，《上海宝贝》在印数[3]冉冉攀升的过程中被禁售。2000年5月，作品因"描写女性手淫、同性恋和吸毒"而被新闻出版管理部门定为"腐朽堕落和受西方文化毒害"的典型加以禁售。此后，卫慧长期在网络上活动，无数的路径通向《上海宝贝》原文下载，同时大量盗版书籍占据地摊市场；而《上海宝贝》被作为畅销书翻译成多国语言流传到西方。在《上海宝贝》被禁一年后，卫慧对外称有30多个国家购买了该书的版权[4]，并且，她本人在《苹果日报》上撰写了将近一年的"上海宝贝"专栏。

尽管在德国汉学家顾彬眼中，卫慧的作品就是一堆垃圾。但这种专业评判并不影响《上海宝贝》在国际市场上长驱直入。同时，卫慧的文风及其签售作风也在国内产生了不小的影响。

---

[1] 张鹏：《新新人类作家引出文学追星族》，《北京晚报》2000年5月5日。
[2] 参见王珲：《她俩把"问题"解决了——卫慧和棉棉的吵架》，《三联生活周刊》2000年5月15日。
[3] 《上海宝贝》1999年9月出版，到2000年3月，加印7次，印数高达11万。
[4] 参见《女作家恶斗，文字是子弹》，香港《亚洲周刊》2001年7月30日至8月5日。

二、 女性和母亲的身份改写

消费社会不断深入的结果是：大都市中百货大楼用具琳琅满目，超市里食品丰盛到要外溢，物的压迫已经给人们带来鲜明的感受，同时也连带着"审美疲劳"。人的感觉神经在持续的刺激中变得麻木。曾经在宏大叙事中受到压抑的物欲和爱欲一道铺叙出享乐主义的氛围，这种氛围与都市繁华的物质生活一道支配着消费社会的想象。《废都》将性的面纱揭开了，不过仍然是从男权的视角来对待性，女性不过是男性取得快乐的工具，"因为有史以来，绝大多数女性被局限在向男性提供性的发泄渠道和繁衍后代这一动物生活的水准上。这样，在女性的生活方式中，性只不过是不时降临到她头上的一种惩罚。"[1]卫慧试图还原自然状态的性，在女性立场上将男性同样作为女性获得性快乐的工具来叙述。这样一来，女性不再是被动的他者，女性和男性在满足性欲的过程中互为他者，他们同时兼具主体、客体的双重身份。脱掉披在爱欲之上的文化面纱之后，男性和女性在性行为上还原为一种契约关系[2]。男权文化塑造了女性的从属地位，并进一步将性别差异讲述为政治差异，以强化男权文化的存在事实。

为了改变这种状况，让女性拥有与男性同样的主体性地位，拥有对自己人身的自主权，即理性的自由，卫慧的叙事更加彻底，她果敢地切断了生育这一性的后果。"性爱始于生殖，但它从开始就超

---

[1] [美] 凯特·米利特：《性的政治》，钟良明译，北京，社会科学文献出版社，1999年，第181页。
[2] [美] 卡罗尔·帕特曼：《性契约》，李朝晖译，北京，社会科学文献出版社，2004年。

越了生殖；生殖是赋予它以生命的力量，但不久便成为一种限制。为了自由地操纵和随意地处理性欲的过剩潜能，必须把性爱'重新植入'具有更大的力量和额外营养力的其他土壤；文化必须把性的快乐从生殖这一功利主义的应用中解放出来。因此，性的生殖功能既是性爱不可分割的条件，又是使之感到烦恼的东西；两者之间既有牢不可破的联系，也有持续的关系紧张——这种紧张关系的无法消除也如联系的牢不可破。"[1]性与怀孕的纠葛使得怀孕/流产/生产经验成为女作家重要的关注点，萧红的《生死场》、张爱玲的《小团圆》中都动用了女性的流产细节。在《蝴蝶的尖叫》《床上的月亮》等文本中，怀孕都成为悲剧的诱因，怀孕使女性"他者"的地位更加明晰。

避孕自由乃至堕胎技术的发展，使繁殖这一性行为的苦恼开始得到缓解。自从1978年世界第一个试管婴儿路易斯·布朗诞生以来，性的繁殖意义就发生了根本的变化：男人们降级为精子提供者，而女性的母亲地位也朝可有可无的方向发生转变。2017年，人造子宫研发成功，这将改变我们的伦理。人造子宫、克隆技术理论上可以免除女性十月怀胎之苦，并排除怀孕中的不确定因素。一旦能够成功临床使用，则很可能像剖宫产一样被普遍接受，那么，女性与母亲这一角色的必然联系将很可能发生断裂。男女之间的关系、他们对孩子负有的情感关系及现有的家庭模式也将随之发生深刻的转变。一旦没有十月怀胎，母性——曾被视为女性的天性——也会慢慢减弱。高速发展的科学技术这一决定性的力量不仅快速地改变着事物，也正在迅速地改变人类以及人类对事物的理解。卫慧在写作

---

[1] [英]齐格蒙特·鲍曼:《个体化社会》，范祥涛译，上海，上海三联书店，2002年，第289页。

过程中未必明确地意识到科技给女性身份带来的变化，但她直觉到一个女人要完全地成为自己，要彻底地捍卫自主性，她就必须从母亲和妻子这样的社会角色的桎梏中解脱出来，女性和男性务必处在一种平等合作的地位上，当然这种平等是相对意义的。而男女的这种平等与合作在性行为上表现得最是充分。

对母性的叙述与对妻性的叙述是密不可分的，传统文化中的"三纲五常""三从四德"的封建伦理观念不仅直接制约着女性的行事方式，同样也制约着男性中心意识对于女性的想象。"女娲补天"的神话传说、"孟母三迁"的故事、"慈母手中线，游子身上衣"的诗吟等等深入人心，"母"和"爱"似乎成了一对最亲密的伴侣，不仅有一见钟情的开端，也大有白头偕老的架势。

中国对母亲的叙述一直沿着这种歌颂与缅怀的基调，这也奠定了我国传统的母亲形象。慈善、宽容、温暖与爱心成了女性形象的评判标准，母性压抑着妻性和"女"性，母亲作为一个单独的社会主体的丰富性也丧失了，至于女性的本能欲望则心照不宣地被取缔了；母亲的主体性被其社会角色的规定性所替代，母亲在成为"母亲"的同时丧失了自身。母亲被叙述为情感形象、被叙述为爱的符号也是男权叙事的一个策略。当母亲成为女性唯一的身份之后，孩子就成了她的全部，丈夫也不过是她孩子堆中最大的一个，她对他的爱仍然是一种母性之爱。对母亲而言，孩子不是延续了她的生命而是演化成了她的生命本身；父亲更多地是从理性的角度来认知父子关系，性关系的完成和孩子的降生之间的较长的时间差使"父亲"这一身份成为社会问题，不像"母亲"的身份在孩子降生的瞬间自然成立。所以父亲是靠理性来承担对孩子的有限责任，而母亲则靠本能和爱来承担对孩子的无限责任，当然，这种毫无逻辑可言的母爱与十月怀胎这种身体本身的亲密接触也有内在的关系。父母对于孩子的不同态度也反映在卫慧的小说中，虽然，她在叙述中切断了生殖之路，但《床上的月亮》中的马儿、《蝴蝶的尖叫》中的小鱼等男性在得知自己的性伙伴怀孕之后都不肯承认孩子与自己的血缘关系。同时，怀孕使女性的弱势地位更进一步凸显。

张爱玲在《金锁记》中塑造的曹七巧终于使母亲的形象在传统的轨道上旁逸斜出，但曹七巧这种母亲之"恶"仍然在传统的伦理范畴之中，她不过是被金钱奴役着的母亲，在她身上，"女"性依然在冬眠，同样没能苏醒。在卫慧的叙事中，她无意于颠覆传统母亲的形象，她选择了有意地让"母亲"疏离，为了成全女主角的自主性，祛除"母"性、呵护"女"性，叙述者主动给女主人减负松绑，让她们从母性的轨道重新返回到"女"性这个基本面上。家庭的羽翼被卸下，主人公处在如花如梦的青春期，她们与父母不在一起生活，或者是因为读书或者干脆是因为出走，她们对自己的身体拥有自由支配权。现代社会广泛的流动性彻底改变了古代社会"父母在，不远游"的传统信念，造就了一批新型的"客家人"或流浪族，她们与家庭的联系简化为一张张汇款单，她们在一脚跨出家门的那一瞬间开始，就清楚地意识到自己将再也不会回到生她养她的家乡，不会再回到父母的身边。她们走出了传统的熟人社会，到新奇的城市中去邂逅各式各样的陌生人、邂逅新型的消费生活、邂逅别样的命运。从那一刻起，她们也自觉地承担着要成为大都市踊跃的消费者的使命。

"母亲"在卫慧的叙述中，大多是一个精神缺席而物质在场的事物，比如《上海宝贝》中天天的母亲，跟一个老外跑了之后，希图不断地以汇款来认购自己的母亲身份。这种以金钱来替代内心歉疚的情节处理方式是卫慧的叙事一贯采用的,比如《欲望手枪》中米妮的妈妈在跟父亲离异后只身到南方后给米妮写信表示:"如果你不想离开上海,我会每月按时给你寄钱。"[1]又如《蝴蝶的尖叫》中"久无音讯的母亲突然从哈尔滨带来口信,朱迪的反应很冷淡。尽管那是个刺激的好消息。她母亲通过长年的木材生意积累了一笔惊人的财富,并且现在她已病入膏肓"[2]。金钱置换了母亲与孩子的血缘关系,因为"金钱是获得自由选择权的唯一标志,是消费者社会中这一权利的合法提供者"[3]。金钱这一消费社会的价值符号暗中置换了事物的价值,甚至在最古老、最自然、最毋庸置疑的母子关系中亦如是。

与金钱替代母亲对孩子的爱和责任相对应的是孩子对母亲的冷漠态度,比如《上海宝贝》中,天天对母亲是仇恨的,"我不知道她是谁,她只是个按时给我寄钱的女人,而寄钱给我也仅仅是她自欺欺人,减轻负罪感的一种解脱方式。"[4];《欲望手枪》中,米妮"又浏览了一遍信,觉得只有最后一句话才有点道理。她把信随手塞进抽屉,继续坐回稿纸前,像一只生蛋的母鸡一样沉默无语,安然地听从一些意识的碎片从远处飘来"[5]。《蝴蝶的尖叫》中的朱迪则对母亲的好消息反应冷淡,最后决绝地"在那个来接她的人买好飞哈尔滨的机票后突然消失了"[6]。"母亲对她来说是太遥远的一样东西,在这之前她一直像一种自生自灭的草一样活着,没有家庭没有

---

[1] 卫慧:《蝴蝶的尖叫》,长沙,湖南文艺出版社,1999年,第253页。
[2] 同上,第191页。
[3] [英]齐格蒙特·鲍曼:《个体化社会》,范祥涛译,上海,上海三联书店,2002年,第108页。
[4] 卫慧:《上海宝贝》,沈阳,春风文艺出版社,1999年,第196页。
[5] 卫慧:《蝴蝶的尖叫》,第253页。
[6] 同上,第191页。

任何温情的呵护"[1]。

卫慧笔下的"母亲"均在得不到父亲爱情的滋养之后投身金钱的怀抱，金钱成了消费社会中的最后家园，只有金钱的怀抱能够让年老色衰的女性获得平安，这种悲剧命运也使女儿们觉醒。而怀孕生孩子会使女儿重蹈母亲的覆辙，所以，在卫慧笔下，性就只是为了享乐，为了满足肉体的本能。成家、结婚、生育之路已经被决绝地切断，怀孕这个可能的后果被处理为需要解决的麻烦，一旦怀孕，悲剧也就降临了，要么是找医生做流产手术要么干脆导致女性的失踪或者自杀。当性拒绝与生殖结盟时，性就为自身的存在而存在。在斩断了性与生殖的纽带之后，性欲与爱欲就很自然且更紧密地依偎在一起，但在它们无限靠近的瞬间，在失却了生殖的调和之后，爱欲与性欲之间的沟壑与矛盾也清晰可见。"为了满足性交的冲动，必须求婚、恋爱和结婚。否则，肉体的欲望也许可以暂时平息，而精神上的欲望却仍然不灭，不能得到深深的满足。"[2]所以，悲剧总是光临执着于爱的女性身上。

三、 性作为反抗的武器

家庭是社会最活跃的细胞，是社会的基础。一切宏大的事物在家庭落脚，或站稳或摔倒。母亲不仅是孩子生命的桥梁，而且是孩子意识的桥梁。母亲给孩子生命，同时通过童年的耳濡目染、言传身教将社会的意识、行为规范传递给孩子。母亲的不在场不仅意味着家庭束缚的解除，还意味着女性与传统伦理的割裂，因为正是母

---

[1] 卫慧：《蝴蝶的尖叫》，第224页。
[2] [英]罗素：《人类价值中性的地位》，《真与爱》，江燕译，上海，上海三联书店，1997年，第203页。

亲承担着相夫教子的责任，是母亲的家教将女儿由"女"性带入"母"性。母亲的不在场让她们拥有了自由，包括性选择的自由，同时来自母亲的如期而至的汇款成了她们颓败的生活方式的支撑，她们不约而同地觉得这笔汇款来得心安理得，同时继续心安理得地对汇款的来处——母亲保持着冷漠甚至敌意。她们更愿意将自己这种与主流社会若即若离的生存状态归咎于母亲的缺席，然而，她们又不自觉地对自身身处的这种亚文化状态和消费状态暗自得意。就像她们时时在热闹熙攘的都市中感到寂寞，同时在内心深处却对都市的热闹熙攘无比依赖一样。她们是社会"零余人"，她们不参与生产劳动，但她们积极投入消费的激流中，无论是物质的还是精神的享受，她们一样也不放过。哪怕是关起门来待在房间里发呆、幻想、做梦，她们做的也是现代社会的消费之梦，其中《上海宝贝》中倪可渴望惹人注目的白日梦最是典型。

伍尔夫在《一间自己的屋子》中曾经表述女权主义的观念：女性要独立，首先要有"一间自己的屋子"。卫慧对此同样清醒：女性的独立首先建立在一定的经济基础之上。卫慧的叙述用父母的汇款单、支票以及情人的馈赠来解决这个问题。生活的艰辛在此被轻而易举地化解了，这样，卫慧可以将全部的笔墨集中到男女两性的关系上。

男性，虽然分别承担起女性的爱欲和性欲，但最终都是不堪重负者。他们的角色暧昧不定，他们只愿意以彼此的身体来取乐取暖，他们既不能承担爱的后果，也不能担负起性的后果。他们甚至不愿意面对性会带来怀孕这样的事实。如《床上的月亮》中马儿不肯相信小米是与他怀的孕，这种执意的不相信导致了小米的最后坠落。同样，《蝴蝶的尖叫》中"那个男人（小鱼）充满敌意的态度激怒了她（朱迪）"[1]，愤怒加绝望的朱迪用刀刺伤了小鱼的手然后失踪。这种不信任的基本立场导致男女关系永远是短暂的，不可指靠的。他们彼此依恋的只是肉身，是那些瞬间的快乐。他们共同被性行为诱惑，而对于性行为使人感到的震惊、厌恶、羞耻以及携带的道德力量则被漠视了。

越过时空的只是同性的友谊，同性的情谊越过性欲和爱欲成为心灵最后的安慰。心灵的盟友是同性而不是异性，这是卫慧叙述的起点，也是她叙述的归宿。"朱迪像我身体的某一个组成部分，她的疼痛总是能让我被传染，老天，我要知道她现在怎么了。"[2]女性不只能够将心比心，而且能够发生身体感应，而异性虽然有可能进入身体却不能在心灵深处居住下来。因而，同性的情谊能够越过异性的爱，《欲望手枪》中，友谊经受住爱情的伤害之后变得更加牢不可破，"她竟和我成了最好的朋友，这友谊直到有一天以我成了她初恋情人的情人而告终。当然，再后来我们又和好如初了。当这个时代的爱情面目变得模糊不定时，同性之间的友谊总是会迅速地占了上风。"[3]"爱情日益虚化的年代里，友谊总是更能使人感到从心底里发出来的感激之情。这种同性之间的关爱与你的渴望丝丝入扣，所谓的雪中送炭，而不是锦上添花。"[4]同性的友情被叙述成生活的必需品，与之对应的爱情自然就成了奢侈品，而奢侈品固然叫人向往，然对于生活本身却不是必不可少的。在关于同性情谊与异性爱欲之间的叙述上，卫慧是游弋的。

---

[1] 卫慧：《蝴蝶的尖叫》，第225—226页。
[2] 同上，第222页。
[3] 卫慧：《蝴蝶的尖叫》，第239—240页。
[4] 同上，第312页。

作为弗洛伊德的忠实拥趸，卫慧渴望凸显被文明压抑的性欲，并且她试图将性欲作为个人对抗社会的武器来叙述，所以，她首先要将她的主人公从传统的家庭道德伦理中解放出来。不过一旦将女性与传统的家庭撇清关系，女性在获得自由的同时也付出相应的代价，她们不能获得家庭及其日常生活的庇护。同性之间的姊妹情谊似乎就成为她们最后的精神安慰。女性将母亲对待孩子般的仁慈善良用于对待同性。在异性以及其他各处所受的精神和情感伤害，最后均由同性一起担当。母性迂回婉转地化为同性的情谊，女性终于在同性那里分享到母性的甘露，卫慧这种将同性的情谊理想化来弥补异性之爱的不足的叙事处理也是女权叙事的普遍归途。

第二节　欲望修辞：关于享乐的想象

一、在生死爱欲之间

《上海宝贝》的封面上印着三句广告，"一部半自传体小说、一部发生在上海秘密花园里的另类情爱小说、一部女性写给女性的身心体验小说"。[1] 这三句广告从不同的角度诱惑读者："自传体"强调叙事的真实性，同时暗示读者可以用索引法加以解读，并暗示叙述满足隐含读者的窥私欲；"另类"则在兜售一种新奇的与众不同的生活方式；"女性的"强调女性的主体性，即叙述所包含的女权主义态度。20世纪90年代中期，在林白、陈染等女性作家的叙述下，女权主义在文学场域中漫漫洇开，被越来越多的读者所认可，但相对漫长而主流的男权史，女权终归是边缘的。有如女性处在"被看"的地位一样，"一部女性写给女性的身心体验小说"依然能提供诱

---

[1] 卫慧：《上海宝贝》，沈阳，春风文艺出版社，1999年。

惑,邀请我们依照提示语按图索骥。消费者是我们共同的社会角色,我们很难拒绝消费发出的信息,我们不自觉地打开书页,接受关于"上海"这种关于国际化的大都市想象与"宝贝"这一私密想象的接轨:

> 我叫倪可,朋友们都叫我CoCo(恰好活到90岁的法国名女人可可·夏奈尔CoCo·Chanel正是我心目中排名第二的偶像,第一当然是亨利·米勒喽)。每天早晨睁开眼睛,我就想能做点什么惹人注目的了不起的事,想象自己有朝一日如绚烂的烟花噼里啪啦升起在城市上空,几乎成了我的一种生活理想,一种值得活下去的理由。[1]

这就是《上海宝贝》在引用了乔尼·米切尔的《献给莎伦的歌》作为题记之后的开篇。这是一段坦率的自我介绍,第一人称叙事迅速地将我们带进叙述现场,加强"半自传"的真实性。

在这短短的出场白中,叙述者引用了两个名字,这是两个不同领域的代表符号。他们均来自西方,CoCo·Chanel本身是名牌的符号,是昂贵的顶级的消费品的符号,跟发酵的物欲密切相连;而亨利·米勒是著名的性叙事大师,他的代表作标题就是《性》,这本书是上个世纪40年代在巴黎出版的,而在我们一直以为非常开放的美国它一直是被禁止的。CoCo·Chanel和亨利·米勒这两个符号就像河流的两岸,规定了《上海宝贝》的叙述流向:在汹涌的物欲和性欲的挟持中滚滚向前。

---

[1] 卫慧:《上海宝贝》,第1页。

"我"想"做点什么惹人注目的了不起的事,想象自己有朝一日如绚烂的烟花噼里啪啦升起在城市上空"。这种想法不仅是主人公的欲望,也是叙述的内驱力,而亨利·米勒正是叙述者在写作路途上的导师。"在复旦大学中文系读书的时候我就立下志向,做一名激动人心的小说家,凶兆、阴谋、溃疡、匕首、情欲、毒药、疯狂、月光都是我精心准备的字眼儿。"[1]对亨利·米勒的崇拜和这些"精心准备的字眼儿"一道出示了卫慧的叙事趣味。

在《性的政治》中,凯特·米利特对亨利·米勒进行了深入细致的研究,发现"米勒小说一个重大的虚构是,小说的主人公(他总是或多或少是作者米勒的化身)具有不可抗拒的性魅力,且性功能无比强大,令人叹为观止"。[2]在卫慧的叙述中,这种强大的不可抗拒的性魅力和无比强大的性功能被移植到女主角身上。而且,经常性地,女主角对自身这种性的魅力和欲望是有清醒的意识的,如果依照传统的道德观念,"淫荡"指的就是这样的女性:

> "淫荡"一词指的是蓄意的性欲;一个人是否"淫荡",取决于她是否对性事有一种嗜好,尤其取决于她是否一贯地性堕落,而这些概念又取决于一种纯清教徒的信念:性的欲望不仅肮脏,还有点滑稽可笑。[3]

无论是我国的传统伦理道德还是各种宗教的清规戒律,无不对

---

[1] 卫慧:《上海宝贝》,第3页。
[2] [美]凯特·米利特:《性的政治》,钟良明译,北京,社会科学文献出版社,1999年,第5页。
[3] 同上,第7页。

"淫荡"持强烈的反感态度。但卫慧的叙述对这种男性立场定义的"淫荡"一词置之不顾,对传统的道德观念充耳不闻。这一点与上文所述的"母亲"以及所代表的传统伦理教育的缺席是有内在关联的。女性们依据自己的本能行事,"我,一个二十才出头的女孩,勤于发现各种肉体特征,和同一肉体的多样性。"[1]"我比较重视自身在现实中的感受"[2],这种叙事基调决定了"我"作为单个的个体对世俗生活持享乐态度,我不愿意为了所谓的远大理想而舍弃现时涌动的欲望。当精神与物质发生冲突的时候,我仔细辨认享乐的声音。当精神性的爱欲和物质性的性欲发生错位的时候,我依顺身体的自主性,听从性欲的呼唤,所以,米妮会与石头在父亲的病房中在父亲的弥留之际狂欢:

> 从我遇见你开始
> 我就一直看着你,
> 那个季节注定就适合恋爱
> 你注定就适合我的身体
> 有一天你将再度出现
> 就在我疲倦的眼睛里,
> 那时黑夜将永无止境
> 蝙蝠和梦境将再次光临

他们在死者的眼前做爱,不惜一切代价地缠绵。一切混乱之上,一切恐怖之上,一切死亡之上,有永恒的音乐,从肉体

---

[1] 卫慧:《蝴蝶的尖叫》,第295页。
[2] 同上,第114页。

最虚弱处升起来的音乐。生死爱欲之间，生命有着至高的意义，有着最具智慧的哲学意义。[1]

叙述以生命的意义遮盖米妮内心袅袅升起的罪感，然而，在她更深的无意识处闪烁的是她的恋父情结。石头的军装让她对父亲的爱苏醒，让她想起当年身穿军装的父亲以及父亲对她毫无原则的溺爱。在米妮对石头这种疯狂的爱中，米妮的恋父情结超越了有限的肉体，超越了恐怖和死亡。这种肆无忌惮的性欲"就是自身存在的唯一并且充分的理由和目的。""性爱的自足性，即为性的快乐自身的缘故而加以追求的自由，已经上升到文化常规的层次，与它的批评者们更换了位置，而后者现在已属于文化怪异的内部技术和灭绝物种构成的废墟。而今，性爱已经获得了一种自己以前绝对不可能独立肩负起来的实质性内涵，但也获得了闻所未闻的草率与轻浮。"[2] 卫慧将性爱从生殖中解放出来使其大胆的叙述成为性爱的自足性的有力注脚。当然，我们也可以从文化意义上将这垂死的"父亲"视为男权社会那种父权秩序的代表。然而，对"父亲"的反抗依然陷入了新的泥淖，就是女性的反抗依然依赖男性，而石头这位米妮的爱欲和性对象不过是恋父情结的替代。尽管卫慧那样倾心弗洛伊德，然而，在卫慧的笔下关于爱欲与文明的哲学思想并未能有效地实践。

《蝴蝶的尖叫》《床上的月亮》和《像卫慧一样疯狂》故事结构类似：都是以第一人称叙事，而且是两条线索交错并行。《床上的月

---

[1] 卫慧：《蝴蝶的尖叫》，第316页。
[2] [英]齐格蒙特·鲍曼：《个体化社会》，范祥涛译，上海，上海三联书店，2002年，第291页。

亮》一边是张猫跟情人马儿,另一条是年轻的表妹跟老杨未遂退而与表姐的情人马儿发生关系,最后因为怀孕而马儿坚持不肯相信,于是坠落以示自身的清白诚实。《蝴蝶的尖叫》里头也是双线,一条线是"我"与皮皮五年的同居生活,记忆中留下的只有隔三岔五的亢奋的身体交往;另一条线是小姑娘朱迪义无返顾地爱一个搞音乐的有妇之夫"小鱼",怀孕了却因为爱和自尊而不愿意告诉对方。最终,"小鱼"的有钱的太太出现了,"小鱼"背弃了朱迪的爱,被激怒的朱迪报复了"小鱼"之后就失踪了。《像卫慧一样疯狂》的主角直接命名为"卫慧",我们对两个卫慧之间的关系姑且不论,"卫慧"因为丧父,就做了被继父强奸的梦;另一个女孩子阿碧则不断地充当着第三者,在不同的男人之间实践着一些支离破碎痛苦不堪的爱并自觉地以此为命运。

卫慧的中短篇小说大体上都是这个基调:两位主要女性均别无选择地陷入欲望之网中,她们在对爱欲和性欲的问题上有同样的迷惘和困惑,但彼此内心侧重不同。在女主人公的生活中,性欲和爱欲交替挣扎,但爱不过是性的幌子而已,爱总是虚情假意、转瞬即逝的;而另一位年轻女子虽身处道德弱势的第三者,却为爱癫狂,为爱不顾一切,结果酝酿了悲剧。性欲真实强大,而爱欲显得虚幻。性欲是物欲的旗帜。情感范畴的爱欲貌似刻骨铭心,实则无比苍白,经不起诱惑。到长篇《上海宝贝》时,卫慧让性欲与情欲平分秋水,德国情人马克和中国情人天天分享着倪可,三者相安无事,倪可则从他们身上得到完全不同的感觉和体验。追求新奇刺激的感觉和体验似乎成了倪可存在的目的和依据。这种状况正如鲍曼的概括:"绝大多数人——既有男人也有女人——在今天的结合都是通过引诱而不是控制,通过广告宣传而不是教化灌输,通过需求的创造而不是常规性规则。我们大多数人都是在受到社会和文化的训练和塑造之后，成为感觉的追求者和搜集者，而不是生产者和战士。不断接受新的感觉，贪婪无度的追求总是比以前更加强烈和深刻的崭新体验，这些都是顺应引诱的必要条件。"[1] 不断地制造诱惑，让事物超越实用性，发掘、凸显事物的外在诱惑力，以便激起更多欲望，在享乐中迷醉，在物的包围中沉溺，在刺激中寻求快感，这正是消费社会的突出特征。

二、跨国界的欲望书写

卫慧从不避讳自己对西方的崇尚，这种崇尚是彻头彻尾的，不仅包括对消费的无上欢迎，也包括对西方的文化尤其是亚文化，她曾在不同的场合叙述过她对弗洛伊德的倾心，她也借人物之口表达自己对西方的这种崇尚，"当然我也承认我从骨子里崇尚着西方人的某些生活方式"[2]，这种崇尚不仅表现在女主角的生活方式西化，很容易与异域的男性发生情爱关系；而且使她的文本中堆砌着琳琅满目的西方符号，这些符号涉及不同的领域，"我向来都是把书当作一种朋友、食物、镇痛剂、避难所、打火机、击球棍，甚至是宽大舒适的眠床。我熟读了博尔赫斯、塞林格、福克纳、尼采、泰戈尔、川端康成、凯鲁亚克、金斯堡、庞德、伍尔夫、斯宾诺沙、爱伦坡、屠格涅夫、陀斯妥耶夫斯基、纳博科夫，一串金光闪闪的名字……"[3] 这样大段的罗列在过去的文本中是比较难于设想的，很少有小说家会

---

[1] [英]齐格蒙特·鲍曼:《个体化社会》，范祥涛译，上海，上海三联书店，2002年，第294页。
[2] 卫慧:《蝴蝶的尖叫》，第115页。
[3] 同上，第241页。

这样借叙述人物来兜售自己的写作资源，同时这"一串金光闪闪的名字"正是卫慧对西方文化进行想象的凭据。发展到《上海宝贝》中，这种对西方进行想象的疆域拓展了，各式各样的西方文化符号堆砌得琳琅满目，正如旷新年所述：

> 《上海宝贝》彩旗飘飘，堆满了五颜六色、应有尽有的西方文化时尚：从乔尼·米切尔、亨利·米勒、伊芙·泰勒、艾瑞卡·琼、鲍·布拉赫特、海伦·劳伦森、狄兰·托马斯、贝西·斯密斯、威廉姆·巴勒斯、普赖斯、席尔维亚·普拉斯、伊丽莎白·泰勒、弗·奥康纳、萨尔瓦多·达利、杰克·凯鲁亚克、艾伦·金斯堡、让——菲处·图森、罗宾·摩根、麦当娜、弗洛伊德、杜拉斯、保罗·西蒙、鲍勃·狄伦、伊恩·柯蒂斯、萨莉·斯坦弗、托里·阿莫斯、冯·莫里斯、尼采、米兰·昆得拉、苏珊·维加、斯纬德、比利·布拉格、弗吉尼亚·伍尔夫、丹·费格伯格、莱西·斯通，到笛卡儿和特蕾莎修女，乃至披头士、公共形象有限公司乐队。这是一份奇特的无珍不搜、无奇不有的西方时髦文化产品清单。小说庞杂的引文构成了一个色彩斑斓的奇特景观，这是一顿极端丰盛的大杂烩。[1]

这份指向四面八方的文化清单既是上个世纪持续的西学东渐的结果，也出示了下半叶全球化的后果，一位东方第三世界国家的作家的文化营养几乎全部来自西方世界。"复制"使得我们的文化生活

---

[1] 旷新年：《〈上海宝贝〉：后殖民时代的欲望书写》，《天涯》2004年第3期。

也惊人地同化了，尽管文艺一直追求的是个性、独特性、原创性。就像高科技被西方掌管着一样，文化生产的大权也被西方世界垄断着，至于东方，只是西方的想象客体[1]。西方对东方的阐释以及对东方的误读误解反过来影响着东方对自身文化的认识及其文化工业的生产。面对西方无所不在的文化霸权，东方除了束手就擒之外似乎难有其他作为。卫慧这份清单从某种程度上证实了我们所受西方文化的影响之深广，而《上海宝贝》的飞速畅销从更大的程度上印证了青年一代的审美趣味。

下面我们来看看文本是如何叙述倪可的性爱对象马克和情爱对象天天的。马克的具体身份不明，他从柏林来，就职于德资跨国投资顾问公司，而且"马克"本来也是德国的货币单位，是流通交换的等价物。马克是高个子，与 CK 品牌香水味一道出场，已婚，善于与异性周旋，并精于性事。明知倪可有连体婴一般的男友仍然明目张胆地引诱她。马克这个货币符号同时代表着坚硬的物质性的性欲。他所就职的公司已经标榜了他所拥有的优渥的经济能力，他工作的流动性正好吻合全球化的要求。异国情调进一步增添了他的个人魅力，马克就是消费社会的选民，他身上凝结着全球化的想象结晶。

人口的流动性一方面作为第三世界国家农村劳动力的被迫的现实存在，同时也作为城市人的一种梦想存在，它表达了一种潜藏的全球想象——"人生的抱负多半是以流动性、自由选择居住地、旅行和见识世界所表达的；而人生的恐惧却恰恰相反，往往是以禁锢、缺少变化、不能走进其他人都能轻松穿行、探索和享受的地方来谈

---

[1] 参见 [美] 爱德华·W·萨义德：《东方主义》，王宇根译，北京，生活·读书·新知三联书店，1999 年。

论的。"[1]

倪可的中国爱人天天完全是个社会的"零余人",他既不从事生产劳动,也不热衷消费活动。他靠在国外开餐馆的母亲定期寄来的汇款维持生活,他的生活是被动型的:吸毒,性无能,随波逐流,喜欢画画,缺乏应付日常生活的能力,也缺乏拥抱消费社会的热情,疏于人情世故,纯洁然而怯弱,无条件地像救命稻草一般爱着拥抱消费社会的倪可,明知倪可与马克发生关系却无能为力。倪可在天天这里意味着柔软的精神性的爱欲。

倪可是毫无性禁忌、性羞耻感的新型女性,她的"身体都成了力比多贯注的对象,成了可以享受的东西,成了快乐的工具"[2]。渴望惹人注目的她不排斥任何一次追新逐异的体验,她甚至与马克介绍的外国女导演一见钟情。倪可身上,除了内化到个人生命深处的一点点社会性以外,传统的社会伦理道德的烙印一扫而光。在男权叙事中,女性的身体虽然被描绘,但是经过男性眼光打量过滤后的美及性感,至于女性具体的心理活动和活跃的身体意识则完全被忽略了。而卫慧笔下,女性与男性一样具有明晰的性意识,她多次写到女主人对自己身体的满意以及自慰带来的高潮,男人出场时,女性会调动自己的视觉、味觉以及所有的感官,将对方化成性对象进行考察,比如她对矮个子男性的排斥就是因为与矮个子男人有不愉快的性经验,而马克正好是"高个子""散发着异国的香味",对倪可构成强烈的与众不同的性刺激。事实上,倪可与马克都明白彼

---

[1] [英]齐格蒙特·鲍曼:《全球化——人类的后果》,郭国良、徐建华译,北京,商务印书馆,2001年,第118页。
[2] [美]赫伯特·马尔库塞:《爱欲与文明——对弗洛伊德思想的哲学探讨》,黄勇、薛民译,上海,上海译文出版社,1987年,第147页。

此的处境及需求，一开始，他们就明白这只是一场满足彼此身体欲望的性游戏，不会对彼此的生活本身构成任何伤害，当然，对天天的情感伤害不在倪可的考虑范围。所以，性叙事的革命性意义即对文明压抑性欲的反抗也就消失了。

三、享乐文化的局限

在卫慧的文本里，并不仅仅是因为性话语吸引人，比起许多其他叙述都市情欲的小说，《上海宝贝》的性场面描写既不是最多的，也不是最露骨的。如果一定要用最来形容，充其量是最无所谓的。

《上海宝贝》的魅力来自倪可所叙述的那种流动性很大、刺激性很强的生活方式，比如倪可那代表两种极端的异性，比如她被物簇拥，而道德被抛诸九霄云外只关心私人感觉和体验的生活方式——在现代都市中如鱼得水、在名牌的丛林里穿梭，在不同的身体中游刃有余、心无旁骛地追求享乐的生活方式。"物质女孩"和"社会零余人"共同构筑的一个另类世界。她的小说引起了一批小资的神往，点燃了她们青春期的梦。

在金钱貌似客观的对事物价值的夷平过程中，必然导致我们对传统所珍视的价值产生怀疑。而对既往价值的珍视和确信是幸福感的主要来源，当这些我们内心珍视的价值受到挑战或者威胁的时候，当我们感到迷失怅惘的时候，原有的幸福感也逐渐丧失，同时很可能导致对享乐的追逐。而供应量日渐增加的货币为这种享乐提供了基础。"同样数量的金钱可以买到生活所提供的所有可能性，不管是谁被这样一个事实所摆布，他就必然成为一个乐极生厌者。作为一条规律，乐极生厌的态度被恰如其分地归结为对享乐的餍足，因为过强的刺激摧毁了神经对它的反应能力。"[1]而且,"正是从乐极生厌的中,出现了当今那种追求刺激、追求极端印象和追求变化的极速现象——这是在某中情境中想要克服危险与痛苦的各种尝试中非常典型的一种,其使用的手段是对内容从数量上进行夸大。……更为重要的是,现代人只选择了在上述经验、关系和信息中的'刺激',而不考虑这些刺激为什么对我们是重要的……一种货币文化意指的是这样一种货币手段对生活的奴役,以至于从这种货币文化的疲惫中获得解脱也不言自喻地从一种纯粹的、掩盖了其最终意义的手段中——即在不折不扣的'刺激'的事实中——寻求获得。"[2]这种对"刺激"的一味追逐最终通向漠然,如对性欲刺激的追求却剥夺了我们对真正的爱的感受能力,对物欲的沉湎最终使我们贪婪地占有财富却无法感受财富的内在特质和基本价值,吸毒这种明知有害而为之的行为可以视为对强烈刺激极端追求的结果,是神经系统对正常刺激失效的偏激选择。而对事物极细微处的敏锐感受却是拓展生活、丰富人生最有效的方式。

尽管享乐最终导致迷失和厌倦,然而,货币支撑着享乐的生活方式,消费社会的叙事也在支撑关于享乐的想象。《上海宝贝》中那些密布的品牌无不在述说着诱惑,述说着一个高度发达的城市里物质的丰盈。人就是在这种种物的挤压中变的越发依赖物,人在人造物堆积的世界中左冲右突。人悉心生产出物,假想物能给人带来价值,最终却被物所压迫;人悉心生产出货币,设想货币可以给生活带来方便,最终却被货币所奴役。人在人造物面前是这样渺小与无

---

[1] [德]西美尔:《货币哲学》,陈戎女译,北京,华夏出版社,2002年,第185页。

[2] 同上,第186—187页。

奈。唯有那些来自世界各地的品牌的标志字母能够让人产生些微的价值感和发掘出人生的意义。人在时尚中沉沦，叹息，但是人无法挣脱由自己生产出来的一切。消费就是时代的主角，它以提供选择自由的假象使消费者丧失了对自由这种核心价值的追求。人的智慧和理性在诸多的诱惑和刺激中迷失。对价值的漠视以及随之而来的无法诉说的焦虑成为消费社会的普遍情感。

从传统的家庭中逃离，"母亲"及其所代表的民族文化形象的不在场，独自生活在别处，这为卫慧对西方亚文化的崇尚埋下了伏笔。消费这些时髦的文化产品正是今天都市青年的潮流。与这些符号对应的是大量的消费场所涌现在卫慧的文本中：晃动的街道、酒吧、饭店……前卫的文化符码、另类的消费行动、伴随异域风情的情欲共同织就了青年一代关于全球化的都市想象。在卫慧的身后，一场更盛大的欲望书写已经开始。

第七章 消费流通中的文学书写

余华曾经在《灵魂饭·消费的儿子》中谈到,"(他)不仅是我的儿子,同时也是这个消费时代的儿子"[1]。今天,我要借用这句话:余华也是这个消费时代的作家。他不仅迅速地感受到消费社会的气息,而且也是少数主动地与这个时代达成和解的作家之一。

在他的《兄弟》面世后,余华在各大媒体上频频亮相、滔滔不绝,从不同角度连篇累牍地阐释《兄弟》,使之强行被消费者留意。流通领域内关于《兄弟》的话语累计起来比作品本身还要厚。

---

[1] 余华:《灵魂饭》,海口,南海出版公司,2002年,第21页。

第一节　凝视欲望深渊，重述"家人父子"

综合统计，《活着》[1]也许是改革开放以来影响力最大的纯文学作品，自1998年至今，开卷年度监控销售量为4182111本[2]，超出《平凡的世界》《红高粱》《白鹿原》《尘埃落定》等名作同时段的监控销量。《活着》的论文在知网上以关键词统计有1253篇[3]。《活着》有英、法、德、意、西、荷兰、日、韩、越南、阿拉伯等译本。《活着》进入了多个版本的文学史，并在大学课堂经常被讲解。

将余华放置于具体的历史语境中来理解，他对常识的颠覆、对暴力的迷恋、对自我深渊的如此凝眸才能找到切实的支点。改革之初，盎然的生机和匮乏的思想资源并存，各种文学思潮、流派和作品蜂拥而入。因缘际会，余华一头扎进了川端康成和卡夫卡的怀抱，

---

[1] 参见余华：《活着》，北京，作家出版社，2012年。
[2] 开卷全国图书零售市场观测系统自1998年7月建立，目前共线上线下6000多家书店，开卷的采样大约为市场的一半。也就是说1998年7月至2018年9月来《活着》的实际销售量估计高达8百多万本。
[3] 论文与译本的数据于2020年10月10日统计。

很快就以极端自由的叛逆姿态引起文坛的关注。川端康成教会余华聚焦和静物画的细节处理方式；而在卡夫卡那里，他被形而上的孤独震惊了，这种抽象的孤独与中国古老的人伦传统抵牾，却与"文革"时期的成长经验不谋而合，余华大胆地将文学种子埋进这矛盾的沃土中。

青少年的孤独经验与卡夫卡的遇合使余华意识到宏大叙事的虚假，进而在《虚伪的作品》中宣布要追求一种内在的精神真实，这也是先锋小说的先锋所在，他们以极端的形式实验否定"高、大、全"虚假意义生产方式。与"性格即命运""性格决定命运"的现实主义信条相对，余华提出"我更关心的是人物的欲望，欲望比性格更能代表一个人的存在价值"。[1] 欲望根植于潜意识，是人物的发动机。相比而言，性格显得浅表，抓住欲望就抓住了人物精神的本源性。某种意义上说欲望就是人本身，家人父子都可能是地狱般的"他者"。余华依据人的内部真实的自我来描画人物，自我是一个无形而浩荡的世界，那里欲望汹涌，火山爆发，血脉贲张。

从《十八岁出门远行》开始，余华就着手将人从家庭中解放出来。革命叙事中人离家出走是有目标的，人物从家庭走向广场奔赴意义之旅；无目标的漫游让十八岁的"我"见识了世界的广大与无序，这是一个外部世界想象的溃散与坍塌过程。《现实一种》以兄弟连环残杀复仇标示着家庭内部的坏死。《在细雨中呼喊》借助弃子身份重新打量原生家庭，父子关系破败不堪。

以孙广才为代表的"恶父"基因在此后的人物谱系中繁衍壮大：早期的福贵（《活着》）、何小勇（《许三观卖血记》）、李光头父子

---

[1] 余华：《我能否相信自己》，北京，人民日报出版社，1998年，第171页。

(《兄弟》)；与此相伴的是一系列"善"的养父形象，如王立强、后期的福贵、许三观、宋凡平、杨金彪。生父形象与养父形象对比鲜明，相辅相成。从"恶之花"的孙广才到善莫大焉的杨金彪展示了余华精神轨迹和对传统文化的吸纳。生父仅仅提供了肉身，甚至连最低限度的生活物质也无法给予，更不能给人的心灵成长提供庇护所，即使不借助革命的外力，父亲依然是儿子成长途中的绊脚石甚至儿子的敌人。母亲只是维系家庭的卑微而柔韧的力量；养父却提供了成长所必须的精神启蒙和相对安全的生活环境。精神性的养父子是对生物性的亲父子关系的重塑，犹如"超我"是对"本我"的升华。

如果仅以"善"和"恶"二分余华的人物谱系无疑是在简化，因为他在写作之初就斩断了道德包袱，悬置了善恶评价。余华不耽于外部兜圈子，他的目光洞穿五脏六腑，越过人性直抵物性。人的内心真实和潜意识、暴力和情欲是他大写的对象。余华对社会、历史、家庭、性别等外部现实因素置若罔闻，这些均像外套，对人物起遮蔽、保暖乃至美化作用；20世纪90年代，社会剧变，余华也开始后撤，那些曾经被他鄙弃的外衣又被穿在福贵、许三观身上了。浪子福贵经历了败家、离家、回家的过程。许三观为建立家庭不仅卖了血，费了心，还受了辱。《兄弟》遵循消费的原则再次颠覆因果报应观，消费主义大行其道，恶之花遍地开放。

本书将从"家人父子"的重述角度来展开，从早年的《十八岁出门远行》到长篇《在细雨中呼喊》，以弗洛伊德的学说分析余华何以对鲜血、暴力和恶如此迷恋；以《活着》《许三观卖血记》为标志余华对"家人父子"关系进行了全新处理，这是西方精神分析学说与儒家传统人伦观不断碰撞、交融的结果。余华对20世纪经典家族小说模式及其"家人父子"关系进行重述，叙述焦点从人的能动性到受动性的位移，同时小心翼翼地维护人物的权力，警惕叙事人滥用话语权。

一、挣脱意义缰绳的暴力与情欲

20世纪80年代，弗洛伊德的精神分析学说风靡一时，他对自我三重结构的揭示深入人心，对俄狄浦斯情结的解释敞亮了本能的巨大力量。精神分析对弥漫于革命叙事中的阶级观是一种有力的质辩，那些对自身文化遗产心怀戒备的青年作家在黑暗中看到了这束光。余华斗胆直视人物的暴力，体验横冲直撞的激情在血管中喷薄欲出，正如陈晓明所言："余华的人物崇尚暴力就像狗喜欢骨头。""余华的那些人物总是被注定走向阴谋，走向劫难，走向死亡。"[1]余华成长于"文革"期，见惯了负面欲望的一触即发，惶恐、焦虑、绝望使人在非理性的深潭自艾自怜。无穷无尽的羞辱和折磨使整个社会的羞耻感变得稀薄，禁欲总动员又让压抑不住的情欲变形并自寻出路。余华就是从生存的整体荒诞中来体验暴力和感受情欲的。希望用社会历史批评的套路从余华的作品中打捞社会真相纯属徒劳，因为他针对的是世界的荒诞和人的荒诞，而不仅仅是某一历史时期的外表。余华说："暴力因为其形式充满激情，它的力量源自于人内心的渴望，所以它使我心醉神迷。"[2]他具象描绘身体行为的暴力，指向的却是暴力的精神化、形式化。

余华自幼在医院生活，在停尸床上乘凉，父亲是外科医生，衣服经常血淋淋的。血腥、死亡、夜晚空旷的呼喊、"文革"的幽灵在

---

[1] 陈晓明：《中国先锋小说精选·序言》，兰州，甘肃人民出版社，1993年。
[2] 余华：《我能否相信自己》，第162页。

余华的心灵深处徘徊。司空见惯的"大字报"意外地成了他最初的文学启蒙,写于"文革"结束十年后的《一九八六年》对此进行了回应:"十多年前那场浩劫如今已成了过眼烟云,那些留在墙上的标语被一次次粉刷给彻底掩盖了。他们走在街上时再也看不到过去,他们只看到现在。"[1]标语可以被遮盖,但过去并没有逝去,昨天甚至可能控制今天、影响明天,历史的阴影盘根错节。大字报将人的隐私公之于众,羞辱人,这种文体所使用的夸张和反讽的修辞,简短有力的话语风格伴随着余华的写作,"从《十八岁出门远行》到《现实一种》时期的作品,其结构大体是对事实框架的模仿,情节段落之间的关系基本上是递进、连接的关系,它们之间具有某种现实的必然性。但是那时期作品体现我有关世界结构的一个重要标志,便是对常理的破坏……事实的价值并不只是局限于事实本身,任何一个事实一旦进入作品都可能象征一个世界。"[2]"对常理的破坏"与北岛的诗歌"我不相信"异曲同工,经历过"文革"时期的他们不仅怀疑世界表象,也质疑传统文化和写作范式。针对"十七年"宏大叙事讲述人的主观能动性、人的英雄情结、人的理想主义冲动形成的整一文学景观,余华调转笔锋书写人性的暗面:一方面,人就是本我的奴隶,被汹涌的情欲主宰着,被暴力的激情驱使着;另一方面,人有无穷的被动性,逆来顺受、忍气吞声、苟活。作家自身也多多少少在凝视阴暗面的过程中对象化了。

《十八岁出门远行》呈现了"我"与外部世界的冲撞,所有的障碍都可以粉碎"我",真实犹如那台随时抛锚的汽车,装载的苹果乃至配件被民众哄抢一光,"我"对世界苹果色的幻想支离破碎。但是

---

[1] 余华:《一九八六年》,广州,花城出版社,2013年,第11页。
[2] 余华:《我能否相信自己》,第162页。

余华并不对民众和只求自保的司机进行道德讨伐。后来他在《活着》中写到有庆为县长太太输血而死，在《许三观卖血记》中也写到李血头与卖血者之间，插队的二乐与队长之间的权力关系，都有别于过去蓄意渲染阶层矛盾的写法。余华不像鲁迅一样批判群众的看客心理，也没有用阶级斗争那套压迫与反抗机制来揭露权力的罪恶，甚至人所生活的社会环境、道德、舆论和人本身的麻木，他都无暇顾及，某种意义上说这也是先锋小说和传统现实主义的分野。这是不同的两种用力方式。传统现实主义希图通过宏伟理想叙述唤醒人的英雄主义情结，召唤内心的净化冲动；而先锋小说则敞亮人的无意识、无休无止的欲望以及根本性的孤独，昭显恶的存在。现实主义乃至整个文化传统都勉力强化人生意义，回避埋伏于人心深处的冲动恶魔；先锋小说却消解人生意义，并试图去切近内心的魔鬼，通过敞亮、描摹来祛魅，呈现一种新的内部的真实。《现实一种》主体部分是家族内部的连环杀戮，起因是4岁的皮皮摔死了1岁的堂弟，这看似无意识的犯罪，实质却是儿童对父权的耳濡目染："他看到父亲经常这样揍母亲"[1]。皮皮从弟弟的哭声和鲜血中获得了虐人的快感，将弟弟摔在地上让他感到轻松，这是"死本能"的呈现。相继而来的是兄弟连环复仇，但作品津津乐道的不是复仇的正义而是杀死亲人的新奇方法。医生们围着山岗的遗体各取所需，欢快的场景泄露了隐藏在救病治人的天使们身体内部的暴力，由于捐遗体使山岗意外有后侧面展示了人类历史的荒诞。《现实一种》并不是我们肉眼所见的吃、喝、拉、撒的"现实"，而是像《狂人日记》在历史的字缝中发现"吃人"一样，叙述人领我们走进家庭内部，看看

---

[1] 余华:《现实一种》，北京，作家出版社，2008年，第4页。

"修身、齐家""孝悌"等横幅背面的真实。

《一九八六年》这个标题意味深长，历史老师尚未发疯时曾在字条上记录历代的酷刑方式："五刑：墨、劓、剕、宫、大辟……"[1]发疯后的他正是依照历史知识有条不紊地进行自戕。酷刑进入潜意识，被传播历史知识的老师亲自实践，自戕让施虐/受虐同体。如果与《我该怎么办》对比来读，就发现余华改写了声势浩大的伤痕文学的叙事方向。伤痕文学是沿着问题小说的逻辑链条延展的，意在展现外部秩序的阴差阳错；而余华将伤痕深化到人的身体和精神结构之中，并将人们急于摆脱的"文革"阴影与几千年酷刑的历史阴影连接起来。

《现实一种》《一九八六年》与《红高粱》《檀香刑》等先锋小说都迷恋暴力，对暴力的实施进行了精雕细琢，暴力书写是对人的动物本能的指认，也是对权力残酷本性的敞亮和反抗。正如伯恩斯坦所言："我们永远也不要低估我们基本冲动和本能的力量和能量，也不要低估精神矛盾的深度。我们永远不要自欺欺人地认为我们的本能性破坏能力可以被完全驯服或控制住。我们永远也不要忘了，所有不可预期的偶然状况都可能释放'野蛮的'攻击性和毁灭性能量。"[2] 余华的小说正是从偶然性展开的，也可以说他看到了偶然性背后的必然性。

《鲜血梅花》是对复仇类型小说的戏仿，但主人公从未享受过父爱，自然无法"仇人相见、分外眼红"。他听从母命背剑上路，于是一再错失良机，复仇被延宕，仇人早已死于他人之手。关于复仇的

---

[1] 余华：《一九八六年》，第2页。
[2] [美] 理查德·J·伯恩斯坦：《根本恶》，王钦、朱康译，南京，译林出版社，2015年，第195页。

内涵，黑格尔曾说："由于复仇是报复，所以从内容上说它是正义的，但是从形式上说复仇是主观意志的行为，主观意志在每一次侵害中都可体现它的无限性，所以它是合乎正义的，一般来说，事属偶然，而且对他人来说，也不过是一种特殊意志。复仇由于它是特殊意志的肯定行为，所以是一种新的侵害。作为这种矛盾，它陷于无限进程，世代相传以致无穷。"[1]《鲜血梅花》改写了父仇子报的内容，以偶然性斩断了父债子还的社会逻辑。将《现实一种》和《鲜血梅花》对比，会发现暴力可以独立于仇恨蛰居人体。《在劫难逃》《命中注定》等作品名泄露了宿命论借尸还魂。善恶报应也是《活着》《许三观卖血记》受到大众欢迎的价值基础，无论是阶级观、精神分析还是儒家伦理都无法改变大众的集体无意识对于宿命报应论的信奉。

　　社会剧变使20世纪80年代的诸多追求被搁置，1992年"南巡讲话"确立了此后社会发展的基本方向，经济发展刺激欲望膨胀，欲望也刺激着人类文明的加速发展，现代文化模式与欲望、人、文化之间的复杂关系密不可分。人的一生都在努力与自身的欲望和平共处，文化讲述则是为了让个人欲望与社会发展匹配。一方面欲望内在于人，给人带来希望、活力和崭新的精神状态，另一方面欲望也是心魔，裹挟人的行为、语言和思想。欲望的刺激机制使人心神不宁，文化则通过对欲望的讲述对人类行为进行规训。欲望与文化的纠缠比较极端地表现为狂人的"被吃/吃人"、阿Q的"受虐/施虐"结构，鲁迅揭露了这种心理结构，意在"引起疗救的注意"。余华延续了这种思考却放弃了知识分子激烈的批判态度。《在细雨中呼

---

[1] [德]黑格尔：《法哲学原理》，范扬、张企泰译，北京，商务印书馆，2017年，第123页。

喊》中的叙事人"我"——胆小怕事的孙光林同样进入了这种受虐和施虐的结构之中，一方面被生父所弃感受被虐，另一方面在养父王立强和朋友国庆那里偷偷享受施虐的隐蔽快乐。在《许三观卖血记》中，许玉兰挨批斗时，许三观自己忍受流言蜚语去给她送饭，夜里却在家中让妻子继续"坦白"。许玉兰在"坦白"时陷入话语增殖机制中自虐，三个尚未成年的孩子也在一旁充当偷窥者、施虐者。家人互为"看客"，但小说以更多的笔墨写到许三观的良心发现。将许玉兰的当众倾诉与《白鹿原》中田小娥化鬼魂后的自我抗辩对比就会更清晰地发现两位作家的着力点。余华以戏谑的方式让读者明辨许玉兰身上小小的道德瑕疵，他将正义的判断留给读者；而陈忠实有强烈的价值倾向，叙事突出男权社会对一个执着内心情感要求的女性的迫害。

"受虐/施虐"结构不仅表现在夫妻的爱欲之间，还更为淋漓尽致地展现在父子之间，这可解读为余华对新文学"弑父"情结的拓展。为了表现推翻旧时代的合理性，20世纪中国文学津津乐道于饥饿、压抑、困顿和麻木。余华对饥饿冷静地加以审视，比如《在细雨中呼喊》孙广才虐待老父亲，给老人很小的碗，让老人坐低矮的小板凳，只能看到菜碗却看不到菜，最后靠舔大家的碗来填饱肚子。舔碗的细节我们一点也不陌生，在《白鹿原》中，黑娃当长工时就不肯舔碗，主人家却有舔碗的习惯并视之为传家宝。抗拒舔碗既塑造黑娃的反抗性格，也改写了地主形象，具有较大的阐释空间，而余华并不引领读者踏上道德义愤之路。他不渲染，不让读者逸出叙事之途。孙广才最大限度地展示"受虐/施虐"结构，他不仅虐待老父亲，也虐待老婆和三个孩子，他就是家庭的暴君，家国同构，君父同伦。可怖的是孩子们无师自通，彼此告密、互虐，以向长辈/权力者告密和离间同辈来拉拢这个、排斥那个，孤立成为排除异己最有力的手段，分享秘密则成为朋友认同的重要方式。《在细雨中呼喊》遍布这种精神的冷暴力，它比肉身惩罚更加难以忍受。

《在细雨中呼喊》中几乎每个人都是情欲的奴隶，情欲诱导其他行为。生父孙广才极为猥琐，挑战人伦，因循动物性的本能。他为了一时的情欲迫不及待地在别人家扯下自己老婆的裤子，不顾廉耻大摇大摆地光顾寡妇的家门，第一次登门拜访亲家，就爬上二楼闺阁伸手摸向未过门的儿媳妇的身体导致大儿子的婚事告吹，儿子好不容易成婚后，他再次伸手去摸儿媳妇的屁股。这让长子孙光平忍无可忍，最终割下父亲的耳朵，完成"弑父"行为。在弗洛伊德看来，性欲是本我的核心，人类社会更替的最典型的表现是弑父，"弑父这个行为也大大地塑造了人们的自我"[1]。"弑父"正是性本能和性嫉妒所致[2]。文学史从一定意义上说是人类的欲望史。从《关雎》开始，情欲就成为文学的母题，后世的作家不断创造挑战情欲书写。礼与欲的冲突成为古典文学作品的重要题材。在 20 世纪文学主流的革命叙事中，情欲被纳入革命的链条获得合法性，成为意义生产的重要环节。发展到余华这里，情欲再次下降到生物层面，与吃喝拉撒等量齐观。

性本能牵引着人物走向自己的命运。王立强的偷情被同事的爱管闲事的老婆发现上报组织，遭遇了最险峻的后果，他试图用手榴

---

[1] 吴飞：《人伦的"解体"——形质论传统中的家国焦虑》，北京，生活·读书·新知三联书店，2017 年，第 366 页。
[2] 参见弗洛伊德：《自我与本我》，收入《弗洛伊德文集（6）》，长春，长春出版社，2004 年，第 133—134 页。

弹去炸毁长舌妇却落在对方儿子身上，王立强自杀后不久告密者就生了双胞胎。在这里，余华有意颠倒了善恶报应的传统逻辑。苏宇、苏杭兄弟的故事同样如此，苏宇临时起意抚摸少妇而判刑入狱，苏杭蓄意强奸老太太却被幸免。叙事不让读者掉进道德判断的坑。情欲让乡村的男性蜂拥至寡妇家，也让寡妇故意引诱医生；情欲让音乐老师走向监狱、王立强走向死亡；情欲使国庆父亲抛弃亲生儿子，也使"我"、郑亮、苏杭等一群少年被手淫折磨得死去活来，青春期身体的秘密又成为友谊的基础。情欲将人导向各种各样的悲剧：当年风华正茂的音乐老师与女生曹丽有了性爱关系之后被迫不断检讨，并进监狱五年，一个雅俊风流的青年未老先衰，"我"暗恋的女同学曹丽的命运则被一笔带过。鲁鲁母亲被同村的青年抛弃后沦为暗娼……情欲后果如此沉重乃是由于禁欲。在正常的时代里，大家能够自然地恋爱、结婚，琴瑟和谐，共建家园，但在荒诞的世界里，人们要为此付出惨重的代价甚至生命。

在世界文学范畴中，因通奸、外遇而自杀的女性非常多，如包法利夫人、安娜等等，作品的谴责意图非常明晰，男权文化的宰制、封闭的思想观念、险恶的上流社会等都是杀人的帮凶。余华没有将批判的矛头指向男权文化，也没有归咎于道德败坏，而是将叙述紧紧地封闭在个人生命内部。情欲与生命同在，亘古悠长，既孕育生命也毁灭生命。情欲像定时炸弹一样伏击在每个人生旅途，引发各色戏剧冲突。情欲既通向人的存在困境，也通向广阔的社会空间。

林林总总的告密、偷窥、冲突、残杀与自杀、虐人与自虐遍布于余华的作品中，这些貌似偶然的非正常死亡实则通向必然，通向人的"死本能"。余华的书写也摆脱了鲁迅"所赋予砍头的唯一象征内涵"[1]，将暴力和情欲从革命的依附地位中解放出来，重获独立的美学意义。

二、重述"家人父子"

家庭是社会的基础，以父子关系为经线传承，社会生活和家族生活互相模仿、互相渗融。中国文化一向重视对家庭的叙述，《关雎》以礼乐规范情欲，居《诗经》首篇奠定了中国文学的道德教化功能。"修身、齐家、治国、平天下"内化为知识分子的道德规范。与之相应的家国情怀成为中国文学中最为璀璨的部分，并繁衍出根深叶繁的文化传统。

五四新文学园地中家族小说蔚为壮观，将家摹写为"罪恶的渊薮"，这与《红楼梦》中无处不在的家庭内部冲突相关，同时又以阶级观丰富了父子冲突这个家族叙事的内核，阶级斗争在作品中神出鬼没，无处不在。高老头、周朴园等家长伪善、专制、自私，成为后辈要反抗的对象。婚恋自由成为父子反目的导火索，也成为离家革命的驱动力。我们很容易从中看到叙事人对年轻一代及其未来的莫名信心，仿佛只要推翻了这些象征旧势力的长辈，理想中的自由就会来到。余华不这样看，他既不相信父慈子孝的谎言，也不信奉支配宏大叙事的阶级观，他渴望的是回到人本身，触及一种本质性的荒诞，人的荒诞、历史的荒诞和世界的荒诞。余华以生物性的父子关系的易碎动摇我们对血缘、家庭等常识中固定事物的信念。

人类保留着动物繁衍物种的本能——爱本能和善本能，也残留着死本能、恶本能，所以余华认为"无论是健康美丽的肌肤，还是

---

[1] 王德威：《从"头"谈起》，《想象中国的方法》，北京，生活·读书·新知三联书店，1998年。

溃烂的伤口,在作家那里都应当引起同样的激动"。[1]他的写作超越了悲剧和英雄主义,弃养没有被描述为"悲惨世界",家庭也不是所谓的"黄金世界"。他打乱了伟大的父亲、善良的母亲、慈祥的祖父、可爱的孩子这样固化的搭配及其背后的虚假想象,重建家庭秩序以及"家人父子"的关系。

撕开家庭温情脉脉的面纱,余华看到的是家庭内部的真相,"生父"是下一代成长途中的绊脚石,可能伤害甚至抛弃孩子。《一九八六年》中的"父亲"是一个被驱除出历史的历史老师,他模仿历史上的酷刑进行自残、自戕,以自虐吸引看客,破坏妻女现有的平静,让读者觉知平滑生活漩涡中的黑洞;《现实一种》中的山峰让侄子舔鲜血并像踢皮球一样一脚将他踢飞;《在劫难逃》中"老中医"父亲让儿子东山毁容;《世事如烟》中的算命先生为自己长寿而克子;《在细雨中呼喊》中孙广才乃恶之集大成者,其父孙有元的恶也得以细细绘摹。《活着》中,福贵出生地主家,他父亲就是败家子,掉进茅坑淹死。福贵虐待下人,羞辱岳父,殴打妻子,嫖赌俱全,败家彻底,媳妇家珍因此被岳父领回娘家;福贵后来被抓壮丁离家,未能给母亲送终;女儿凤霞也因贫穷被送人,是因为弟弟有庆威胁才被留在家里。这批作品中,"生父"形象自私、猥琐、残忍、不择手段,母亲在家无足轻重,地位积弱。

在彻底败坏对"生父"的想象之后,余华费尽心力建构"养父"形象。《在细雨中呼喊》的王立强终因幽会被揭发而死于非命,但他的行为展示他是一位健康、正常的男性,给孙光林以光明的精神营养。《许三观卖血记》中许一乐是何小勇的儿子,在为生父喊魂时将

---

[1] 余华:《我能否相信自己》,北京,人民日报出版社,1998年,第155页。

身世昭诸于众，使许三观颜面殆尽，但许三观却为一乐治病一路卖血到上海，将父子的超血缘的精神性推向高潮。《兄弟》中宋凡平给了李光头比宋钢更深厚更博大的父爱。《第七天》中未婚的杨金彪从铁轨上捡到刚出生的"我"就当起了爸爸，为养子甘愿压抑爱欲，舍弃婚姻。"我"长大后虽然去找过自己的亲生父母却甘愿回到养父身边，这成为超越血缘的父子关系的典范。从王立强到杨金彪，余华对养父的刻画完成了从"本我"到"超我"的升华过程，王立强最终死于情欲，而杨金彪为养子甘愿放弃情欲。

家庭的支离破碎如此高频地出现，以致于我们不得不认真重新思考作家的真实意图。让我们回到叙事人，叙述指向会更为明晰。《在细雨中呼喊》采用儿童的亲历视角并以第一人称限知叙事，告密、"看客"和"帮凶"等角色均以冷静而自然的方式被呈现。被弃并不是个别的孤立的现象，"我"的伙伴国庆也遭遇被弃；只有九岁的鲁鲁同样被弃，他的父亲干脆在他的人生中缺席。与他们相比，"我"很幸运，能从养父养母家中得到关爱，并获得受教育的新生活，最终搭上了高考顺风车离开这个村庄，叙事人的大学生身份强化了叙事的距离感。叙述的断裂、分岔、闪回、跳跃和多线索并进是对潜意识的模仿，回忆打断了线性时间，像梦境一样自由出入悲欢离合，五花八门的联想展翅飞翔。余华使用了一种崭新的理解现实的方式，而这种现实恰恰是反外部现实的，是一种精神上的真实。开篇营造的黑夜中呼喊而没有回应的孤独具有象征性，统领着小说的氛围。结尾，"我"孤零零地回到南门，碰到已经不认识的生父孙广才，"我"陷入人类共同的孤独之中。孙光林的孤独大于一个"养子"的孤独，也不只是时代的孤独，而是人类普遍的孤独。国庆讲义气结识朋友，鲁鲁凭空想象拥有一位哥哥，都是寻找身份认同、抵御孤独的方式。

　　被遗弃的国庆梦想着父亲生病时会回来找他让他帮助找药递水，但是当他经过医院发现父亲住院并没有找他时，他的梦想破灭了。深深的遗弃感使他与楼下的黑衣服老太太相依为命。在被死亡遮蔽的角落，黑衣服老太太常幻想已故的先生会从镜框里出来和她约会。我以为这是神来之笔，孤独让人活在自己的记忆和思念里头，强劲的思念导致一个人内心的真实。不同的思念和相通的孤独，让这一老一小结成同盟。国庆频频幻觉亡故的母亲会来看她，"强劲的想象产生事实"，母亲如期而至，有一天他妈妈照看他的时候忘记了时间，结果公鸡开始啼叫，他妈妈就从窗户飞身而逃。这个细节，既有日有所思、夜有所梦的真实依据，也有文学史的遗传，孙悟空拥有腾云驾雾的飞天能力和《百年孤独》中姨妈乘毯子飞升的细节都证明人类渴望超越具体的时空。在现实中被父亲遗弃的国庆，只能在梦中得到亡母的安抚，这是一种内心的真实，是记忆的真实，思念的真实和向往的真实，在余华看来，这种内心想象的真实是更为可靠的。

　　自幼被弃的鲁鲁身上有着出奇的固执和韧性，他在打架时所使用的只有一招，就是紧紧地抱住对方无论如何不放手。他在自己的狂想中拥有一位哥哥——精神庇护所。每当与他人发生冲突的时候，他就会搬出"哥哥"来进行心理抵御。有一次，"我"帮助鲁鲁打他的同伴时跟他说：你告诉他们，我就是你的哥哥。这句话反而伤害了鲁鲁，在鲁鲁心目中，那个意念中的哥哥是一个强有力的精神后盾，是不可替代的能量来源，而"我"只是一个与他不匹配的大人。执拗的鲁鲁将"我"带到他家，"我"认出了他年老色衰的母亲正是南门村庄上的冯玉青，这个遇人不淑、屡遭抛弃的姑娘如今已经在孙荡镇成了暗娼。她儿子遗传了她的执拗，鲁鲁固执地抱住打架的对手不放，她母亲当年也曾如此固执地抱住诱奸她的男人。在鲁鲁身上，我们看到了女性的不幸以及生命的坚韧。屈辱、贫穷让年纪小小的鲁鲁陷入对"哥哥"的神奇狂想，建构起独属自己的魔力花园。"哥哥"——想象中的保护神，在暴力环境中成长的一代少年心中闪闪发光。

同伴刘小青恰恰有一位这样的哥哥，擅长吹笛子，在贫瘠的时代吹笛赢得的不只是同性的景仰，还有异性的青睐。刘小青也均沾了这份倾敬，总是一副很有依仗的样子，遇事很沉着。可惜哥哥在插队的时候得了肝炎没能及时治疗，年轻的吹笛者独自迎接死神的降临，临终对母亲呼唤被置若罔闻。不期而至的死神让人感到惘然的威胁，彻骨的孤独如影随形，孤独才是活着最忠实的伴侣。

在成长的路途中，我们看到了人天性的幽暗部分，人对于利己的生存策略无师自通，比如"我"在发现养父王立强幽会的真相之后迅速以此敲诈他，得以上餐馆吃平时吃不到的面条。当吃不完的面条被老人偷偷倒到自己碗里后，"我"立即杀回马枪让老人难堪。国庆是为了"我"也有同样一份吃的而在父亲那里"偷"了五分钱，"我"却以此作为威胁他的把柄。"那个年龄的我已经懂得了只有不择手段才能达到目的。""我用恶的方式，得到的却是另一种美好。"[1]《在细雨中呼喊》经常书写小伙伴之间拉拢这个孤立那个的游戏，写到成人之间的欺骗、互设圈套，写到父亲对儿子的遗弃。人生在世，最可怕的处境是被孤立，丧失了亲人朋友，我们就丧失了建构身份认同的依据，人物的自我意识也很难得到有效的参照。

---

[1] 余华：《在细雨中呼喊》，上海，上海文艺出版社，2004年，第218页。

所以，无论是使用"糖衣"拉拢还是使用"炮弹"孤立，都是人物确立自我、确立存在的手段。

不同于《雷雨》中的周朴园，孙广才甚至懒得伪善，他只是赤裸裸的自私，听任本能，由他展示了人的物性。这种根本性的恶隐藏在人类的基因中无法剔除。《在细雨中呼喊》浓墨重彩地叙述了一个贫穷的家庭中孙有元、孙广才、孙光平祖孙三代的关系。很多文学作品根据为富不仁的逻辑将贫穷美化了，仿佛贫穷是道德的源泉、诗意的保障。殊不知极端的贫穷更能催化人的恶，穷尽想象力干出卑鄙惊人的事情来，祖父孙有元没有钱埋葬自己的父亲，他大年初一背着父亲的尸体去典当。这个恶作剧当然没有得到好报，却让孙有元为这具有创意的英雄事迹沾沾自喜。有如轮回，小儿子孙光明救人溺亡，孙广才没有悲伤却做起了英雄梦，梦幻破灭后，大年初一孙广才去被救者家"大闹天宫"。孙广才在物质和精神上对父亲进行双重侮辱。丧失身体力量的孙有元用他的促狭应对，游说孙子锯矮桌腿来获得夹菜的机会，并哭诉自己的这个小碗是要传代的来诅咒儿子。孙广才的报复调动了孩子般的想象力，他让儿子不断敲击木棍，好让生病躺床上的父亲以为请了人在为他做棺木；父亲尚未断气就被背去活埋，结果自己反遭极度惊吓。父子关系龌龊到了这种地步。祖父和父亲的关系像一个梦魇一样笼罩着整个家庭，笼罩着每个人的心灵。孙广才与长子孙光平之间展开了一系列因性欲和性嫉妒所致的施虐与弑父，大儿子从父亲这里继承的遗产全是不堪的、负面的。当余华打开门庭，家内最醒目的乃势不两立的父子关系，而且这种父子关系会代代相传。

《活着》中，福贵经历了离家和回家。福贵遗传了父亲败家的基因，意外被抓壮丁离家，回家后发现一切均已物是人非，恰是对古希腊神话英雄回归故里的反转。回归后的福贵一改纨绔子弟的本性，渴望浪子回头而不得。他的一生是不断丧失的一生，先是因赌博丧失了财产，接着因土改丧失了地主身份，解放后因各种原因丧失了全部亲人：地主父亲掉茅坑死了，母亲病故，妻子家珍死于饥饿，儿子有庆死于输血，女儿凤霞死于自己难产，偏头女婿死于工作意外，外孙因长期饥饿而被豆子撑死了。《活着》以奇特的想象力写出了非正常死亡方式的多样性，这些让人震惊的死亡方式与政治、权力、性别、历史有着微妙的内在联系。父亲是地主，是阻碍历史进步的力量，掉茅坑这种推陈出新的方式具有合理性。福贵赌博败家，但败家意外地保全了福贵，反而是龙二替福贵在土改中吃了枪子，赌博这种随机性的事件显示了命运的神秘性，与阶级逻辑大相径庭。妻子家珍饿死，外孙撑死是饥饿链条不同方向的延伸，内部逻辑一致；儿子和女儿均因难产而死，儿子死于权力，女儿死于身为女性的命运，他们是同一事件不同逻辑的延展。只有福贵的母亲病死属于正常死亡，其他人的死都可以通向象征和隐喻。与死亡的残酷相比，余华更钟情于生之荒诞。他小心翼翼将叙事重心控制在人物的内部世界及家庭关系之中，厘清人物与历史的边界，不让人物被历史重负所绑架，这样阅读的联想触角也不会溢出文本的叙事框架。

就像命途多舛的福贵通过"对牛弹琴"唤醒他一生的记忆，余华通过对成长记忆的召唤重建孤独的个人。在"伤痕文学"关注社会问题的时代主潮之外，余华另辟蹊径。革命文学让人物从家庭出走，到广大的人群中去革命；伤痕文学作品发现人物已经无家可归。而余华让人物在与社会的抵牾中感受存在；在"受虐/自虐""受暴/施暴"中感受到生命本体的张力。20世纪80年代出色的暴力书写让叙事紧张、让余华"走在中国文学的最前列"；90年代，浪子回头的福贵和以卖血维系家庭的许三观回归家庭,传统的宿命论、报应观从内部支撑起小说。余华藉此确立自己的辨识度和影响力。余华从大字报的启发中找到了以简驭繁的叙事方式,他的思想经历了精神分析学说的强烈碰撞之后重回儒家人伦传统时已然更新。福贵这位人物跌宕的一生具有多种阐释的向度。他的名字寄托了中国父母的世俗期望,却成为他一生的讽刺,最终只能将这种期望寄托在相依为命的老牛身上,而牛的沉默、承受和被动性恰恰象征着归来的福贵、不断丧失的福贵。

《许三观卖血记》在叙事结构上与《活着》类似,主线非常清晰,许三观精神上的受动性不断加强,除了第一次卖血是偶然,后来每次卖血都是无奈。卖血被实写,透着幽默感,卖血前喝水,肚子大得像孕妇还要把水摇匀。情节所指的残酷性却一笔带过:阿方卖血败了身体,根龙卖血死在了医院。许三观靠卖血娶妻建家、维持家、保护家人度过饥饿、疾病等等难关,并以卖血与许一乐建立了超越生物性的父子关系。人的精神性战胜了生物性,良心战胜了本能,成为整个文本的最强音。

《兄弟》上部是两个破碎的家在残酷的"文革"中合成一个完整的家,刚好可以遮蔽时代的风暴,整体基调温馨、深情,让人感觉到家的向心力。作为继父的宋凡平,不仅给了李兰和李光头完整的家庭,而且让他们重新树立起自尊、自强和自信,体验人之为人的光辉。下部父母双亡之后,两兄弟先因爱同一个女人分道扬镳,后来宋钢因为李光头与妻子有染而自杀,这完全吻合弗洛伊德所谓的判断。患难兄弟终因性嫉妒反目,无法共享富足的消费时代。在"超我"与"本我"亘古不息的搏斗中,余华更倚重本我的力量。虽然人类文明一直在试图规训藏在身体里的恶魔,但人是由动物进化而来的决定了"物性"的遗留。

　　回顾余华的整个创作历程，他迷恋的是死亡本能，是根本孤独。余华以对人的"物性"的炳耀确立每个个体的地位，他以对个体的欲望和暴力的叙述落实回应了弗洛伊德的性欲理论，以对宿命论和报应观的运用回应了古老的人伦传统。随着写作的日益深化，余华发现每个人物都是多重的囚徒，受制于本能、家庭和时代。每个人都深深地陷入"施虐/受虐"的逻辑结构中无法超脱。经过对家庭的拆解、重建以及"家人父子"的重述，我们也看到了家族叙事的变与常。生父孙广才的恶、叙事人孙光林的孤独都不是个人的，而是与人类同在的恶与孤独。长子孙光平的"弑父"是俄狄浦斯情结的现代变体，其内在的悲剧性是相通的。恰恰是福贵这样回头的浪子才会在侥幸的历史空隙中发现家庭的意义、活着的意义，成为一代人的典型。人在离家、回家的过程中走向成熟。人的成长是以"弑父"（写实或写意）为代价的，而人的成熟却是向传统人伦回归。余华对"家人父子"关系的全新处理是西方精神分析学说与儒家人伦理论不断碰撞、交融的结果。自我意识必须经历离家方能在不断锤炼中确认，而曾被无情拆解的家庭最后却成了人物勉力维系的家园。

第二节　卖血：文学商品化的隐喻

刘勰在《文心雕龙·时序篇》中写道：文变染乎世情，兴废系乎时序。一个作家与他所处的社会之间的关系，就像他必然与自身所发生的复杂纠缠一样丰富而深刻，尽管这两极的表现截然不同。涂尔干在《人性的两重性及其社会条件》中将人性的两重性归结为个体性和社会性并对之作出相应的解释：

在人类身上有两类意识状态，它们在起源、性质和最终目标上都互不相同。其中的一种状态仅仅表达了我们的有机体以及与有机体最直接相关的对象。这类意识状态具有严格的个体性，只与我们自身有关，我们不能让它们从我们自己身上分开，就像我们不能把自己同我们的身体分开一样。相反，我们的另一类意识状态却来自社会；它们把社会转移到我们身上，使我们与某种超过我们的事物发生关系。它们是集体的、非个人的；它们使我们转向我们与其他人共同拥有的目标；正是通过这类状态，而且只有通过它们，我们才能与别人交流。……一个是扎根于我们有机体之内的纯粹个体存在，另一个是社会存在，它只是社会的扩展。我们所描述的对立显然起源于它所包含的要素的真正性质。我们列举的例子是感觉和感官欲望与智识和道德生活之间的冲突；显然，各种激情和利己主义的倾向都来自于我们的个体构造，而我们的理性活动，无论是理论上的还是实践上的，都依赖于社会因素。我们经常可以适时地证明，道德规范是社会精心构造的规范；它们所标有的强制性质只是社会的权威，这种权威能够传递给予之有关的一切。[1]

人既作为个体存在，同时也作为社会存在，这种状况决定了作为人学的文学可能存在的边界。宏大叙事和个人化叙事的进退也反映出时代的社会面貌，在集权社会或专制社会中，道德规范要求个人为社会、集体贡献自己，与之相关的必定是宏大叙事的兴盛；当一个社会强调个人权利和自由的时候，个人的情感和意志达到表达，个人欲望叙述则占上风。

正是这两重性之间的冲突、两种存在之间的斗争，也即社会文明对个人欲望的压抑造成了人的本质痛苦和内心永不平息的挣扎。消费这种隐含满足消费者个人欲望的行为貌似提供了一种缓解二者的桥梁，实则不然，消费行为虽然瞬时地满足了个人的某种欲望，但与此同时，社会提供的更多的消费方式和消费行为激发起更多的欲望，欲望的加速膨胀已经成为不争的社会现实。"随着历史的进步，社会存在对我们单个自我所产生的作用会变得越来越重要，所

---

[1] [法]涂尔干：《乱伦禁忌及其起源》，汲喆、付德根、渠东译，上海，上海人民出版社，2006年，第187—188页。

以，根本不可能会有这样的时代，要求人们更低程度地克制自己，让他能够更轻易地维持生活而不再有紧张感。相反，所有迹象都不能不使我们预先看到，我们在这两种存在的斗争中所付出的努力，会随着文明的进步而持续增长。"[1]这种冲突所造成的紧张状况也导致心理疾病患者和自杀者的数量持续增长。有意味的是，这种症状在都市比乡村的比例要高得多。

消费社会通过人造物来控制人，通过消费来控制消费者。时至今日，我们再也不必担心跟消费沾上边会使作家这一神圣的精神职业受损，而且无论我们的意愿如何，消费已是回避不了的存在，它在不同程度地影响着乃至支配着我们的生活，更为重要的问题是我们如何理解、如何想象、如何叙述这个瞬息变化的时代。社会学家孙立平通过他的一系列观察和研究宣布自20世纪90年代以来我国已经进入耐用消费品时代，"如果说，在生活必需品时代，是生产支配着经济生活，那么，在耐用消费品时代，则是消费支配着经济生活。这就是一些人常讲的，'没有消费就没有生产'。这是耐用消费品时代的典型特征。但必须注意的是，耐用消费品时代的消费模式与以前时代是根本不同的。如果说，生活必需品时代的消费模式是由人们的生理需求支撑的，而耐用消费品时代的消费模式则是由一系列的制度和结构因素支撑的。"[2]这些外在的制度和结构因素通过对人的心理欲望的不断刺激而成为我们无法挣脱的社会现实。当消费品替换必需品之后，当无限度的心理欲望取代有限度的生理需求之后，社会从面貌到内质均发生了变化。

---

[1] [法]涂尔干：《乱伦禁忌及其起源》，第188页。
[2] 孙立平：《断裂——20世纪90年代以来的中国社会》，北京，社会科学文献出版社，2003年，第38页。

余华敏感地发现自己"面对的是一个捉摸不定与喜新厌旧的时代",[1]"捉摸不定与喜新厌旧"正是消费社会的典型特征。消费社会的任务是将每个消费者培养成"喜新厌旧"的人,把城市这个消费场所塑造成卡尔维诺笔下的莱奥尼亚。早在1995年发表的《许三观卖血记》[2]里头,余华就在极其精简的故事核心埋藏着一个秘密——城市的本性就是嗜血。

按照布罗代尔的观察,现代国家与城市的发展唇齿相依,"就像现代国家创造了大城市一样,大城市也创造了现代国家;民族市场和民族本身都在大城市推动下才得以发展;大城市处于资本主义和现代文明——这个五色缤纷的欧洲近代文明——的中心地位。"[3]而大城市发展的历史血腥腾腾,文明人对土著人的屠戮、战争对生命的吞噬无一不是血淋淋的。这也与马克思对资本主义的判断"每一个毛孔都滴着血和肮脏的东西"如出一辙。城市是现代商业文明的产物,乡村是原始农业文明的意象。城市嗜血的本性注定了乡村农民卖血的命运,正是在这样的基础上,现代商业文明取代了原始农业文明。城市人(许玉兰)和乡村人(许三观的亲人)对血有完全不同的看法。

"人性的两重性"在血这一事物上也得到比较深刻的反映。血,既是我们肉体的核心部分,也是我们生命的源泉。我们在流血中降生。

血——流淌在我们每个个体的身体内部的血成为我们确认血缘

---

[1] 余华:《我能否相信自己》,北京,人民日报出版社,1988年,第154页。
[2] 余华:《许三观卖血记》,《收获》1995年第6期。
[3] [法]费尔南·布罗代尔:《15至18世纪的物质文明、经济和资本主义》第一卷,顾良、施康强译,北京,生活·读书·新知三联书店,2002年,第662页。

的基础；家庭，这一社会的细胞，也是建立在血脉关系上。也就是说，正是血这一内在的事物最为有效地区分着这个世界。越是在远古的社会，血被视为禁忌的程度就越深，因为血象征着生命和灵魂。《圣经》说："血，是生命，是肉身之灵魂。"（《利未记》，第17章，11）灵魂是肉身的对立物，灵魂代表着与世俗相对立的神性。血，这个肉身的组成部分上升到灵魂的高度，并具有某种让人恐惧和尊重的超越性。"凡以色列家中的人，或是寄居在他们中间的外人，若吃什么血，我必向那吃血的人变脸，把他从民中剪除。因为活物的生命是在血中，我把这血赐给你们，可以在坛上为你的生命赎罪。因血里有生命，所以能赎罪。"（《利未记》，第17章，10，11）

下面我们先来看看《许三观卖血记》中的城里人许玉兰是怎样看待血以及卖血这一商业行为的：

> 许玉兰仍然响亮地说着："从小我爹就对我说过，我爹说身上的血是祖宗传下来的，做人可以卖油条、卖屋子、卖田地……就是不能卖血。就是卖身也不能卖血，卖身是卖自己，卖血就是卖祖宗，许三观，你把祖宗给卖啦。"[1]

显然，许玉兰的这种理解显示了血的社会性，即血是一种子孙与祖先之间的媒介，血来源于父母，是祖先留给后代最重要的遗产，是家族的象征，所以血比身子本身更为重要，血容不得任何玷污，血这种神圣之物不能成为凡俗的商品，交易则让血受辱，这种侮辱甚至超过了女性卖身所受的侮辱。当然，这种观念来自男权文化对

---

[1] 余华：《许三观卖血记》，上海，上海文艺出版社，2004年，第84页。

女性身体的压制，因为父权体系中，女儿、孙女的身体与本家族的血脉延伸没有关系。血的象征意义尤其明显地表现在"血盟"的过程中，当一个家庭没能顺利生下一个男孩，我们过去的选择是宁愿认养一个本族的侄子或者领养一个完全没有血缘关系的男婴却不愿意将家产留给自己的女儿。在《乱伦禁忌及其起源》中，涂尔干用大量的篇幅考察了血这一禁忌意象的起源及其在社会生活中的象征运用：

> 一个异族人被收养并吸收进氏族的程式，也就是在这个新人的血管中注入几滴家族的血……"血盟"……尤以血液格外含有作为群体及其每一成员之灵魂的共同本原……而且，也正是以血为媒介，祖先的生命才被其后世子孙分有和共享。
>
> 故此，图腾存在是内在于氏族的；它化身于每个个体，存在于他们的血液之中。它本身就是血。不过，在作为祖先的同时，图腾也是神；它是群体的保护者，是真正的膜拜对象，是氏族特有的宗教的核心。个别人的命运和集体的命运全都要取决于它。于是，在每一个单个的肌体内都有一个神（因为它在每一个肌体内都是完全的），而这个神就栖身于血液之中；从而血便成了神圣之物。一旦鲜血流出，神也就散溢出去。另一方面，我们还知道，塔布就是所有神圣之物的标志，所以很自然，血以及与血有关的东西也就都成了塔布，换言之，就是要避免与凡俗的接触，避免它的流布。[1]

---

[1] 涂尔干：《乱伦禁忌及其起源》，汲喆、付德根、渠东译，第48—49页。

显然，在人类文明不断发展的进程中，血的社会意义远远高出了自然意义，尽管对个体生命来说，血本身具有至高无上的意义。如身体的另一称谓"血肉之躯"中将血的地位置于肉之前可见其重要性。其他一系列与血相关的语词，如血脉相连、血浓于水、以血盟誓、刎颈之交、血汗钱、血泪史、血口喷人、血债血还等等无不凸显了血的重要性。

但在别无选择的乡下人眼里，血的社会性被抛开了，只剩下与个人生命的关系。当血的文化面纱被祛除之后，血所包孕的象征意义和神圣性也消失了，仅仅只是个体肉身中流动的物质。所以在许三观四叔、根龙他们眼里，血降低为纯物质，于是，它比肉更轻，来得更容易，它就是力气，有如井水一样源源不绝；同时，它也是乡下人身上不多的可以用于交换的有利资本，于是，血就具有了一般商品的属性，农民对卖血满不在乎：

（许三观说）"什么规矩我倒是不知道，身子骨结实的人都去卖血，卖一次血能挣三十五块钱呢，在地里干半年的活也就挣那么多。这人身上的血就跟井里的水一样，你不去打水，这井里的水也不会多，你天天去打水，它也还是那么多……"（第5页）

阿方说："你把力气卖掉了，所以你觉得没有力气了。我们卖掉的是力气，你知道吗？你们城里人叫血，我们乡下人叫力气。力气有两种，一种是从血里使出来的，还有一种是从肉里使出来的，血里的力气比肉里的力气值钱多了。"

……

根龙说:"也不能说力气比你多,我们比你们城里人舍得花力气,我们娶女人、盖屋子都是靠卖血挣的钱,这田地里挣的钱最多也就是不让我们饿死。"

许三观说,"我今天算是知道什么叫血汗钱了,我在厂里挣的是汗钱,今天挣的是血钱,这血钱我不能随便花掉,我得花在大事情上面。"(第15、16页)

以上对话是乡下人与血脉依然在乡下的城里人许三观对血观念的交流。

许三观家族对血从纯物质角度来看和许玉兰对血的社会性角度的看法之间存在着巨大分歧。实质上,对血的理解以及由此而来的生活方式的区分正是城乡差别的一个内在而与身体联系最紧密的标志。

血这一神圣的宗教性的事物沦落为一般商品的过程也可以看成城市对乡村的扩张和掠夺的过程。

许三观虽然拥有城市的户籍,但他的根基依然在乡下,他的父亲已经不在,祖父和四叔等亲属依然生活在乡下。他本人不过是一个丝厂送茧的普通职工,所以他要成家立业,他要让家里人在困难时期吃一顿面条,要赎回家具,要让下乡插队的儿子回城,要让儿子治病,要让家里度过种种难关,他都只能动用血这一身体最关键的成分来换取。也就是说,作为第一代来城市生活的乡下人,他们依然要沿袭乡下的生活模式,因为他的血脉来自乡下,所以他要付出血的代价。

城市是嗜血的!资本的原始积累非常残酷,正如马克思所言:资本从头到尾每一个毛孔都滴着血和肮脏的东西。

就在许三观为了招待好二乐的村长不得不再次卖血的时候，他碰到了开篇跟他一起卖血的老乡根龙，根龙卖完血后就没能跨出医院，他那农民的身体在失去了血这唯一的资本之后死在了城里的医院。而在此前，另一个老乡阿方的身体败掉了，他因为卖血前拼命喝水而把尿肚子撑破了，这让许三观震动：

他一直坐在那里，心里想着根龙，还有阿方，想到他们两个人第一次带着他去卖血，他们教他卖血前要喝水，卖血后要吃一盘炒猪肝，喝二两黄酒……想到最后，许三观坐在那里哭了起来。（第203页）

根龙在刚开始卖血时才19岁，按推算，到过世时年龄也并不大，很可能和许三观相仿，正当盛年，生命轰然倒塌。城市抽干了他的血，他死在卖血之后，死在自己卖血的医院，死在自身的血流光之后。叙事者回避了正面描写根龙的死亡，甚至在描述许三观知道真相时的状况也尽力克制自己的情感不置一词，死亡的悲剧性留在许三观那些未被描述的泪水中。

余华的《许三观卖血记》虽然是叙述过去的历史，但无处不显示时代的叙述痕迹，完全可以解读为对中国从农业社会向工业社会乃至消费社会转型时期的一种隐喻，蚕吐的丝要卖到城里去，人身上的血同样要卖到城里去。城市的权利不仅表现在其他可见的物的层面，也深入到我们身体隐蔽而流动的部分——血——我们生命的核心里头。这个嗜血的镜头同样出现在余华的另一个有名的长篇《活着》中，福贵年幼的儿子有庆就因为给县长难产的太太输血而被抽干致死。血的代价就是生命的代价。生命从流血中来，又因流血而去。

　　血是身体最内核的部分，同时是流动遍布全身的部分。一个乡村的农民或城市底层的市民要想获得生存发展的基本权利，他只能够不顾传统的忌讳，到城里去出卖自己的鲜血。血在文本中是一个不断被强化的流动的意象，卖血与先喝水、再跟李血头套近乎、卖血后吃猪肝、喝温黄酒紧密地联系在一起。卖血先喝水是为了稀释血液浓度，在某种程度上也是一种商业造假（所以来喜在输血给熟人许三观时，他没有喝水）；跟李血头套近乎是为了使卖血这一交易顺利进行，而吃猪肝、喝温黄酒是为了补血，也即生产血，为下一次卖血做好铺垫。水、血、酒三种液体的循环造成了作为商品的血的生产流通过程。

　　最具意味的是在松林卖血：许三观因为卖血过于频繁而导致血压剧跌，医生又给他输回7百毫升血，于是他"两次卖血挣来的钱，一次就付了出去"；[1] 为了继续卖血，到七里堡时，许三观从摇橹的来喜身上买回一碗血。尽管这次是买血，可是许三观一看到医院就想到要喝水。喝水已经和到医院卖血融为一体，成为一种生理上的条件反射。到长宁后，许三观通过喝水稀释血液卖了两碗血给医院。为了给没有血缘关系的一乐治病，许三观就这样一路卖着血到了上海。

　　许一乐的血管里流的不是许三观的血而是何小勇的血，所以，从生物学意义上来说，许一乐不是许三观的儿子。想当初，因为这个血的事实和教训，许三观对这个自己更喜欢的许一乐产生了本能的排斥，所以在他卖血让二乐、三乐吃面条时不想给许一乐吃。因

―――――――
[1] 余华：《许三观卖血记》，第229页。

为许一乐没有延续他的血脉，所以他卖血的钱也不能花在他身上，这是非常简单非常容易理解的逻辑。但是，经历了许多事情之后，最终许三观为了救这个不是己出的许一乐卖了无数次血。他一路卖着自己的血去上海救患病的许一乐。

在《许三观卖血》中，这个情节最重要，因为血的自然意义和文化意义互相渗透、互相融合了。许三观和许一乐的精神血脉通过许三观的不断卖血被接通了，获得了高于生理血脉的升华。这种升华比那种简单的"血盟"仪式来得更为纯粹更为明净。他们这对没有血缘关系的父子由许三观的卖血行为紧紧地联系在一起，再也不能分开。

血是由母体和身体本身孕育的，这就与以往由劳动生产出来的物以及马克思所分析的商品具有本质的不同。在《许三观卖血记》中，血的实质是一个关于身体的隐喻。而卖正是流通的关键环节，到城市以血换取钞票，换取城市生活的权利。结局是年老体衰的许三观因为想吃猪肝喝黄酒本能地想到去卖血，然而不再认识他的年轻血头不肯收他的血，于是许三观在大街上旁若无人地号啕大哭。在年迈的许三观看来，虽然他并不缺买猪肝黄酒的钱，然而，血卖不出去对他仍然是最为严重的恐慌。要是血不被城市接受，那么他就不再拥有渡过难关的资本。也就是说除了血，他就再也没有什么可以被城市接纳的了，所以血卖不出去于他就是釜底抽薪。与其说许三观是为血哭泣，不如说他是为城市里不再有他的位置而哭泣。

卖血浓缩了许三观的一生，他在城市里卖了一辈子血。在生命西下的时候，城市依旧没有宽容地接纳他。除了血，除了血肉之身，许三观一无所有！这是否也可以看作社会转型过程中农（市）民命运之卑渺与无奈的写照？

在西方，从农业社会到消费社会经历了一个漫长的历史演变过程。几次工业革命的进行比较彻底地改造了传统的农业社会，消费社会是在高度工业化之后出现的。而在我国 20 世纪下半叶，社会转型急剧，农业社会、工业社会和部分发达城市的消费社会同时并存。所以城市对乡村的压迫非常直接，从民工的剩余劳动到身体本身都成了城市吞噬的对象。城市有如一个无底的黑洞，既有魅力又居心叵测。

消费社会、全球化必然带来城市化，而城市化的过程本质上就是商品化、市场化。从物质的商品化到艺术的商品化，进而到身体的商品化，文学形象地演绎了这一巨变。

1980 年，高晓声的《陈奂生上城》[1] 面世，这篇小说名重一时，得到多方好评。小说里头陈奂生上城卖的是油绳——"自家的面粉，自家的油，自己动手做成的。今天做好今天卖……"。生产材料来源、生产方式、地点、时间一目了然，传统农业社会时期的油绳的特征一语道破。

陈奂生卖油绳同样是为了换钱，但不是为了在城市占有一席之地，他换回来的钱也只是用在生活必需品（帽子）上。他不幸生病，于是在城市宾馆里滞留了一天，他心疼为这一天住宾馆花掉的 5 元钱，但是接着，他就用阿 Q 精神战胜了这些，他将自己在城市里收获的经验当成了谈资，他获得了乡亲们的羡慕，他变成了有见识的人，

他总算有点自豪的东西可以讲讲了。试问，全大队的干

---

[1]《陈奂生上城》，《人民文学》1980 年第 2 期。

部、社员,有谁坐过吴书记的汽车?有谁住过五元钱一夜的高级房间?他可要讲给大家听听,看谁还能说他没有什么讲的!看谁还能说他没见过世面?看谁还有瞧不起他,唔!……他精神陡增,顿时好像高大了许多。……哈,人总有得意的时候,他仅仅花了五块钱就买到了精神满足,真是拾到了非常的便宜货,他愉快地划着快步,像一阵清风荡到了家门……(《陈奂生上城》)[1]

在这个发表于改革开放初期的文本中,作者的意图非常明晰,就是想通过"漏斗户主"陈奂生的城市见闻刻画出改革开放后农民精神面貌伴随着农村经济改革所发生的变化。

农民形象是20世纪以来我国作家一直非常关注的形象,最典型的要数鲁迅塑造的阿Q,阿Q的存在为我国关于国民性的探讨和批判提供了蓝本,而他的"精神胜利法"是农民麻醉自己得以苟活下去的法宝,时隔半个多世纪,这一法宝同样流淌在勤劳的陈奂生身上。

将《陈奂生上城》和《许三观卖血记》对照着阅读很有意味,十多年之后的许三观要比陈奂生自觉,这种自觉来自许三观的城市户籍,这种户籍使他自然地知道城市的本性和卖的意义。而陈奂生依然生活在农村,还是刚脱帽的非常有名的"漏斗户主",他家一向连吃都成问题,如今得了联产承包的好处才拥有多余的粮食。所以他的卖油绳不过是流通中的一个环节,油绳的价值与它的生产成本、使用价值之间构成一种对应的关系;而许三观卖的是血,血的价值、

---

[1] 高晓声:《高晓声小说选》,北京,人民文学出版社,1983年,第125页。

生产成本与使用价值之间的对应关系彻底地被打破了。尤其是去上海中途,许三观在那个年轻的来喜身上购买了 200 毫升的血,然后再喝水卖掉 400 毫升的血这一细节特别值得回味。血变成了赤裸裸的商品,形象地寓言了血—身体在一个消费时代的处境。

在《陈奂生上城》中,农村长期被关闭着的闸门被打开了,城市这个农村的他者被引入农民的视野,这个剥夺农村的对立物反而变成了农村的希望。农民上一趟城就可以将剩余的粮食变成灵活的货币,可以换来商品、眼界以及相关的精神满足。而在《许三观卖血记》中,城市对农村打开的希望之门又无情地闭合了。根龙死在了城市,阿方身体败了,城市用货币购买了他们的血-身体,除此之外不再对他们提供任何意义和幻想,就是许三观这样一个在城市里拥有一份微薄的工薪的城市底层市民的人生希望也变得渺茫。血-身体的商品化是整个社会城市化过程中的必然代价。

第三节　文学消费的符号盛宴

2005年,《兄弟》(上)出版之后,余华频频亮相媒体,连篇累牍地对其进行宣传;2006年,《兄弟》(下)[1]相继出版,余华接着继续新一轮的自我宣传。《兄弟》是《许三观卖血记》和《活着》[2]的综合,它可以看作许三观的"卖"加上福贵身边上演的死,甚至连去上海治病的细节(《许三观卖血记》里是许一乐,而《兄弟》里是李兰)也如出一辙。福贵目睹了5位亲人的死亡,李光头亲历了3位,他根本没来得及拥有那么多亲人,他本人是在生父死后才出生,他早早因失恋而结扎,所以也就前无古人后无来者。但由于叙述时代背景发生了剧变,《兄弟》的叙事面貌及内核与《活着》和《许三观卖血记》截然不同。精简节制的叙事被无意义的重复啰嗦所取代,消费时代的洪流挟持了余华这位先锋作家,使他主动参与了这个时

---

[1] 余华:《兄弟》(上、下),上海,上海文艺出版社,2005年8月、2006年3月,第1版。

[2] 参见余华:《活着》,北京,作家出版社,2010年。

代的消费想象。

许三观之卖血内含被迫和无奈，而李光头兜售自己偷看林红屁股的经验意图非常明确。这种经验并非传统意义上的商品，它不具备真正的使用价值，但李光头断裂的讲述方式激起了大家的窥私欲，他以悬念出卖毫无实质内容的偷看美女屁股的经验，使之获得交换价值，制造不请他吃面不听他讲偷看林红屁股的经验就落伍了，就不配当男人的假象。它提供娱乐，它勾起了欲望，以至许多人为了满足窥私癖付出了三鲜面的代价，而当时是个物质匮乏的时代，三鲜面是稀罕品，价格是阳春面的几倍。可见，14 岁的李光头已经善于制造诱惑，"诱惑就是从话语中抽出意义并将意义从真理中转移出来。"〔1〕在诱惑中，能指与所指、使用价值与价格的那种深层的对应关系断裂了。《兄弟》的意义在于余华敏锐地感觉到叙述时代的变化，文本有意强化消费时代符号的价值，这也预示着即将来临的叙述行为的巨变。

回到改革开放初期，陈奂生只能卖油绳，虽然他回到乡下也把他住 5 元钱一夜的宾馆的新鲜经验转化为谈资，但是他的谈资未曾获得任何交换价值；许三观卖的是血，他以此换取了自己的家，换取了孩子们的留城居住权；李光头卖的是自己偷看屁股的经验，可谓"空手套白狼"，他得到的是不断地满足自己的心愿：他在饥饿年代饱吃了 56 碗三鲜面，他获得了推车送母亲去乡下扫墓……最终，他成了亿万富翁，成了巨大而耀眼的消费符号。

陈奂生活在一个传统的农业文明时代，他的生活模式是自给自足，他不过是赚自己的劳动所得，他的卖油绳完全符合马克思的商

---

〔1〕［法］鲍德里亚：《生产之镜》，仰海峰译，北京，中央编译出版社，2005 年，第 155 页。

品理论。

许三观活在一个转折时代,他窥见了农业时代的末路和现代社会的降临,他用血换取进入城市的门票。最后一笔意味深长,他老了,卖血医院也不肯要了,于是号啕大哭,消费时代到底将他拒之门外。

真正活在消费时代并且把握其精髓的是李光头——《兄弟》的主角,他在消费时代活得如鱼得水,游刃有余,他就像一个符号大师,不断地制造符号,所以,他化腐朽为神奇,所向披靡。

在《兄弟》(上)中,核心细节就是李光头复述自己偷看林红的屁股。一开篇作者就花了很大的篇幅来重复叙述这一情节,而且贯穿始终,直到上部分要完结的时候,这一细节依然起着潜在的推动作用。

倒叙,首先亮出了消费时代的底牌:

> 我们刘镇的超级巨富李光头异想天开,打算花上两千万美元的买路钱,搭乘俄罗斯联盟号飞船上太空去旅游一番。李光头坐在他远近闻名的镀金马桶上,闭上眼睛开始想象自己在太空轨道上的漂泊生涯……[1]

一连串的消费符号昭示着叙述的年代:超级巨富、两千万美元、太空旅游、镀金马桶,这些符号是与李光头紧密相联的。在物质高度稀缺之时,14岁的李光头就以自己的肮脏的私人经验赢得了56碗三鲜面,这个物质基础成为他身体的资本。后来,他仍然是以自己

---

[1] 余华:《兄弟》(上),上海,上海文艺出版社,2005年,第1页。

的三寸油嘴滑舌为自己赢得了最初的资本、从商的经验。从追求林红失败、李光头由李厂长变成李商人之后，他的全部生命就只有一个目的——金钱，其他刘镇的成员也莫不如此：

"放心吧，"小关剪刀说，"别说是骂我了，就是骂我爸爸老关剪刀，骂他一个狗血喷头，我小关剪刀也不会生气。"

"是啊，"余拔牙说，"这李光头只要拉来了大笔生意，就是把我祖宗十八代骂上十八遍，我余拔牙仍然笑脸相迎。"（下，150—151页）

《兄弟》下部试图描述这种以金钱为目标带来纯粹数量的价值及其悖反。手段和目的在不间歇的位移中混淆了，手段最终越位成目标。宋钢原本是为了爱才去挣钱，但他的挣钱过程却是以不断地损伤爱的纯粹为代价的，比如他一个大男人跟在小姑娘后面去卖花并接受林红同事的奚落；而在帮周游推销处女膜时不惜让赵诗人以林红使用过该品牌为现身说法……为了让爱人过有钱的生活而愿意跟周游离开刘镇去推销，甚至为了推销丰乳霜而答应周游去做乳房移植手术，这就是为了拯救爱情的宋钢！当他好几次想回到故乡回到林红身边的时候，却因金钱的数目没达到预期目标而放弃；当他终于揣着钱回到家里，却发现林红已经跟李光头去上海了，于是他选择了自杀。宋钢的自杀并不仅仅是由于林红的背叛，更由于这个消费社会根本没有他这样一个忠厚老实人的位置，尽管为了金钱他受尽了千奇百怪的凌辱，可是只有死亡能让筋疲力尽的宋钢从消费社会的符号秩序中逃离。

周游为骗取更多的钱而周游列国，韩剧却唤起了他心中的另一种渴望，得知苏妹生下了自己孩子之后突然渴望起正常的家庭生活来。他跟宋钢告别回到了刘镇，与苏妈、苏妹、苏周一起分享家庭生活和韩流；而继承父业的小关剪刀依然停留在小手工作业阶段，只好流浪四方，再也回不到故乡。符号商品获得了比经济商品更优越的特权，符号文化的胜利导致真实现实的隐匿。

置身金钱的罗网，李光头顾不上兄弟之情顾不上爱，"真正的爱情是反对性淫欲的最强有力的手段，这个性淫欲是人的奴役和堕落的根源。"[1] 丧失了爱的能力的李光头只剩下与金钱匹配的牲畜般旺盛的性欲，更为可怕的是，叙事者对李光头的致富方式的叙述与其说是讽刺不如说是赏识：

> 他说自己忙得不亦乐乎，除了钱和女人，什么也不知道了。李光头一直没有结婚，和他睡过的女人多得不计其数，连他自己都记不清了，有人问他究竟睡过多少女人？他想了又想，算了又算，最后不无遗憾地说：
>
> "人数没有我的员工多。"
>
> 李光头不仅睡了我们刘镇的女人，还睡了全国各地的女人，睡了港澳台及海外侨胞的女人，就是外国女人他也睡过十多个。我们刘镇偷偷和他睡觉的，公开和他睡觉的，是什么样的女人都有，高的矮的，胖的瘦的，俊的丑的，年轻的和年纪大的。群众说这个李光头胸怀宽广，只要是个女人他都来者不拒，甚至牵头母猪到他的床上，他也照样把母猪干了。……
>
> （下，271页）

---

[1] [俄] 别尔嘉耶夫：《论人的使命》，张百春译，上海，学林出版社，2002年，第307页。

此时的调侃正是对李光头的纯生理欲望的炫耀。叙述者为李光头赋予了消费时代的两大关键词——金钱和女人。更为关键的是，女人被物化了，与母猪同列；在金钱的光芒中，女性的尊严、人格被彻底地取消了。虽然这里借用了群众之口，实质上表明叙事者对群众视点的认同，对这个消费时代的大众欲望高度膨胀的认同。

就是在叙述李光头对林红的爱情这个至关重要的情节时，叙述遵循的仍然只有单向的物质维度，那就是夸耀李光头的物质。"财产有两重作用：护卫人的自由和独立，也使人沦为客体的和物质世界的奴隶。现在，财产愈来愈丧失'护卫'的作用，甚至愈来愈丧失功能的意义。金钱——非个体化的象征，彰显最大的非个体性。"[1]在一个消费至上的时代，财产和金钱的护卫作用丧失了，只剩下对人的奴役。林红，作为刘镇公认的美人，李光头的初恋对象，李光头对她可谓一往情深，他14岁的时候偷看过她的屁股，以自己当厂长的方式向她求爱并为失去她而结扎。然而时过二十载，功成名就的李光头要林红仅仅是为了满足男人对世界的征服感，满足个人的虚荣心，"虚荣心是同性紧密相连的一种动因"，[2]在叙述这段爱情的时候所能调动的只是物质想象，通过仪式的规格来铺垫。先是李光头为林红调换了为难她的厂长，接着是请俄罗斯画家为自己画了巨幅肖像，并在揭幕人的选择这一事情上以权力的逐层上升（从陶青县长一直到联合国秘书长）来铺垫，然后浓墨重彩地叙述李光头兴师动众买来的宝马和奔驰：

---

[1] [俄]别尔嘉耶夫：《人的奴役与自由》，张百春译，北京，中国城市出版社，2002年，第163页。
[2] [英]罗素：《人类价值中性的地位》，《真与爱》，江燕译，上海，上海三联书店，1997年，第204页。

李光头声称要融入大自然，白天坐白宝马，黑夜坐黑奔驰。这是我们刘镇最早来到的高级轿车，停在李光头公司门前时，群众围着黑奔驰白宝马，嘴里不停啧啧。群众一口咬定奔驰是天下第一黑，宝马是天下第一白；奔驰比非洲的黑人还要黑，宝马比欧洲的白人还要白；奔驰比煤炭还要黑，宝马比雪花还要白；奔驰比小学生用的黑墨水还要黑，宝马比小学生用的白纸还要白。群众最后总而言之，奔驰比黑夜还要黑，宝马比白天还要白。（下，393页）

爱在李光头这里变质了、抽空了。

　　当他还是李厂长的时候，他想出来的求爱方式完全是以权力为依托的，是依赖于形式的；20年过去，当他以无比隆重的形式将林红请到他公司的时候，林红却由爱欲对象坠落为一个单纯的性交对象——"我不会谈恋爱，我只会干恋爱了""接下去李光头完全是个土匪了"，[1] 然后仍然是夸耀李光头的旺盛的性欲。金钱赋予了李光头力量，林红居然迷上了这个当年非常鄙夷的李光头，甚至甘愿为他去做了处女膜修复术。可见，对林红的叙述也是纯生理、纯物质层面的，宋钢与她的患难爱情也无法抵挡来自金钱的辐射。曾经在《活着》《许三观卖血记》里头流淌的爱之温暖荡然无存。

　　花哨的仪式遮掩不了内质的贫乏，无节制的生理欲望并非爱的本质。叙事者在消费逻辑的指令下束手无策，哪怕是面对最神圣的爱。无论是李光头还是林红，爱的心灵维度都被取消了，爱被简化为性，而性虽然能暂时满足身体的本能欲望，却不能提供恒久的心

―――――――――
[1] 余华：《兄弟》（下），上海，上海文艺出版社，2006年，第397页。

灵温暖，相反可能带来更深刻的空虚。

文本对人物的想象基本是遵照消费社会的逻辑完成的，李光头是金钱与欲望的象征，先是以当厂长的权力经验与政权合谋，接着是与媒体这种新型的话语权力合谋。然而，当金钱源源不绝的时候，事业成功的他淹没在性欲中，丧失了恋爱的能力；林红这样清高贞洁的女子背叛了自己忠诚的丈夫，最后成了颇善经营的发廊老板；童铁匠开超市赚了钱，他处于更年期的老婆满足不了他的生理欲求却不愿跟他离婚，竟然亲自帮他挑小姐，并在节日为他挑漂亮的价格贵；毫无才华可言的刘作家因为积极介入媒体运作从刘新闻变成了刘CEO，终于顺利离婚过上滥性的生活；无赖一样的赵诗人因为挨打成了李光头的体能培训师。

再看看消费想象如何被细节建构，李光头第一回筹来资金的就是虚拟的挂名权——"光头牌"外衣、"铁匠牌"长裤、"裁缝牌"衬衣、"剪刀牌"背心、"齿牌"内裤、"冰棍牌"袜子、"肉包子牌"胸罩。此次生意未果，然而，上海这个大都市打开了他的眼界，他对上海的叙述充满神往：

> 上海，大地方，走几步路就是一家银行，里面存钱取钱的人排着长队，点钞机哗哗地响；百货公司就有好几层，上上下下跟爬山似的，里面的人多得像是在看电影；大街上就不用说了，从早到晚都是挤来挤去的，挤得人类不像人类了，挤得像他妈的蚂蚁搬家……[1]

---

[1] 余华：《兄弟》(下)，第153页。

银行是货币的符号，百货公司是商品的符号，人多对应的是消费景观。上海多次出现在余华的笔下，作为一个来自乡镇的他者，上海不仅是李光头前去洽谈生意的地方，也是李光头消费想象之源。这次洽谈失败之后，李光头连理发的钱也没有了，飘然的长发却使他获得了"李披头士""李迈克尔·杰克逊"这种充满异域想象的绰号。

　　身无分文的李光头想重回福利厂当厂长，未得到应允就到县政府门口静坐，并从拾垃圾开始其生意之旅，将李记回收公司做大，到日本收购了一批垃圾西装，回上海后就发往全国各地，"刘镇有身份有面子的人都穿上李光头弄来的垃圾西装，没身份没面子的也穿上了。"[1]日本垃圾西装扮演了沟通者的角色，垃圾西装面前，人人平等。林红不计前嫌前来帮宋钢挑西装，县长和民政局长陶青也放下架子。刘镇男性的距离被垃圾西装拉近了，尤其是在品牌的比较中，如刘作家和赵诗人在将彼此喻为川端康成和三岛由纪夫的过程中惺惺相惜。垃圾西装成了一种诱惑的符号，大家不只是在消费西装的所指，更重要的是在消费日本垃圾西装的能指符号，消费一种异域符号及其带来的意义。

　　"首届全国处美人大赛"中，参赛者全都实行性贿赂，冠军和季军是因为行贿李光头，而冠军竟是一个孩子的母亲，她甚至为此对处女进行重新定义。正因为如此，"处女膜经济"才成为可能。而贩卖处女膜的骗子周游到刘镇的时候，身上已经只剩下5块钱了，他利用的竟是一只模型手机和假装会几十种外语，这种对外语霸权的想象是消费社会第三世界的中国才有的；在我国封建社会，外国是

---

[1] 余华：《兄弟》（下），第228页。

一个与中国对称的词汇，其实是天朝大国对于周边国家的俯视；在其他国家，外国多出现在外交辞令中，而在他们的日常用语里头，外国一般会是一个与自己的国家并立的具体的国度。时至今日，语言本身就是一种权力，是语言在建构现实。周游利用了这一点赢得了赵诗人的信任和商机。

所指在消费的能指盛宴中遁形了。这种接受消费单一指令的想象具有很大的遮蔽性与迷惑性，它貌似以时代本来的模样描绘了这个时代的荒诞现实，实质是虚构了一种简单的麻醉性的事实——那就是有钱就能满足性欲，而性成为欲望符号，性满足就等于拥有一切，李光头拥有了金钱，就拥有了征服世界的资本，连当年憎恨他的林红也会迷恋他——金钱＝性欲满足＝一切。金钱由手段变成了消费社会的内驱力。

余华在接受采访时说：过去他很少使用流行语，他的话语系统里无法容纳流行语。而写《兄弟》时，由于目标是"正面强攻"这个时代，所以他破罐子破摔了，大规模地采用流行用语，虱子多了不痒。余华内心所希冀的反讽作用在流行用语的这种大规模"正面强攻"的作用下是微不足道的。我们知道，流行用语就是消费符号，其本质是娱乐的、时尚的、市场的。流行用语的无条件采用就意味着一个作家向世俗靠拢，向时尚臣服。当一个作家在语言这一文学最本质的因素上自暴自弃，这就不再是文学技巧范畴的问题，而是一个文学如何想象与叙述的问题。

一直以来，余华是以精炼简洁著称的，而在《兄弟》中发扬光大的却是重复和啰嗦，是他曾经在随笔中所鄙弃的一切。重复，这一曾经最重要的叙事手段，在《兄弟》中变本加厉成为硬伤。重复不仅表现在文本之间也表现在同一文本的细节和语言中。据笔者信手统计，第一节就连续 4 次用到"有其父必有其子"（上部，1—11 页）；"问苍茫大地，谁主沉浮呀"（上部，196—201 页）多达 6 处；而"有善报的"这种廉价的煽情句式多达 7 处（上部，157、161、163、186、218 页）；"多于半两少于一两的葡萄糖营养"达 4 处（上部 237—244 页）；"你准备好了吗" 5 处（下部 35—40 页）；宋钢和李光头互相称呼对方的名字，然后重复彼此的语言和行动的场景更多。诸如此类的无意义重复简直不胜枚举。

《兄弟》还大量地重复过往作品的细节，尤其是作者热衷的暴力和血腥的描述，比如孙伟因被强行理发而挣扎，结果后脖子动脉喷血而死；对孙伟父亲的惩罚：将野猫放进他裤子、以铁刷子刷脚心；又如"把腰都哭疼了""难过得连眼泪都掉不出来"这样的修辞方式已被余华深深地烙进了我们的阅读记忆。

接受流行用语和不厌其烦地重复的语言姿态与接受消费逻辑指令互为表里，"回头客""跳楼价""扭亏为盈"等无不与消费息息相关，它们共同消解了叙事的深度。成也萧何，败也萧何。余华将自己十几年经营起来的语言形象、叙事形象彻底糟蹋了。余华甘愿对这个消费时代俯首称臣。余华曾经在《活着》的序言中说，"作家的使命不是发泄，不是控诉或者揭露，他应该向人们展示高尚。这里所说的高尚不是那种单纯的美好，而是对一切事物理解之后的超然，对待善与恶一视同仁，用同情的目光看待世界。"[1] 如果，我们认同余华在此处高尚的所指，那么，《兄弟》无疑是与高尚不再有任何关系的作品，因为在《兄弟》中，根本无所谓超然之境。

哈贝马斯在《公共领域的机构转型》中表达：有文化的阶层一

---

[1] 余华：《活着》，北京，作家出版社，2010 年，第 3 页。

直在公开使用理性的环境下接受教导,而如今这个阶层的共鸣基础坍塌了:公众分裂成由专家组成的少数人群以及庞大的消费大众,前者以非公开的方式使用理性,而后者的接受性虽然公开却毫无批评精神……[1]《兄弟》的畅销本身正是由于消费社会大众理性与批判精神的缺席,但先锋作家余华的转型本身却意味悠长——消费社会改变了文学生产机制,同时对作家的想象力和叙事态度也提出了整体性和本质性的挑战。

消费社会,当个人欲望完全敞亮的时候,社会与个体的冲突改头换面。是顺从地加入时代的合奏还是孤单地坚持文学的拒绝精神,是选择此时此刻的名利还是守护塞万提斯的遗产?每一个身处其中的写作者都在平等地经受消费社会的诱惑与考验。

---

[1] 转引自[美]马克·波斯特:《第二媒介时代》,范静晔译,南京,南京大学出版社,2001年,第68页。

第八章 消费社会女性的主体性建构

都市对乡村的取胜和消费的日益繁荣使人们从传统农业迷梦中觉醒，开始了现代化转型的新探索，互联网的飞速发展不仅缩短了有限的时空界限，也带来了人们思想文化观念和社会结构的改变。消费大行其道的信息技术时代为女性打开了新的生存空间，激发了女性的潜能，她们在消费社会自由徜徉，既是消费的对象，又是消费的主体，好像生来就与消费合而一体，不分彼此。而西方女权运动的越演越烈和女权主义理论的大量涌入也极大地刺激了中国女性意识的觉醒，在自由、平等的西方文明引领下，女性乘时代之风，不断开疆扩土，以并不逊色于男性的才干和魄力进入社会生产和公共领域，深入社会生活的内部结构，在创业中努力实现自我价值，自觉参与到经由"我是谁"变为"我要成为谁""到哪里去"的主体性建构，开掘自身的无限可能性。文学敏锐地捕捉到了这一时代的新质，不论是消费时代以女性为对象的文学书写，她们的爱情消费和精神贬损；还是女性作家的文学想象，她们与大众传媒的合流，对大众审美趣味的迎合，都在力图揭示都市繁荣和网络技术发展所带来的文学叙事模式的转变，文化思想观念的变革以及女性社会地位和身份认同的变迁。

第一节　爱情、消费物与精神的贬损

一、从"怕老婆"说起

文学如何讲述女性及其婚恋故事往往蕴含着一个民族、一个时代最核心的想象。胡适从《怕老婆的故事》中看出了民主与专制的区别，甚至因此判断意大利会跳出轴心国，这是大学者的眼力，能够从饭后谈资中悟出大道理。"老婆"代表着人类的一半，怕老婆之所以值得拎出来谈论是因为这挑战了动物界的生存法则——弱肉强食，适者生存。单从体力来看，老婆自然是难及老公的，所以怕老婆别有意味。农业文明大男子主义盛行，很多男人以在家打老婆孩子为荣，以为这就是家庭尊严，殊不知今天看来这不过是恃强凌弱。现代启蒙思潮改变了男女关系，使得怕老婆成为家庭民主的标志，而家庭民主是社会民主的基石。

男女关系的平等程度与社会的文明、开放程度相关。在漫长的传统社会，文学作品一定程度上充当了女性的精神麻醉剂，让她们像植物一样安静、忍耐，在家庭这个封闭的空间里充当贤妻良母。作为"第二性"，女性从父、从夫、从子，安于"主内""为悦己者容"，女性被辫子长束缚，后脑勺长不出反骨来抵抗男权文化，将"女子与小人"并论。漫长的古典时期，女性内心深处的欲望被各种男权编织的舆论驯服了，就像《一间自己的屋子》中讲述的一样，即使莎士比亚有一个才华同样出众的妹妹，但是由于性别不同，最后她一个字也没留下，而且客死街头。即使大众一厢情愿地让苏东坡有个小妹，结果爱给弟弟写信的东坡兄并没有给小妹片纸只言。东方、西方被同一片黑暗笼罩着。李清照的诗歌能够流传全靠了夫君；武则天能当皇帝也是个例，不具有概率意义。《简爱》发表时出版商根本不敢标明勃朗特是女性，是靠了萨克雷的支持才成功出版的。时钟昏沉沉地滴答着，历史的光阴缓缓行进，得益于工业革命和英国光荣运动，思想启蒙时代到底姗姗来了，农业文明的伦理道德受到了质疑，美的观念也与时变化。在思想启蒙、女性的觉醒和观念解放过程中，文学创作也扮演了重要的角色，促进社会风气和价值观念的转型。

　　文学与爱情的关系难舍难分，诗三百，以《关雎》开篇，孔子的深意藏焉。要让社会和谐，必须将躁动的情欲以礼乐的方式纳入家庭秩序之中，并以婚礼昭告天下。无独有偶，柏拉图的文艺思想也强调和谐是美的要素，文艺要为城邦服务，要为和谐的社会秩序服务。阅读观感告诉我们文学有不同的功能，劝喻固然是，诱惑同样是。我们对爱情的愿景很多时候是模仿爱情小说，这一点，司汤达在《红与黑》中说"爱情在巴黎，不过是小说的产物"[1]。张爱

---

[1] [法]司汤达：《红与黑》，罗新璋译，北京，中国友谊出版社，2020年，第38页。

玲在《童言无忌》里也谈道："生活的戏剧化是不健康的。像我们这样生长在都市文化中的人，总是先看见海的图画，后看见海；先读到爱情小说，后知道爱；我们对于生活的体验往往是第二轮的，借助于人为的戏剧，因此在生活与生活的戏剧化之间很难划界"。[1]事实上，如果我们记忆力足够的话，一定还记得经典人物"安娜"是常读英国小说的，而包法利夫人幼时在修道院读了不少浪漫派小说，小说的诱惑之风时刻抚弄着她们善感的心灵。

纵观整个文学史，转折时代必有引人注目的爱情作品出现，时代的风气和观念的变化往往藏在情欲书写的细节之中。五四时期，易卜生的《玩偶之家》深得一代知识者的垂青，在《新青年》上大篇幅讨论，鞭挞古代缔结婚姻的方式。胡适写下《婚姻大事》，鼓励女性跟随自己的心上人离家出走。鲁迅以祥林嫂的悲剧证明女性的精神解放任重道远，远不是放开小脚获得劳动力这么简单；又写了《伤逝》来回应爱情要有所附丽的重大问题，子君突破千年的障壁喊出"我是我自己的"，社会却没有提供足够的女性的生存空间。《为奴隶的母亲》《拜堂》《丈夫》等等作品都讲述了当时女性的艰难处境。经过女作家丁玲、萧红、张爱玲等的努力，女性成长的苦闷、她们的悲剧命运得到了展示。《小二黑结婚》对"父母之命、媒妁之言"的古典联姻方式进行反抗，新女性形象开始活跃在历史舞台上。《李双双小传》塑造了新女性李双双的形象，鼓励乡村女性追求男女平等。当然，这种夫妻关系的变化背后就是权力和制度的改变。

随着社会的改革开放，女性的声音渐渐得以传达。舒婷的诗歌

---

[1] 张爱玲：《童言无忌》，《张爱玲全集·流言》，北京，十月文艺出版社，2009年，第98页。

《致橡树》和张洁的《爱，是不能忘记的》首次以女性的笔道出了女性的心声，不同的文体，却反映出广大女性内心对于男女平等和真爱的热切追求。同样引起很大反响的由男作家书写的《我该怎么办》中，女性面对历史的差错束手无策，彷徨忧伤地面对两位丈夫只好发出"我该怎么办"的追问。《没有纽扣的红衬衫》塑造了反抗家长、教师权威的女中学生……无数从禁锢的农业文明伦理中探出头去的新女性形象鼓励了我们，给予我们挑战现实的勇气，使80年代成为记忆中的黄金时代。

文学与现实的纠缠如此紧密，彼此互为开端。消费社会的到来同样表现为观念的变异。爱情成为消费物，消费对精神的贬损也左右着当今时代的叙事伦理。流行的爱情歌词从"想带你一起看大海，说声我爱你；给你最亮的星星，说声我想你"变成"给你买最大的房子，最酷的汽车，走遍世界每个角落"，大略也是消费对爱情釜底抽薪的写照。本书撷取新近的几个作品来倾听时代深处的声音。

二、 咖啡馆与被刺激的情欲

随着城市的不断扩张，城市人口超过乡村人口，标志着城市化出现质变，并形成人口越来越多的超级大都市。与城市生活如影随形的是消费，波德里亚曾经指出："消费是个神话，也就是说它是当代社会关于自身的一种言说，是我们进行自我表达的方式。"[1] 消费已经由原来的需求满足变化为欲望满足，身体的需求是有限的，而欲望则是无限的，是可以循环激发和不断升级的。贪婪是亘古存

---

[1] [法] 让·波德里亚：《消费社会》，刘成富、全志钢译，南京，南京大学出版社，2001年5月，第226页。

在的欲望，是人性不可忽视的一部分。消费根植于此。哪怕最基本的日常需求也在被消费改写，消费故事无孔不入，品牌、符号等无声地表达自我，形塑消费者的自我认同。消费对精神的贬损正在成为当今时代的书写对象。

朱辉的《午时三刻》着重书写"颜值"对女性想象方式的宰制。秦梦媞将女性一生的重大机会比如求职、找对象、结婚、升迁都与颜值挂钩，而将无法得到的如炙手可热的职业、高不可攀的丈夫都归结为自己的外貌劣势，这已经内化为她想象世界的方式，人生的内容被抽离了。秦梦媞为自己没有继承父母的优质基因懊丧，她一而再、再而三地去韩国做美容手术，并要求父母为她昂贵的手术费用买单。当她最后一次面对升迁副馆长的机会时，再次要求去韩国整容，结果却从母亲那里得知了自己血缘的真相：她的生父刚辞世不久，她的生母早已不在人世。小说以一种戏谑的口吻叙述秦梦媞的整容与人生。我们似乎也能看到消费社会正在规训我们的想象，一个人不是想靠个人奋斗和脚踏实地的努力来靠近自己的人生目标，不是靠美好的修养和纯洁的心灵来争取自己的爱情，不是靠技艺的培养和敬业来获得升迁，而是希望通过"次品返修"来与竞争激烈的现实对抗，希望通过一张精致的脸去赢得爱情和事业。颜值这个术语本身表明容颜是有价值的，消费社会加剧了颜值认同。朱辉敏感地把握到这一点，但在给予女主角同情时不自觉地认同了秦梦媞的狭隘，她的整个人生认同建立在虚空的基础上，因此作者的笔锋就停留在外部那张不断修整的脸上，没能深入内心去探触她无言的灵魂，也没有余暇关照更为广阔的自然空间和瞬息变化的情绪。有时候阅读小说我们会渴望摆脱这些人事关系来到人性的中庭，窥探个人命运与整个人类生活的关系。

张楚的《中年妇女恋爱史》是被转载率非常高的一篇，作家有意识地将每段爱情与大历史事件并置，希图以此将茉莉的恋情置于历史的河流之中，从而使爱情从狭窄的个人天地中突围，成为时代的精神镜像。小说讲述少女茉莉从中学延绵至今的恋爱史，旁及茉莉闺蜜小五和老甘的情事。三个女人一台戏，女人们，事无巨细地都是要互相交流的，何况爱情。每个时代恋爱标准略有差异，作者通过引入真实的重大历史事件来形成参照系，整个外部世界在发生翻天覆地的变化，而少女们执着于她们的日常爱情。在茉莉的多次婚姻变故中，我们也感受到整个社会对女性的道德要求慢慢降低，对金钱的兴趣日益浓厚，最终茉莉落了个人财两空。釜底抽薪的是情人蔡伟是位职业骗子，同时还欺骗了她的姐妹小五，阅尽沧桑、火眼金睛的中年女性依然会拜倒在男性的身体魅力下。茉莉的爱情很大程度是建立在身体欲望的基础之上的，她的悲剧在于对自身欲望的放纵，疯狂的激情使精明的她看不清真相。就像茨威格《一个女人一生中的24小时》所描述的，中年女性往往会被自身忽略的激情淹没，臆想的拯救并不存在。随着女性掌握经济上的主动权，一个青年男性出卖色相的时代静悄悄地到来了。小人物沉湎日常的卑微要求到底与崇尚消费和性欲的大时代连接起来。茉莉的遭际也揭示女性在追求爱情主动权的同时必须承受个性解放的反作用力。

将《中年妇女恋爱史》和《午时三刻》对照阅读，就能发现当今时代文学中爱情想象的秘密，即消费对爱情的规训或者说爱情消费化，女性往往被自己的心相所迷惑，她们容易根据自己一厢情愿的想象建构梦幻。茉莉和秦梦媞的想象背后受制于共同的逻辑，即消费时代的符号逻辑，女性有光鲜的外表就会拥有一切。茉莉靠施展自己的性魅力来获得男性的青睐，最终却因为男性的性魅力而丧失了全部身家，连自己养老的钱也搭进去了。茉莉从来没有培养出分辨爱情的眼光，她看不清男人的真相而是被自己的心相所蒙蔽，弄得人财两空。秦梦媞一直在为拥有漂亮的脸蛋筹集资金。由于当代男性作家对于女性想象的偏差，女性再度沦为丧失自我的空心人，她们活着只为取悦男人，"女为悦己者容"，仿佛美貌就能得到男性的认可，男性认可就是社会认可，就能够得到一切：稳定的家、升迁的机会。这种想象当然是狭窄的、单向度的。随着改革开放的深入，社会发展同样给了女性更多的空间，更多的机会和多样化的生活方式。自由并不是随心所欲。无论如何，两位作家敏锐地察觉到消费激发了女性爱慕虚荣的负面品质，在时代话语的影响下女性自我的丧失是多么容易，她们更容易被外部的消费符号所裹挟，更容易被男性话语欺骗而忘记内心深处自我的要求。恰如波德里亚指出的："在这里关键的并被悲剧性地展现给我们的是异化了的人，绝不只是一个衰竭了、贫乏了，但在本质上仍完整如故的人——而是一个颠倒了的人，变成了恶，变成了自己敌人的人，反对自己的人。"[1]茉莉和秦梦媞两人都选择相信自己的心相而不顾事实的真相，而她们的心相受制于强大的消费逻辑。消费逻辑改写了爱情逻辑，改写了人物的心相，这是她们悲剧的根源。

密室正在缔造狭窄的、变态的情爱。在都市，我们会看到一对相互问候的邻居实际上对彼此一无所知，同时大数据对我们的起居行走了如指掌。朱文颖将这种友好的陌生状态推到了极端的境地，小说《有人将至》设置了非常巧妙的人物关系图：一对夫妻均是抑郁症患者，这对夫妻都来"我"这里开药，并且分别将药物放在同

---

[1][法]波德里亚：《消费社会》，刘成富、全志刚译，第223页。

一个抽屉不同的格子里，各吃各的药，彼此小心翼翼地守护着抑郁的秘密。心理医生"我"一度与这位患者丈夫偷情，却并不知道两位病人是夫妻，直到他妻子意外怀孕需要停药来找"我"咨询时才真相大白。文尾，三人碰面，妻子仍朝"我"使眼色以求保守疾病的秘密。抑郁乃是对当今社会的隐喻，抑郁是如此普遍，然而又不同于其他疾病，让人难以启齿。即便亲密如夫妻，也不愿意对对方袒露自己的心理疾病。秘密将大家隔离，又将大家联系在一起。现代夫妻关系就像是同一个抽屉不同的格子，在某种意义上，这种夫妻关系本身就是隔膜的，让人抑郁；而心理医生"我"在提供治疗的同时却是合谋者，深深地参与到疾病体系当中。

夏商的《猫烟灰缸》以精神病院旁的咖啡厅为叙事背景。咖啡馆已经成为都市文学最常用的叙事空间以及浪漫邂逅的想象符号，咖啡的刺激让人意乱情迷，诸多情事旁逸斜出。年轻的精神病实习医生第五永刚坐在医院旁的阿朵咖啡馆，听院长转述的女病人米兰朵的故事，原来这个阿朵咖啡馆是老板老靳为赎罪而开，米兰朵全身心投入爱情怀孕之后老靳躲开了，在寻找老靳的过程中米兰朵发疯了。第五永刚在聆听这个故事的同时仿佛一切又在重演。是的，都市生活犹如无形的囚笼，大家一面渴望冲出"围城"，去触犯古老的戒律，同时又倾心天长地久的爱情。无独有偶，宋阿曼的《午餐后航行》写出了当代都市女性的困境之一种，莫名空虚，同性之间彼此隔膜，无法坦荡交流；异性之间仿佛只剩下身体交流。女主角以为可以借助身体满足来抵御内心的情感需求，爱情却猝不及防地降临。当她从疯狂的情欲中苏醒，却发现这不过是一个千篇一律的第三者插足的故事，"午餐后航行"是欺骗女性的借口。女主角站在高高的楼顶上渴望结束自己的生命，一刹那飞机却从头顶掠过。小说语言娴熟,然而结局的自杀却过于轻率。当然可以用弗洛伊德的性本能和死亡本能的理论来解读,但这样会纵容作家降低叙事的困难。生活有比个人恩怨情爱更为宽广的内容。小说更应该书写起死回生的力量,歌颂生命磨难中的光辉、唤醒人沉睡生命的声音以及有情的世界。将人物置于封闭的环境,不需要工作赚钱,不需要追问经济来源,也不需要与家人、朋友联系,这样的写作犹如温室中的花朵,经不起生活的风雨。以现代的生活方式召唤古典爱情的魅力容易让读者感到虚假和苍白,从爱欲到死亡之间直线过度的简便方法会窄化叙事空间。要表达都市生活的千篇一律、无精打采还需要另辟蹊径,才能捕捉灵魂的光亮。

三、城、乡之变以及广阔的生活之流

20世纪中国的乡村书写与饥饿、阶级压迫叙事紧密纠缠,伴随着解放,乡村涌现出梁生宝、孙少平等具有超人意义的社会主义新人形象。随着改革开放人口的巨大迁徙,城市逐渐吸纳了年轻人,乡村变成了记忆中遥远的风景,城市和乡村之间的共情能力正在递减,富足和贫穷从不同的方向削弱我们的想象力,社会阶层的鸿沟逐渐增大。如威廉斯所言:"乡村的观点往往是一种关于童年的观点:不仅仅是关于当地的回忆,或是理想化的共有的回忆,还有对童年的感觉:对全心全意沉浸于自己世界中那种快乐的感觉——在我们的成长过程中,我们最终疏远了自己的这个世界并与之分离,结果这种感觉和那个童年世界一起变成了我们观察的对象。"[1] 对童年乡村的书写成就了柳青、路遥、陈忠实等作家。城、乡变化的

---

[1] [英]威廉斯:《乡村与城市》,韩子满、刘戈、徐珊珊译,北京,商务印书馆,2013年,第402页。

十字路口,"革命加恋爱"的叙事模式遭遇改写,户口成为身份认同的重要维度。《人生》中的高加林两度失去工作,两度失去爱情,最后一无所有地回到黄土地的怀抱。从刘巧珍和黄亚萍身上我们依然能看到时代深深的影子,农村女子和都市女性在对待爱情的观念上存在鸿沟。性别的歧见依然深存,在个体身上打下牢固的印迹。

如何让都市男女的爱情故事获得更为广阔的叙事空间,谢络绎的《兰城》做出了有益的探索,她将一场提心吊胆的恋爱镶嵌入城乡差别以及全球化的时代进程中。在省城金融业工作的美兰虽然事业蒸蒸日上,可是个人问题一直没有解决,成了剩女。城市、金融、高薪等外部的光泽并不能抵御记忆的黑洞,这是她随身携带的记忆,是老家、童年和原生家庭的创痛记忆。迈克·布朗认为:"每一个地方代表的是一整套的文化。它不仅表明你住在哪儿,你来自何方,而且说明了你是谁。"[1]接着他用了一个比喻"系物桩"展示人与地理位置的关系,"拴住的是这个地区的人与时间连续体之间所共有的经历。"[2]米兰的内心被老家兰乡这个"系物桩"牢牢拴住,童年的暗黑经验依然宰制着她,使她无法轻盈地接受浪漫的爱情。有人给她介绍了一位海归李达,从事社会学研究,家在省城,经济、文化……一切条件都非常理想,美兰希望能够谈成。在恋爱过程中,米兰不自觉地根据李达的话风美化自己的家乡:很久不曾回去过的兰乡在她的嘴里变成了兰城。随着城、乡的一字之变,学校、电影院、公园甚至养老院都自动跳出来,在她的随口一说中变成兰城不可分割的一部分。交流越深入,兰城被描绘得越立体、现代甚至天

---

[1] [英]迈克·布朗:《文化地理学》,杨淑华、宋慧英译,南京,南京大学出版社,2005年,第95页。
[2] 同上,第96页。

花乱坠。当然，米兰在聊天过程中的信口胡诌也具有心相的意义，谁不渴望自己有个美好的故乡？这个兰城寄寓了米兰对家乡的愿景。胡诌得越多，米兰越担心谎言被拆穿。就在米兰焦虑不已的时候，李达却在电话中告诉米兰：他到了真正的兰乡，与米兰描述的几乎一模一样。小说给了米兰和读者一个惊喜。小说结尾，乡村的城市化似乎可以帮助米兰圆梦，乡村也越来越长出城镇的模样来，但是那块长期压在米兰梦中的石头能够轻易挪开吗？她的母亲是被贱卖到兰乡而且终日挨打的，她的父亲因打斗摔死在这座城市的脚手架上，她重男轻女的爷爷已经老掉牙了，这才是她挥之不去的兰乡记忆！梦魇并不能随兰城对兰乡一字之移而改变。记忆对人内心恒久的压迫并不见得比现实更轻。在光滑流丽的外表下，那暗黑的过往仍在压迫着脆弱的心灵。尽管今天米兰与李达似乎是男才女貌的一对，甚至他们的聊天也显得情投意合，但横亘在他们心灵深处的是迥异的梦境，这些无形的内心的现实依然在分隔他们。

当代文学的书写让我们见惯了男性进城出卖劳动力、女性进城出卖身体的故事，仿佛女性只要愿意受辱就可以进行资源交换，城市就会将她接纳。米兰的恋爱故事参与了这个时代的难题，为当代文学书写城乡差距提供了新的观察视点。我们歌颂日新月异的变化，却忽略了"过去的现存性"，每个人都活在自身的传统中，童年、故乡形塑着今日的自我。乡村一方面正在经受国家城市化的改变，另一方面也在生产新的困境。

余一鸣的《制造机器女人的男人》选取了一个巧妙的讲述角度，让两个处境截然不同的男人成为故事的主角：城里的支教的男老师张士伟和因妻子跑了而回乡搞修理的王聪明，张士伟是王聪明儿子的老师。张士伟的父母曾是高官，因贪污入狱，他经历了巨大的人生落差后选择离开省城下乡支教，乡村的生活图景在他眼前展开：老人、留守儿童以及妇女们各种不同的问题。被妻子抛弃的王聪明靠修理维持生计，却想要制造出机器女人，文章结尾通过儿子的口透露他父亲不是为了自己，而是为了这些留守儿童，希望给他们每人一个机器母亲。在这篇小说中，既有残忍的现实，也有流淌的温情。不同的家庭破碎让两个完全不同的男人惺惺相惜，他们都意识到母亲对于生命的重要性。每一个卑微的、沉默的人心中都有火苗，酝酿着伟大的梦想。在叙事过程中，作家余一鸣并没有对抛弃孩子的妇女进行口诛笔伐，相反，他在字里行间给母爱以崇高的位置。从这个短篇我们也看到作家对于时代问题的关心，乡村的空心化乃是当代中国最大的政治问题，与之相伴的是农村男孩结婚难，留守儿童和老人没能得到亲人的照顾，对此近年已经有不少作品作出了回应。仅仅从道德层面对女性提严苛的要求显然是男性的意气用事，每个生命都是从自私的基因出发的。写作必须推己及人，由小我进入大我。王聪明制造的机器女人如果只是为了解决个体的欲望意义就有限，当他由自家的处境想到要为乡村留守儿童做一个机器母亲，他的聪明和梦想的意义就放大了。而这也触及到张士伟的隐痛，他同样需要母爱。母爱问题溢出了贫穷的乡村，个人的困境与时代的困境，小我的痛苦与普遍的痛苦融为一体。

  藏族作家次仁罗布的《红尘慈悲》同样适合置于历史的脉络中加以解读，我们仿佛看到了历史滞后的脚步。小说以第一人称讲述主人公云丹·觉如的家族和爱情故事，叙事舒缓细密，辗转有致，如行云流水，浑然天成，一唱三叹，余音袅袅。觉如是这样僻静，仿佛从来如此，仿佛源远流长，"在觉如这个地方重复着祖辈曾经过过的日子，虽然我们每天迎来的是新的太阳，但过的日子内容却是那种亘古不变的旧日子。"[1]我们似乎也能由此感觉到宗教的滋养，它给那些毫无征兆的夭亡以慰藉。孩子接二连三的夭折，父母唯有逆来顺受。三十多岁的母亲已经衰老不堪，他们的青春已在生存、生育中消耗，转瞬即逝。纵使童年记忆中密布着浓重的阴云，"我"也依然能从大自然的神奇和经文的抚慰中感受到生命的力量和节奏。贫穷和偏僻使大家没法接受更多的教育，尤其女孩，读几年书就辍学，稍大就嫁人，重复母亲的道路，无一例外，亘古如斯。在"我"到县城读中学期间，家里为我和大哥贡贡娶了媳妇阿姆。受过教育的"我"对此十分敏感，并因同学说起娶媳妇事情而发生斗殴，此后离开家乡，漂泊到西藏学习唐卡。学成回乡探亲时，我目睹了阿姆由少女到人母的变化，并拒绝了阿姆夜里过来陪睡。在"我"再次离家后不久阿姆意外摔死，妹妹告诉我阿姆身上一直携带着"我"的照片，是因为我阿姆才毫不犹豫地嫁到我家的。这让我痛惜，决定为阿姆塑一尊观音像，可是我心神不宁、毫无头绪，老师让我回家一趟。夜深，淡淡的月光下，阿姆在我记忆中复活。我们也由此亲历了一位少女短暂的一生，她爱，却未曾得到回应；她劳作、善良、隐忍。老母亲、阿姆、妹妹，藏族少女的"无我"精神有如神灵普照大地。通过次仁罗布伤感的笔触，塑造了大写而沉默的阿姆，令人感受到痛惜、哀伤和安慰，也感到日光令人眩晕的力量和大地的慈悲，这片土地是阿姆长眠的大地，是千百年来无数美好事物消失的土地，这片沉默的土地同样孕育了生命、美和承受的力量。"沉舟侧畔千帆过，病树前头万木春"。美之绽放与生命的凋零，让人忧伤，让人叹息。《红尘慈悲》写出了一种非常深邃的对生命的理解，

---

[1] 次仁罗布：《红尘慈悲》，《长江文艺》2018年第9期，第8页。

写下了作家对于劳作、大地和人的深情。历史只会记住英雄的赞歌，而阿姆这样沉默、隐忍的爱只能在小说中熠熠闪亮。次仁罗布的笔有如神助，被赋予了宗教拥有的巨大力量，那些美好的事物同样在缓慢和贫瘠中次第开放，而这一切，恰恰是快速变化的消费社会所匮乏的。《红尘慈悲》提醒我们，在爱情普遍被消费规训的时候，依然有阿姆的深情。作为一个多民族国家，少数民族的书写、边地生活的书写的确给中国文学的审美带来了丰富性，为同质化的城市文学提供了广阔的外延，而且提供了更为恒常的宗教力量，让我们在前行的时候忍不住回眸，并珍视那些发展过程中不小心弄丢的美好。

《红尘慈悲》讲述了藏地的爱情秘密，班宇的《逍遥游》则以道家的逍遥态度处理现实困境，书写城市下层生之艰、爱之难，身患尿毒症的女主角经历了接二连三的祸不单行：父母离异，自己患病，母亲猝死，男、女朋友旅途苟合，他们的生活也都不大如意、生活的河流露出干涸的河床，没有珠宝只有粗粝的沙石。小说也展示了生活另一面依稀的暖色调：离异后的父亲回来担负起照顾女儿的重任，旅行途中啤酒的凉爽、太阳的光芒，在毫无希望之处依然潜藏着微略的暖意，久经磨难的女儿终于与一直怀恨着的父亲达成了和解。小说语言流畅而风味独具，东北口语与古雅之语交织，淡淡的星光时隐时显绘出了丧失希望后灰色的中年，空心的生活就像尿毒症，需要不间断透析才能勉强维持下去，但是，在疾病的间隙之中，此刻依然值得逍遥，淡淡的暖意从字里行间弥漫开来。

张惠雯的《沉默的母亲》从另一个维度调整我们对域外婚姻关系的想象，揭示隐蔽的现代女性的生存困境，贤妻良母这个词汇再也不能给我们提供足够的养料，母亲已经无法建构起完全的身份认同。全球化时代使得跨国跨民族婚姻更为普遍了。爱玛变成包法利夫人之后，后者就构成了沉重的身份包袱。沃克太太成为太太之后，就没有了自己的姓名。作为三个孩子的母亲，打理家务，她没有工作，也没有收入，没有朋友，也没有自己的生活，"她看起来那么被动、怯懦，像一只容易受惊吓的麻雀，连她的发型、衣着都给人垂头丧气的感觉。"[1]最后，她得了厌食症、肥胖症。第二段"水族馆的一天"取细部描写一家人去水族馆观看的经历，也是在这个过程中，"我"对自己身为母亲的角色有了新的认识，"我是留下来、没法片刻逃离琐碎日常的那一个。我就像玻璃罩子后面的海马，困在小小的天地里，游来游去、转来转去，仍然还在那里……和你不喜欢的生活绑在一起……"[2]第三部分，小说以回忆的视角写一位提前缺席的母亲，这位母亲因过于溺爱孩子而患上了心理疾病，最后自杀。无疑，现代社会对女性提出了新的要求，既有习俗的力量，也有身份上的成见，而中、西不同文化组合的家庭表现尤甚。女性无法从复杂的家庭文化中建构身份认同。三位母亲的片段貌似没有关联，但脑补功能让读者自动补足当代母亲的心灵生活图鉴。在水波如镜的日常生活之下激流涌动，各式各样的情绪危机足以摧毁母亲这一神圣的身份。"现代"这个曾激动人心的词汇下面是脆弱的深渊，精神困境同样让人如履薄冰。

　　科技的支持使得人群的细分如此便捷，我们很容易在不同的群中建构不同的身份认同，但是爱情无疑仍占据自我身份的核心位置。在某些光滑的片刻，沉溺于虚拟世界的我们几乎要忘记性别，忘记身份，这些当下对当下情爱进行讲述和想象的方式都在提醒我们，广阔的世界依然得承受古老的人生难题。

———————

[1] 张惠雯：《沉默的母亲》，《长江文艺》2018年第20期，第92页。
[2] 同上，第96页。

第二节　都市对乡村的优越

2009年张爱玲的遗作《小团圆》和2010年《异乡记》的出版是出版界、张迷们和张爱玲研究界的一件盛事，持续已久的被消费的"张爱玲热"又掀起了新一轮高潮。版权继承人宋以朗透露，张爱玲还有一批遗物遗作将陆续面世。

尽管我们早就知道小说有虚构的权利，但《小团圆》一致被解读为张爱玲的自传，正如宋以朗在前言中所说"你说上一百遍：《小团圆》是小说，九莉是小说中人物，同张爱玲不是一回事，没有人会理你"。[1] 可见，索引欲望超过了对这部小说艺术价值的研究热情。更多的张爱玲的生活细节在此被回放、比较、校对、复原，大家似乎得到了某种窥私的快意。

其中张爱玲与母亲的关系意味悠长，我觉得这正是把握她对女性和母性叙述态度的钥匙。在《童言无忌》中谈到她与母亲的关系：

---

[1] 张爱玲：《小团圆》，北京，北京十月文艺出版社，2009年，第9页。

"我一直是用一种罗曼蒂克的爱来爱着我的母亲。……可是后来,在她的窘境中三天两天伸手向她拿钱,为她的脾气磨难着,为自己的忘恩负义磨难着,那些琐屑的难堪,一点点的毁灭了我的爱。"[1] 金钱与爱的复杂关系贯穿着张爱玲的小说创作,《金锁记》《倾城之恋》《留情》等作核心都通向于此处,金钱固不能买来爱情,但爱情可以为金钱卖掉。在《小团圆》中九莉得到邵之雍的一大笔钱之后,固执地问姑姑母亲到底为她交过多少学费,最终用手帕包了一块金子还给生母。同时九莉对父亲娶继母的心情非常敏感,"九莉对于娶后母的事表面上不怎样,心里担忧,竟急出肺病来,胳肢窝里生了个皮下枣核,吃了一两年的药方才消褪。"[2] 九莉的过敏和缺乏爱的童年形成了心理创伤,执着地构筑张爱玲的世界观。在一定程度上,张爱玲有着如此多的粉丝就是因为她有冷静的叙事态度和现代价值观,她揭开了传统文化的虚伪外套,露出那些蠕动的虱子,当然她以美的语言呈现。

一、 王安忆与张爱玲

就在《小团圆》在香港发行的同时,张爱玲最著名的作品《金锁记》被王安忆改编成话剧在香港、上海等地上演,广告牌上大书"在最坏的时代做最坏的事情"。而王安忆与张爱玲的纠缠比改编还要早,在她的获得茅盾文学奖的长篇《长恨歌》出版之际,王德威的评论《张爱玲之后又一人》面世。此后,王安忆长久地笼罩在张爱玲的阴影里头,不得不经常在媒体面前陈述她和张的关系。

---

[1] 张爱玲:《童言无忌》,《张爱玲全集·流言》,北京,北京十月文艺出版社,2009年,第94—95页。
[2] 张爱玲:《小团圆》,第94页。

张爱玲是20世纪文学史上巨大的幽灵。世纪末,她在大西洋彼岸默默辞世,灵魂却一直"在场",不断地用她的冷眼旁观制造着各种热点,年轻一代尤其是女性作家几乎很难逃脱她的影响。平心而论,这样的问题对人到中年的王安忆来说是尴尬的,而且是不公平的,难道仅仅因为她也是一位书写上海的颇有成就的女作家,就一定要在不惑之年不断地去回应自己如何受了一个二十多岁的女孩子的影响?关于写作的影响,我同意余华的见解,那是阳光对树的影响,是照耀和生长、营养和身体的关系,最终树苗要以自己的方式在阳光的照耀下长成大树。但是,媒体负责的是娱乐大众、哗众取宠,抓住一点,不计其余。也许是为了一劳永逸,也许是为了对历史有个交代,王安忆写下了万字长文《张爱玲之于我》(《书城》2010年2期)详细地叙述了彼此的关系,文中既有非常感性的细节,比如王安忆邻居的孩子竟然是在张爱玲的亲弟弟那里学英文,一个那么鼎鼎大名的姐姐居然有个如此没落的弟弟也是让人唏嘘的事情。同时也有对自己与张爱玲的理性分析,比如她们的不同表现在:世界观、各自的性格以及生活时代等方面;而她们相同的方面一是写上海,二是写实,三是都喜欢阿加莎克里斯蒂。第三点可能恰恰是粉丝们并不熟悉的内容。在我看来,这篇文章不仅满足了许多粉丝的窥探欲,也具有相当的研究价值,这种价值来源于王安忆的理性、客观和诚实。其实就凭这一点也可以将王安忆与张爱玲区分开来。

但未来可能的情况是:王安忆还会不断地被问及这个她已经厌倦的问题并且被媒体越描越黑;还有就是无论是哪位女作家,只要书写上海就会被媒体联想到张爱玲的烙印而发起追问。这种情况恐怕是内心清明的张爱玲也难以预计的。而且,随着她的遗作不断整理问世,张爱玲的形象在读者心目中正在成为百变的、难以定论的。

二、李安—《色·戒》—张爱玲

行走于好莱坞的华人导演李安通过电影、言说和眼泪使《色·戒》如王佳芝的钻戒一样光彩夺目，这种热情一触即燃且有非凡的辐射作用。最终，我们的目光投向了幕后"垂帘听政"的张爱玲，投向了她那欲说还休的旷世之恋。张爱玲已经离开人世十二载，然而，她的幽魂一直飘荡在张迷们的身边，甚至她小说中的对白也在指引着张迷们日常生活的对话。

以对话见长的凤凰卫视曾以这个电影为话题做了好几回节目，时间长度大大地超过了电影本身。其中有一档是回顾当年小说创作原型"郑苹如"的历史真相的节目，黑白的相片，泛黄的档案，幽暗的气氛仿佛真可以把我们带回到当时的历史现场还历史以清白。在这个持续了一个多小时的节目中，字幕下方一直打着《色·戒》原著张爱玲的字样，只有这几个字在提醒我们小说与虚构和真实之间的关系。分明，张爱玲已经成了一个巨大的消费符号——一个超级别的混淆时尚与经典的符号。仿佛这个世界已经由此划分为两类人群，看过《色·戒》和未曾看过《色·戒》的。所有看过的人都有话可说，关于删节的问题，关于色和戒的成分，关于李安的民族立场的问题，关于梁朝伟的身体和汤唯的演技，关于爱和民族气节的问题，关于艺术虚构的限度，关于更高层次的人性，关于张胡之恋等等……庞大的指向繁杂的话语场使看过电影的形成了一个坚固的"色戒"同盟，尽管他们内部的分歧往往更多，但是分歧不要紧，重要的是他们处在同一个平台，这个平台上色戒共舞，平分秋色。

《色·戒》已经超越了好或坏这样简单的评判标准，重要的是它让每位看过电影的人有话要说，看电影之后衍生的话题比电影本身更值得关注，网络使得传播在消费社会如此方便迅捷，以至它有时会改变事物的面貌，意义和价值。《色·戒》的搬上荧屏，尤其是被李安这样级别的导演造成如此巨大的声响，一个最直接而长期的后果是会让张爱玲迷的范围加速扩张，原来还称不上"粉丝"的人"中毒"晋升为"粉丝"，原先就是"粉丝"的变成"钢丝"，原本就是"钢丝"的则会导电通灵。在张爱玲的作品传播过程中，电影《色·戒》是一支强有力的催化剂，事实上国内迎来了新一轮张爱玲的出版热潮，而且是直接地将她的中短篇集子标题为《色·戒》，并且将李安的言论以黑体醒目地打在腰封上。

自从张爱玲过世以后，对她的出版热情就没有低迷过，但囿于版权，内地很多出版社不敢造次，已经发行的很多出版物也属非法，根据《南方都市报》2007年10月28日B32报道："内地一年有50种盗版张爱玲"。12家出版社于2007年9月5日在《中国新闻出版报》发表《联合声明》，质疑台湾皇冠文化拥有版权的合法性。假设没有版权障碍，张爱玲的不同版本立即可能铺满书店最醒目的位置。

张爱玲到底拥有多少读者？根据学者刘川鄂在他2000年出版的《张爱玲传》中的不完全统计：自20世纪80年代以来，大陆已经发表了研究张爱玲的论文200余篇，专著2部，传记性著作7部。此后，随着出版速度的加快，这个数字在剧增，张爱玲作品的"盗版"也在大陆畅销。张迷们的揣测是：有井水处有柳词，有华人处有张迷；在《同学少年都不贱》的腰封上打的是"3000万"。以一个编辑的职业眼光来看这可能有所夸大，但读者群本来就是一个难以精确统计的数字，有些人好买书不好看书，而有些人相反，何况资料室和公共图书馆的书有何种频率的借阅率也是一个难于统计的数字。但是，无论如何可以肯定的是张爱玲不仅是20世纪拥有女性读者最多的中国作家，也是拥有自由读者最多的作家，而且这批读者是一个学历较高的群体，还可以补充一点，张爱玲对后来许多作家尤其是上海作家有不同程度的影响。如贾平凹认为，与张爱玲同活在一个世上，也是幸运，有她的书读，这就够了。叶兆言认为，她的大多数读者恐怕都和我们一样，或是觉得张应该一心一意写小说。天知道这世界上有多少痴心人在白白地等待她的下一部小说。王安忆、苏童受张爱玲的影响已经被学界作为研究课题。事实上，70年代的女作家大都表现出对张爱玲的偏爱。

三、张爱玲的传播优势

我们知道新文学的旗手鲁迅先生的传播多少带有体制权力的强制性，而这种强制在带来读者的同时也带来了逆反作用。由于篇幅、体裁以及体制的缘故，张爱玲没有任何一篇作品入选过中学课本，就是在以金庸的作品来代替鲁迅的作品的声势浩荡的语文课本改革中，张爱玲也没有进入相关人员的法眼。张爱玲的传播更多地靠了市场经济背后那只"看不见的手"。

现代社会一个人的作品能够在作者年轻乃至健在的时候走红是有诸多偶然因素的，但作品能够超越作者的寿命坚定地活下去则蕴涵着某种必然，如果作品能够超越作者的时代或者在作者完全淡出读者的视线很久以后还能在读者群中保持热潮甚至热度继续上升，这种现象则具有研究价值，即时尚如何战败时间成为经典。当前立即断定张爱玲的作品是经典似乎为时过早，但考虑到她本人在1952年就从我们大陆的文学生活中彻底消失了，也就是说，虽然张爱玲1995年才真正辞世，但实际上我们不过是在判断一个现代文学作家的作品，这在某种程度上和沈从文的曲折身世异曲同工。"千秋万岁名，寂寞身后事。"半个世纪的寂寞凝结了张爱玲的光华：清冷、灼人。香港的沦陷是为成全白流苏和范柳原的爱情；上海的沦陷似乎只为成全张爱玲的写作，还有爱恋。

张爱玲，家世显赫，才华出众，唯美唯情，孤高妖娆，在上海沦陷区红极一时，并与胡兰成在滚滚红尘中演绎了一场旷世恋情。在上海解放之后感觉到"惘惘的威胁"，也穿着旗袍参加了上海第一次文代会，也得到某些文艺领导的赏识，但内心的敏感不断地提醒她，触痛她，1952年她就悄悄地途经香港辗转海外去了，从此以后，再也没有回到她眷恋的上海。改革开放后，她才与嫡亲的姑姑联系，三十多年音尘绝，这也使我们对张爱玲的想象保持了距离美。直到1995年9月张被发现于洛杉矶公寓去世，停留在我们想象中的依然是那个"出名要趁早"的上海女子，我们甚至无法将1995美国这样的字眼与穿旗袍的张爱玲联系起来。

张爱玲也尝试过用英文写小说和一些别的文体如剧本，但是，最为人称道的依然是华语小说，就像她的相片，也是穿旗袍的东方女性形象深入人心，尤其是《对照记》中的那张简直就是为了让我们去对照那个时代。张爱玲的一生集灿烂与寂静之大成，她品尝、她叙述，她活出了极致，也道出了极致。上海作为1842年清朝政府对外最先开放的一个港口，它受到的外来影响也最大。市民气息浓郁，日常生活热闹，这是张爱玲热爱它的一个原因。她在作品《到底是上海人》中对上海的凡俗人生有文风纤细而情绪饱满的描述。她心里眷挂那些世俗的热闹，琐细而温暖。

张爱玲在上海生活了三十年，为大陆读者熟悉和称道的作品几乎集中于孤岛时期的创作，那是她生命饱满、爱情绽放的时候。同时，她成为三四十年代旧上海——"东方夜巴黎"想象的重要符号。

照片中，她的头，要么高昂着，要么低垂着，极少正视镜头，是不愿？还是不屑？张爱玲的内心境界是凄清的、宁静的，她的身体也散发出孤绝的信号。整个的她是与周围有距离的，时间上的、空间上的。她属于过去的时代，过去的世界，无人与共。

四、都市对乡村的胜利

在张爱玲最初走红的过程中，傅雷有伯乐之功，他称赞《金锁记》可以列为"我们文坛最美的收获之一"。还有张爱玲曾以身相许的胡兰成也在评论中给予其高度的评价。夏志清的《中国现代小说史》功不可没，高度评价"她是个伟大的寻求者"。并赞叹《金锁记》是"中国自古以来最伟大的中篇小说""凡是中国人都应该读张爱玲"，大胆断定张爱玲"应该是今日中国最优秀最重要的作家"。后来，他又进一步谈道"至少在美国，张爱玲即将名列李白、杜甫、吴承恩、曹雪芹之侪，成为一位必读作家"。夏志清给张爱玲的评价与国内受主流意识形态修订的现代文学史的差距非常大。20 世纪 80 年代后，国内现代文学史的写作面貌与审美精神多少都受夏志清的影响。关于张爱玲的文学地位及大陆与海外学者对之的毁誉评价问题，许维贤在《张爱玲的魂兮归来》一文中已经进行了深入的探讨，本书不再赘述。

"张爱玲热"无疑是文学场诸多因素的合力，种种催化因素在诸多的张爱玲研究文章以及"张迷"的言论中已经谈到。但其中重要而隐蔽的因素恰恰是全球化的潮流带来的，海外汉学家的判断产生的重要影响决不是"他山之石，可以攻玉"几个字可以一言以蔽之的。张爱玲在流通领域占据的这种地位与 20 世纪中国高速度的现代化进程有着内在的密切关联。女性地位的提高和上海想象的热潮，归根结底都是持续整个 20 世纪并将继续下去的都市对于乡村的胜利！这也是全球性的一个不可逆转的最重要亦最华丽的历史拐弯。都市化进程骄傲地宣布了城市的胜利和乡村的溃败，宣布了消费社会的全面到来。

重观文学史，张爱玲和沈从文都经过了一个冷却静寂和重新发现的过程。沈从文虽然未曾出国，但解放后远离文学创作，我们今天依然喜爱的《边城》等作品也都创作于三、四十年代。他也同样受到夏志清的赞誉，同时，诺贝尔文学奖的"使者"马悦然先生后来谈到：如果那年沈从文没有过世，他就会得到当年的诺贝尔文学奖。尽管我们都知道生活中没有"如果"，但是我们仍然为此高兴。我们深深地怀念沈从文，怀念这位居住在北京的"乡下人"，怀念他心中柔情的"边城"，忍不住要在内心深处为他发出无声的叹息。

尽管我们都知道评不评奖并不会改变作品的审美价值，但是我们还是不得不悲伤地看到真相，评奖活动深深地参与了文本的流通过程，越是权威的奖项越深地介入文本的流通领域，并通过改变文本的受众范围而改变了它的消费价值。诺贝尔数学奖得主也无法精确地估算出"诺贝尔奖获得者"这 7 个金光闪闪的字凝聚的符号价值以及它真正带来的商业利润。越权威的奖项，越能使作家作品增值。因此国内的茅盾文学奖竞争越来越激烈。在一切事物均被纳入消费的洪流之后，文学生产由意义创造变成了符号生产，而符号价值越过审美价值（即文艺的使用价值）成为一种新的市场专制。这种改变是任何清醒与独立都难以抵挡的。专业批评不过是符号价值最大化的砝码之一。如果我们将张爱玲作品的传播与沈从文作品的传播过程进行对比就会更深切地感受到这一点。如今，大陆张爱玲的研究和推介越来越热，从学位论文到报刊随笔，张爱玲都遥遥领先。

张爱玲在传播领域的这种绝对优势跟她的艺术水准和审美趣味有关，但关系更大的是张爱玲小说中的对都市虚无性的揭示，与张爱玲文本世界中包裹的现代内核息息相关。比如同是写爱情的佳作，抒情性的《边城》中的爱是纯粹的，安静的，理想的，古典的，受着世俗的干扰，翠翠的痛苦是通明的，她对自己的爱情无能为力；而在叙事性的《倾城之恋》中，白流苏的爱是欲望的、现代的和计较的，随时保持警惕，白流苏的痛苦亦是计算的妥协。翠翠虽然没有得到结果却仍在爱中，叙述者善意地给她希望，也给读者希望；白流苏得到了，却似乎失却了希望。翠翠的爱生于那一汪流动的水，而白流苏的爱复杂得多，复杂到要有一个城市为之沦陷。孤独才是现代人最本质的存在，因为孤独渴望爱和温暖，因为孤独而陷于算计。从这一点上说，张爱玲抓住了现代人恍惚的心，直接叙述出现代生活的本质缺憾，而沈从文则更致力于叙述出一个理想生活和纯粹爱情的可能模样。张爱玲的叙述世界就像一面镜子，我们可以从中照见自己的内心，而沈从文的则像魔镜，我们照见的是我们的想望。同时现代化进程使乡土叙事本身处在一个尴尬的弱势位置上，当今现实乡村的衰落也在一定程度上阻挡着乡土叙事的传播。

张爱玲叙述女人入木三分，她的冷眼旁观和玲珑剔透得到了女性大规模的回应。这也造成了她作品传播的强势。女性社会地位的提高加剧了这种传播上的力度。张爱玲热与女性的地位崛起有着潜在的关系，这一点不仅仅因为作者身为女性，也不仅仅因为她擅长叙述女性心理，而是强调女性在身份上有了作为读者的可能。解放后，体制一声令下，妇女的地位得到了极大的提高：其中最首要最基础的改变是女性有了受教育的机会，过去这种机会一直只属于少数开明地主家庭，而且即便女子获得了知识，但整体上主流的意识依然认为女子无才便是德。受教育则意味着女性的命运可能被改变。如果女性的时间一直被女红霸占，那么她不大可能成为阅读者；相反，如果她成了大学生，担任了文化从业者的职位，那么她的阅读时间就会急剧增加。《小说的兴起》中提到了作为阅读者的妇女角色的重要性，"直到1740年，读者大众的一个实际的边缘部分由于高价书款还未纳入文学的全景图中去，这个边缘部分在很大程度上是潜在的小说读者构成的，其中许多是女人。当时，闲暇证实和强化了我们已经看到的读者大众构成的图画；它也说明其中女读者扮演的角色日益增多提供了最充分的适用的证明。……文学正变成一种主要的女性消遣物。"[1] 瓦特认为女性能成为文学的消费者的主要原因是她们有大量的闲暇时间，女性往往很少从事政治和商业活动，而纺纱织布的工作已经逐步由机器来替代。从家务中节约出来的时间有利于女性用于阅读。

瓦特关于"文学正变成一种主要的女性消遣物"的预言正在成为普遍的现实。社会的一些根深蒂固的歧视和分工选择使得女性依然很少能够进入政治和商业活动的高层，重理轻文以及对大学分科的想象造成一种中文系逐渐被女性占据的局面，20世纪下半叶的中国，在传媒、出版等文化行当，女性所占比例尤高。洗衣机等替代手工劳动的家具出现使女性捆绑在家务上的时间减少，双休日以及休假日的增多均潜在地使女性阅读的时间增加了。就一般城市的中产阶级家庭而言，专业分工的细化、钟点工的盛行使女性很大程度地从家务中摆脱出来。通常女性不如男性那么热衷于酒精，在酒席

---

[1] [美] 伊恩·P·瓦特：《小说的兴起》，高原、董红均译，北京，生活·读书·新知三联书店，1992年，第41页。

应酬中节约出来的时间也正好可以用于阅读。而女性天性中就有着与张爱玲共通的一面，喜欢美，喜欢爱，有时斤斤计较，有时不顾一切。爱和美难分难解，是肉欲和纯粹的精神欲望的临界，是抵挡死亡迎向不朽的利器。女性读者往往为张爱玲对爱、对人心的叙述"会心而折服"。

其次，张爱玲的传播也与20世纪90年代以来上海想象的兴盛不谋而合，这种对旧上海的想象本身就是都市对乡村的胜利的一个成果，不仅突出表现在消费社会都市叙事占据绝对优势，也同样程度地表现在都市叙事的传播优势。都市想象本身就具有消费价值，比如上海本身就是一个巨大的消费符号，上个世纪30年代"十里洋场""东方巴黎"成为我们进行西方想象的中介。近年来，关于上海的著作，无论是纪实的还是虚构的，研究性的论文还是回忆性的随笔，出版都十分热闹，比如王安忆的小说、陈丹燕的纪实专著《上海的风花雪月》和《上海的红颜遗事》系列、卫慧的畅销小说《上海宝贝》、李欧梵的学术专著《上海摩登》等等。美国学者指出，"在两次世界大战之间，上海乃是整个亚洲最繁华的国际化的大都会。上海的显赫不仅在于国际金融和贸易，在艺术和文化领域，上海也远居其他一切亚洲城市之上。"[1] 今天的状况又像当年的重演，上海的经济地位决定了她的文化地位，使她再度成为文化消费的焦点之一。

"张爱玲热"与上海想象是一个硬币的正反面，它们互相依存，互相催化，互相选择。20世纪三四十年代的上海是我们想象西方的一个中介，而张爱玲成为我们怀想旧上海的票根。手中紧握这张门

---

[1] [美]白鲁恂：《中国民族主义与现代化》，《二十一世纪》（香港）1992年第2期。

票，仿佛就通到了旧上海，仿佛也就可以踏上西方的船只。趋同的全球化让我们更深地缅怀旧时岁月和人，也更加怀念张爱玲。那些让人沉醉也让人心酸的苍茫记忆点点滴滴浮显，终究如昙花，因为短暂而让人更长久地怅惘。

第三节　创业女性的认同变迁

一、移动互联网与潜意识

北岛曾经写过一首很短的诗《生活》，正文只有一个字：网。池莉在《烦恼人生》中以"梦"对这首诗进行了戏仿，网与梦对应着意识与潜意识。北岛的诗歌是大写意，但好的诗歌是预言，时代做了诗歌的注脚，网络时代如约而至。媒介预言家麦克卢汉早就以蛛网来形容思想和信息的高速公路。伍尔夫则将小说比喻成蛛网，四角附在人生上。马克思说人是各种社会关系的总和，中国人强调人际关系网。综上，网基本是一个限制的意象。移动互联网来到世间，打破了我们对网的刻板想象，网络将地球连接为"地球村"，固然有限制的一面，更多的却是连接，是向自由延伸的一面。

网络迅疾而猛烈地介入我们的生活，微信、微博、抖音、快手、公众号等平台广受追捧。通讯、工作、生产、社交和消费一体化，已到了人、机相连的临界点。各行各业都受到挑战，科学界正积极讨论机器人的伦理问题。马尔库塞所批评的机器对人类奴役的状况和程度到今天极为严峻，应该被重新思考。移动互联网带来的数字革命比蒸汽机标志的工业革命更便捷地宰制着我们，从手的"延伸"变成心的延伸、大脑的延伸，给人带来方便的同时，使抑郁、狂躁等心理疾病增加，焦虑、怅然、不安的情绪如此普遍，网络可谓利弊交织，毁誉难辨。长时段看，很难说清是芯片大脑化还是大脑芯片化，二者互渗互仿。

移动互联网是全球资本主义发展到一定阶段的"中间物"，网络与手机的结合进而让网与物结合，既是思想科技革命的产物，也是进一步刺激新思想革命的催化剂和生产地。肇始于15世纪末的地理大发现最终带来全球化，让整个世界纳入全球资本主义。地理大发现是对全球新大陆的发现和殖民，移动互联网则是对虚拟空间的发掘和长驱直入，这是更为激荡的现代转型。在社会学家鲍曼看来，流动是全球化的重要表征，"流动性登上了人人垂涎的价值之列：流动的自由（它永远是一个稀罕而分配不均的商品）迅速成了我们这个现代或后现代时期划分社会阶层的主要因素。"[1]漫长的游牧文明强化了人类渴望流动的基因，但游牧生活总是隐隐地受到饥饿的威胁。生命的本能是让基因流传下去，这也被教徒视为神旨，在这个意义上性本身获得超越爱的优先性。基因保存在一切法则中占上风，故农业文明牺牲了游牧文明的流动性仍被认为是人类一大进步。漫长的农耕文明使中华民族形成了安土重迁的性格和稳定的"文化—心理结构"[2]，所以现代转型对中华民族是一个被动而屈辱的

---

[1] [英]齐格蒙特·鲍曼：《全球化：人类的后果》，郭国良、徐建华译，商务印书馆，2013年，第2页。
[2] 参见李泽厚：《孔子再评价》，《中国社会科学》1980年第2期。

蜕变过程。流动伴随着未知与风险,我们至今处于这一艰难重重的历史进程中。

移动互联网拓展的空间与弗洛伊德发现人类的潜意识结构相似。意识只是露出水面的冰山,潜意识才是未露出浩海的八分之七,联通着汹涌起伏的大海,无限的深,无限的广,无限的延绵。网络接通了一个超越肉眼的宇宙,其链接出来的多重折叠空间极大地延展了我们的生活世界,让我们的生活与"无穷的远方、无数的人们"相关;网络将我们的心眼固定在屏幕上,千变万化的讯息蜂拥而至,真相像芥川龙之介的经典短篇《密林中》一样莫衷一是。移动互联网支撑起足不出户的生活,宅成为一种时尚,网购、快递、粉丝经济、虚拟货币、云会议、云课堂等新兴行业提供的体验和服务有很大一部分是无形的,与原来的实物生产、面对面的服务截然不同了。人变成一串数据隐匿在机器的后面,机器人成为介乎机器和人之中的一个新物种,挑战了既定的人类伦理,人、机的交互体验促进文学想象和叙述的更新。生产力和科技的高速发展,人类的欲望被大幅度打开,我们对精神生活的丰富性要求越来越高,如何想象和引导消费转化为生产已经成为当今时代的新课题。

游牧、农业文明时代,创业几乎是勇气和体力的专利,男性高大强壮的身体明显占优势。现代教育鼓励女性克服性别恐惧,勇敢地走向社会。都市消费文化的柔软性、梦幻性让女性的创业梦想受到鼓励,变得自信,创业实绩日趋卓著。网络文学、通俗文学、影视剧领域兴起一股表达创业题材的热潮,尤为可喜的是塑造出一批新的创业女性,她们自强自立,有独立的价值观,对生活拥有越来越多的主导权,如陈谦《无穷镜》的珊映、笛安《景恒街》的朱灵境、张欣《千万和春住》的滕纳蜜、亦舒《我的前半生》的子君等等。这些作品对应的叙事空间分别是：硅谷、北京、广州、香港，无不是商业繁盛、人口流动性频繁的国际化大都市。女性的创业历程叙事展示了文学和时代的新质，而且她们的独立自主将促进社会的进一步解放。

二、创业加爱情

陈谦的《无穷镜》和笛安的《景恒街》书写网络时代女性的创业。陈谦的《无穷镜》呈现了华裔女性在硅谷的创业过程，有坚实的细节支持。笛安的《景恒街》创业其表，情爱其里，故事发生在北京的金融中心，风险投资经理朱灵境与粉叠创始人关景恒、男闺蜜潘垣以及有身体交往的老板刘鹏错综复杂的关系，表达移动互联网络时代创业的诸多变化，尤其是粉丝经济的虚拟性、空幻性和不可理喻性。过气的歌手关景恒利用自己的残余人气创业，设计APP"粉叠"。笛安直觉到粉丝几何倍数的叠加效应，以"粉叠"隐喻网络时代传播的重要作用。我们每人都是一个自媒体，粉丝本身乃一个传播站，每一个主动的传播会转化为再生产，消费和生产在媒介传播过程中互相转化，所以今天粉丝体量成为融资的重要依据。

关景恒渴望以重金吸粉以求击败对手，同时与风投经理之间产生了暧昧的感情。笛安熟稔地将叙事方式设置为创业加爱情。创业让自我与现实世界发生深广的关系；爱情让人意识到自我内部是一个隐蔽而神秘的世界，这两个世界以不同甚或相反的逻辑运行。创业要求人遵循社会规则，与更多人和谐合作，建功立业，而爱情则要求专一，要求我们回到自身，服从内部自我的召唤。二者所包含的冲突就是人的社会倾向与自我倾向之间的冲突。《景恒街》中，朱灵境与公司领导刘鹏已发生性关系，与关景恒的搭档潘垣又是男女闺蜜,所以关景恒和朱灵境的爱情一开始就遭遇职场法律和道德的双重困境,突破了职场回避原则——创业方和融资方必须关系清白。关景恒以股权变更等各种计谋逼合伙人出局,并孤注一掷让大家非理性哄抢"粉叠",渴望赢取粉丝争夺大战,但最终无法挽救"粉叠"走向衰败。关景恒与朱灵境间的爱情也随之枯萎。

笛安善于刻画网络时代用情不深的身体关系,但对创业的复杂性和企业内部的实操经验了解不足,故《景恒街》更像爱情小说。不可否认,消费时代性观念日益开放,爱情与创业的互动关系赋予了朱灵境一些新质,这与革命文学的逻辑有内在的一致性。爱情,作为一种至关重要的力量被文学史再三歌颂,但现实告诉我们爱情不具备反抗的能力,权力资本有归根结底的制约力。消费社会,资本成为权力再度凌驾于女性的主体性之上。波德里亚早已察觉:"在性革命的影响下,冲动变为革命养分,潜意识变为历史主体。解放那种作为社会现实的'诗歌'原则的初级过程,解放那种作为使用价值的潜意识:这就是体现在身体口号中的想象。人们可以看出,为什么身体和性承载着所有这些希望:因为身体和性在我们的'历史'社会曾经有过的任何秩序中都受到压抑,它们变成了彻底否定性的隐喻。"[1] 无论是政治意识形态还是市场意识形态支配原则,爱情一直是作为自我最深的替代物活跃在文学艺术里,而自我像钟摆一样在抗争与妥协的变奏中晃动。

《无穷镜》的新颖之处在于启动了一种新的矛盾结构:创业与爱情的时间分配矛盾,这使得人物更深地走向自我内部。我们已经熟悉阶级叙事、性别叙事、殖民叙事的矛盾设置套路。阶级矛盾和斗

---

[1] [法]让·波德里亚:《象征交换与死亡》,车槿山译,南京,译林出版社,2006年,第181页。

争的发现构筑了革命小说的矛盾机制，农业文明面对的是一个实物世界。从实物来看世界的资源是匮乏的，非洲还有很多人处在饥馑中。资源整量不变的前提下，垄断食物则意味着别人饿肚皮，所以有言"为富不仁""奸商""哪里有压迫哪里就有反抗"。可是网络开辟了一个新世界，一个可以承载精神需求的虚拟空间，电影、视频等电子资源几乎是可以无限复制的，理论上说，世界各地的人可以在不同的地方通过网络终端同时欣赏同一资源。无穷的复制和分享改写了实物一次性消耗完毕的逻辑。受众之间不再是竞争、对抗甚至压迫的关系，而是共享关系。网络时代是资源共享的时代。新科技致力于让大众都可以分享美好的感官体验、精神享受和柔性服务。"羊毛出在羊身上"的逻辑遭遇挑战，正如麦克卢汉的判断"媒介即讯息"，网络的瞬时传播可以让多方共赢，数据生成资源，成为个性化服务的助手，也更深地将程序员、快递等从业者困在其中。《无穷镜》中主角珊映遭遇的就是这种矛盾——创业与心灵生活争夺时间与热情，这来自新的时代经验，也来自作家自身的工程师经验。

　　网络时代的创业未必仍是办工厂、生产可见的产品，完全可能生产虚拟的产品，提供无形的精神服务。随着生产力的提高，温饱支出占比下降，休息时间增多，由单休到双休以后甚至三休，人们需要更多的精神服务。陈谦就在正面碰触这些新事物，主角珊映在中国文学史上是全新的形象，她站在世界最前沿的舞台上。珊映研发的3D眼镜，让人宅家坐拥世界，享受上帝的特权，渴望知道上帝在干什么曾是人类发明望远镜的动力。科技的优势压倒了性别、族裔劣势，她超越了性别和种族成为独特的"这一个"。当然，她也承载移动互联网的困境，恨不能生出三头六臂，时常会感到体力精力的极限，这是创业带来的矛盾，即个人时间、精力的有限性与高科技产业结构革命对效率无限追求之间的矛盾,这种矛盾落到女性创业者身上,就转化为创业与家庭亲情、婚姻、生子之间的矛盾。集体与家庭的利益冲突曾经被《创业史》加以表现,突出的是农业合作化时期老一代和社会主义新人之间的信仰危机。陈谦笔下,华裔留学生背负着古老绵长的宗族伦理,同时经受了西方现代文化的洗礼,原生家庭共同体认同逐渐被城市的个人认同所取代。

在崇尚实现自我,"成为你自己"的西方文化熏陶下,科技创业者认同硅谷意识形态,将有限的人生投入争分夺秒的科技转化以及利润兑现的竞争中。硅谷取代了海外华人文学的标配唐人街成为陈谦最主要的叙事空间。硅谷是世界科技的珠穆朗玛峰,"号称平均每天产生六十三个百万富翁的地方",让人爱恨纠结并形塑了中西文化的对话网络:塑造商业的正面价值,让我们重新认识"科技乃第一生产力";另一方面也刺激科技工作者的无限潜能,见证他们烟花般灿烂的青春,为奋斗的人生呐喊。科技渐渐成为一种新的信仰,支撑线性时间观给人类带来一种茫然而懵懂的信心。科技的逐新与人类的怀旧也滋生出叙事的张力。基于此,硅谷也成为陈谦的反思和逃离的对象,变得迷离、深邃而丰盈,至少具有三重意义:叙事空间、对话镜像和意识形态。全球化时代,科技与人文日益融合却依循不同的伦理:科技的逐新汰旧与人类的怀旧与不朽……陈谦就在前沿的科技和古老的人生难题的起伏之间展开叙事:左边是以事业为标志的陌生自我的激活,右边是爱情这个原始自我幽灵的盘旋。在硅谷,爱情与创业竞争、与时间竞争、与生命竞争。爱情要求陪伴,创业追求效率,它们共同掠夺时间。陈谦捕捉到二者之间的矛盾,并以烟花和燃香的意象分别对应创业的璀璨和生活的绵长。

《爱在无爱的硅谷》中,陈谦将一男二女的经典文学模式扭转为一女二男：成功商人利飞与落拓画家王夏分别象征商业和艺术两种不同性质的生活方式，刻画现代女性在婚恋关系中变被动为主动。苏菊，具有良好的学识、娇美的容颜和卓越的工作能力，"在硅谷，公司是真正让她精神有所寄托、有归属感的地方，它包涵了她职业生涯的全部内容"[1]。对"铜臭"味的厌腻让她逃离硅谷去追逐爱情和远方。如果不用"从此过上幸福的生活"结尾的话，爱情总是经不起现实的挑衅和时光的碾压。可贵的是，陈谦看到传统儒家伦理对商业的贬抑，依然正视商业对儒家文化的汲取，儒商利飞作为一种积极的形象被建构；同时小说也努力打破市场对艺术的对立，着力展现二者之间的渗融、互惠互哺，商业也给艺术提供创作源泉。

陈谦致力于发掘科技对人的解放意义，肯定现代女性的生命潜能、职场竞争力以及对自己生活的主导权。从宗教角度看，职场劳作乃接近神祗的方式，是领受神恩成就天命的方法。劳作是人类的天职，但男权文化阻碍女性进入公共空间。高科技对于女性乃空白领域，珊映与王镭（《望断南飞雁》）就是率先进入此领域的新女性。在"科技是第一生产力""学好数理化，走遍天下都不怕"的口号响彻云霄之际，王镭的名字是对居里夫人的隔空致意。珊映为梦想远渡重洋，"样样都要争先，样样都要第一。"导师尼克则吸收了中庸之道的智慧，懂得人生的奥秘在于平衡，在逐梦的过程中要停下来闻闻玫瑰的馨香，让生命张弛有度。

越是大都市、科技越发达，为女性提供的机会越多、空间越大，女性越有可能与男性共享社会进步和人类文明的成果。女性的飞扬与进取建立在男女平等的基础上；同时女性彼此之间也惺惺相惜，

---

[1]〔美〕陈谦：《爱在无爱的硅谷》，上海，上海文艺出版社，2002年，第203页。

她们能从彼此共同经历的奋斗和丧失之痛中找到共情。而流产、丧子就成为陈谦着力渲染的情节。在萧红的《生死场》、张爱玲的《小团圆》等作品中,血腥可怖的流产、生产细节乃指向男权的批评利器。如今,生育观和养儿防老的观念变了;现代社会激烈的竞争将大家规训为秒秒计较的人,怀孕的时间成本必须被纳入人生重大规划中。"过劳时代"也给现代女性带来新的人生难题:如何对待生命本身?过度自我中心、不断延宕生育契机导致流产甚至不孕的悲剧。流产成为难以愈合的精神创伤,也是男女审视双方关系的契机,在神奇的新生命面前最能检索男、女的责任感和人生观。

陈谦对以自我实现为内核的硅谷意识形态的理解有一个不断深入的过程,硅谷就像一面镜子,照见人物的初心,召唤她们压抑很深的梦境并赋予她们精神的双翼。"天行健,君子自强不息""吃得苦中苦,方为人上人""万般皆下品,唯有读书高"等早已镶嵌在民族无意识中,吃苦、忍耐化为我们的精神支柱。出人头地的传统欲望与硅谷炽热的竞争氛围"金风玉露一相逢",烟花梦剧烈燃爆,引发猝不及防的连锁反应。工作和爱情成为幸福的两只脚,缺一不可。创业竞争固然激烈,但个人仍可凭努力所致;而爱情的褪色几乎是不可避免的。人类没办法弄懂爱情的迷狂,大家都是爱情的囚徒。

三、 创业女性及其认同变迁

21世纪是城市的世纪。"随着城镇的心灵的形成,唤醒了一种完全不同的经济生活。……具有决定性的一点是:真正的城里人不是原始的土地意义上的一个生产者。他与土地或经过他的手的物品没有任何内在的联系。他不同这些东西生活在一起,而只是从外面去看它们，并参照他自己的生活水准去评价他们。"[1] 生活在城市，人脱离了土地，以更超脱的眼光看物所包含的价值和象征价值。移动互联网的到来进一步刺激人的欲望，消费变成了鼠标轻轻一点，网购快递成为一种生活方式，双十一硬生生成了购物节，网瘾宅居正日益病态化。

女性职场创业经验和消费经验正构成城市文学的重要风景。创业让女性长驱直入地进入生产领域，进入公共空间，认识社会的内部结构。这样，女性的主体性才能更充分地建构。女性以写作为职业是五四之后的事情，总共才一百多年，而中国的历史已经几千年。相对于国族史，女性文学所积累的经验太少，随着越来越多女性开始进入职场，从事写作、教育、出版、传媒等文化事业以后，更多的经验将会不断被积淀、被更新，我们可以期盼女性文学有更好、更繁荣的未来，这些是拜城市的活力和科技的发展所赐。都市人口密集，职业繁多，在这种高密度的氛围中人们更容易找到自己喜欢的事情，更容易找到兴趣共同体，人的创造力和潜能也更容易被激发出来。同时，都市的生活方式还让我们增添了忍受孤独的力量，这又便于我们培育个人兴趣，都市生活的流动多变、多层次和人的丰富性对写作尤为重要。

戴锦华指出："都市确乎给女人提供了一个恰当的文化舞台，使女作家们得以在其中展露女性文化经验、性别创伤并再度反观自身。"[2] 贤妻良母，母凭子贵，女子无才便是德，女主内，女人应

---

[1] [德] 奥斯瓦尔德·斯宾格勒：《西方的没落》（第二卷），吴琼译，上海三联书店，2006年，第448页。
[2] 戴锦华：《涉渡之舟——新时期中国女性写作与女性文化》，北京，北京大学出版社，2007年，第375页。

该成为房间里的天使……这些旧时代的规训统统被抛进历史的垃圾堆，女性的自我追问深化了。女性的身份认同由"我是谁"变为"我要成为谁"，我是谁由"从哪里来"，家庭、籍贯、性别、种族、文化等既定的因素所决定，但"我想成为谁"则更多地取决于自身的努力，通过职业与爱情来重新铸造自己的身体和灵魂，"我想成为谁"通向"到哪里去"。从长时段考察历史，古典时代基本上女性是从属性的，她们没法单独回答这些基本的哲学问题。现代女性则可以独立思考、选择自己的人生。"认识你自己"的命题延伸为创造你自己、生产你自己，父母只是将我们的身体带到世间，女性得自己让灵魂起舞。另一方面，女性进入社会公共空间的历史不长，重大的革命、战争、社会巨变等等问题都不曾落到女性的肩膀上，女性不曾思索国族大事，整体来说女性积累的思想资源和职场经验都十分稀薄，这些女性成长道路上的羁绊也是塑造创业女性时不得不考虑的。

《伤逝》中子君曾经喊出"我是我自己的"，这一声穿透整个世纪，至今震耳。捍卫自我是文学古老的母题，也是成长小说的中心。美国成长小说的叙事模式被概括为："天真—诱惑—出走—迷惘—考验—失去天真—顿悟—认识人生和自我。这个过程也就是所谓人物成长的'心路历程'。"[1]诱惑、考验往往与爱情和事业息息相关。《简爱》经久不衰的魅力建立在女性对男女平等的追求和抗争的基础之上，"生而为女性，命中注定在分配给她的有限空间内，身不由己

---

[1] 芮渝萍：《美国成长小说研究》，北京，中国社会科学出版社，2004年，第8页。

地领受男性的照料。"[1]所以在漫长的时段，女性的独立是从自由恋爱开始，崔莺莺、杜丽娘等人物至今光彩照人。鲁迅以子君的悲剧提醒大家"爱情要有所附丽"，上世纪初并没有为女性提供相应的生存空间，所以"娜拉"出走面临种种困境。"娜拉"成为20世纪最经典的意象，提醒陷于浪漫幻想的女性，珍贵的希望不能寄托在他人身上。

改革开放让女性逐渐摆脱家务的桎梏，分享全球化成果，参与到各行各业的创业和建设中，与男性一道被消费社会规训为消费者，被网络驯化为网民，女性自我教育的渠道多元化了。时节如流，亦舒成长于经济发达的香港，她书写精神飞翔的同时关注经济、金钱、物质的力量。在琼瑶讲述爱情的纯洁与浪漫、三毛歌颂诗与远方的时候，亦舒反其道而行之，告诉我们生活，必含眼前的"苟且"。莲花是从淤泥中生长出来的，稗子将自己夹杂在禾苗中。亦舒深味金钱对人和世间一切美事的奴役能力，人与此时、此地无法割舍的关联以及历史对潜意识的宰制，"女人的依附性是内在化的：即使她的行动有表面上的自由，她也还是个奴隶。"[2]《我的前半生》中的子君行走在奴隶的延长线上，原本渴望出嫁从夫，安乐地躺在婚姻的温床上坐享其成，维护贵妇人的位置，结果却在人生中途被丈夫嫌弃，不得不重入职场，反而发掘了一片崭新的天地，真是塞翁失马。被弃没有摧垮子君，反而逼她走出舒适区，走进职场，创业让她找到了新的认同、新的人生。

---

[1] [英] 约翰·伯格：《观看之道》，戴行钺译，桂林，广西师范大学出版社，2015年，第63页。
[2] [法] 西蒙娜·德·波伏娃：《第二性》（下），郑克鲁译，上海，上海译文出版社，2011年，第240页。

张欣认同亦舒的价值观，塑造了一系列不屈不挠拓展生命边界的独立女性。《黎曼猜想》中家族企业"青玛"的掌门人就是女性，新作《千万和春住》的滕纳蜜做教育培训也是无心插柳，由于人事分流受到排挤，却意外赶上了重视培训的热潮。时代为女性关上一扇窗，却为她打开了另一扇门。滕纳蜜将培训学校的后院打理得生机勃勃、繁花盛开，这是另辟蹊径的空间隐喻，也是对广州美誉花城的如实描绘。滕纳蜜在创业之余打理庭院也是对农耕时代耕读传家生活方式的现代改写。子君能够重起炉灶，滕纳蜜能开辟新天地，直接得益于大都市的活力。广州生活最感人的场景就是从菜市买菜回来，很多人左手拿菜、右手拿花。我以为菜、花并重就是梦与现实、生活与艺术的平衡，是日常生活艺术化，这种生活孕育了张欣和她的创作。花卉、绿化也成为消费社会一个巨大的产业，为"无土"的都市提供勃勃生机。女性漫长的持家美家经验、育子扶老经验都可能在大都市的商业土壤中得到转化，成为职业，让女性在被需要中产生新的认同。正如《上海文学》编者按："在当代都市生活中，松动的男权价值体系比之几千年僵硬的男权价值体系，向女性提出了更具挑战性与尖锐性的考验。在这种考验面前，都市女性更需要付出代价，往往并不是抗争，而是自处的问题，是在繁华世界中如何自怜、自珍、自强与自卫。"[1]创业激活了子君、滕纳蜜的潜能，让她们对自我产生积极的认识。新的生活方式覆盖了失宠的感伤与失意的哀愁，改写了男权文化对女性的扭曲认知和刻板印象。

"认识你自己""成为你自己"也是亦舒、张欣等女作家寄予女性角色的现代品格——不再依附男性，不再以飞短流长打发时间，

---

[1]《上海文学》（编者的话），1996年第6期。

而是努力为自己的梦想奋斗，为女性的兴趣生活。有了独立的经济基础，女性也可以从事思想和一切有难度的思考，这是时代的进步和包容。"成为自己"不再是光宗耀祖、衣锦还乡，而是做好自己。在乡土中国，"我是谁"跟家庭、社会地位息息相关，一出生就在君臣父子的伦理罗网之中。今天，"我是谁"逐渐由我的职业、身份和我一生干了什么来界定，可见人的自我认同发生了很大的变化。认同决定我们将热血和精力投向哪里。对于王安忆、张欣、亦舒来说，她们花在写作上的时间可能远远超过家务，作家成为她们的核心认同。

创业于女性曾是陌生的异质的号角，日新月异的职场唤醒了女性的雄心、被压抑的初心。梦、欲望，乃人的根本特征。梦的内容是不同的，但每个人都有梦这一点是相同的。逐梦，成为一个大主题贯穿陈谦的书写。陈谦以科技时代的梦想改变了现代主义主人公无所事事、萎靡不振的精神状态。在国内很多文学作品表达失意、丧、颓废、无聊的时候，陈谦以饱满的能量塑造创业女性珊映、科学家王镭等网时代的新女性。她们信奉行动哲学，内心充满能量，精神积极昂扬，谱写壮丽的诗篇。她们智慧、勇气并具，自幼即被父亲宠爱夸奖并将自己未遂的人生愿望加倍寄放，要活成黑夜最璀璨的烟花，以瞬间的爆炸照亮整个夜空。她们改写了柔弱安静的刻板印象，她们眼神清亮，打扮得体，语言干练，骨子里透露出自信，对自身建立了新的本真性认同。从飞翔到烟花，这是陈谦对现代女性的梦想的归纳，高空飞翔是一种自由的自我之境；烟花，让夜空绚烂之极，点燃的那一刻就是为了让人观看、赞美、眩晕，烟花与观众/读者构成邀约关系。而烟火是要消融在空气中，将淡到无形的香气默默地氤氲进日常生活中。在陈谦早期的许多作品中，女性会因各种想象逃离硅谷,而《无穷镜》中,珊映对硅谷的回归成为典型的象征,人终将回到理想的怀抱,是理想将渺小的个体同比自己大得多的环境、空间联系在一起,让自己变成漫长历史链条中的一环,参与到翻腾不息的时间长河中。

张欣、陈谦等女性作家的都市文学创作始终面对改革开放的历史起点,她们将女性的成长放置于全球化的历史进程中,这样人物的主体性成长也获得了历史能量。我们终其一生都在追问:我要成为谁?是梦想让我们独一无二,独创性原则极大地提高了自我联系的重要性:"在本真性文化中,自我发现和自我肯定必须把关系视为关键之所在。爱情关系之所以重要,不仅在于现代文化普遍强调应当满足人的各种一般需要,而且因为内在发生的认同就是在爱情关系这个熔炉里诞生的。"[1] 在自我认同中,爱情更像一个常数,见证着创业这个变数。从家庭、爱情到革命、职场创业,这是一百多年来女性认同的变迁轨迹。我们能从这些镜子中看到女性不断扩张的自我,看到女性艰难跌宕甚至回流的主体性建构历程。当然,这也是现代国族精神中不可或缺的璀璨部分,会像烟花一样打破暗夜的沉积,催人奔跑、奋发。都市文学是一片枝繁叶茂的森林,有橡树亦有木棉。

---

[1] [加]查尔斯·泰勒:《承认的政治》,见汪晖、陈燕谷主编《文化与公共性》,北京,生活·读书·新知三联书店,2005年,第299页。

结语

对当下文学现象进行研究所具有的风险性,本人在本书开始之前虽有所意识,但清醒程度还是远远不够。时间上的近距离包含着当局者迷的危险;在如此庞杂的材料堆中,众多研究呈现出四分五裂的倾向,同一事件同一文本,在不同的视角观照下有完全不同的意义,简直可以说南辕北辙。时代的焦虑与狂躁并没有放过学术领域,它在催逼着学术生产出热闹、泡沫和笑声,也催逼着并不成熟的果实提前采摘。面对日益提速的现实和快速的文学生产,对其真相进行阐释和揭示是非常必要的、迫切的,也许这本身有顾此失彼或矫枉过正的偏颇。

市场化经受着百般挑剔,但市场化所带来的奴役和其所带来的解放却是密不可分的,从大历史来看,市场的意义利大于弊。当我们感叹道德体系的全面崩溃的同时,心里并不愿意返回到那个道德高尚然而忍饥挨饿的贫困年代。贫困可能会以某种外力抑制我们的贪婪,但贫困既不是高尚的也不是人道的,它不可能为人类的生存获得尊严,这是我们的基本生活经验。而享乐具有各种各样的可能性,道德家可以将形形色色的帽子扣在它的头上,我们仍然要把它当成人的正当愿望之一。一个正常的、健康的社会应该坦然地正视人的需要和欲求,诚如莫里斯·迪克斯坦所说,"人们有权利在此时此地享受幸福"[1]。人具有双重性,动物性和社会性一样是我们须臾不能摆脱的。娱乐业的疯狂崛起印证了我们本能的动物性。只有勇敢地直面人类的七情六欲,直面动物性的存在,我们才不会陷入可疑的道德陷阱之中。

鉴于我们以叙事界定人类现实的普遍期待,20世纪90年代以来巨大的叙事落差催使我们去寻找社会本身的结构性变化。当然,社会转型也完全依赖我们的"定义",即我们的叙事视角。无论是以后现代还是后工业、晚期资本主义或者消费社会定义我们所亲历的这个时代,叙事者都必须既面对当前日新月异、翻天覆地的变化,又面对制约变化发展背后的潜在的历史。无论是物质事业还是精神事业,我们都在继承、延续和学习前人。只要语言一息尚存,彻底的断裂就不可能发生。

历史总是不断地发出对生活的邀请,不过消费社会的典型特征之一,就是以迅急的生活碎片抵挡历史的魅惑,让消费者永远处在生活之流的裹胁中,对当下的在场成为摆脱不掉的梦魇,横亘在日常生活的中央。内心渴望对历史回眸的瞬间,当下却向我们微笑并招手,我们只好迎上去。在这个对历史邀请信号的婉拒过程中,媒体这一大众文化的平台起了至关重要的作用,它以电脑格式化的快捷方式,提供五花八门的讯息链接,清除残留在我们情感领域的历

---

[1] [美]莫里斯·迪克斯坦:《伊甸园之门》,方晓光译,上海,上海外语教育出版社,1985年,第3页。

史感。"历史感的消失,那是这样一种状态,我们整个当代社会系统开始渐渐丧失保留它本身的过去的能力,开始生存在一个永恒的当下和一个永恒的转变之中,而这把从前各种社会构成曾经需要去保存的传统抹掉。……媒体的资讯功能可能是帮助我们遗忘,是我们历史遗忘症的中介和机制。"[1]对于警惕媒体的控制作用,许多社会学家提出了严肃的忠告,然而,经验和事实无不证明,人类在电视、网络、手机短信等电子媒体面前耗费的时间越来越多,归根结底,我们是在接受消费信息,接受这种信息暗示的生活方式,接受漫天飞舞的广告——正是这些广告收入支撑着这些媒体的高速运转。"自从19世纪发明电报和电话以来,通过远距离的密切联系,这些技术改变了日常生活的结构组织,新的发展以几何级数加速了这些变化。……这些发展引起的变化再夸大也不为过。……它们在全球人类的生活中构成了一种重要的范式转变,从书籍时代转到了电子时代。"[2]面对强势的电子媒体,置身消费社会,传统的书籍与小说叙事有何种回应及变化?是否只是消极的被卷入?是否可能存在新的诗学建构?这是本书研究的着眼点。

本书的研究建立在阅读经验的基础之上,正是时光流逝带来的叙事落差引领笔者进入20世纪90年代以来的文学场域。我们谈论90年代就像谈论80年代的背影。虽然"文化大革命"人为地制造了历史的断裂,但80年代所思考的仍然是20世纪民族-国家的整体命题的延续,现实主义小说一度主宰着新时期初的文学局面。

---

[1] 詹明信:《后现代主义与消费社会》,见《晚期资本主义的文化逻辑》,陈清侨等译,北京,生活·读书·新知三联书店,1997年,第418—419页。
[2] [美]J·希利斯·米勒:《全球化对文学研究的影响》,王逢振译,《文学评论》1997年第4期。

1979年发表的《乔厂长上任记》[1]反映了当时的社会情绪，个人几乎没有私欲，更不要说被压抑得最深的性欲，国家、集体的意志已经内化为个人欲望，或者说这三者是一致的——人物的所思所想、所作所为无不是从国家、集体的利益出发的，"由集体阐发的观念和情感，无论是什么，都会根据它的起源而被赋予一种优势和权威，使特定的个体相信它们代表着自己，通过道德力的形式支配并维护着自己。"[2]这种个体对集体观念和情感的信奉，普遍存在于社会各个层级中，如反映知识分子心态的《人到中年》，知识分子比其他阶层的人士更自律、更高尚，他们自觉地接受集体观念和国家情感，更善于克制自己的私人欲望，只有在病床上，已到中年的知识分子才有机会反思自己的个人生活，而这种生活实质上是被工作和家庭占据的社会生活，丝毫没有自我的位置。对这种处境，叶秀山有段深入浅出的论述，"中国人文传统本没有发展起如此强烈的'自我'观念，中国的'人'，一直生活在一个个大大小小的社会之中。'我'是与'他人交往'中'形成'起来的。除去'我'受的教育、'我'的'工作'……即排除掉了'我'的'生活'之后，'我'还'剩下'什么？"[3]的确，这就是我国的历史现实，社会生活对个人生活的长期侵袭和掠夺淡化了"自我"意识，使个人成为社会性的躯壳，个人的私人空间和思想空间均被剥夺。正是在这样的总体语境中，《爱，是不能忘记的》这样刻画精神恋爱的作品，才会让当时的读者如此惊愕，更让今天的读者惊愕的是，那

---

[1]《人民文学》1979年第7期。
[2][法]涂尔干：《乱伦禁忌及其起源》，汲喆等译，上海，上海人民出版社，2006年，第186页。
[3]叶秀山：《论艺术的古典精神——纪念艺术大师梅兰芳》，《当代学者自选文库——叶秀山卷》，合肥，安徽教育出版社，1999年，第531页。

些无论是积极的赞扬还是消极的批评，都不约而同地从恩格斯的道德观中寻找论辩的依据。

反抗集体的压迫和观念的无形奴役、维护个人的权利成为20世纪八九十年代文学发展的基本动力。文学试图在"排除掉了'我'的'生活'之后"的"自我表达"领域内有所作为。1985年具有标志意味的作品《你别无选择》以各种荒诞的形式，反抗无迹可寻却无所不在的压力，标示了现代人生的根本处境。

如果说20世纪80年代许多文本强调个性、突出自我、细味日常生活是与守护个人权利密切相关的，那么，到90年代以后，愈演愈烈的身体写作、下半身叙事中，对个人权利的捍卫嬗变成私人生活的会演、叙事本身日益沦为满足窥私癖的道具。时尚的写作要么成为作家消费生活的炫耀，要么成为作家的顾影自怜，因而流落为对消费市场的觊觎。

波德里亚曾经指出："消费是个神话，也就是说它是当代社会关于自身的一种言说，是我们进行自我表达的方式。"[1] 全球化的席卷，城市化进程使得超大都市崛起，女性以其天然的优势迅疾成为了一个超级消费符号，而在私人化、下半身叙事狂欢渐次退潮之后，女性自我意识的觉醒进入了新的阶段。女性的欲望不再局限于婚姻爱情的狭小角落，转向更为广阔的公共空间，越来越多的女性走出"娜拉"的困境进入创业领域、生产领域。女性逐渐掌握生活的主导权，实现自身经济自主与人格独立，改写男权文化对女性的扭曲认知和刻板印象。

消费绝不仅仅是从出版、从流通领域改变文学的生产方式，而

---

[1] [法] 让·波德里亚：《消费社会》，刘成富、全志钢译，南京，南京大学出版社，2001年，第226页。

是全方位地影响着叙事生产。从消费的角度来看，阅读和其他消费行动一样"扮演着'沟通者'的角色"，文化生产变成了生活品位生产的一个重要部分。阅读时尚刊物、时尚作品和追逐时尚本身是一致的。布斯提出的"为谁写作的问题"在今天变得比以往更加触目，因为对阅读的选择意味着对一种社会身份的选择和认同，至于审美快感本身反而不重要了，一切以往被置之于与内容相对的形式范畴的因素，都有可能变成波德里亚所谓的"记号"，成为被选择的依据。"消费就决不能理解为对使用价值、实物用途的消费，而应主要看作是对记号的消费。"[1]记号催生的符号价值越过了使用价值与交换价值，达成了消费时代的秘密契约，引诱消费者在消费行动开始的时候，遗忘商品的使用价值乃至商品本身。

从社会学意义上看，编辑在"文学场"中的作用仅次于作家，对文学风气有引领作用，编辑的口述史提供了一份证词，还原文学生产具体的历史语境，不仅可以最大限度地恢复主体的记忆，捍卫个体的历史想象力和身份认同，更能体现大众消费对于文学生产的催化作用。在消费社会，寻求文学的创造精神很可能是异想天开的举动，而叙事中曾经存在的抒情性也像祖母的摇篮曲一样一去不复返了。就是诗歌这种最为抒情的文体也在发生着剧变，继诗歌口语化之后，是下半身、梨花体在上演越来越极端的闹剧。叙事生产本身就是在参与消费社会的娱乐想象，就是在塑造一种消费社会的生活方式，这种方式也构成时尚的一部分，虽然偶尔借用"纯文学"的面具。

新、快像闪电一样击中我们的叙事生产。情欲、金钱、暴力作

---

[1] [英]迈克·费瑟斯通：《消费文化与后现代主义》，刘精明译，南京，译林出版社，2000年，第124页。

为主要的娱乐源泉潜伏入叙事的起承转合,并打击我们曾经珍视的价值观,让我们心神不宁地睥睨这个与我们为伍的消费社会。

现在急着对消费社会的叙事状况下结论无疑为时过早,但回顾2005年这个长篇的多产年是有意义的。这个被称为长篇小说复活的年份可能成为非常有说服力的文学现场,它所包含和透露的消息,可能预示了二十多年文学叙事面貌经过翻天覆地变化之后的一个基本路向。

通过对一种新的文学生产方式和叙事面貌的分析,我慢慢地意识到,文学在消费社会不再是一个独立的审美王国,它已被纳入到文化消费的大潮之中。从作家的写作心态,到作品的传播和阅读,都随着消费文化对人们的深入影响而发生改变。文学正被置于一种全新的关系之中。作家和写作之间,写作和出版之间,出版和市场之间,市场和读者之间,读者和媒体之间,这一连串关系的交织互动,无不深刻地影响着文学生产和叙事趣味的变化。

单一的文本分析正变得越来越乏力,因为文学关系是附着在文本上面的重要参照——离开了文学和消费的复杂关系,我们对单个文本所作出的审美结论,就难免会有偏颇和武断的嫌疑。文学在今天既是供读者审美的艺术品,也是供读者消费的商品。消费社会的文化传播,在很大程度上是一种符号的权力角逐,而文学生产与大众文化符号之间的关系,也许是我们公正地理解消费社会文学的生产和叙事不可或缺的研究对象。

在这个众声喧哗的时代,文学的声音可能被压抑,也可能被放大,而压抑或放大背后所潜藏的,正是消费文化的巨大力量。文学叙事作为一种最容易加入消费合唱的审美形式,既担负着揭示消费进入生活这一景象的任务,也不可避免地成为消费的环节之一。这一现象的扑朔迷离，暗含着一种研究思路的拓展。对急遽变化的消费社会文学的生产及其叙事的观察、分析和揭示，是研究当今文学无法回避的课题。

图书在版编目（CIP）数据

消费时代的文学三观 / 申霞艳著. -- 上海：上海文艺出版社，2024
ISBN 978-7-5321-8743-0
Ⅰ.①消… Ⅱ.①申… Ⅲ.①文学理论－研究 Ⅳ.①I0
中国国家版本馆CIP数据核字(2024)第036838号

发 行 人：毕　胜
策 划 人：李伟长
责任编辑：胡艳秋
封面设计：周志武

书　　名：消费时代的文学三观
作　　者：申霞艳
出　　版：上海世纪出版集团　上海文艺出版社
地　　址：上海市闵行区号景路159弄A座2楼 201101
发　　行：上海文艺出版社发行中心
　　　　　上海市闵行区号景路159弄A座2楼206室　201101　www.ewen.co
印　　刷：上海昌鑫龙印务有限公司
开　　本：710×1000　1/16
印　　张：23.5
插　　页：2
字　　数：284,000
印　　次：2024年3月第1版 2024年3月第1次印刷
Ｉ Ｓ Ｂ Ｎ：978-7-5321-8743-0/I · 6890
定　　价：85.00元

告 读 者：如发现本书有质量问题请与印刷厂质量科联系　T: 021-52830308